Winternacht

Van dezelfde auteur

All-inclusive
De vlucht
Zomertijd
Cruise
Après-ski
De suite
Zwarte piste
Bella Italia
Noorderlicht
Bon Bini Beach
Het chalet
Route du soleil
Winterberg
Goudkust
Mont Blanc
Costa del Sol
Sneeuwengelen
Hittegolf
Lawinegevaar
Het paradijs

Volg Suzanne Vermeer op:
Facebook.com/SuzanneVermeerFanpage
www.suzannevermeer.nl
www.awbruna.nl

Suzanne Vermeer

Winternacht

A.W. Bruna Uitgevers

Omslagbeeld
Wil Immink Design/iStock
Omslagontwerp
Wil Immink Design

ISBN 978 94 005 0842 2
NUR 332

Vierde druk, januari 2018

Disclaimer
Dit verhaal is fictie. Namen, personages, plaatsen en gebeurtenissen zijn een product van de fantasie van de auteur of zijn gebruikt in een fictionele omgeving. Elke gelijkenis met bestaande personen of organisaties berust op toeval.

Proloog

De met bont gevoerde schoenen zakken zeker tien centimeter weg in de sneeuw. De vrouw die ze draagt kiest haar route zorgvuldig, zoals ze dat altijd doet. Er is vannacht weer een flink pak gevallen en nog steeds dwarrelen dikke vlokken uit de grauwe lucht naar beneden. Als vrolijke dansmariekes draaien ze wilde rondjes, aangejaagd door de gure wind. De gevoelstemperatuur tikt de min vijftien graden Celsius aan. Bomen kreunen en takken kraken onder het gewicht van de massieve witte poederlaag. De vrouw hoort het niet. Ze zit gevangen in de stilte. Ze drukt het kinderlijfje onder haar jas nog eens stevig tegen zich aan in de hoop dat haar lichaam het genoeg kan verwarmen. 'Bijna, kleintje, we zijn bijna thuis. Kijk, we kunnen de rook uit de schoorsteen al zien.' Ze wijst naar het traditionele Canadese *log home*, opgebouwd uit hele stammen van rood cederhout die hun oorspronkelijke vorm hebben behouden. Haar grootvader heeft ze stuk voor stuk met de hand ontdaan van de bast en bewerkt tot de stevige constructie die het vandaag de dag nog steeds is. Het huis ligt verscholen tussen de esdoorns en cederbomen. Het is een van de vele gedoogde bouwwerken in Gatineau Park.

De vrouw loopt al een tijdje in een keurige rechte lijn, maar wijkt plotseling uit naar rechts. Hoewel op de weg geen obstakels te zien zijn, weet ze dat die er wel degelijk zitten. Verborgen onder de sneeuw zitten de grillige, uitstekende wortels van een boom die een paar jaar geleden is bezweken door een storm. Ze loopt er ruim omheen en blaast op het fluitje dat om haar hals hangt. Als een komeet komt een husky aangerend, om het laatste stukje tot aan het houten huis keurig met haar mee te lopen. Vroeger woonde ze er met haar ouders en sinds hun dood is de husky haar enige gezelschap. Tot vandaag. Ze drukt het kind nog eens tegen zich aan en ziet dat de hond onrustig wordt en bij haar wegloopt. Ze draait zich om en volgt Angel met haar ogen. Speurt de omgeving af, maar er is niets te zien. Ze haalt haar schouders op en draait zich om om de laatste paar honderd meter naar het huis te overbruggen.

Plotseling krijgt ze vanuit het niets een zet in haar rug. Ze struikelt naar voren en valt bijna, maar weet zich nog net staande te houden. Iemand probeert haar van achteren aan te vallen! Zonder na te denken haalt ze uit met haar vuist. Ze moet het kind beschermen. Haar aanvaller laat haar los en valt op de grond, en Abigail zet het op een rennen. Zo hard als ze kan, terwijl het kind heen en weer schudt in haar armen. Bij het huis aangekomen trekt ze een handschoen uit, haalt de ketting met de sleutel van haar nek en laat de andere met het fluitje hangen. De houten deur opent krakend. De hond glipt langs haar heen en ze geeft de deur een zet met haar voet en doet hem dan vanbinnen op slot. Meteen loopt ze door naar de slaapkamer, zonder acht te slaan op de natte sporen die ze achterlaat op het bruine kleed. De houtkachel brandt nog en verspreidt een aangename droge warmte. Voorzichtig knoopt ze haar jas open en legt het kind op bed. Ze bekijkt het in stilte. Streelt dan zachtjes over de lippen met de kleur van blauwe bessen. Ze blaast eroverheen tot ze draaierig wordt, maar de oorspronkelijke roodroze kleur komt niet terug. Teleurgesteld beseft ze dat haar warme adem niet genoeg leven bevat. Ook de ogen met ragfijne wimpers blijven gesloten, de bleke wangen voelen ijzig koud aan. Ondanks haar natte donkerblonde haren ziet het meisje er vredig uit, alsof ze slaapt. Een miniatuur-Sneeuwwitje, wachtend tot iemand haar wakker maakt.

1

10 januari

De jonge vrouw had een onzekere, angstige blik in haar donkere ogen en keek schichtig over haar schouder naar de deur die achter haar werd gesloten. Het was de gebruikelijke reactie van iedere nieuwe cliënt bij een eerste behandeling. Traumatherapeut Karin ter Duin stak haar hand uit en de vrouw pakte hem aarzelend vast. Haar hand was klam, de handdruk extreem slap. Alsof de vrouw geen kracht meer had om zichzelf aan de wereld te laten zien en het liefste weg zou kruipen onder de grond.

'Daniëlle, wat goed dat je er bent. Ik ben Karin.' Ze keek de vrouw recht aan met haar blauwe ogen. Kneep haar vervolgens bemoedigend in haar hand en liet hem toen los. 'Kom, ga lekker zitten, dan schenk ik wat te drinken voor je in. Koffie, thee, iets fris?'

'Koffie. Zwart graag,' antwoordde de vrouw met de zachte krakerige stem van iemand die niet veel praat.

Karin trok het elastiek in haar bruine haren strak, schonk twee koppen koffie in en ging achter haar bureau zitten. De spijkerstof van haar skinny jeans schuurde tegen haar huid. Ze werkte bewust met een bureau tussen haar en de cliënten, omdat ze had gemerkt dat de mensen die hulp bij haar zochten zich veilig voelden achter de fysieke buffer. Het was een object waar ze niet alleen letterlijk steun bij konden zoeken of hun handen onder konden verbergen, maar waar ze zich ook gevoelsmatig achter konden verschuilen. Ze stroopte de mouwen van haar grof gebreide beige kabeltrui wat op en stak van wal.

'Goed, ik ben dus Karin en ik ben gespecialiseerd in het helpen van mensen met trauma's zoals jij. In deze kamer ben je volkomen veilig en kan niemand je wat doen. Alles wat je binnen deze muren vertelt, blijft tussen jou en mij, en mocht ik het nodig vinden om het advies van een collega in te roepen, dan zal ik dat nooit doen zonder toestemming van jou.'

Ze keek de vrouw recht aan. Heel even stond ze oogcontact toe, om vervolgens weer naar beneden te kijken.

'Begrijp je dat?'

'Zou de deur misschien op slot mogen? En de gordijnen dicht?'

'Natuurlijk.' Karin stond op en deed wat haar werd gevraagd. 'Zullen we dan maar gewoon beginnen?' Ze glimlachte. 'Je bent naar mij verwezen omdat je in je woning bent overvallen en de trauma's die je daarbij hebt opgelopen belemmeren je in je dagelijks leven. Kun je me misschien vertellen welke problemen je ervaart?'

De vrouw begon te huilen en Karin liet haar begaan totdat ze weer in staat was om te praten.

'Ik ben zo bang. Ik durf de straat niet meer op zonder dat er iemand met me meegaat. Ik doe 's nachts geen oog meer dicht. Als ik soms toch even in slaap val, dan heb ik de vreselijkste nachtmerries waarin ik alles opnieuw beleef. Dan voel ik weer dat mes op mijn keel. Van elk geluidje zit ik rechtop in mijn bed. Ik loop tig keer per nacht naar beneden om alle sloten en ramen te controleren. Ik heb zelfs tralies voor mijn ramen laten maken!' De angst in haar stem sloeg om in woede. Haar lijf verkrampte en haar kaken verstrakten. 'Ik wil hem doodmaken. Hij heeft me mijn leven afgenomen en nu wil ik hetzelfde bij hem doen.'

'Hij is niet opgepakt, hè?'

'Nee. Hij droeg een bivakmuts, dus ik kon hem niet identificeren. En alles speelde zich ook in het donker af. Ik heb geprobeerd die muts van zijn kop te trekken, maar hij was zo sterk. Ik maakte geen enkele kans. Hij sloeg me zo hard dat mijn oogkas brak.'

Karin zocht opnieuw oogcontact met de vrouw, maar ze had het niet door. Ze staarde voor zich uit terwijl ze haar verhaal vervolgde.

'Bij iedere vreemde man die naar me kijkt, denk ik dat hij het is. Dan wil ik zijn ogen uitkrabben. Elke vreemde stem lijkt op die van hem. Ik ben bang dat hij me in de gaten houdt, me achtervolgt, weer terugkomt. Ik verdenk zelfs collega's op mijn werk. Ik ben er pas een aangevlogen omdat hij bij het kopieerapparaat ineens achter me stond. Dat trek ik gewoon niet.'

'Je baas en die collega hebben beloofd er geen werk van te maken als je hulp zou zoeken, hè?'

De vrouw knikte. 'Ja, dat is best tof van ze. Elke keer als zoiets gebeurt, besef ik wel dat het geen normale reactie is, maar ik heb het niet onder controle; het gebeurt gewoon. Ik krijg een waas voor mijn ogen en ben helemaal van de wereld. Vaak kan ik me niet eens herinneren wat ik precies heb gezegd of gedaan. Soms ben ik bang dat ik gek ben geworden. Dat die klap op mijn kop een permanente verstoring in mijn hersenpan heeft veroorzaakt.'

'Heb je laten onderzoeken of er blijvende schade is?'

'Ik heb een hersenscan gehad, maar daar is niks uitgekomen. Nu ben ik bang dat die artsen iets over het hoofd hebben gezien.'

'Je bent niet gek, Daniëlle.'

'Hoe weet u dat nou? U hebt me amper vijf minuten gesproken.'

'De reacties die je hebt, zijn heel normaal na de traumatische ervaring die je hebt gehad. Het zou pas raar zijn als je er helemaal niets aan over had gehouden en weer gewoon was doorgegaan met je leven.'

'Dus ik ben niet gek?'

'Absoluut niet.'

'Ik ben zo blij dat u dat zegt.' Ze begon weer te huilen.

'En ik ga je helpen om je leven weer op de rails te krijgen.'
'Is dat dan mogelijk?'
'Ja, dat is mogelijk. Ik zeg niet dat het makkelijk is, je zult er zelf ook hard voor moeten werken, maar ik weet zeker dat jij en ik het samen weer leefbaar krijgen voor je.'
'Maar hoe dan?'
'Heb je weleens van EMDR gehoord?'
'Nee.'
'EMDR staat voor Eye Movement Desensitization and Reprocessing. Dat klinkt heel ingewikkeld, maar het is niets anders dan een therapievorm die helpt om je als het ware te herprogrammeren. Het is een manier om negatieve gevoelens die gekoppeld zijn aan nare herinneringen en gebeurtenissen te neutraliseren, waardoor terugdenken aan de gebeurtenis steeds makkelijker wordt en je die uiteindelijk een plek kunt geven in je leven. We kunnen de gebeurtenis zelf niet wegpoetsen of ongedaan maken, maar we kunnen er met deze therapie wel voor zorgen dat die je leven niet meer in die hevige mate verstoort. Ik denk dat dit heel goed voor jou zou kunnen werken.'
'Dan wil ik het wel proberen. Ik wil mijn leven terug.'
'Oké, laten we dan maar meteen beginnen. Ik wil je vragen om terug te denken aan het moment dat je wakker werd en die inbreker ineens in je kamer stond. Terwijl je daaraan denkt, wil ik dat je met je ogen mijn wijs- en middelvinger volgt, die ik heel snel heen en weer ga bewegen voor je gezicht.'
Daniëlle knikte zenuwachtig en greep de armleuningen van de stoel vast waar ze op zat.
'Ga maar terug in je herinnering en vertel me wat je ziet. Vergeet niet mijn vingers te blijven volgen, wat er ook gebeurt.'

2

Het licht van straatlantaarns reflecteerde op de witte laag sneeuw en hulde de straat in een spookachtige gloed. In het aangrenzende park liep een man met een lange jas en een hoed. Zijn hond plaste tegen de lantaarnpaal die al weken kapot was.

Karin stuurde haar auto naar de lege parkeerplaats voor het huis van haar ouders. Het asfalt was glad van de platgereden sneeuw en de banden verloren kort hun grip voordat de auto tot stilstand kwam. Ze zette de motor uit en schakelde naar de eerste versnelling. Geen handrem. Ze zag ertegen op om de warme auto te verlaten. Niet omdat ze de kou buiten vreesde, maar omdat ze nerveus was voor wat ging komen. Haar moeder had raar geklonken aan de telefoon toen ze Karin vroeg om vanavond nog even langs te komen.

'Kan dat niet een andere keer, mam? Sam ligt eindelijk in bed en ik zit net met een wijntje op de bank.'

'Wijn kun je hier ook krijgen.'

'Het was een lange dag, mam, morgen moet ik weer vroeg op en waar haal ik in godsnaam ad hoc een oppas vandaan?'

'Zet een babyfoon neer bij Hinke, dat vindt ze vast niet erg.'

Haar moeder doelde op haar buurvrouw en goede vriendin Hinke van der Veen, die wel vaker een avondje op Sam paste. Hij was net als zijzelf dol op de vrolijke doktersassistente wier lange blonde haren bijna tot haar middel reikten.

'Maar...'

'Tot zo, Karin, fijn dat je komt.' De verbinding werd verbroken.

Normaal gesproken had Karin geen moeite met de doortastendheid van haar moeder. Sterker nog, ze was er trots op dat ze die van haar had geërfd. Maar vanavond was ze moe, wilde ze een beetje netflixen met een wijntje en een borrelnootje en zeker de kou niet meer in. Maar na de eerste ergernissen, kwam de ongerustheid. Haar moeder had aangeslagen geklonken en het was onmogelijk om het trillen van haar stem niet op te merken. Er was duidelijk iets aan de hand wat niet over de telefoon besproken kon worden. Ze had zich de hele weg hiernaartoe suf gepiekerd en het ene na het andere rampscenario de revue laten passeren. Uiteindelijk was ze blijven steken bij verwoestende ziektes als kanker en alzheimer. Haar moeder of haar vader was ernstig ziek, dat kon niet anders.

Karin staarde naar het huis van haar ouders. Het beige rolgordijn dat al voor het keukenraam hing toen ze nog thuis woonde, werd een stukje opzijgeschoven. Ze ving een glimp op van het bleke gezicht van haar moeder. Ze was gezien. Het onvermijdelijke kon niet langer uitgesteld worden, de voordeur ging al open. Hand in hand stonden haar ouders haar op te wachten. Hun gezichten ernstig en grauw in het licht van de hal. Karins hart sloeg een slag over.

'Wie is het, jij of papa? Is het kanker?'

Haar moeder liet haar vaders hand los en trok haar zachtjes naar binnen. 'Niet aan de deur.'

Karin stapte naar binnen en liep achter haar ouders aan naar de woonkamer.

'Kom op, wat is het? Borstkanker? Prostaatkanker? Toch geen darmkanker, hè? Kom op, pap, je weet als arts inmiddels toch wel hoe je een slechtnieuwsgesprek moet voeren?'

'Dat is het niet. Met ons is niets aan de hand.'

'Wat is het dan? Jullie kijken of er iemand dood is.'

'Ga even zitten, dan schenk ik eerst iets in.' Haar moeder verdween naar de keuken en haar vader volgde gedwee. Het viel Karin op hoe krom hij liep, alsof hij een enorme last met zich meedroeg. Het was gekmakend dat ze niet gewoon vertelden wat er aan de hand was. Ongeduldig wachtte ze tot de wijn en de toastjes met brie op tafel stonden en haar ouders tegenover haar plaats hadden genomen in hun relaxfauteuils. Het afgeleefde bruine leer kraakte onder hun gewicht.

'We weten niet zo goed hoe we je dit moeten vertellen, Karin...'

'Nou, gewoon bij het begin beginnen zou ik zeggen?' Ze forceerde een lach en pakte haar wijnglas.

'Je bent geadopteerd.'

Karins arm bevroor in de lucht. Het volle glas wijn viel uit haar hand en sloeg kapot op de glazen salontafel. Scherven spatten alle kanten op, maar daar merkte Karin niks van. Verbijsterd keek ze haar ouders aan.

'Wat? Wat zeg je?' wist ze na enige tijd uit te brengen. 'Mam?'

'Wij zijn niet je echte ouders.'

'Als dit een grap is, dan is het wel een heel slechte.'

'Nee, het is geen grap,' verzuchtte haar vader. 'Echt niet.'

'Maar... hoezo? Dat, dat slaat helemaal nergens op. Dat kan helemaal niet.' Karin sprong op en rende naar het dressoir. Ze pakte haar babyalbum eruit en sloeg het open. 'Hier, kijk dan. Dat ben ik met jou, mam. Hooguit een paar weken oud. Kijk eens hoe klein ik ben.'

'Ja, dat klopt, dat ben jij. Maar...'

'Heb je je nooit afgevraagd waarom je geen broertje of zusje hebt?' vroeg haar vader.

'Nee, daar is toch niks raars aan? Er zijn wel meer gezinnen met één kind. Ik ben zelf een ouder met één kind.'

'Je vader en ik konden geen kinderen krijgen.'

'Maar ik heb jouw haarkleur en ogen en papa's neus.'

'Karin! Lieve schat, luister!' Haar moeder barstte in huilen uit.

Karin keek haar geschrokken aan. 'Jullie menen het echt,' fluisterde ze.

Haar vader liep naar haar toe en pakte haar beide handen vast. Zijn ogen waren vochtig. 'Kom, laten we even gaan zitten.'

Alle energie vloeide uit haar lijf, samen met alles waar ze ooit in geloofd had.

'We hebben bij je adoptie een geheimhoudingsverklaring moeten tekenen. Wij hebben ons daar altijd aan gehouden, hoe moeilijk we dat ook vonden. De andere partij heeft door omstandigheden het zwijgen echter verbroken en is op zoek gegaan naar jou. We werden twee dagen geleden gebeld door je broer.'

'Mijn broer? Heb ik een broer?'

'Jullie vader is ernstig ziek en wil je graag zien voordat hij sterft.'

'We hebben besloten de keus aan jou te laten.'

'Wauw. O, wauw. Ik weet even niet wat ik moet zeggen.' Ze stond op. Haar benen trilden. 'Alles waarin ik geloofde... is gelogen?'

'Aan onze liefde voor jou is niets gelogen. We hebben je altijd beschouwd als ons eigen kind en je ook op die manier behandeld. In die zin verandert er niets.'

'Hoezo? Alles verandert. Heel mijn leven staat op z'n kop, althans zo voelt het.'

'We begrijpen dat je tijd nodig hebt om dit te verwerken... Die tijd moet je ook nemen en wij zullen er alles aan doen om je daarbij te ondersteunen.'

'Sorry hoor, maar dit soort gesprekken voer ik dagelijks met mijn getraumatiseerde cliënten en ik heb echt wel meer dan een beetje tijd nodig. Vijfendertig jaar lang heb ik gedacht dat jullie mijn ouders waren en ik had geen enkele reden om daaraan te twijfelen, en nu blijkt dat ineens... een fabeltje te zijn geweest.'

Haar moeder, als ze haar nog zo zou kunnen noemen, liep naar haar toe en probeerde een hand op haar schouder te leggen. Ze wist niet of ze hem van zich af wilde schudden of juist niet. Daarom bleef ze maar stokstijf staan. Haar nagels maakten pijnlijke afdrukken in de palm van haar handen.

'Het spijt ons, lieverd.'

'Ik dacht echt dat een van jullie kanker of een andere rotziekte had. Ik ben opgelucht dat dat niet zo is, maar dit... allejezus... dit maakt me ook niet bepaald gelukkig.'

Ze liet een korte stilte vallen en koos toen haar woorden zorgvuldig. Uiterst kalm zei ze: 'Ik denk dat het beter is als ik nu naar huis ga. Ik ben te emotioneel om dit gesprek te voeren. Ik moet hier eerst in volledige rust over nadenken.'

'Dat begrijpen we. Realiseer je wel dat je biologische vader niet lang meer te leven heeft. Als je hem nog wilt zien, dan kun je daar niet te lang mee wachten. Hij verblijft in een ziekenhuis in Ottawa.'

'Ottawa? Was hij daar op vakantie toen hij ziek werd?'

'Je vader is Canadees. Je broer ook.'

'Serieus? Canadees? Is er nog meer dat jullie niet hebben verteld?'

Haar vader wilde iets zeggen, maar ze legde hem het zwijgen op. 'Nee, laat maar, ik geloof dat ik even niet meer informatie aankan. Ik moet dit eerst laten bezinken. Ik neem wel contact op met jullie als ik er klaar voor ben.'

Ze gaf de mensen die ze altijd als haar ouders had beschouwd een vluchtige kus en rende met een betraand gezicht naar de voordeur van het huis dat tot die avond altijd haar veilige basis was geweest. De plek waar ze was opgegroeid, met vriendjes en vriendinnetjes had gespeeld, liefdesverdriet had gehad, haar eigen identiteit had ontwikkeld.

Maar niets was meer zoals het ooit was geweest.

3

Een week eerder, 3 januari

Het klittenband maakte een scheurend geluid toen Hailey Clark de bloeddrukband verwijderde bij de hoogzwangere vrouw in het bed. 'Keurig, tachtig over honderdtwintig,' sprak ze in Engels met een Frans accent dat ze had overgehouden aan haar tijd in Quebec. Ze noteerde de waardes in de status van de patiënte die aan het voeteneind van het bed hing. 'Kan ik verder nog iets voor u doen?'

'Hebt u een pilletje tegen de verveling?'

'Helaas. Daar is nog geen medicijn voor uitgevonden.'

'Het duurt allemaal zo lang. Ik ben dat liggen zo zat.'

'Nog even volhouden. Als de baby geboren is, zult u af en toe terugverlangen naar deze rustige momenten.'

Hailey klopte de vrouw bemoedigend op haar schouder en verliet de kamer. Het viel haar steeds zwaarder om te werken met zwangere vrouwen. Soms verloor ze haar geduld met de klagers die de hele dag lagen te kreunen en steunen. Alsof zwangerschap een ziekte was. Vermoeid masseerde ze haar slapen om de opkomende hoofdpijn tegen te gaan. Haar dienst op de kraamafdeling van het General Hospital in Ottawa zat er eigenlijk drie uur geleden al op, maar het afdelingshoofd had haar gesmeekt een paar uur langer door te werken toen een collega met spoed naar huis moest voor een onverwachts sterfgeval in de familie. Sputterend had ze ingestemd. Door ziekteverzuim en personeelstekort begon overwerk meer regel dan uitzondering te worden.

Op de grote klok die in de gang hing, zag ze dat het tegen zessen liep. Ze liep naar haar locker, schopte haar witte klompen uit en verwisselde haar ziekenhuiskleren voor een spijkerbroek en een crèmekleurige dikke trui. Jonas zou wel bezig zijn met de afhandeling van patiëntenmail en het bekijken van uitslagen. Misschien kon ze hem overhalen om vandaag iets eerder te stoppen en met haar uit eten te gaan. Hij had zich vandaag alleen tijdens de patiëntenbespreking even op de afdeling vertoond. Het visitelopen had hij net als vorige week overgelaten aan de zaalarts. Op vrijdag begon zijn poli altijd om tien uur en hem kennende was hij voor die tijd nog even langsgegaan bij zijn vader op de longafdeling.

Sinds de diagnose eindstadium longkanker was geconstateerd, bracht Jonas elke vrije minuut bij zijn vader door. Het was Hailey niet ontgaan hoe zwaar het hem viel en hoe zorgelijk zijn gezicht ook vandaag weer stond toen hij haar in het voorbijgaan even kort in haar hand had geknepen. Ze snapte heel goed dat zijn aandacht nu naar zijn vader uitging, maar het viel haar zelf ook zwaar. Het was alweer weken geleden dat ze echt een hele avond en nacht met zijn tweeën hadden doorgebracht, en ze miste hem.

Vanaf het moment dat ze Jonas ontmoet had, ruim een jaar geleden, had ze geweten dat hij voor haar de ware was. In eerste instantie had hij terughoudend op haar geflirt gereageerd, maar ze had niet opgegeven en uiteindelijk was hij gezwicht.

'Het is tegen mijn principes om met een collega te daten,' had hij tussen hun eerste zoenen in de parkeergarage door gemompeld.

'Soms, heel soms moet je je principes overboord gooien,' had ze gefluisterd terwijl haar lippen zachtjes zijn wang streelden tot ze zijn mond weer hadden gevonden.

'Is uw nachtdienst al voorbij, zuster?' had hij plagend gevraagd.

'Ik wil best een paar uur overwerken, dokter.'

Toen had hij haar meegenomen naar zijn huis.

De volgende ochtend had ze tien gemiste oproepen van haar bezorgde zus Dawn, met wie ze een huis deelde in Ottawa, vlak bij het ziekenhuis. De berichten die Dawn had ingesproken werden steeds korter en dringender. Het laatste was: 'Je hebt nog een halfuur voordat ik een auto stuur om je te zoeken.' Net op tijd had ze kunnen voorkomen dat haar zus haar dreigement ook daadwerkelijk uitvoerde.

Hailey glimlachte bij de gedachte aan haar eerste nacht met Jonas. Het werd tijd dat ze hem uit zijn spreekkamer plukte voor wat ouderwets vertier. Ze sprayde wat deodorant onder haar oksels, pakte haar tas en sloot haar locker. Toen ze naar de klapdeuren liep om de afdeling te verlaten, kwam de collega die haar dienst had overgenomen aanrennen.

'Hailey, sorry, maar ik zit met een probleempje. Het infuus van mevrouw Chan is eruit en het lukt me niet om een nieuwe te geven. Zou jij het alsjeblieft willen doen? Bij jou is het altijd meteen raak.'

Hailey zuchtte en liep met haar mee terug naar de patiëntenzaal.

'Sorry, ik weet dat je er al een lange dag op hebt zitten, maar je bent gewoon de beste prikker die we hebben.'

De lift zoefde soepel van de kraamafdeling naar de begane grond, waar de poliklinieken zich bevonden. Meteen toen de deuren opengingen, stak Hailey haar neus naar buiten om te ontsnappen aan de walgelijke mix van verschaalde sigaretten, oud zweet en restjes parfum die in de lift hing. Ze groette de gynaecoloog met wie Jonas de maatschap deelde, sloeg de gang in naar zijn kamer en hield toen abrupt halt.

Jonas stond voor zijn kamer en had de handen vast van Katy Tremblay. De getróúwde handen van Katy Tremblay. Met open mond sloeg Hailey het tafereel gade. De twee gingen zo in elkaar op dat ze niet eens in de gaten hadden dat ze werden geobserveerd.

'Stoor ik?' Haar stem schalde luid door de verder lege gang.

Als door een wesp gestoken trok Jonas zijn handen los.

'Hailey. *Hi*. Wat doe jij nog zo laat in het ziekenhuis? Liep je dienst niet om drie uur af?'

'Ik moest weer eens overwerken,' antwoordde ze, terwijl ze op hen afliep, 'en wilde je verrassen met een etentje. Maar ik zie dat je andere plannen hebt?'

Katy deed een stap achteruit toen Hailey haar kant opkeek. 'Het is niet wat je denkt, Hailey. Gewoon twee oude vrienden onder elkaar.'

'Natuurlijk. Wat zou het anders zijn?' zei ze. 'Toch, Jonas?'

'Wat Katy zegt. Twee oude vrienden die elkaar toevallig tegenkwamen.'

'Nou, dat is leuk voor jullie. Toevallig. Kunnen jullie mooi herinneringen ophalen aan die goeie ouwe tijd.'

Jonas en Katy deden er het zwijgen toe.

'Niet?'

Katy bestudeerde intensief de punten van haar schoenen, terwijl Jonas leek te overwegen wat het beste antwoord was. 'Inderdaad, niets meer en niets minder,' zei hij uiteindelijk.

'Toen jullie verkering hadden.'

'Hailey, dat was jaren geleden,' verzuchtte Jonas. 'Een blauwe maandag op *high school*.'

'Ik hou van mijn man, Hailey, mocht je daaraan twijfelen. Jonas en ik passen niet bij elkaar. Daar zijn we al heel lang geleden achter gekomen.'

Hailey keek weg. 'Nou, jullie handen passen kennelijk nog wel heel goed bij elkaar.'

Geen van tweeën reageerde hierop en een tijdje zei niemand wat.

'Nou, dan ga ik maar,' verbrak Katy uiteindelijk de stilte. 'Dag Jonas.' Ze boog haar hoofd en draaide zich om.

'Ja, dag. Doe de groeten aan je mán en kinderen, hè?' kon Hailey niet nalaten te zeggen.

Toen Katy uit het zicht was, trok Jonas Hailey naar zich toe en gaf haar een kus op haar voorhoofd. Ze weerde hem af.

‘Toe nou schatje, er is echt niets aan de hand. Katy had het even moeilijk en ik heb geprobeerd haar te troosten.’ Het was duidelijk dat hij zich heel ongemakkelijk voelde.

‘Is dat niet de taak van haar man?’

‘Soms is het juist fijn om met iemand te praten die meer op afstand staat.’

‘Het zag er niet bepaald afstandelijk uit.’

‘Dat zit echt in je hoofd, schatje. Er is maar één vrouw die dichtbij mag komen en die staat nu voor me.’ Hij deed een nieuwe poging om haar te kussen. Deze keer stond ze het toe.

‘Waar had Katy het dan zo moeilijk mee?’

‘Je weet dat ik mijn beroepsgeheim heel serieus neem. Dingen die me in vertrouwen worden verteld, zal ik nooit met derden delen. Kom.’ Hij trok haar mee zijn spreekkamer in en hing zijn witte jas aan het haakje naast de deur. ‘Ik sluit mijn computer af, ga nog even naar de wc en dan gaan we eens even flink uit eten. Jij en ik.’

‘Ben je al bij je vader geweest?’

‘Ja, vanmiddag. Ik heb naast zijn bed geluncht.’

‘Hoe was het met hem?’

‘Hij krijgt het steeds benauwder. Ik verwacht dat hij het niet lang meer volhoudt.’

‘Wat wil dat zeggen?’

‘Ik denk dat we praten over hooguit nog enkele weken. Hij begint het op te geven en als het koppie niet meer meewerkt, dan gaat het vaak hard.’

‘Kan hij zich er een beetje bij neerleggen?’

‘Moeilijk. Maar ik zie wel meer berusting bij hem dan een week geleden. We praten veel en dat is heel verhelderend. Ik heb het gevoel dat ik hem nu pas echt leer kennen.’

‘Waar praten jullie over, of valt dat ook onder je beroepsgeheim?’

Jonas verstarde.

‘Sorry, dat was ongepast.’

Hij knikte kort, aarzelde even, maar antwoordde toen toch.

'Over vroeger, mijn moeder. Over die vreselijke dag dat ze doodging. En over...'

Hij maakte zijn zin niet af en staarde voor zich uit. De stilte leek een eeuwigheid te duren.

'Over wat?' vroeg Hailey.

Niets.

'Jonas, over wat?'

'Niet wat. Wie.'

'Over wie dan?'

'Over... over mijn zus.'

'Je zus? Welke zus?'

'De enige zus die ik ooit heb gehad.'

'Maar... ik snap het niet. Die is toch dood? Samen met je moeder gestorven in het kraambed?'

'Ja, dat heb ik altijd gedacht, maar dat blijkt toch net even anders te liggen. Mijn vader heeft, zo is mij nu duidelijk geworden, haar als baby ter adoptie aangeboden.'

'Waarom?'

'Kennelijk zag hij het niet zitten om naast zijn werk ook nog twee kinderen in zijn eentje op te voeden.'

'En jij mocht blijven.'

'Yep, lucky me.'

'Hoe lang weet je dit al?'

'Een paar dagen.'

'Waarom heb je me dan niks verteld?'

'Weet ik niet. Ik denk dat ik wat tijd nodig had om het tot me door te laten dringen.'

'En nu?'

'Hij wil haar zien.'

'Serieus? Na al die jaren? En jij, wil jij haar ook ontmoeten?'

'Ja, eigenlijk wel. Ik heb altijd al een zus willen hebben.'

'Weet hij waar ze is?'

'In Nederland. Hij heeft me het telefoonnummer gegeven van haar adoptieouders.'

'Heb je al gebeld?'

'Nee. Maar dat ga ik wel doen. Ik mag de laatste wens van een stervende man niet negeren.' Jonas' computer stopte met zoemen.

'Heeft hij je iets verteld over je zus?'

'Ik weet dat ze vijfendertig jaar oud is en Karin heet. Dat is alles.'

'Dat is me wat je noemt een familiegeheim.'

Jonas keek haar aan en forceerde een glimlach. 'Zullen we het hier een andere keer over hebben? Vanavond wil ik alleen maar praten over ons.'

'Goh, toevallig, dat was exact wat ik ook in mijn hoofd had.' Ze glimlachte. 'We hebben heel wat te bespreken.'

'Ik ga gauw nog even naar de wc, dan kun jij alvast bedenken waar je wilt gaan eten.'

Hailey keek Jonas na toen hij de kamer uit liep. De afgelopen weken was het gesleep met zijn rechterbeen erger geworden. Ze liep naar het raam en staarde naar buiten. Op de parkeerplaats krioelde het van de mensen en wegrijdende auto's. Haar oog viel op Katy Tremblay, die het parkeerterrein op kwam lopen, op zoek naar haar auto. Katy Tremblay, die zojuist een onderonsje had gehad met Jonas. En Jonas kon wel beweren dat er niets aan de hand was, maar zo had het er niet uitgezien. Wat moest Katy van Jonas? Ze was getrouwd!

Hailey hoorde Jonas weer binnenkomen en draaide zich langzaam om.

'En, welk restaurant wordt het?' Hij keek haar aan met die mooie blauwe ogen van hem.

'Ik kan niet kiezen, beslis jij maar.' Ze liep langs hem heen de kamer uit.

'Zal ik doen,' mompelde hij terwijl hij zijn kamer afsloot.

4

15 januari

‘We zijn blij dat je ons gebeld hebt, Karin. We zijn meteen gekomen.’ Frans en Lilly ter Duin stonden een beetje onbeholpen in haar woonkamer.

‘Koffie?’ vroeg ze luchtig.

‘Graag.’

Karin verdween naar de keuken, schonk drie dampende koppen vol en bracht ze naar de kamer. ‘Suiker en melk staan op tafel.’

‘Waar is Sam?’

‘Speelt bij een vriendje van school en blijft daar ook logeren.’

‘Had je vrij van je werk vandaag?’

‘Nee, ik heb me al een paar dagen ziek gemeld.’

‘Dat snappen we. We begrijpen dat je wereld behoorlijk op zijn kop staat door wat we je hebben verteld.’

‘Ik denk niet dat iemand kan begrijpen wat ik momenteel doormaak. Mijn wereld staat niet op zijn kop: ik heb op dit moment even geen wereld meer. Alles waar ik in geloofde, alles wat ik dacht te zijn, is aan het wankelen gebracht.’

‘Sorry dat ik het zeg, maar ik denk dat dat iets te zwart-wit gedacht is, meisje. Alle liefde die we je gegeven hebben, alle normen en waarden die we je hebben bijgebracht, dat was honderd procent puur en echt. Technisch gezien zijn we niet je biologische ouders, maar hier, hier wel.’ De man van wie ze haar hele leven had gedacht dat hij haar vader was, klopte met zijn vuist op zijn hart terwijl de tranen hem in de ogen sprongen.

'Je moeder en ik hebben altijd alles met de beste bedoelingen gedaan. Als we de plank hebben misgeslagen, dan spijt ons dat oprecht, maar weet dat we het niet bewust hebben gedaan. We moesten ons houden aan die geheimhoudingsafspraak die we hadden ondertekend op verzoek van je biologische vader. We moesten zijn wens respecteren om de adoptie rond te krijgen. Daar hadden we werkelijk alles voor over. Vanaf het allereerste moment dat we je zagen, waren we verkocht.'

'Hebben jullie geld voor me betaald?'

'Hè, wat? Nee, hoezo?'

'Laat maar. Hoe zijn jullie met mijn biologische vader in contact gekomen?'

'We hebben je weleens verteld dat we een paar jaar in Canada hebben gezeten, toch? Je vader volgde daar de opleiding tot klinisch biochemist en hij kreeg een werkervaringsplaats aangeboden in het General Hospital in Ottawa. Hij werkte daar veel samen met de afdeling Hematologie en leerde daar je echte vader kennen.'

'Werkte hij daar?'

'Ja, als arts. Ik had het erg zwaar in die periode. Na een moeizaam traject van allerlei onderzoeken hadden we te horen gekregen dat je vader en ik geen kinderen konden krijgen. We waren er kapot van. We wilden allebei zo graag een kind. Je vader had zijn werk waar hij zich op kon storten, maar ik had alleen mijn verdriet en sombere gedachten. Ik werd steeds depressiever en je vader zag me afglijden. Het hoofd van de afdeling Hematologie, jouw echte vader, verloor in die tijd zijn vrouw vlak na de bevalling van hun dochter. Dat was jij.'

'Dus mijn echte moeder is dood?'

'Ja, het spijt me. Complicaties bij de bevalling.'

'Dus ik heb er een moeder bij, maar verlies haar ook meteen weer.'

'We zouden willen dat we een mooier verhaal voor je hadden, maar je hebt na al die tijd recht op de waarheid.'

'Vertel verder.' Karin spoelde de brok in haar keel weg met

een slok gloeiend hete koffie en verwelkomde de pijn in haar slokdarm.

'Alan was kapot van Paulettes dood en hij vertrouwde me toe dat hij zeer serieus overwoog om zijn pasgeboren dochtertje ter adoptie aan te bieden. Hij dacht dat hij het niet aan zou kunnen om een kopie van zijn vrouw te zien opgroeien. De enige manier voor hem om ermee om te gaan, was proberen alles wat er gebeurd was te vergeten.'

'Vergeten? Zoiets kun je toch niet vergeten?'

'Nee, dat kan ook niet. Dat weet jij als traumatherapeut als geen ander.'

'Waarom heeft hij geen hulp gezocht?'

'Dat soort dingen deed je niet in die tijd. Daar rustte toen echt nog een taboe op. De schaamte naar de buitenwereld was groot. Je vader had een heel goede reputatie...'

'Dus zijn reputatie was belangrijker dan omstandigheden creëren waarin hij wel voor zijn eigen dochter kon zorgen?'

'Zo was het ook niet helemaal. Hij wilde dat zijn dochter zou opgroeien met een vader én een moeder. Hij was er echt van overtuigd dat het in jouw belang was, dat hij een betere plek voor je zocht. Die betere plek werden wij, onder voorwaarde dat we het er nooit over zouden hebben en dat je moeder en ik weer terug zouden gaan naar Nederland.'

'Je vader heeft zijn carrière daar opgegeven voor jou, Karin.'

'En dat is een offer dat ik met hart en ziel heb gebracht.'

'Maar wacht even, als ik Canadese ben, waarom staat dat dan niet in mijn paspoort?'

'We hebben ons altijd zo min mogelijk bemoeid met de administratieve afwikkeling. Alan was in die tijd een man met veel aanzien en kreeg veel voor elkaar, laten we het daar maar op houden.'

'Ik heb dus een sjoemelpaspoort?'

Frans en Lilly ter Duin lachten besmuikt.

'Nou, het wordt steeds fraaier met die familie van mij. Mijn moeder is dood, mijn vader is een emotioneel geblokkeerde man die zijn carrière belangrijker vindt dan zijn dochter en óók nog fraudeert... Mankeert die broer van me soms ook nog wat?'

'Niet dat we weten.'

'Om heel eerlijk te zijn heb ik tot nu toe nog weinig zin om mijn leven nog verder overhoop te halen en af te reizen naar... Canada.'

'We snappen dat het allemaal nogal verwarrend voor je is. Probeer te begrijpen en onthouden dat alles wat er is gebeurd, gedaan is in jouw belang.'

Karin bekeek de gezichten van haar adoptieouders. Aan de diepe lijnen viel te zien dat het verdriet zwaar op hen drukte. Ineens besefte ze hoe egoïstisch ze zich de afgelopen dagen had gedragen, en een overweldigend gevoel van empathie en liefde voor deze mensen overviel haar. 'We hebben het wel steeds over mij, maar hoe is dit voor jullie? Jullie leven staat net zo goed op zijn kop.'

Lilly begon zachtjes te huilen.

'De angst om je kwijt te raken, je kunt je er geen voorstelling van maken hoe groot die is. Je moeder gaat eraan kapot en ik ook. Je bent samen met Sam het dierbaarste in ons leven. Dat moet je van ons aannemen.'

De emoties werden Karin te veel en ze sloeg haar armen om haar ouders heen. Haar ouders, want dat waren ze nog steeds. Ze hield zielsveel van deze mensen en dat zou nooit veranderen. 'Natuurlijk raken jullie me niet kwijt. Ik kan toch niet minder van jullie gaan houden nu ik dit weet?' Haar moeders schouders schokten net zo hard als de hare. 'Ik was volledig in beslag genomen door mijn eigen verdriet, maar ik had best ook een beetje rekening mogen houden met dat van jullie. Ik vind het zo verschrikkelijk allemaal. Het is gewoon te veel.'

Haar vader trok een zakdoek uit zijn broekzak en depte voorzichtig haar tranen. Er zat zoveel liefde in dat gebaar, dat ze alleen maar harder ging huilen. 'Het is dweilen met de kraan open, pap.' Het voelde goed om dat oude vertrouwde woord uit te spreken. Nu hield haar vader het niet droog. Ze pakte zijn zakdoek en veegde zijn tranen weg.

'Probeer niet te hard te oordelen over je echte vader, ook al heeft hij keuzes gemaakt die jij niet begrijpt. Je vader is geen slechte man. Ik heb hem destijds juist leren kennen als iemand met een groot hart die door het vuur ging voor zijn patiënten en zijn werknemers.'

'Toch jammer dat hij niet hetzelfde deed voor zijn dochter.'

'De beslissing om je af te staan en alle emoties die daarbij kwamen kijken, achtervolgen hem al vijfendertig jaar. Dat kan niet anders. Waarom zou hij anders aan het einde van zijn leven zoveel wroeging hebben dat hij er alles voor overheeft om je nog eenmaal te zien?'

'Sorry, maar ik vind het moeilijk om het als iets anders te zien dan een egoïstische daad. Ik weet het gewoon niet. Wat moet ik nou doen? Stel dat ik naar Canada afreis, wat levert me dat dan op? Helpt het me met het verdriet dat ik nu al heb? Tijd om mijn vader echt te leren kennen, is er waarschijnlijk toch niet meer. En ik denk sowieso niet dat ik me kan openstellen voor een man die denkt dat ik op afroep beschikbaar ben als het hem uitkomt en me dan voor de tweede keer in de steek laat door dood te gaan.'

Haar moeder keek haar geschokt aan.

'Misschien is dat egoïstisch van me, maar zo voelt het gewoon.'

'Maar ben je dan niet nieuwsgierig naar je roots? Naar je broer?'

'Ik was heel tevreden met de roots die ik dacht te hebben. Ik voel me honderd procent Nederlandse en dat ik toevallig in Canada geboren ben, doet daar niets aan af.'

'Het kan je ook verrijking brengen.'

'Ligt er een dikke erfenis voor me klaar dan?'

'Karin!' zei haar vader berispend.

'Sorry, dat was flauw.' Karin keek schaapachtig naar haar vader die haar streng aanstaarde. 'Maar het zou toch mooi meegenomen zijn, nietwaar?'

Even was het stil en toen konden ze allebei hun lachen niet meer inhouden. Haar moeder keek hen verbaasd aan, maar begon toen ook voorzichtig te giechelen.

Toen ze na enkele minuten de spanning uit hun lichaam hadden gelachen en weer een beetje op adem waren gekomen, nam haar vader weer het woord.

'Ik zou willen dat ik je kon zeggen de tijd te nemen om goed na te denken over wat je wilt, maar die tijd is er helaas niet. Je broer belde ons gisteravond weer om te vertellen dat je vader hard achteruitgaat. Wij kunnen niet voor je beslissen, Karin, maar we willen je meegeven dat je de keuze moet maken die voor jou het beste is. Dat is het allerbelangrijkste. Als je niet op je vaders verzoek in wilt gaan en het wilt laten zoals het is, dan snappen wij dat als geen ander. Je broer ook, trouwens. Hij drukte ons op het hart dat hij dolgraag kennis met je wil maken, maar dat hij het je nooit kwalijk zal nemen als je hem niet wilt ontmoeten. Wat je ook beslist, we zullen achter je staan en je daarin steunen zoals we dat je hele leven al gedaan hebben.'

'Dat is fijn om te weten. Ik zal jullie steun hard nodig hebben.'

5

3 januari

'Vind je het goed als we naar Milestones gaan? Ik heb behoefte aan een goed stuk vlees van de grill.'

'Ik heb je toch gezegd dat jij mocht kiezen.'

'Nou, bij dezen dan.' Jonas schakelde terug en remde voor een rood licht. 'Ben je moe, schat?' Bezorgd keek hij naar Hailey en hij miste dat het verkeerslicht op groen sprong. Het getoeter van de auto achter hem bracht hem weer bij de les. Verontschuldigend stak hij zijn hand op.

'Let nou maar op de weg in plaats van op mij. Straks gebeuren er nog ongelukken.'

'Zit je iets dwars?'

'Nee hoor, er is niks.'

'Als vrouwen zeggen dat er niks aan de hand is, bedoelen ze eigenlijk het tegenovergestelde, weet ik uit ervaring.'

'Ja, wij vrouwen zijn net Japanners. Ja is nee en vice versa.' Hailey onderdrukte een glimlach.

'Nou, vertel op dan.'

'Ik wil inderdaad iets met je bespreken, maar pas als we bij Milestones zijn. Ik wil je in je ogen kunnen kijken.'

'Dat klinkt serieus, moet ik zenuwachtig worden?'

'Het is ook serieus.'

'Ik moet dus zenuwachtig worden...'

Hailey zette de radio aan en begon zachtjes mee te neuriën. Jonas piekerde zich suf over wat ze met hem wilde bespreken. Zou het te maken hebben met dat ze hem hand in hand met

Katy Tremblay had betrapt in de gang? Zou ze daar verder over doorgaan? Toen hij bij het afsluiten van zijn kamer langs zijn witte jas was gelopen, had hij in de gauwigheid de roze envelop die Katy hem had gegeven niet langer uit zijn zak zien steken. Misschien had hij het niet goed gezien, maar als dat ding ging zwerven, had hij een groot probleem. Hailey was slechts heel even alleen in zijn kamer geweest, maar het was mogelijk...

Hij keek even opzij. Aan haar gezicht viel nog steeds niets af te lezen en ze neuriede nog steeds vrolijk mee met de muziek. Dat hield ze vol totdat hij de auto even later had geparkeerd. Met enige aarzeling pakte Jonas haar hand en hij was opgelucht toen ze haar vingers stevig om de zijne sloot. Dat was het probleem dus niet. De vraag was: wat dan wel?

Zou ik het kunnen verdragen om haar kwijt te raken? flitste door zijn hoofd. Hij was in het afgelopen halfjaar erg op Hailey gesteld geraakt en zeker nog niet op haar uitgekeken, maar was hij bereid haar echt in zijn ziel te laten kijken en álles met haar te delen? Ook datgene wat hij vandaag van Katy had gekregen? Zou Hailey bij hem blijven als hij haar de waarheid vertelde? Zou ze hem kunnen vergeven? Op dit moment was het nog te vroeg en misschien bleef het dat wel altijd. Sommige dingen kon je maar beter voor jezelf houden, in elk geval zo lang mogelijk. De paar mensen die het wisten, hielden hun mond wel. En mochten ze het in hun hoofd halen om toch iets van zijn geheim te onthullen, dan wist hij genoeg belastende dingen over hen. Het was een tangconstructie die alle betrokken partijen beschermde.

Een gevoel van spijt overmande hem toen hij de deur van Milestones voor Hailey openhield. Hij voelde zich een grote egoïst, want Hailey verdiende beter. Veel beter. Als hij alleen in zijn bed lag, wist hij altijd precies wat hem te doen stond. Maar als hij haar dan weer zag, dan verloor hij zijn zelfvertrouwen. Dan wilde hij zo dicht mogelijk bij haar zijn. Was dat liefde? Maar als dat liefde was, moest hij haar dan niet uit liefde laten gaan? Haar beschermen tegen wat ging komen?

Tegen hem? Maar hij kon het niet. Hij was er nog niet klaar voor.

'Had u gereserveerd, dokter Powell?'

Hij zag Hailey met haar ogen draaien. Hij wist dat het haar stoorde dat ze hem buiten de muren van zijn eigen huis nooit echt voor zichzelf had. Iedereen kende de knappe dokter Jonas Powell en het was onmogelijk om anoniem op stap te gaan.

'Nee, we hebben niet gereserveerd, maar als je een rustig tafeltje voor ons hebt dan maak je me heel blij, Melanie. Ik wil in alle rust van mijn vriendin genieten.' Hij zag Hailey opklaren. Hij wist dat ze het prettig vond als hij in het openbaar uitdroeg dat ze bij hem hoorde.

'Volgt u mij maar.'

Melanie leidde hen naar een zitje in de hoek en stak de kaars aan die op tafel stond. 'Meisjes zijn altijd nóg mooier bij kaarslicht,' zei ze met een knipoog.

Hailey schonk haar een gulle lach en ging zitten.

'Kan ik alvast iets te drinken voor jullie inschenken?'

'Ik zou graag de wijnkaart even zien.'

'O, doe geen moeite, ik hou het vanavond bij water.'

'Ook geen cocktail?' vroeg Jonas.

Hailey schudde haar hoofd.

'Doe mij dan maar een glas rode huiswijn. Een fles voor mij alleen is een beetje te veel van het goede.'

'Water en een wijn, komt eraan.'

Jonas knikte de serveerster vriendelijk toe en wachtte tot ze buiten gehoorsafstand was. 'Ben je zo moe dat er zelfs geen glaasje wijn vanaf kan? Ik zal Francis nog eens zeggen dat ze je niet zo hard moet laten werken.'

'Het was weer een druk dagje, maar dat is het niet. Ik wil vast beginnen met totale onthouding zodat het straks minder moeite kost.'

'Straks? Hoe bedoel je?'

Hailey keek Jonas veelbetekenend aan en pakte over de tafel zijn hand. Hij werd op slag zenuwachtig van haar blik.

‘Ik wil een kind van je, Jonas.’ Ze bleef hem strak aankijken. Het was alsof hij een stomp in zijn maag kreeg en hij had moeite om rechtop te blijven zitten. ‘Ik ben vandaag gestopt met de pil.’

Dit had hij niet aan zien komen.

‘Je bent gestopt met de pil...?’ stamelde hij toen hij van de eerste schok was bekomen. ‘Zonder dat eerst met mij te overleggen?’

‘We hebben het er nu toch over? Jij wilt dit toch ook?’

‘Maar... maar sla je niet een paar stappen over?’

‘Zoals?’

‘Samenwonen, trouwen.’

‘O, Jonas, wat ben je soms toch heerlijk ouderwets.’

‘Dan ben ik maar ouderwets. Ik hecht aan dergelijke tradities en doe dingen graag in de juiste volgorde.’

‘We hebben het toch goed samen? Ik wil iets wat echt van ons is. Van jou en mij. Een verbond waar we allebei niet omheen kunnen, een kindje voor wie we ons leven lang samen verantwoordelijk zijn.’

Jonas trok zijn handen terug en legde zijn voorhoofd op de koele houten tafel. Het liefst zakte hij nu ter plekke door de grond. Het zweet brak hem uit en hij kreeg moeite met ademhalen.

‘Ik hoop dat dit een uiting is van enthousiasme?’

De scherpe ondertoon in Haileys stem ontging hem niet. Hij ademde diep in en besloot de bom maar meteen te droppen.

‘Ik kan geen kinderen krijgen, Hailey.’ Hij hief zijn hoofd en keek haar aan.

Alle kleur trok weg uit haar gezicht. ‘W... wat?’

Hij zag haar voor zijn ogen instorten, maar hij kon nu niet meer terug. Hij moest doorpakken. ‘Dat ongeluk van een paar jaar geleden dat mijn been heeft beschadigd? Dat heeft meer beschadigd dan alleen mijn been.’

‘Waarom... Waarom heb je dat nooit verteld?’

‘We hebben tot vanavond toch nog nooit serieus over kinderen gesproken?’

‘Nee, omdat jij altijd de boot afhield. Nu snap ik waarom.’ Het klonk bitter.

‘Lieverd, we zijn net een halfjaar bij elkaar. Vind je het niet een beetje te vroeg voor zo’n gesprek?’

‘Het is nooit te vroeg, Jonas. Nooit!’

‘Rustig, iedereen kijkt naar ons.’

Ze keek hem fel aan, maar paste haar volume aan. ‘Is dat het enige waar je aan kunt denken? Je imago? Bang dat mensen doorhebben dat het perfecte leven van dokter Jonas Powell toch niet zo perfect is?’

‘Hailey, het spijt me,’ onderbrak hij haar, ‘maar ik kan hier niets aan veranderen. Het is onmogelijk, een kindje van jou en mij.’

Hij staarde voor zich uit, recht in de ogen van Melanie, die discreet stond te wachten met hun drankjes en de menukaart. Jonas wenkte haar dat ze kon komen. Ze morste wat water toen ze Haileys glas neerzette en veegde het snel weg met een servetje van de tafel naast hen.

‘Wil jij de kaart nog zien, Hailey?’

Ze schudde stuurs haar hoofd. ‘Voor mij de geitenkaassalade met frietjes.’

‘Ik wil graag de ribeye met pepersaus, medium rare gebakken.’

Melanie nam zwijgend hun bestelling op en liep snel bij hun tafeltje vandaan. Jonas legde zijn hand op die van Hailey. ‘Ik begrijp dat dit moeilijk te verteren is voor je, schat.’

Ze keek hem met betraande ogen aan. ‘Moeilijk te verteren? Je vond het niet nodig om me even te informeren voordat je een relatie met me begon?’

‘Dat is niet bepaald een lekkere binnenkomer op een eerste date.’

‘Op de tweede date heb je ook niks gezegd en al die keren daarna ook niet. Je weet toch dat ik altijd al een sterke kinderwens heb gehad? Al ruim voordat ik jou leerde kennen?’

‘Moet je eens horen, Hailey, voordat ik zoiets bespreek wil ik eerst zeker weten dat het meer dan een flirt is.’

'En ben ik dat? Meer dan een flirt?'

'Ja, dat denk ik wel.'

'Dat dénk je wel.' Hailey slaakte een hoog lachje en trok haar hand terug. 'Ik had op een iets ander antwoord gerekend. Zoiets van: Hailey, jij bent echt de ware voor me. De vrouw op wie ik al mijn hele leven wacht.'

'Kom op, je kent me. Dergelijke woorden zal ik nooit uit mijn mond krijgen. Sorry dat ik je ook op dat front teleurstel. Ik hoop dat ik je heb laten merken en voelen dat ik je heel bijzonder vind.'

'Hoe serieus neem jij onze relatie eigenlijk?'

'Heel serieus. Twijfel je daaraan?'

'Je kijkt niet naar andere vrouwen?'

'Nee, waarom zou ik?'

'Sommige mannen hebben aan één vrouw niet genoeg.'

'Zo zit ik niet in elkaar.' Jonas' gezicht kreeg een trieste uitdrukking. 'Je moet beseffen dat het voor mij ook niet gemakkelijk is, Hailey. Mijn onvruchtbaarheid tast mijn gevoel van eigenwaarde aan, het maakt me onzeker naar vrouwen toe. Denk je dat ik niet stiekem droom van een voetballende kleine Jonas of een balletdansende miniatuur-Hailey? Maar ik ban die gedachten altijd meteen weer uit omdat ze niet realistisch zijn. Waarom denk je dat ik deze bekentenis zo lang mogelijk heb uitgesteld? Omdat ik bang ben om je kwijt te raken. Uiteindelijk willen alle vrouwen een kind. Dat zie ik toch dagelijks op mijn werk? Ik doe niet anders dan zwangere vrouwen begeleiden. Denk je dat het gemakkelijk is om die confrontatie elke dag aan te gaan?'

'Ik weet hoe moeilijk die confrontatie is,' antwoordde Hailey. 'Ik maak het zelf bijna dagelijks mee. Overal om me heen dikke buiken, terwijl mijn eigen buik leeg is.' Aarzelend stak ze haar hand naar hem uit en hij pakte hem stevig vast.

'Ik begrijp het als je een punt achter onze relatie wilt zetten. Ik kan het je niet kwalijk nemen.' Jonas boog verdrietig zijn hoofd.

‘Er zijn mogelijkheden, Jonas. We kunnen ICSI proberen. Daar zijn goede resultaten mee geboekt bij mannen met slechte zaadcellen.’

‘Dat werkt alleen maar als er nog een beetje leven in het zaad zit. Dat is bij mij niet het geval.’

‘Een zaaddonor dan? Hier in Ottawa zit zo’n kliniek.’

‘Dat kan ik niet, Hailey. Ik zal me nooit vader voelen van een kind dat niet echt het mijne is. Het kind zou me steeds confronteren met mijn eigen gebrek, mijn eigen onkunde.’

‘Je bent dus niet bereid om tot het uiterste te gaan om samen met mij een kind te krijgen?’ De glans in Haileys ogen doofde.

‘Het is niet sámen met jou, Hailey. Ik ben slechts toeschouwer.’

‘Maar als het voor mij nou zo belangrijk is, kun je je daar dan niet overheen zetten? Heb je dat niet voor mij over? Als je echt van me houdt, dan doe je dat voor me.’

Jonas schrok van de wanhoop in haar stem. Met een gepijnigde blik keek hij haar aan. ‘Ik kan het niet, Hailey, het spijt me. Je zult het met mij moeten doen. Of niet.’

‘Adoptie. Dan is het kind niet van mij en niet van jou. Zou dat helpen?’

Jonas schudde zijn hoofd. ‘Nee, en ik denk ook niet dat het een oplossing is waar jij op de langere termijn gelukkig van wordt. Aan jou mankeert niets, Hailey. Je bent een gezonde jonge vrouw die duidelijk snakt naar de ervaring van een zwangerschap. Jij wilt het kindje in je buik voelen groeien. Waar of niet?’

Haileys hand ging automatisch naar haar buik.

‘Wil je je vrijheid terug? Dat is een oprechte vraag. Ik wil geen blok aan je been zijn of je droom van het moederschap in duigen gooien. Hoe erg ik het ook zou vinden, ik snap het als je me hierom verlaat en op zoek gaat naar een man die je wel kan geven wat je wilt.’

‘Ik wil jou, Jonas, snap dat dan. Wil je alsjeblieft nadenken over een zaaddonor? Misschien moet je even aan het idee wennen, zoals ik moet verwerken dat een kind van jou en mij samen er niet in zit. We hoeven niks te overhaasten. Ga een keer met me mee naar een vruchtbaarheidskliniek. Gewoon ter oriëntatie. En misschien moeten we je zaad toch nog eens laten testen. Wie weet is er in de loop der jaren toch nog iets hersteld.'

'Zet het uit je hoofd, Hailey. Ik kan je nu al vertellen dat het op een grote teleurstelling uitdraait.'

'Maar ik mag toch hopen? Soms gebeuren er wonderen.'

'Niet in dit geval. Echt niet.'

'Ga met me mee naar die kliniek. Ik moet zwart-op-wit zien dat er geen hoop is, pas dan kan ik me erbij neerleggen.'

'Hailey, alsjeblieft, doe me dat niet aan. Ik kan het niet.'

Met een ruk trok ze zich los en ze stond op. Tranen stroomden over haar wangen toen ze wegliep bij hun tafeltje. Hij wilde haar achternalopen en troosten. Vasthouden en zeggen dat het allemaal goed kwam. Maar hij bleef zitten. Het kwam niet goed. Dat was de harde realiteit die hij had leren accepteren en waar zij ook aan zou moeten wennen als ze met hem verder wilde. De onmacht werd hem bijna te veel en zijn hart brak toen hij haar het restaurant uit zag lopen. Hoe erg het hem ook speet, als ze niet uit zichzelf bij hem terugkwam, dan zou hij haar laten gaan. Dat was waarschijnlijk het beste voor iedereen. Hailey verdiende beter.

Melanie kwam aanlopen met twee borden eten. Ze keek Jonas vragend aan.

'Hailey voelde zich niet zo goed en is naar huis gegaan. Die geitenkaassalade kan terug naar de keuken.'

'Komt voor elkaar.'

'En doe mij bij nader inzien toch maar dat flesje rood. Ik geloof dat ik het kan gebruiken.'

6

Ik druk op het knopje van de afstandsbediening en de garagedeur gaat tot mijn opluchting krakend open. Na al die tijd laat de techniek me niet in de steek. Ongeduldig wacht ik tot de opening groot genoeg is om naar binnen te rijden. Ik voel me vandaag goed. Vrolijker dan ik in tijden geweest ben. Mijn handen trillen van opwinding als ik de handrem aantrek en de sleutels uit het contactslot haal. Als ik uitstap, komt een vochtige geur me tegemoet. Schimmel. Ik loop naar de werkbank die een groot gedeelte van de rechtermuur beslaat. Er ligt nog zaagsel op van de laatste keer dat hij gebruikt is. Ik streel met mijn handen over het gereedschap, neem de beitel in mijn handen. Mijn gedachten gaan terug in de tijd. Ik zie mijn vader staan, gebogen over een stuk hout dat hij geconcentreerd bewerkt. Mijn hartslag gaat omhoog. Ik smijt de beitel van me af en klem mijn vingers om de priem. Automatisch gaat mijn arm omhoog. Zonder na te denken ram ik de priem zo hard in het werkblad dat hij rechtop blijft staan. Een tintelend gevoel kriebelt in mijn tenen en kronkelt omhoog. Ik krijg de slappe lach.

Ik loop naar de deur die vanuit de garage toegang geeft tot het huis. Hij klemt wat, maar zwaait open als ik mijn schouder ertegenaan zet. Ik til mijn voet op om niet te struikelen over de onhandige hoge drempel. Grappig hoe zo'n automatisme zich ergens vastzet in je systeem en op het juiste moment weer naar boven komt. Ik loop langs de wasmachine en het droogrek naar de deur die naar de woonkamer leidt. Deze deur gaat soepeltjes open. Ik maai wat spinnenwebben aan de kant en haal mijn neus op voor de verstikkende bedompte lucht. De ramen moeten open. Allemaal. Pas als ze helemaal openstaan word ik rustig. Ik negeer de kou en de rillingen die over mijn lijf lopen. Ga op de cognackleurige leren bank liggen en wacht een uur. Mijn lijf kan bijna niet meer bewegen van de kou, maar in mijn hoofd staat het niet stil. In mijn hoofd stormt het sinds die ene winternacht waarin de reden van mijn bestaan aan mij werd geopenbaard. In die winternacht kreeg ik die belangrijke opdracht, die mij dat ene doel in het leven gaf waar ik al zo lang naar op zoek was. Zoveel dingen die ik moet regelen, die ik niet mag vergeten. Het is nogal een verantwoordelijkheid die ik heb.

Een voor een sluit ik de ramen. Mijn verkleumde vingers voel ik bijna niet meer, maar dat weerhoudt me er niet van om aan de slag te gaan. Het moet perfect zijn hier. Perfect voor mijn kinderen. Ik poets en schrob tot mijn handen ruw en kapot zijn en mijn knieën beurs van het kruipen over de grond. Stoffige herinneringen, ik ga door tot ze allemaal verdwenen zijn. Tevreden kijk ik rond. Nu is er ruimte voor iets nieuws.

7

17 januari

'Je bent wááát?' Hinke verslikte zich bijna in de homp slagroomtaart die ze net in haar mond had gestoken. Een klein stukje notenschaafsel bleef in haar mondhoek plakken toen ze driftig begon te kauwen en met haar vorkje naar Karin prikte. 'En dat hebben ze je nu pas verteld? Na, wat is het?'

'Vijfendertig jaar.'

'*Oh my God*, Karin! En nu?'

Karin haalde haar schouders op. 'Wist ik het maar. Er gaan zoveel emoties door me heen dat ik even niet weet waar ik het moet zoeken. Het is echt een janboel in mijn kop. Ik kan niet helder denken, me nergens op concentreren en ik zit de hele dag te janken.'

'Ja, vind je het gek? Hallo zeg, het is me ook nogal niet wat.'

'Ik had liever gehad dat ze me mijn hele leven onwetend hadden gelaten. Ik hield van mijn leven.'

'Je leven is toch niet voorbij? Er zijn wat dingen veranderd.'

'Die "dingen" zijn wel heel cruciale dingen. Ik weet niet, alles voelt anders. Het was makkelijker geweest als mijn ouders hun leugen hadden volgehouden.'

'Weet je wat ze bij ons in Friesland zeggen?'

'Nou?'

'*Leagens hawwe koarte skonkjes.* Dat betekent zoiets als: met een leugen schiet niemand wat op, na verloop van tijd komt de waarheid altijd naar buiten.'

'Haha, jij altijd met je Friese spreekwoorden.'

‘Ja, lach er maar om, maar er zit een hoop wijsheid in. Mijn moeder heeft er tegeltjes vol van in haar toilet hangen.’

‘Ongetwijfeld.’

‘Vertel eens wat meer over je afkomst.’

‘Voor zover ik dat dan weet, hè? Ik heb het ook maar van horen zeggen.’ Karin vertelde Hinke alles wat ze tot nu toe zelf te horen had gekregen. Haar vriendin hoorde alles met een uiterst serieus gezicht aan en onderbrak haar niet één keer.

‘Weet je wat ik maar niet uit mijn kop kan krijgen? Het gevoel dat ik niet goed genoeg was en dat mijn echte vader me daarom weg heeft gedaan. Misschien vond hij me wel een spuuglelijke baby of zo.’

‘Jij een spuuglelijke baby? Geloof je het zelf? Ik maak uit je verhaal op dat er heel andere redenen waren om je ter adoptie af te staan en dat het niks met die kul te maken had die je nu uitkraamt.’

‘Mijn broer heeft hij wel gehouden.’

‘Ja, logisch toch? Die was al tweeënhalf jaar en had dus al een band met je vader. Jij daarentegen was een baby zonder besef van wat dan ook en met geen enkele herinnering. Je vader zou jou er niet door schaden als hij je afstond, je broer daarentegen wel.’

‘Maar ik snap niet hoe je je kind kunt wegdoen. Ik ben toch geen huisdier dat je weer terugbrengt naar het asiel als het even tegenzit?’

Hinke barstte in lachen uit en streek Mo, haar bruin-witte shih tzu, over zijn pas getrimde lijfje. ‘Er komen anders heel leuke exemplaren uit het asiel, hoor. Maar even serieus, misschien is het slim om een afspraak te maken met een van je therapeutencollega’s om alles te verwerken en weer in verhouding te gaan zien?’

‘Ja, heb ik ook al aan gedacht. Ik geloof niet dat ik mezelf op dit moment kan helpen. Ik maak zoveel emoties door dat het me een beetje aan ratio ontbreekt op het moment. En dan moet ik ook nog op zeer korte termijn beslissen of ik naar Canada ga. Wat zou jij doen?'

'Gaan,' zei Hinke zonder aarzeling. 'Het is je enige kans om iets af te sluiten met je biologische vader en het begin van een toekomst met je nieuwe broer. Ik denk dat je die kans moet pakken omdat je er anders op een gegeven moment toch spijt van hebt dat je het niet hebt gedaan. Je hebt maar één kans, Karin, en die is nu. Als ik jou was, dan zat ik al in het vliegtuig.'

Hinke legde haar hand even kort op die van Karin. Tranen welden op in Karins ogen en Hinke stak haar meteen een vork met taart toe. 'Hier, troosteten.'

Karin lachte door haar tranen heen. 'Heerlijke Friese deerne van me. Ik zou willen dat ik meer van jouw nuchterheid had.'

'Dat is nou zo'n misvatting, hè, dat Friezen geen emoties hebben. Die hebben we wel degelijk. We praten er alleen niet over, maar dat is wat anders.'

'Oei, gevoelig puntje?'

'Ach.' Hinke schraapte het laatste beetje taart van haar bord. Daarna liet ze Mo de restjes oplikken. Er ging een alarm op Karins telefoon en ze sprong op. 'O, ik moet Sam gaan halen. Bedankt dat ik even bij je mocht uitjammeren, Hinke.'

'Altijd welkom, dat weet je. Voor jou en Sam staat de deur altijd open.'

8

20 januari

'Waarom eet je niks, papa?' Colin Tremblay keek zijn vader met grote ogen aan.

'Papa is een beetje misselijk, jongen.'

'Papa voelt zich niet zo lekker, maar niks om je zorgen over te maken,' viel Katy haar man Tom bij terwijl ze hem een waarschuwende blik toewierp. 'Eet jij je broodje maar lekker op.'

'Mag ik thee?' De vijfjarige Liv hield haar beker omhoog.

'Natuurlijk mag jij dat, liefje.' Katy pakte de beker van haar aan, vulde deze tot de helft en gaf hem terug aan haar dochter.

'Gaan we wat leuks doen vandaag?' Colin schoof ongeduldig zijn stoel naar achteren.

'Niet met volle mond praten, Colin, hoe vaak moet ik nog zeggen dat dat onbeleefd is? En zitten blijven. Je zusje is nog niet klaar.'

'Liv is altijd als laatste,' zei Colin.

Liv stak haar tong naar hem uit en er viel een stuk fijngekauwd brood met jam uit haar mond.

'Oprapen!' snauwde Tom.

Liv schrok van zijn harde stem en haar ogen werden vochtig.

'Welja, ga maar huilen, dan is het drama helemaal compleet.' Tom schoof ruw zijn stoel naar achter en stond op, waarop Liv nu echt begon te huilen.

'Is dat nou nodig? Zij kan er ook niks aan doen.'

'Ze moet eens fatsoenlijk leren eten.'

'Ze is nog maar een kind, Tom.'

Tom wilde wat zeggen, maar slikte zijn woorden in. Zijn gezicht was vertrokken van woede.

'Kalmeer eens een beetje, wil je. Je laat niet echt een goed voorbeeld zien.'

'Alsof jij het toonbeeld van goed gedrag bent.'

'Niet waar de kinderen bij zijn,' siste Katy hem toe.

Woedend keek Tom haar aan en toen beende hij, zonder nog iets te zeggen, met grote stappen de keuken uit. Hij sloeg zo hard met de deur, dat die trilde in zijn sponning. Liv, die net weer wat rustiger was geworden, zette het van schrik weer op een krijsen.

'Waarom mag hij wel van tafel?' schreeuwde Colin erbovenuit.

'En nou allebei je mond houden, anders kunnen jullie de hele dag voor straf op je kamer gaan zitten!' viel Katy uit. Beide kinderen waren op slag stil en keken haar ontzet aan.

'Maar het is weekend,' zei Colin met een klein stemmetje. 'Ik wil zo graag wat leuks gaan doen.'

'Ik ook!' viel Liv haar broertje bij.

Katy zuchtte vermoeid. 'Wat willen jullie dan doen?'

'Sneeuwschoenwandelen!'

'Vraag maar aan je vader. Ik denk dat hij bij de houtschuur is.'

'Mogen we dan van tafel?'

'Ja, Colin, jullie mogen van tafel. En trek een jas aan voor jullie naar buiten gaan.'

Colin nam zijn zusje broederlijk bij de hand en Katy keek haar kinderen na. Ze begon de keukentafel af te ruimen en de tranen sprongen haar in de ogen. Haar relatie met Tom had vaker in zwaar weer verkeerd, maar ze waren er altijd sterker uitgekomen. Maar of dat deze keer ook het geval zou zijn? Ze wist dat ze het deze keer puur aan zichzelf te wijten had. Ze was te ver gegaan en ze wist niet of Tom haar ooit zou kunnen vergeven. Haar grootste zorg waren nu de kinderen. Ze wilde geen geruzie waar Colin en Liv bij waren, maar dat was vanochtend al schromelijk mislukt. Dat Tom haar het liefste voor van alles en nog wat uitmaakte, nam ze op de koop toe, maar de kinderen mochten er niks van merken. Haar grootste zorg ging uit naar Liv. Ze was nog zo klein en kwetsbaar, en keek enorm tegen Tom op.

Waarom had Jonas haar gedwongen om de waarheid te vertellen aan Tom? Ze kon zichzelf wel voor haar kop slaan dat ze uiteindelijk naar hem had geluisterd. Ze had Tom in onwetendheid moeten laten, dan had ze hem de pijn kunnen besparen. En zichzelf en haar gezin de consequenties van haar bekentenis.

De keukendeur vloog open en Colin kwam hijgend naar binnen rennen. 'Papa vindt het goed! We mogen onze spullen gaan pakken. Jij moet broodjes smeren, mam.'

Voordat Katy kon reageren, was hij alweer vertrokken. Haar hoofd stond eigenlijk helemaal niet naar een uitstapje, maar aan de andere kant was een beetje afleiding misschien wel goed.

'Mam, kun je even helpen? Je hebt onze sneeuwschoenen op de verkeerde plank in de kast gelegd en ik kan er niet bij.'

Katy bonkte drie keer zachtjes met haar hoofd op de keukentafel. Elke bonk begeleidde ze met een zin: 'Ik kies de verkeerde plank. Ik sla de plank mis. Ik zou het liefst tussen zes planken gaan liggen...'

'Mama, kom nou.'

'Rustig aan, Colin, mama heeft maar twee handen.' Ze slofte naar de bijkeuken en struikelde bijna over Colins jas, die hij op de grond had gesmeten. Ze stapte eroverheen en gaf Colin zijn sneeuwschoenen aan. Liv stond springend met haar armen in de lucht naast haar broer om haar eigen paar aan te pakken. Ze had blosjes van opwinding op haar wangen. Colin vloog langs hen heen en griste zijn jas van de vloer. Dat kind kon ook werkelijk niets rustig doen. Ze telde in haar hoofd af van tien tot een. Bij vier hoorde ze Colin alweer brullen.

'Mam! Mijn rits zit vast.'

'Stop, Colin, anders trek je hem stuk. Mama moet even helpen bij Colin, Liv, daarna ben jij aan de beurt.'

In stilte vloekend peuterde ze de vastgelopen rits los en hielp Colin in zijn jas. *Twee extra handen van Tom zouden welkom zijn*, dacht ze toen ze in haar ooghoek zag dat Liv onrustig werd. Ze gaf Colin zijn sjaal, muts en handschoenen en bekommerde zich toen om het warm aankleden van Liv.

'Ga papa maar halen en' – een harde klap – 'niet met de deur smijten,' mompelde ze tevergeefs.

Vlug smeerde ze wat broodjes en stopte ze samen met wat flesjes Kool-Aid en een paar zakjes chips in een rugzak. Toen ze uit het raam keek, zag ze Tom hand in hand met beide kinderen naar de auto toe lopen. Dat was goed. Hij gespte Liv vast in het zitje op de achterbank. Daarna hielp hij Colin op de passagiersstoel. Goed, zij was dus gedegradeerd naar de achterbank. De brok die al de hele ochtend in haar keel zat, werd groter. Haar kaken deden pijn van het ingehouden verdriet. Ze keek nogmaals naar buiten. Tom zat al achter het stuur en was duidelijk niet van plan nog even naar binnen te komen of een helpende hand te bieden bij het in de auto sjouwen van de spullen. Ze pakte de sneeuwschoenen en de rugzak met versnaperingen en sloot het huis af. Tom had nog niet de moeite genomen om de kofferbak open te maken.

'Pap, mama heeft haar handen vol,' hoorde ze Colin zeggen.

'Mama kan zich heel goed redden zonder papa. Ze heeft mij helemaal niet nodig. Toch, mama?'

Katy klemde haar kaken op elkaar. Elke opmerking voelde als een zweepslag, maar wat kon ze anders doen dan het gelaten ondergaan? Ze smeet alle spullen in de kofferbak, deed deze dicht en ging zwijgend op de achterbank zitten. Tom wachtte niet tot ze haar gordel omhad en reed weg. De banden van de 4x4 maakten een slippend geluid op de gladde oprit. Toen hij de auto weer onder controle had, zette hij de radio zo hard aan dat praten onmogelijk was.

'Ik weet niet wat ik moet doen om het goed te maken, Tom. Zeg me wat ik moet doen.'

Katy tikte met haar wandelstok tegen die van hem, maar hij negeerde het en prikte verbeten met zijn eigen stokken in de sneeuw. Ze liepen nu een minuut of tien met hun ondergebonden sneeuwschoenen op een van de *trails* in Gatineau Park. Katy had geen oog voor het prachtige landschap om haar heen, ze was volledig gefocust op Tom. Colin en Liv liepen achter hen en ze had Colin opgedragen goed bij zijn zusje in de buurt te blijven.

'Tom?'

'Misschien kun je het wel niet meer goed maken.'

'Wat bedoel je daar precies mee?'

'Weet ik niet.'

'Maar...'

'Zodra ik daar zelf uit ben, hoor je het. Oké?'

'Bedoel je dat er een kans is dat je... dat je mij en de kinderen verlaat?'

'Misschien dat ik er een tijdje tussenuit ga om rustig na te denken over de toekomst.'

'Dat kun je niet maken.'

'Dat kan ik wel degelijk. En ga jij mij nou ineens vertellen wat ik wel of niet kan maken? Dat recht heb je verspeeld. Jij hebt even helemaal niks meer te zeggen, Katy. Misschien wel nooit meer. Je hebt me belazerd, jarenlang, en ik weet niet of ik je dat ooit kan vergeven. Ik begrijp niet hoe je dat hebt kunnen doen na alles wat we hebben doorstaan. Hoe kon je mij en de kinderen dit aandoen?'

'Maar... hou je dan niet meer van me?'

Tom zweeg en Katy onderdrukte een snik. Ze wilde niet huilen. Niet waar de kinderen bij waren.

Haar maag kromp ineen, en niet vanwege de ruzie met Tom. Er klopte iets niet. De kinderen. Het was veel te stil achter haar. Ze draaide zich snel om en kreeg de schrik van haar leven. Het pad achter haar was verlaten. Geen Colin, geen Liv. 'Tom, de kinderen zijn weg,' riep ze met schrille stem.

Tom, die was doorgelopen, stond abrupt stil en draaide zich om. 'Colin!' brulde hij.

'Jaaa,' klonk het in de verte.

Katy blies haar ingehouden adem uit. Samen met Tom liep ze terug naar de plek waar Colins roep vandaan kwam. Hun sneeuwschoenen gleden moeiteloos over het witte poeder, terwijl de punten van de wandelstokken voor meer grip zorgden. Tom wandelde haar voorbij, nam een bocht en verdween uit het zicht. Ze volgde hijgend in haar eigen tempo. Haar hartslag versnelde toen ze de laatste bocht nam en Colin zag staan tussen de bomen naast het wandelpad.

Colin. Alleen Colin.

'Waar is Liv?' riep ze, terwijl haar ogen koortsachtig de omgeving afzochten naar een roze muts en dito jas. 'Colin?'

De jongen keek haar als versteend aan.

'Waar is je zusje, jongen?'

Tom knielde bij Colin neer en Katy zag dat haar zoons onderlip begon te trillen.

'We speelden verstoppertje, maar ik kan haar niet meer vinden.'

'Liv! Kom maar tevoorschijn, Liv.' Tom zette zijn handen als een toeter om zijn mond.

'Liv!' schreeuwde Katy. 'Waar ben je?'

'Liv!' brulde Tom.

Het bleef akelig stil. Waar ze ook was, ze had hen niet gehoord. De alarmbellen in Katy's hoofd overstemden het razende gebonk van haar hart. Ze hurkte bij haar zoon neer.

'Waar heb je haar voor het laatst gezien, Colin?'

'Weet ik niet.'

'Denk goed na. Was het hier of verder terug?'

'Alles lijkt zo op elkaar.' De jongen begon zachtjes te huilen.

Katy pakte hem met beide handen stevig vast bij zijn schouders. 'Colin? Colin, kijk me aan. Denk goed na, dit is belangrijk. Waar heb je je zusje voor het laatst gezien? Je zou toch op haar passen?' Haar stem sloeg over.

Colin snikte hevig.

'Katy, dit heeft geen zin. Wíj hadden op haar moeten letten.

Als er iemand schuldig is, dan zijn wij dat.'

Katy klikte haar sneeuwschoenen los.

'Wat ga je doen?'

'Haar zoeken natuurlijk. Dat gaat een stuk sneller zonder die dingen.'

'Maar...'

'Liv, schatje, kom eens bij mama! Het is veel te koud voor je als je stilstaat.' Met wanhopige passen rende Katy het bos in, haar ogen gefocust op de kleur roze.

'Katy, wacht!' brulde Tom haar na. 'Straks zijn we elkaar allemaal kwijt.'

Tom nam Colin bij de hand en voegde zich bij Katy. Toen gingen ze gedrieën op zoek.

Na een uur waren hun kelen rauw van het wanhopige geschreeuw. Van Liv was geen spoor te bekennen.

9

Het was muisstil in de verhoorkamer van het politiebureau in The Glebe, de wijk in Ottawa waar de Tremblays woonden. Inspecteur Dawn Clark observeerde met haar groenbruine ogen de drie bleke gezichten tegenover haar. Ze sloot haar handen met afgekloven nagels om de plastic beker waar de damp van vers ingeschonken koffie uit omhoogkringelde en blies voordat ze de volgende vraag stelde.

'Dus jullie waren aan het wandelen in Gatineau Park en ineens was Liv verdwenen?'

Katy Tremblay had tot nu toe alleen maar naar de grond gestaard, maar keek nu op. Haar ogen waren groot van angst en sporen van verdriet tekenden zich duidelijk af op haar gezicht. 'Ja. Tom en ik liepen wat te praten, Colin en Liv kwamen achter ons aan. Althans, dat dachten we.'

'Hebben jullie niet af en toe achteromgekeken?' vroeg Dawn voorzichtig. Net als haar zus Hailey, probeerde ze de Franse tongval in haar Engelse uitspraak zo veel mogelijk te camoufleren.

'Niet genoeg, blijkbaar,' antwoordde Tom. 'We hadden de kinderen natuurlijk vooruit moeten laten lopen zodat we zicht op ze konden houden.'

'Ja, dat is achteraf gezien natuurlijk makkelijk praten, maar daar gaat het nu niet om,' bitste Katy. Ze leek zelf ook te schrikken van haar vinnige toon en ging met iets zachtere stem verder. 'Tom en ik gingen nogal op in ons gesprek en letten even niet goed op. Maar dat doet er niet toe. Waar het om gaat, is dat ons meisje daar helemaal alleen in een bos is. En daar leven beren en wolven. En het is er fucking koud en ik ben bang dat ze doodvriest.' Haar stem nam weer in volume toe en ze barstte in huilen uit.

Tom bleef als verstijfd zitten en deed tot Dawns verbazing geen enkele moeite om zijn vrouw te troosten. 'Waar ging het gesprek tussen jou en Tom over, Katy? Hadden jullie ruzie?'

'Wat heeft dat er nou mee te maken?'

'Ik probeer na te gaan wat er precies is gebeurd. Jullie zijn echt niet de eerste bezorgde ouders die ik aan mijn bureau heb gehad, maar wel de eerste ouders die elkaars hand niet vasthouden. Daarom mijn vraag. Kan het zijn dat jullie ruzie hadden en daarom even niet op de kinderen hebben gelet?'

'Als je ons een schuldgevoel wilt aanpraten, kun je jezelf de moeite besparen. Dat hebben we al.'

'Ik wil jullie absoluut geen schuldgevoel aanpraten en als je dat zo opvat, dan bied ik mijn excuses aan.'

Even deed iedereen er het zwijgen toe.

'Sorry, ik ben niet helemaal mezelf en daarom reageer ik zo aangebrand,' zei Katy uiteindelijk. 'Ik begrijp dat je gewoon je werk probeert te doen.'

'En ik begrijp dat je onder immense spanning staat en dat je daarom zo reageert. Het geeft niet, Katy,' antwoordde Dawn terwijl ze haar vingers door haar schouderlange donkere haren haalde.

'Tom en ik hadden geen ruzie, maar een meningsverschil. Daar willen we het verder niet over hebben, het is een privézaak.' Ze seinde met haar ogen naar Colin, die in elkaar gedoken naast hen zat en zijn beker limonade nog niet had aangeraakt, en Dawn begreep de hint. Ze besloot voor nu genoegen te nemen met Katy's antwoord.

'Goed, vertel me dan nu maar precies wat er is gebeurd vanaf het moment dat jullie erachter kwamen dat Liv was verdwenen,' zei Dawn.

In afgemeten zinnen vertelde Tom wat er zich de afgelopen uren had afgespeeld. Hoe ze tevergeefs hadden gezocht en uiteindelijk hadden besloten hulp te zoeken. Omdat het Visitor Centre gedurende de wintermaanden gesloten was en ze niemand hadden kunnen vinden om hulp aan te vragen, waren ze uiteindelijk maar naar het politiebureau gegaan in de wijk waar ze woonden.

'Goed,' zei Dawn toen Tom was uitverteld, 'dit is wat we gaan doen. Ik wil een foto hebben van Liv zodat we die kunnen verspreiden via de sociale media. Mogelijk heeft een van de andere bezoekers van Gatineau Park haar gezien. Ik ga ook mijn uiterste best doen om hem nog geplaatst te krijgen in *The Glebe Report*, maar dan moet ik de boel wel zo snel mogelijk in gang gaan zetten voordat de krant naar de drukker gaat. De website moet sowieso lukken. Verder zal ik een zoekteam samenstellen, aangevuld met de hondenbrigade zodat we het gebied waar Liv is verdwenen minutieus kunnen uitkammen.'

'Jullie vinden haar toch wel?'

Dawn nam even de tijd voordat ze antwoordde. 'Daar gaan we ons uiterste best voor doen.'

'Waarom zeg je niet dat je haar vindt?' Katy's stem klonk schril.

'Katy, laat haar nou gewoon haar werk doen,' kwam Tom tussenbeide.

'Het geeft niet,' zei Dawn. 'Ik zal eerlijk antwoord geven. Ervaring heeft mij geleerd om nooit beloftes te doen die ik niet met honderd procent zekerheid kan waarmaken. Maar we gaan er alles aan doen om Liv te vinden, dat beloof ik jullie.'

Katy trok bleek weg bij Dawns woorden en snikte zachtjes in de bontkraag van haar jas.

Tom keek grimmig voor zich uit. 'Wij helpen mee met zoeken.'

'Ik snap dat je dat wilt, Tom, maar dat is niet verstandig. De mensen die hiermee aan de slag gaan, zijn professionals. Je kunt ze vertrouwen.'

'We zoeken mee.' Voor het eerst keek hij Dawn recht aan en de blik in zijn ogen verraadde dat hij geen tegenspraak duldde.

'Colin zal de plek aanwijzen waar hij haar voor het laatst heeft gezien.'

'We hebben het er later nog wel over. Ik ga nu de boel in gang zetten. Ik adviseer jullie om naar huis te gaan en daar te wachten tot je iets van me hoort.'

'Hoe lang gaat dat duren?'

'Het zal zo snel mogelijk zijn. We moeten een zo groot mogelijk gebied hebben uitgekamd voordat de schemer invalt. Jullie gaan nog een paar vermoeiende uren tegemoet, dus probeer wat uit te rusten.'

Katy keek haar aan met een blik vol onbegrip. 'Denk je nou werkelijk dat ik kan uitrusten als mijn kleine meisje daar ergens alleen door een ijskoud bos loopt? Je zult wel denken dat ik een slechte moeder ben, maar dat ben ik niet. Ik hou van mijn kinderen. Ik doe alles voor ze. Ik zou mijn leven voor...'

'We gaan,' onderbrak Tom haar nors.

Colin sprong op, ging tussen zijn ouders in staan en pakte hun beider handen. Alsof hij op die manier de kloof die tussen hen was ontstaan kon overbruggen. Het gebaar ontroerde Dawn. Ze had medelijden met de jongen, die duidelijk leed onder de verdwijning van zijn zusje en bij zijn ouders niet de troost vond die hij verdiende, omdat ze te zeer met zichzelf bezig waren.

Hoofdschuddend keek Dawn het verslagen gezin na toen ze met gebogen hoofden de gang op liepen. Beleefdheden werden niet meer uitgewisseld. Zodra de Tremblays uit het zicht waren, brak het zweet haar uit. Hoe moest ze dit in vredesnaam voor elkaar krijgen? Waarom moest dit juist nu gebeuren? Vanwege de grote klimaatconferentie in Ottawa was er maar een beperkt aantal collega's beschikbaar. Het gros van de politiemacht was ingezet om de verwachte demonstraties in goede banen te leiden en de veiligheid van de hoogwaardigheidsbekleders te garanderen. Hoe moest ze met het kleine clubje dat over was een immens park als het Gatineau uitkammen? 361 vierkante kilometer met bossen en meren, doorkruist door wandel- en fietspaden. Om nog maar te zwijgen van de beren, vossen en andere wilde dieren. Wat was de kans dat Liv Tremblay levend uit het park zou terugkeren?

Dawn keek naar buiten en schatte het aantal uren in dat ze nog daglicht hadden. Zo'n vijf uur. Te weinig. Ze moesten het meisje snel vinden.

10

Karin schoof onrustig heen en weer op haar stoel. Ze had een hekel aan vliegen. Die eeuwige te krappe beenruimte, haar angst voor turbulentie. Haar gordel zat al de gehele vlucht stevig vastgesnoerd om haar buik. Dat hielp een beetje. Sam zat naast haar en speelde geconcentreerd een spelletje op haar telefoon. De man naast hem had geprobeerd een gesprek aan te knopen, maar had het al snel opgegeven toen hij geen respons kreeg. Hij had haar verwijtend aangekeken, alsof ze een moeder van niks was met een onopgevoed kind. Ze kon het niet opbrengen om zich te verantwoorden. Vandaag even niet. Bovendien was de man zelf ook niet al te sociaal. Zijn grote lijf blokkeerde het zicht op de wolken vrijwel volledig. Het was niet bij hem opgekomen om zijn plekje bij het raam aan Sam af te staan. Ze had het er maar bij gelaten, er spookte al genoeg door haar hoofd.

Een van de stewardessen keek haar kant op en Karin wenkte om haar aandacht te vangen. De vrouw kwam naar haar toe lopen.

'Zou ik misschien wat koud water mogen? Ik voel me niet zo lekker en ik heb zo'n droge mond.'

De stewardess keek op haar horloge. 'Het duurt nog een halfuur voordat we gaan landen, dus dat kan nog net.' Ze boog zich naar Sam toe. 'Wil jij ook een beetje water?'

Sam bleef geconcentreerd naar het telefoonscherm kijken en gaf geen enkele reactie. De man naast hem snoof geërgerd.

'Ze horen of zien niets, hè, als ze met die dingen bezig zijn?' zei de stewardess lachend.

‘Hij is alleen maar doof, hoor, er is niks mis met zijn ogen.’ Karin had meteen spijt van haar vinnige reactie. ‘Sorry, dat was onaardig van me. Ik ben gewoon zo misselijk en...’

‘Ik ga direct wat water voor u halen.’ De stewardess maakte er verder geen woorden aan vuil en vertrok. De man naast Sam keek nu ineens met een blik vol medelijden naar de jongen.

‘Hij is niet zielig, mocht u dat denken.’

De man wendde zijn blik af en tuurde door het raampje.

Heel goed hoor, Karin, je hebt weer vrienden gemaakt. Het zweet brak haar uit en ze schuurde met haar rug tegen de stoel. Nerveus beet ze op haar nagel. Tot haar opluchting kwam de stewardess aanlopen met haar water en gulzig dronk ze het flesje voor de helft leeg. Ze stootte Sam aan, die amper de moeite nam om op te kijken en zijn hoofd schudde toen hij het flesje water zag. Karin was allang blij dat hij zijn eerste vlucht zo goed doorstond en geen spoor van angst vertoonde. Communiceren deden ze later wel weer.

Naarmate de eindbestemming van hun vlucht dichterbij kwam, nam de kriebel in haar buik toe. Had ze er goed aan gedaan om naar Canada af te reizen om haar familie te ontmoeten? Was het niet beter geweest voor iedereen om de boel te laten rusten? Waarom na al die jaren nog oude wonden openrijten en nieuw verdriet creëren? Haar komst naar Canada zou immers vooral pijnlijk zijn, dat stond buiten kijf. Haar nieuwsgierigheid naar haar roots had uiteindelijk de overhand gekregen – maar nu het bijna zover was, wist ze het niet meer zo zeker. De behoefte om weg te rennen was ineens heel groot.

Ze zette het flesje aan haar mond in de hoop dat het koude water haar wat zou kalmeren. Zou ze aansluiting vinden bij haar ‘echte’ familie? Zou een bloedband voelbaar zijn zonder dat je elkaar echt kende? Ze had haar broer Jonas twee keer kort via Skype gesproken voordat ze in het vliegtuig was gestapt. Hij leek aardig en dat had haar uiteindelijk definitief over de streep getrokken. En oké, Hinke had ook haar steentje bijgedragen en haar bijna letterlijk het vliegtuig in geduwd. De behoefte om te weten wat ze al die jaren had gemist en of de verloren jaren op de een of andere manier konden worden ingehaald, was met de dag sterker geworden.

De gezagvoerder kondigde aan dat ze over tien minuten zouden landen op Toronto International Airport, waarmee ze een halfuur voorliepen op schema. Dat was mooi meegenomen, want Karin had weliswaar zo'n anderhalf uur overstaptijd, maar ze had geen flauw idee hoe lang ze erover zouden doen bij de douane. Ze stopte het waterflesje in het vak aan de rugleuning van de stoel voor haar en zette zich schrap. Wat zou ze blij zijn als ze weer vaste grond onder haar voeten voelde. Ze tikte Sam aan om zijn aandacht te vangen en liet hem in gebarentaal weten dat ze zo zouden gaan landen en dat hij haar mobiel terug moest geven. Met tegenzin maakte hij zich los van zijn spelletje. De jongen vond het maar verwarrend dat hij er op zijn zesde ineens een opa en een oom bij kreeg. Karin had haar best gedaan om het hem zo goed mogelijk uit te leggen, maar ze betwijfelde of ze daarin geslaagd was. Ze begreep het zelf nog amper. Ze zou haar vader eerst zelf bezoeken en daarna pas besluiten of ze Sam ook zou meenemen naar het ziekenhuis. Haar zoon had in zijn jonge leventje al te veel te maken gehad met doktoren en ziekenhuizen en het laatste wat ze wilde, was hem een nieuw trauma bezorgen.

Het was druk in de aankomsthal van Ottawa Macdonald-Cartier International Airport. De binnenlandse vlucht van Toronto naar Ottawa was snel voorbijgegaan en na een reis van ruim dertien uur waren ze dan eindelijk op hun bestemming aangekomen. Ze keek op haar horloge – het was halfvier in de middag, plaatselijke tijd. Ze hield Sams hand stevig vast, als de dood dat ze was dat ze hem zou kwijtraken in de mensenmenigte. Dat Sam zich ook niet op zijn gemak voelde in die drukte, was duidelijk te merken. Hij kneep haar hand bijna fijn. Ze trok hem en hun koffer mee naar een plek waar het wat rustiger was en stuurde Jonas een berichtje dat ze gearriveerd waren.

Waiting for you and Sam at Good Earth Coffeehouse. It's on level 3 before the food court, berichtte Jonas terug. Karin moest even slikken. Hij, haar broer, zat gewoon écht op haar te wachten! Het was allemaal nog zo onwerkelijk, dat ze dacht dat ze het pas echt zou geloven als ze hem voor zich zag staan. Hem kon aanraken, zijn gezicht bestuderend, op zoek naar gelijkenissen met het hare. Zou ze hem herkennen? Een gevoel van thuiskomen ervaren als ze elkaar omhelsden? Je hoorde weleens dat mensen die op latere leeftijd hoorden dat ze geadopteerd waren, altijd het gevoel hadden gehad dat er iets ontbrak. Dat ze zich altijd ontheemd en niet op hun plek hadden gevoeld. Voor die mensen viel ineens alles op zijn plaats op het moment dat ze ontdekten dat ze geadopteerd waren. Zijzelf had daar nooit last van gehad. Natuurlijk waren er altijd wel een paar dingen te wensen, maar zij was gelukkig geweest met haar leven en met zichzelf. Met haar adoptieouders. Bij dat woord ging er nog steeds een scherpe steek door haar hart. Het deed pijn dat ze de mensen waar ze zoveel van hield niet meer rechtmatig met papa en mama kon aanspreken. Ze wist niet of dat ooit zou wennen.

Kom op nou, Karin, zet dat nu even van je af. Je broer zit wortel te schieten in die koffiebar.

Ze tikte Sam aan en vertelde hem duidelijk articulerend waar ze naartoe zouden gaan en dat hij haar hand onder geen beding los mocht laten. Zodra hij oud genoeg was, had ze hem naast gebarentaal ook liplezen geleerd. In een situatie zoals deze, waarin ze hun handen nodig hadden om zich aan elkaar vast te klampen, een broodnodige uitkomst. Sam was een heel slim jongetje en zoog nieuwe dingen op als een spons. Hij wilde zo veel mogelijk van de wereld om hem heen ontdekken en Karin stimuleerde hem waar ze kon. Ze zou niets liever willen dan hem geluid cadeau geven, maar op dit moment was de wetenschap nog niet zover dat ze dit mogelijk konden maken voor Sam. Ze had geprobeerd om hem in aanmerking te laten komen voor een cochleair implantaat – een apparaatje dat de gehoorzenuw elektrisch stimuleert en daarmee de zintuigcellen in het binnenoor overneemt – maar omdat Sam bij zijn geboorte al volledig doof was en nooit de kans had gehad om gesproken taal te leren spreken en begrijpen, was de aanvraag afgewezen. Maar ze gaf het niet op. Ze hield alle ontwikkelingen nauwlettend in de gaten en hopelijk werd er op een dag iets uitgevonden wat ook Sam zijn gehoor kon geven. En dan maakte het haar niet uit hoeveel tijd het haar zou kosten om hem te leren praten en kennis te laten maken met omgevingsgeluiden.

Twee kinderen die elkaar met een hoop lawaai achternazaten, schoten langs Karin en Sam heen. Ook iets wat ze miste bij Sam. Vrolijk gekrakeel, luidkeels gekibbel, een schaterlach. Sam maakte hooguit wat rare keelgeluiden. Blijdschap, boosheid, verveeldheid en andere emoties moest ze van zijn gezicht aflezen en na vier jaar durfde ze zichzelf een expert op dit gebied te noemen. Wat deze 'gave' extra bijzonder maakte, was dat hij haar heel goed van pas kwam in haar werk als psycholoog – de 'moeilijke gevallen' werden om die reden altijd naar haar doorgestuurd. Enerzijds voelde ze zich daardoor enorm gestreeld, maar anderzijds maakte het haar werk niet bepaald gemakkelijk. Het kostte veel energie om het vertrouwen van deze mensen te winnen en ze weer goed op de rit te krijgen. Wat de reden was dat ze al enige tijd op haar tandvlees liep en het nieuws over haar adoptie de welbekende druppel was geweest die haar emmer had doen overlopen.

Sam gaf twee rukjes aan haar hand, ten teken dat hij haar aandacht wilde. Ze keek hem glimlachend aan. Met zijn vrije hand wees hij naar de kiosk in de verte. Ze kneep haar ogen tot spleetjes om de tekst op de gevel te lezen en stak haar duim naar hem op. Daarna articuleerde ze: 'Goed gedaan. Je zag het nog eerder dan mama.' Zijn ogen begonnen te glanzen en hij trok haar enthousiast mee. Karin aarzelde kort en versnelde haar pas. Ze kon de ontmoeting niet langer uitstellen, ze was nu te dichtbij.

Aan het voorste tafeltje in de kiosk zat een man. Zijn gezicht stond gespannen terwijl hij voor zich uit staarde. Jonas? Sam trok aan haar arm ten teken dat ze moest doorlopen. De man draaide zijn hoofd en keek haar ineens recht aan – en er ging een schok door Karin heen. Een voorzichtige lach verscheen op zijn gezicht. Terwijl zij en Sam aarzelend naar hem toe liepen, stond hij op van zijn tafeltje en zette ook een paar stappen. Toen stond hij stil. Karin zette door tot ze recht voor hem stond. Ze keek in ogen die net zo blauw waren als de hare. Zijn haren hadden dezelfde kleur bruin. Ze liet haar ogen over zijn gezicht gaan. Een Romeinse neus met een lichte welving op de neusbrug, net als zij had. Een scherpe kaaklijn en hoge jukbeenderen. Het was alsof ze naar de mannelijke variant van zichzelf keek.

Jonas bestudeerde haar gezicht op dezelfde manier. Ze hadden nog niets gezegd, elkaar niet aangeraakt. Het was alsof de tijd even stilstond en alle verloren jaren vervaagden. Karin was de eerste die weer terugkeerde in de realiteit omdat Sam in haar hand kneep. Het mannetje had zich verlegen achter haar verscholen. Ze legde zijn hand op haar heup zodat hij zich daaraan kon vastklampen en liet hem toen los. Voorzichtig stak ze haar hand uit naar Jonas.

'Hallo, ik ben Karin,' zei ze in het Engels.

Jonas pakte haar hand meteen vast. 'Sorry, ik dacht even dat ik naar mezelf stond te kijken.'

'Wat lijken we op elkaar, hè? Als we nog twijfels hadden...' Karin glimlachte verlegen. Jonas keek haar recht aan en had haar hand nog steeds vast. Hij trok haar voorzichtig naar zich toe en toen ze niet protesteerde, omhelsde hij haar. Eerst zachtjes en toen stevig. Karin nestelde zich in zijn armen terwijl de brok in haar keel steeds groter werd. Haar cynisme ten aanzien van adoptiekinderen die al hun hele leven het gevoel hadden dat er een belangrijk puzzelstukje ontbrak, ebde weg. Tot haar verrassing voelde dit als thuiskomen. Haar puzzel was compleet.

Jonas drukte haar nog eens flink tegen zich aan en liet haar toen los. Karin rilde toen ze de warmte van zijn armen niet meer voelde. Jonas ging op zijn knieën voor Sam zitten en zijn handen vormden het woord 'Hallo' en toen: 'Welkom in Canada.' Sam lachte verlegen en groette terug.

'Beheers jij Nederlandse gebarentaal?' vroeg Karin verbaasd.

Jonas aaide Sam over zijn bol en stond op. 'Een paar woordjes maar. Toen mijn vriendin hoorde dat jij en Sam hierheen kwamen, heeft ze meteen een boek over Nederlandse gebarentaal gekocht. Ze oefent elke avond zodat ze met Sam kan communiceren en heeft mij ook een paar woordjes geleerd. Ze hoopt dat hij zich hier dan wat sneller thuis voelt.'

'Wat ontzettend lief van haar! En ook heel moeilijk, want dat betekent dat ze meteen ook een beetje Nederlands moet leren. Nederlandse gebarentaal is echt een heel andere taal dan American Sign Language.'

Jonas knikte instemmend en grinnikte. 'Je kunt veel van Hailey zeggen, maar lief is ze zeker. En erg gedreven. En vasthoudend. Als ze iets in haar kop heeft...'

'Heeft ze het niet in haar kont,' maakte Karin zijn zin af.

Jonas keek haar vragend aan.

'Dat is een Nederlandse uitdrukking: wat ze in haar kop heeft, heeft ze niet in haar kont,' lichtte Karin toe.

'Als jij het zegt,' zei Jonas lachend. Hij nam haar koffer van haar over. 'Zullen we gaan?'

11

De zon scheen zijn verblindende licht op de dikke laag sneeuw die het Canadese landschap bedekte. Indrukwekkende sparren bogen op sommige plekken diep onder hun witte last.

'Wow, wat is het hier mooi,' verzuchtte Karin. 'Ik had geen idee.'

'Je zult je ogen uitkijken in de parken. Er is hier zoveel te zien. Bevroren meren, oeroude esdoorns en cederbomen, en dan heb ik het nog niet eens over al het wild dat je hier kunt spotten. Zwarte beren, Amerikaanse wolven... Dat vindt Sam vast interessant.'

'Wolven? Je denkt toch niet dat ik mijn kind tussen de wolven laat rondlopen? Zijn er geen vriendelijkere dieren te vinden?'

'Zeker. Wat dacht je van witstaartherten en wasbeertjes?'

'Dat klinkt al een stuk beter.'

'De beren en wolven laten zich in principe niet zien, dus daar hoef je niet bang voor te zijn. Ze hebben genoeg voedsel om zichzelf te redden, dus mensenvlees staat niet boven aan hun lijstje. Tenzij ze het natuurlijk op een presenteerblaadje krijgen aangeboden.'

Karin huiverde en Jonas moest grinniken. Sam was intussen druk bezig met het tekenen van poppetjes op het beslagen raam waar hij zijn warme adem tegenaan had geblazen.

'Jij hebt geen kinderen, toch?' vroeg Karin toen ze zag hoe Jonas in zijn binnenspiegel naar Sam keek.

Jonas aarzelde even voordat hij antwoordde. 'Nee, nee, ik heb geen kinderen.'

'Was dat, eh...?'

'Een bewuste keuze, wil je vragen? Nee, niet echt. Ik kan geen kinderen krijgen.' Zijn gezicht kreeg een trieste uitdrukking.

'Het spijt me dat ik ernaar vroeg. Wat naar voor jou en Hailey.'

'Met name voor Hailey is het zwaar. Ze heeft een sterke kinderwens en die zou weleens zwaarder kunnen wegen dan haar liefde voor mij.'

Jonas deed er plotseling het zwijgen toe en Karin wist niet zo goed hoe ze moest reageren.

'Sorry, dat had ik niet moeten zeggen,' zei hij na een tijdje. 'Het is nogal een gevoelig onderwerp op dit moment. We hebben wat problemen, maar daar mag ik jou niet mee belasten.'

'Dat geeft niet. Ik wil graag alles van je weten, de goede en de minder fijne dingen.'

'Lief dat je dat zegt.' De zorgelijke blik stond nog steeds op zijn gezicht.

'Ik zal niet over kinderen beginnen als Hailey in de buurt is,' stelde Karin hem gerust.

Jonas knikte en ging snel over op een ander onderwerp. 'Geniet nog maar even van de rust en de uitgestrektheid om je heen, want we rijden zo de drukte in.'

Karin volgde zijn advies op en staarde uit het raampje. De eindeloze witte ruimte die reflecteerde in de zon deed pijn aan haar ogen. Ze stelde zich voor dat ze haar voetstappen in de maagdelijke sneeuw zou zetten en zou rennen tot ze niet meer kon. Het gevoel van vrijheid dat die gedachte gaf, borrelde als een lang gekoesterd verlangen op in haar buik en bezorgde haar een lach van oor tot oor.

'Ik geloof dat ik hier wel zou kunnen aarden.'

Jonas keek haar aan en toverde een brede lach op zijn gezicht. 'Welkom thuis, zus.'

Zus. Het woord 'thuis' maakte haar blij en verdrietig tegelijk. Het bracht haar in een pijnlijke spagaat tussen het Canadese thuis dat ze nooit had gehad en haar Nederlandse thuis waar een leven vol herinneringen lag. De gedachte aan haar adoptieouders bezorgde haar een brok in haar keel. Had ze hen toch mee moeten nemen om dit samen met hen te doen? Om samen met hen haar achtergrond te ontdekken? Maar als ze haar adoptieouders zou hebben meegenomen, zou ze continu op eieren hebben moeten lopen uit angst om hen te kwetsen. Ze zette de gedachte snel uit haar hoofd. Nee, sommige dingen moest je alleen doen.

'We steken zo de rivier de Rideau over en verlaten dan de snelweg. Een uitloper ervan loopt helemaal door tot in The Glebe. Hou je van schaatsen?'

'Hé, ik kom uit Nederland, ik ben geboren met schaatsen. Ik bedoel, eh...' Ze trok een ongemakkelijk gezicht. 'Ik heb altijd gedacht dat ik geboren was met schaatsen.'

Ze zag aan Jonas' gezicht dat hij haar worsteling met haar afkomst begreep en ze was hem dankbaar dat hij er verder geen woorden aan vuil maakte.

'Da's mooi, want de Rideau is namelijk de langste schaatsbaan van de wereld, die moet je uitproberen.'

'Ik heb geen schaatsen bij me. Het ging allemaal zo halsoverkop, ik heb me niet echt kunnen voorbereiden of me in de omgeving kunnen verdiepen.'

'Geen probleem, je kunt op verschillende plaatsen langs de rivier schaatsen huren. Van januari tot en met maart is het hier de grootste attractie. De rest van het jaar wordt de rivier gebruikt voor scheepvaart.'

'Het begint wel een beetje te kriebelen, moet ik zeggen. In Nederland is het weer de laatste jaren zo wispelturig dat de dagen dat er mooi stevig ijs ligt op één hand te tellen zijn.'

'Hadden jullie niet een of andere beroemde schaatstocht?'

'De Elfstedentocht. Dat is onze nationale trots. Het is een tweehonderd kilometer lange schaatstocht langs elf steden in het noorden van Nederland. In Friesland.'

'En is die elk jaar?'

'Nee, alleen als het ijs dik genoeg is. Er moeten duizenden mensen op kunnen schaatsen. De laatste was in 1997, maar elk jaar houdt heel Nederland zijn adem in als het gaat vriezen en de teleurstelling is groot als de winter weer voorbij is gegaan zonder een Elfstedentocht. Maar we blijven hopen.' Karin lachte. 'Een oud-winnaar van die tocht is trouwens geëmigreerd naar Canada. Hij is boer en zijn naam is Evert van Benthem. Ooit van hem gehoord?'

'Nee. Maar een schaatstocht van tweehonderd kilometer...' Jonas floot tussen zijn tanden. 'Daar steekt die zevenkilometerschaatsbaan op de Rideau dan toch een beetje schraal bij af. Maar, het is wel zeven kilometer superijs dat elke avond perfect wordt onderhouden.'

'Je maakt me heel nieuwsgierig.'

'Dan hebben we bij dezen een schaatsdate. Je moet het echt een keer meemaken. Kan Sam een beetje schaatsen?'

'Hij stuntelt wat aan mijn hand op glij-ijzers, maar dat houdt hij geen zeven kilometer vol. En ik trouwens ook niet.'

'Geen probleem. Er zijn voldoende rustplaatsen en wisselstations waar je op adem kunt komen, en dan heb ik het nog niet eens over de foodtrucks langs de hele ijsbaan waar je de heerlijkste Canadese snacks kunt krijgen. Je mag niet naar huis voordat je *beavertails* en *maple taffy* hebt geproefd.'

'Beavertails?'

'Dat is een groot, vlak stuk gebakken deeg dat doet denken...'

'Aan de staart van een bever,' maakte Karin zijn zin lachend af. 'Hoe heette dat andere ding, zei je?'

'Maple taffy. Dat is opgewarmde ahornsiroop die stevig gemaakt wordt met sneeuw.'

'Serieus? Jullie houden er in elk geval creatieve culinaire tradities op na. Ik wil ze allemaal uitproberen. Denk ik.'

Jonas glimlachte en toen werd zijn gezicht ernstig. 'Ik wilde je nog wat vragen. Wil je vanavond nog naar papa toe? Want dan moet ik nog wat dingen regelen.'

Karin verstarde. 'Mag dat ook morgen? Sam en ik zijn moe van de lange reis en ik wil eerst een nacht goed slapen voordat ik de confrontatie aanga.'

'Confrontatie? Zie je het zo, als een confrontatie?'

Even was Karin in de war. Ze had er niet echt bij nagedacht toen ze het zo had verwoord. 'Ja,' zei ze toen voorzichtig, 'ik weet niet hoe ik het anders moet noemen. Ik neem hem wel wat dingen kwalijk en heb veel vragen. Het zal niet zo'n warme kennismaking worden als tussen jou en mij. Ik denk ook niet dat ik hem al papa kan noemen.'

'Ik begrijp dat het moeilijk voor je is. Zie je er erg tegen op om hem te ontmoeten?'

'Ja, nogal. De tijd die me gegund is om hem een beetje te leren kennen, is nogal krap. Dus is het wel de pijn en moeite waard, vraag ik me af. Waarom kennismaken met iemand die ik heel snel weer kwijtraak?'

'Wat heeft je dan toch doen besluiten om hierheen te komen?'

'Wil je het eerlijk weten?'

'Uiteraard.'

'Nieuwsgierigheid naar mijn roots, maar vooral dat ik een broer blijk te hebben.'

'Dus je komt eigenlijk een beetje voor mij?'

'Aan het vissen naar complimentjes?'

Jonas lachte. 'Weet je dat ik altijd al een zus heb willen hebben?'

'Jij wist dus ook niet van míjn bestaan?'

'Klopt. Ik was zo'n tweeënhalf jaar oud toen jij geboren werd en kan me dat helemaal niet herinneren. Ik kan me zelfs mijn moeder, onze moeder, niet meer herinneren.'

'Maar waren er dan geen foto's van mij met onze moeder of van mij alleen?'

'Als ze er al waren, dan zijn ze altijd zorgvuldig voor me verborgen gehouden. Ik ben opgevoed door papa en een kindermeisje. Ik was net zo verbaasd als jij toen bleek dat ik nog een zusje had. Papa heeft de laatste tijd heel wat geheimen aan me opgebiecht.' Jonas' gezicht kreeg een trieste uitdrukking.

'Wat voor geheimen?'

Jonas wierp een snelle blik op Sam via de binnenspiegel.

'Ik wil papa eerst de kans geven om zelf alles aan je te vertellen. Ik denk dat hij pas rustig kan sterven als hij zijn hart bij jou heeft gelucht, zoals hij dat ook bij mij heeft gedaan.'

'Nog meer verrassingen, dus. Ik weet niet of ik daar blij van moet worden. De verrassing die me hier heeft gebracht, heeft mijn leven nogal op zijn kop gezet.'

'Bereid je erop voor dat je er niet blij van gaat worden.'

'Dat klinkt niet best. Kun je een tipje van de sluier oplichten, zodat ik me een beetje kan voorbereiden voordat ik Alan bezoek?'

'Sorry, dat is niet mijn taak. Dit is iets tussen jou en papa. Hij heeft er een puinhoop van gemaakt, dus hij mag het ook zelf oplossen.'

'Een puinhoop? Het wordt steeds erger... Ik krijg ineens heel erg de neiging om het eerste vliegtuig terug naar huis te pakken.'

'Dat kan ik me heel goed voorstellen. Toch denk ik dat het verstandig is om te luisteren naar wat hij te zeggen heeft.'

'Hoe gaat het met hem? Naar omstandigheden dan.'

'Niet goed. Ik ben vanmorgen vroeg nog even bij hem geweest en hij is erg aan het worstelen. De benauwdheid neemt verder toe en hij heeft steeds meer ademondersteuning nodig. Als hij niet te uitgeput is, halen ze hem 's ochtends en 's middags een halfuurtje van de beademing af zodat zijn ademhalingsspieren niet verder verzwakken. Dan kan hij ook een beetje communiceren. Praten gaat moeizaam, dus je zult wat geduld met hem moeten hebben.'

'Ben jij bij het gesprek aanwezig?'

'Ik vrees dat me dat niet gaat lukken, ik kan mijn patiënten niet afzeggen. Ik denk ook niet dat het verstandig is. Hij kan op dit moment maximaal één bezoeker tegelijk aan. Hij zal al zijn krachten voor jou nodig hebben.'

'O. Wanneer kan ik hem dan het beste bezoeken? Hoe weet

ik wanneer hij van de beademing af is zodat hij kan praten?'

'Ik laat de afdeling 's ochtends weten hoe laat je hem wilt bezoeken en dan zorgen ze dat hij op dat moment van de ademondersteuning af is.'

'Maar is dat wel verantwoord dan?'

'Hij wil het zelf zo. Hij is stervende en een stervende man mag je zijn laatste wens niet afnemen.'

'Ja, dat zal wel.'

Karin dacht na over de man die ze de volgende dag zou ontmoeten. De man die haar vader was en tegelijkertijd een grote onbekende. 'Zou je me vanavond misschien wat over Alan kunnen vertellen, zodat ik hem via jou al een beetje leer kennen?'

Jonas keek haar schuldbewust aan. 'Sorry, ik vrees dat me dat niet gaat lukken. Sam en jij zullen je vanavond met zijn tweetjes moeten vermaken in mijn huis. Ik moet onverwacht weg.'

Karin kon een blik van teleurstelling niet verbloemen en Jonas zag het meteen.

'Het spijt me echt heel erg. Er wordt sinds vanochtend een jong meisje uit onze wijk vermist en er is een zoektocht op touw gezet. Ze is verdwenen in het Gatineau Park – dat ligt aan de andere kant van de rivier de Ottawa – en de politie is bezig het gebied uit te kammen met speurhonden. Maar Gatineau is enorm uitgestrekt, meer dan driehonderdvijftig vierkante kilometer, en gezien de temperatuur is het zaak dat ze zo snel mogelijk gevonden wordt.'

'Wat vreselijk.'

'Absoluut. De kans dat de kou haar fataal wordt, is groot. En dan heb ik het nog niet eens over de beren en wolven.'

Karin huiverde. 'Ik krijg er gewoon kippenvel van. Het is maar te hopen dat de politie dat meisje snel vindt.'

'Dat is nou precies waar ik eerlijk gezegd niet zoveel vertrouwen in heb. De politie is op dit moment nogal onderbezet vanwege de VN-klimaatconferentie die in Ottawa plaatsvindt waarbij het gros van de agenten is ingezet.'

'En is er verder dan geen hulp?' vroeg Karin.

Jonas schudde met een ernstig gezicht zijn hoofd. 'Nee. Daarom heb ik vandaag wat rondgebeld om voor vanavond zo veel mogelijk mensen op de been te krijgen. Als de politie het niet lukt in haar eentje, dan moeten we ze maar een handje helpen.'

'Heb je veel mensen bereid gevonden?'

'Ja. Het gros van de bewoners uit The Glebe helpt zoeken. We zijn nogal een hechte gemeenschap en de verdwijning van Liv is ingeslagen als een bom.'

'Hoe oud was het meisje ook alweer, zei je?'

'Vijf.'

'Maar een jaar ouder dan Sam. Ik zou gek worden als het om mijn kind ging.'

'Geloof me, dat voelen haar ouders precies zo. Katy, haar moeder, is een zenuwinzinking nabij. Ik heb haar wat kalmerends moeten geven. Ze is een voormalig patiënte van mij, dus ik leef erg met haar mee en wil haar graag helpen.'

'Je neemt dus vanavond zelf ook deel aan de zoektocht,' concludeerde Karin.

'Ik ben een van de organisatoren, dus ik kan het niet maken om er niet bij te zijn.' Jonas zweeg even. 'Ik had je graag een warmer welkom gegeven.'

'Dat begrijp ik maar al te goed. Het is dat ik Sam niet alleen kan laten, anders zou ik mee gaan zoeken.'

Jonas knikte en ze zwegen even. 'Ik vind het echt rot dat ik je meteen aan je lot moet overlaten.'

'Het geeft niet. Ik hoop dat jullie het meisje vinden.'

Natuurlijk begreep Karin de urgentie van de zoektocht en Jonas' deelname daaraan. Toch kon ze niet ontkennen dat ze ook een beetje teleurgesteld was. Ze had zich de eerste avond met haar broer heel anders voorgesteld. In gedachten zette ze een groot rood kruis door een knusse kennismakingsavond voor een knapperend haardvuur met wat lekkere hapjes, een flesje wijn en verhalen over hun levens die ze noodgedwongen gescheiden van elkaar hadden moeten doorbrengen. In plaats daarvan werd het een avond bankhangen in haar eentje of naar het plafond staren in een vreemde kamer en in een vreemd bed. Hopelijk viel ze snel in slaap. Door het tijdverschil was het een extreem lange dag en ze voelde zich in alle eerlijkheid doodmoe.

Karin keek naar buiten en zag dat ze inmiddels door een gezellige winkelstraat in The Glebe reden.

'Dit is Bank Street. Als je wilt shoppen of lekker wilt eten, dan moet je hier zijn. Mijn huis ligt hier ongeveer een kilometer vandaan, dus de winkels zijn lopend bereikbaar.'

12

Jonas stuurde zijn zilverkleurige 4x4 naar rechts. Ze passeerden twee zijstraten en stopten voor een wit huis, gebouwd in tudorstijl en versierd met wat bescheiden *Fachwerk*.

'Wow, wat een prachtige woning!'

Jonas lachte verlegen. 'Dank je. Ik heb het tien jaar geleden gekocht en ik wil er nooit meer weg. Net uit de ergste drukte, maar toch dicht bij het centrum en de rivier. En aan de achterkant grenst het aan een park.'

'Heerlijk zeg, om jaloers van te worden.'

Jonas parkeerde de auto op de ruime oprit voor zijn huis. 'Hailey is er ook, zie ik, ze popelt om kennis met je te maken.' Hij wees naar een kleiner formaat 4x4 die langs de kant van de weg geparkeerd stond. 'Ze mijdt de oprit altijd omdat ik voor spoedgevallen meteen weg moet kunnen.'

Karin knikte begrijpend. Ze gebaarde naar Sam dat ze op hun plaats van bestemming waren aangekomen. Met moeite rukte hij zich los van zijn raampoppetjes.

'Ik vrees dat je je raam van een paar vette vingers zult moeten ontdoen,' zei ze tegen Jonas.

Hij lachte haar geruststellend toe en stak twee duimen op naar Sam als waardering voor zijn kunstwerk. Sam stak zijn duimen in de lucht als antwoord en de grote lach op zijn gezicht sprak boekdelen. Het was overduidelijk dat hij Jonas nu al graag mocht. Jonas tilde hun bagage uit de auto en ging hun voor naar de deur, die al openzwaaide voordat hij de sleutel in het slot had kunnen steken. Een knappe, blonde vrouw van gemiddelde lengte stond in de deuropening. Haar gezicht had zachte trekken en ze straalde een meisjesachtig enthousiasme uit. Haar hoge paardenstaart bewoog vrolijk mee als ze haar hoofd bewoog. Met haar witte coltrui, strakke spijkerbroek en bruine Uggs kon ze zo uit een modeblad gestapt zijn.

'Karin, mag ik je voorstellen aan Hailey?' introduceerde Jonas zijn vriendin.

Hailey stapte naar buiten en omhelsde haar hartelijk. 'Wat ontzettend fijn om je te ontmoeten, Karin,' sprak ze zachtjes. 'Jij en Sam zijn hier zo welkom.'

Ondanks de kou werd Karin warm vanbinnen. Ze omklemde haar nieuwbakken schoonzusje stevig en liet haar toen los. Hierop liep Hailey naar Sam, die verlegen stond toe te kijken. Ze knielde voor hem neer en begroette hem met gebarentaal. Sam groette aarzelend terug. Karin concludeerde dat Hailey zich inderdaad in gebarentaal had verdiept, toen ze Sam met haar handen vroeg of hij een goede reis had gehad. Het beetje terughoudendheid dat Sam nog uitstraalde, verdween nu ook en hij antwoordde enthousiast. Karin vertaalde zijn antwoord voor Hailey en ze lachte dankbaar.

'Ik heb wat standaardzinnetjes uit mijn hoofd geleerd, maar ik ben niet in staat om een hele conversatie in gebarentaal te voeren. De tijd was te kort om me er uitgebreider in te verdiepen.'

'Ik vind het al knap dat je überhaupt een paar zinnetjes hebt geleerd.'

Hailey pakte Sams hand en streek hem lachend door zijn haren. 'Ik wil dat hij zich hier welkom voelt.'

'Aan zijn gezicht te zien is die missie geslaagd.' Karin liep achter Hailey en Sam aan naar binnen en Jonas volgde met de bagage. Karin keek vol trots toe hoe Sam eerst keurig met zijn schoenen stampte en ze daarna veegde op de grote mat bij de ingang. Zelf liet ze haar laarzen op de mat staan. Links van de lange hal met hardhouten vloer en okergele wanden was een trap. Naast de trap liep de hal door naar een houten deur met een glas-in-loodraam dat toegang verschafte tot een gezellige woonkamer met een grote stenen schouw. Er brandde een zacht haardvuur achter een spatscherm. Ook hier hadden de wanden een okergele kleur. Hailey plofte met Sam op een van de comfortabel uitziende, crèmekleurige sofa's. Jonas nam Karins jas aan en gebaarde dat ze ook lekker moest gaan zitten. Ze nam plaats naast Sam en krulde zich genoeglijk op tegen de grote bankkussens. De vermoeidheid van de reis kwam naar boven in een geeuw die ze nauwelijks kon onderdrukken. Het liefste zou ze haar ogen even dichtdoen om te genieten van de aangename warmte en haar comfortabele zitplaats, maar ze was bang dat ze dan meteen in slaap zou vallen. Met moeite hield ze haar ogen open. Sam had rode blossen van vermoeidheid op zijn wangen en deed iets minder moeite om een geeuw te onderdrukken.

'Kan ik iets te drinken inschenken?' Jonas kwam op zijn sokken aanlopen over het grote Perzische tapijt dat een gedeelte van de woonkamer besloeg.

'Een kop thee graag.'

'Niks sterkers?'

'Ik heb al moeite genoeg om wakker te blijven.'

'Jij ook thee, Hailey?'

Ze knikte. Voordat Karin Sam had kunnen vragen wat hij wilde drinken, had Hailey het al gedaan. Karin was onder de indruk van het natuurlijke vermogen van Hailey om het vertrouwen van Sam te winnen en hem bijna foutloos in zijn eigen taal toe te spreken.

Triest dat Jonas geen kinderen kan krijgen, want zij zou een verdraaid goede moeder zijn, dacht Karin. Er was niks te merken van enige wrevel tussen Jonas en Hailey, maar Karin kon zich heel goed voorstellen dat Hailey het er moeilijk mee had. Hopelijk maakte het contact met Sam haar verlangen naar een kind niet nog groter.

Het harde geluid van de deurbel verstoorde de rust. Sam keek haar vragend aan toen hij iedereen zag reageren en Hailey de kamer verliet. 'De deurbel,' gebaarde ze. Uit de gang klonken harde stemmen en toen stoof een donkerharige versie van Hailey met een verhit hoofd de kamer in. Sam kroop geschrokken tegen Karin aan en ze sloeg beschermend haar arm om hem heen. De vrouw ging voor Jonas staan.

'Waar denk jij dat je mee bezig bent?'

'Dag Dawn,' zei Jonas rustig. 'Op dit moment ben ik mijn zusje en haar zoon welkom aan het heten in mijn huis. Je zou je misschien even aan hen kunnen voorstellen? Wel zo beleefd.'

De vrouw keek even verbaasd naar Karin en Sam op de bank, alsof ze hen nu pas opmerkte, knikte Karin afgemeten toe en richtte zich toen weer tot Jonas.

'Ik wil dat je het afblaast.'

'Waar heb je het over?'

'Die zoektocht van vanavond. Ik wil dat je mij en mijn collega's ons werk laat doen.'

'Jij en je collega's zijn tot nu toe nog niet in staat gebleken om Liv te vinden,' reageerde Jonas. 'Bovendien zitten jullie tijdelijk met een personeelstekort waardoor je niet op volle sterkte kunt zoeken. Dat meisje is in gevaar en hoe sneller ze gevonden wordt, hoe beter.'

'Denk je dat ik dat niet weet? Maar als jij en je gevolg als een stelletje lompe olifanten door dat park gaan stampen, maak je het professionele zoekteam het werken onmogelijk.'

'O ja, hoe dan? Hoe meer mensen er zoeken, hoe groter het gebied dat we kunnen bestrijken en hoe groter de kans dat Liv gevonden wordt. Toch?'

'We zoeken met honden, Jonas, en het laatste wat we nu nodig hebben is een horde mensen die het bos vervuilt met nog meer geurtjes. Dat levert alleen maar dwaalsporen op waar de honden geen wijs meer uit kunnen worden. Echt, blaas het af en laat mij en mijn collega's mijn werk doen.'

'Bel Katy maar. Als zij het wil, blaas ik het af en anders niet.'

'Wat denk je zelf, Jonas? Natuurlijk zal zij willen dat de zoektocht doorgaat.'

'Precies en daarom gaat hij door. Haar dochter is daar ergens alleen in een koud bos vol gevaren. Hoe denk je dat ze zich voelt? Denk je dat ze stil kan blijven zitten terwijl de uren verstrijken en de kans dat Liv nog leeft steeds kleiner wordt?'

Dawn draaide zich met een wanhopige zucht om naar Hailey. 'Zeg jij eens iets verstandigs, zus. Kun jij hem niet uitleggen dat hij het onderzoek alleen maar frustreert met zijn goedbedoelde bemoeienis? Naar jou luistert hij misschien.'

'Maak je geen illusies,' zei Hailey met een grijns. Haar gezicht werd ernstig. 'Ik snap je punt, Dawn, maar ik snap dat van Jonas ook. Liv moet gevonden worden en elke minuut telt. Het kan toch zeker geen kwaad als mensen die het park goed kennen, meezoeken? Ik draag vanavond zelf ook mijn steentje bij.'

'Wil je beweren dat mijn team onkundig is?'

'Natuurlijk beweert ze dat niet,' antwoordde Jonas voordat Hailey de kans kreeg. 'Maar feit is dat je te weinig mensen tot je beschikking hebt én dat het gros daarvan ook nog eens van buiten The Glebe komt. Die kennen niet elk boompje en struikje zoals de bewoners van The Glebe ze kennen.'

'Ga het nou niet weer op dat kneuterige ons-kent-onssfeertje gooien, alsjeblieft. Er is ook leven buiten The Glebe, Jonas. Ik had van jou iets meer verwacht.'

'Als je hier niet vandaan komt, kun je dat ook niet begrijpen. Je kunt nog een poging doen bij Katy, maar ik ken haar goed genoeg om te weten dat ze alle hulp zal verwelkomen en de zoektocht naar haar dochter nooit vrijwillig zal afblazen.'

'Nee, ze is nogal vasthoudend,' merkte Hailey op.

Het klonk meer als een sneer dan iets anders en Karin kreeg het gevoel dat er iets speelde, maar ze kon er de vinger niet op leggen. De stemming in de kamer leek grimmiger te worden en Jonas' gezicht kreeg een geërgerde uitdrukking. Sam verschool zich nog steeds in Karins armen en ze was blij dat hij het gekibbel niet kon horen.

'We gaan zoeken, Dawn, met of zonder jouw toestemming,' zei Jonas beslist.

Dawn gooide haar armen in een wanhopig gebaar in de

lucht. 'Doe wat je niet laten kunt, maar zeg niet dat ik je niet gewaarschuwd heb over vervuiling van eventuele sporen.'

'Ik heb het voor kennisgeving aangenomen.'

Dawn keek op haar horloge. 'Ik moet gaan. Over een halfuur begint de persconferentie over Livs verdwijning. Katy zal ook spreken. Na afloop zal ik een ultieme poging doen om haar ervan te overtuigen om de zoektocht af te blazen.'

'Ik geef je weinig kans.'

'Dat zei je al.'

'Kun je niet beter gaan zoeken in plaats van babbelen met de pers?'

'Die pers zouden we nog weleens keihard nodig kunnen hebben om Liv te vinden. Stel dat ze niet gewoon verdwaald is, maar meegenomen. Dan kan ze overal zijn. Hoe breder haar signalement verspreid wordt, hoe beter, en daar heb ik toch echt de pers voor nodig.'

'Denk je dat werkelijk? Dat ze meegenomen is?' vroeg Hailey met een bezorgde uitdrukking op haar gezicht.

Dawn had zich al omgedraaid en stond met de deurknop in haar hand. Ze bleef staan. Met haar rug naar de anderen toe zei ze: 'Op dit moment hou ik alle opties open.'

13

Het licht van de maan weerkaatste op de sneeuw en lichtte de parkeerplaats van Gatineau Park op. De vele zaklampen deden de rest. Overal stonden groepjes mensen in hun handen te blazen en met hun voeten te stampen om een beetje warm te blijven. Bomen wierpen spookachtige schaduwen over het terrein en geroezemoes vulde de onheilspellende stilte. Af en toe werd er nerveus gegiecheld. De hele Glebe was zo'n beetje uitgelopen. Een probleem van een van hen was een probleem van hen allemaal. Jonas stond tegen de motorkap van zijn auto aan geleund en observeerde de boel. Hij was trots op de club mensen die de wil en de moed hadden gehad om hier vanavond te verschijnen. De kans dat Liv levend werd gevonden, werd met de minuut kleiner. Het meisje was nu bijna twaalf uur verdwenen in de ijzige kou. Tenzij ze de beschutting van een van de wildhutten in het park had gevonden, maakte ze eigenlijk geen kans.

Jonas rilde, en niet alleen van de kou. Hij kende Liv al vanaf haar geboorte, sterker nog, hij had haar zelf ter wereld geholpen. Het had hem moeite gekost om zich niet emotioneel te binden aan het kleine meisje dat was uitgegroeid tot een vrolijke, gezonde kleuter. Hij was te betrokken, dat realiseerde hij zich maar al te goed. Het liefste zou hij naar Katy toe lopen en een arm om haar heen slaan. Haar laten voelen dat hij haar verdriet zo goed snapte en ook deelde. Hij verzette echter geen voet. Tom had hem al een paar keer een vernietigende blik toegeworpen en ook Hailey hield hem en Katy nauwlettend in de gaten. Een scène was het laatste wat ze op dit moment konden gebruiken. De problemen waren al groot genoeg.

Hailey liep zenuwachtig heen en weer te drentelen en begroette elk clubje mensen persoonlijk. Katy stond met een bleek gezicht in het midden van het parkeerterrein. Ze ging haar kind vinden, alles aan haar houding straalde dat uit. Mensen liepen langs haar, knepen haar bemoedigend in haar schouders, maar niemand bleef echt staan. Katy beleefde de grootste nachtmerrie die een ouder kon overkomen en haar pijn was te confronterend voor de mensen om haar heen. Zelfs Tom leek haar te mijden; hij had zich bij een groepje mannen gevoegd die net als hij een helm met een lamp droegen.

Jonas liep naar Katy toe en klapte in zijn handen. Het geroezemoes verstomde vrijwel meteen en Katy nam het woord. Haar stem was breekbaar en schor.

'Dank jullie wel, ook namens Tom, dat jullie allemaal gekomen zijn om onze kleine meid te zoeken.' De woorden vergden het uiterste van Katy en even leek ze niet meer verder te kunnen. Iedereen was doodstil en alleen de wind in de bomen zuchtte. 'Ze is pas vijf. Ze moet het zo koud hebben. Breng haar alsjeblieft bij me terug.'

Jonas nam het van haar over. 'Jullie weten allemaal dat de politie geen voorstander is van deze zoekactie.'

'Ze maken zelf ook niks klaar,' brulde iemand en uit verschillende hoeken van het parkeerterrein kwam bijval.

Jonas stak zijn hand in de lucht en het werd weer stil. 'Laten we echter vooral ons gezamenlijke doel voor ogen houden. We moeten Liv zien te vinden en haar weer naar haar ouders terugbrengen, dat is het enige wat telt.'

Er stapte een vrouw uit de schaduw en er verscheen een glimlach op Jonas' gezicht.

'Dawn, wat goed dat je toch gekomen bent. Ik had je nog helemaal niet gezien.'

Dawn knikte kort naar Jonas en nam het woord van hem over. 'Mijn team en ik zijn inderdaad geen voorstander van deze actie, maar ik geloof niet dat we jullie op basis van redelijke argumenten kunnen tegenhouden.'

'Zeker weten van niet!'

'Prutsers!'

Dawn negeerde het gemopper. 'Helaas zijn we met de inzet van honden en een helikopter vandaag nog niet verder gekomen. Het lijkt wel of Liv in het niets is opgelost. Daarnaast heeft de nieuwe sneeuwval mogelijke sporen uitgewist. Omdat het vinden van Liv de hoogste prioriteit heeft, gedogen mijn collega's en ik deze zoekactie. Maar laten we het wel een beetje gecoördineerd doen, zodat we een zo groot mogelijk zoekgebied bestrijken met zijn allen. Ik stel voor dat we groepjes van acht man vormen. Per groepje stellen we een leider aan en die krijgt een kaart van het gebied. Elk groepje zoekt binnen de rode cirkel die op hun specifieke kaart is aangegeven. Hou je daar ook aan, zodat we elkaar versterken in plaats van voor de voeten lopen. Elke groep krijgt een walkietalkie zodat we met elkaar kunnen communiceren. Die zal ik zo uitdelen. Zorg dat je goed in beweging blijft, want het is te koud om lang stil te staan. Dit parkeerterrein blijft te allen tijde de plek waar we naar terugkeren. Krijg je het te koud of raak je te uitgeput, laat je dan in elk geval door één persoon terugbegeleiden naar deze plek en ga dan naar huis. We hebben niks aan nog meer verdwaalde mensen of ledematen met bevriezingsverschijnselen.'

Er klonk wat afkeurend geroezemoes.

'Jonas, ik weet dat je medeorganisator bent van deze zoektocht en dat je zelf wilt deelnemen, maar jij bent de enige arts in dit gezelschap. Je zou me een groot plezier doen als jij hier achterbleef om eventuele eerste hulp te verlenen aan de mensen die eerder terugkeren op het parkeerterrein. Ik heb een koffer met verbandmaterialen in mijn auto liggen.'

Jonas knikte met zichtbare tegenzin. Hij wilde zich inderdaad liever bij een van de zoekteams voegen, maar schikte zich in zijn rol van calamiteitenmanager.

'Dan wil ik jullie nu graag voorstellen aan de mannen van de hondenbrigade.' Dawn wees naar een grote bus die aan de rand van het parkeerterrein geparkeerd stond. Ernaast stonden vier mannen in uniform met ieder een hond aan de lijn die rustig naast hen zat. 'Dit zijn Brandan, Daniel, Aiden en John. Ze zijn hier sinds vanmiddag al aanwezig en hebben gezocht naar sporen van Liv. Helaas zonder succes. De kans dat de honden nu nog uit zichzelf iets vinden, met zoveel man op de been, is niet groot meer, maar op het moment dat iemand een aanwijzing gevonden denkt te hebben, kunnen de honden het spoor vanaf daar oppakken. De mannen van de hondenbrigade zullen op centrale plekken in het gebied gaan staan en dragen net als jullie een walkietalkie. Roep ze alleen op als je echt denkt iets gevonden te hebben.'

'Wat denk je dat we zijn? Dom of zo?'

Jonas herkende de stem van Ian Willox, een boom van een vent en eigenaar van de houtzagerij in The Glebe waar Livs vader Tom werkte. Hij vond het bewonderenswaardig dat Dawn zich niet van de wijs liet brengen door de overduidelijke vijandigheid van de aanwezigen. Dawn en haar speurhondenteam, en de rest van de aanwezige politiemensen, kwamen van 'buiten' en waren dus per definitie al 'verdacht'. Enerzijds koesterde Jonas de warme armen van The Glebe, maar soms knelden ze hem ook te veel en verstikten ze hem. Op deze avond waren beide gevoelens in gelijke mate aanwezig.

Dawn sloot haar praatje af en begon met hulp van Hailey de kaarten en de portofoons uit te delen. Tot zijn opluchting zag Jonas dat een paar vrouwen zich over Katy ontfermden. Tom vermeed nog steeds angstvallig zijn blik.

Toen de eerste zoekteams op gang kwamen en uitwaaierden over het park liep Hailey naar Jonas toe. 'Ik blijf jou gezelschap houden. Ik kan vast wel helpen met het doorprikken van blaren en het intapen van verstuikte enkels. Er zijn genoeg zoekers op de been.'

'Ja, de opkomst is indrukwekkend, hè?'

Hailey pakte zijn hand. 'Ja. Het is mooi om te zien, die hechte gemeenschapszin. Ik vind het fijn dat ik daar dankzij jou kennis mee heb mogen maken en er een beetje onderdeel van mag uitmaken. Ik voel me hier thuis. Ik voel me thuis bij jou.' Ze zweeg verwachtingsvol en hij zag de teleurstelling in haar ogen toen hij niet de woorden sprak die ze wilde horen.

'Als alles in wat rustiger vaarwater is gekomen, dan gaan we het eens goed over de toekomst hebben. Onze toekomst.'

'Welk vaarwater bedoel je precies?' Ze wierp hem die argwanende blik toe die hij de afgelopen tijd al vaker had gevoeld.

'Mijn vader. Karin. Ik kan er op dit moment niet nog iets bij hebben.'

'Ik dacht dat ik meer dan "iets" was.'

'Hailey, je bent alles voor me, dat weet je, maar ik heb gewoon te veel aan mijn kop op het moment. Als ik met je ga samenwonen, dan wil ik daar volop van kunnen genieten, zonder dat mijn aandacht naar andere dingen wordt getrokken.' Hij zette zich automatisch schrap voor het nodige commentaar, maar dat bleef uit. Tot zijn grote opluchting begon ze niet ook nog eens over haar kinderwens. Op dat gebied waren ze de afgelopen weken nog geen millimeter bij elkaar gekomen en hij was nog steeds vastbesloten om zijn standpunt niet te veranderen. Het kon niet. Punt. Hij hoopte maar dat het feit dat ze het onderwerp nu liet rusten betekende dat ze zich er langzaam bij neer begon te leggen.

'Maar je wilt dus wel met me samenwonen?' was het enige wat ze zei.

Hij trok haar tegen zich aan. 'Ja natuurlijk, dat weet je toch? Kom, dit is niet het moment voor dit soort gesprekken.'

Hij kuste haar op haar voorhoofd, net toen haar zus kwam aanlopen met een grote bak vol gaasjes, verbanden, pleisters en andere eerstehulpmiddelen. Ze zette hem op de motorkap van zijn auto.

'Alsjeblieft, dokter. Ik hoop dat je er niets van nodig zult hebben. Tot straks.' Ze controleerde haar portofoon, maakte contact met alle zoekteams en rende toen vlug achter de laatste mensen aan die zojuist tussen de bomen waren verdwenen.

14

21 januari

Het was iets na tweeën toen Katy voor de zoveelste keer die nacht met haar hand in haar rechterjaszak voelde. Gewoon om zeker te weten dat ze Livs lappenpopje niet verloren was. Colin had erop gestaan dat ze het meenam. Hij wist zeker dat zijn zusje heel verdrietig en eenzaam was, zo alleen in het bos, en daarom was het belangrijk dat Poppy haar kon troosten als ze haar vonden.

Colin logeerde die nacht bij zijn opa en oma. Katy's moeder had hem aan het begin van de middag opgehaald en Katy had hem met een brok in haar keel laten gaan. Vanaf dat moment had Tom geen woord meer tegen haar gezegd. De stilte in huis was oorverdovend geweest – alle reden om te praten was verdwenen – en Katy had het bijna op een gillen gezet. Uiteindelijk had ze zich toch ingehouden. Wat had het voor zin? Wat had alles nog voor zin? Colins en Livs aanwezigheid had er de afgelopen periode nog voor gezorgd dat zij en Tom de schijn ophielden, dat ze niet continu ruziemaakten. Maar nu? Haar huwelijk en haar gezin vielen onder haar handen uiteen en er was niets wat ze ertegen kon doen. De verdwijning van Liv was de druppel geweest. Als ze haar kleine meisje niet vonden, wist ze niet of ze nog verder wilde leven.

Een gevoel van schuld trok als een pijnscheut door haar lichaam en ze kromp in elkaar. Ze had niet één kind, maar twee. Colin had haar ook nodig. Voor hem moest ze volhouden. Wat er ook gebeurde, ze mocht niet opgeven. Maar was ze sterk genoeg om door te gaan als ze Liv en wellicht ook Tom zou kwijtraken? Bij de gedachte alleen al raakte ze volledig in paniek, en ze wankelde op haar benen.

Twee stevige handen pakten haar bij haar schouders. 'Gaat het een beetje?'

Katy keek in het bleke, pokdalige gezicht van Chelsea Hucklebee, barvrouw bij de Arrow & Loon Pub waar Tom regelmatig een biertje dronk met zijn collega's. 'Ja, het gaat wel.'

Chelsea gaf haar een bemoedigend kneepje en liet haar toen weer los. 'Kom, anders raken we te veel achterop bij de rest van de groep.'

Ja, Katy, hou op met dat gezeur. Je bent hier om je dochter te vinden en dat gaat je verdomme lukken ook. Weg met die negatieve gedachten – als Liv maar thuiskomt, dan komt alles vast weer goed.

Maar waarom had ze niet beter op haar kinderen gelet? Ze wist toch hoe immens Gatineau Park was en welke gevaren het herbergde? In plaats van op hun kinderen te letten, had ze lopen bekvechten met Tom. Het was allemaal haar schuld geweest! Ze had er een puinhoop van gemaakt. Ze wou dat alles anders was gelopen, dat ze niet had toegegeven aan dat ene moment van zwakte. Maar dat was allemaal geklets achteraf. Ze had een onvergeeflijke fout gemaakt die niet viel terug te draaien. Zij en Tom moesten daar allebei mee zien te leven, met of zonder elkaar. Maar waarschijnlijk zonder – het feit dat Tom was meegegaan met het zoekteam van Ian Willox, zijn baas, en andere collega's van de houtzagerij onderstreepte dat alleen maar.

Katy had een hekel aan Ian. Altijd al gehad. Een lompe bullebak en een praatjesmaker, met handen als kolenschoppen, die altijd te koop liep met zijn enorme spierballen. Als Ian langskwam voor een biertje stuurde ze hem en Tom altijd naar de schuur. Ook vanavond op het parkeerterrein was Ian weer overal bovenuit te horen geweest. Maar toen hij langs haar heen liep, was hij even stil en had hij eerbiedig zijn helm voor haar afgenomen en kort zijn grote hand op haar schouder gelegd. Dat was toch wel onverwacht geweest. En hoewel ze hem nog steeds niet mocht, waardeerde ze het wel enorm dat hij deelnam aan de zoektocht.

Ze had weer aansluiting bij de rest van de groep gevonden en begon, net als de andere mensen in het zoekteam, onafgebroken Livs naam te schreeuwen. Bundels licht uit zaklampen werden zenuwachtig heen en weer gezwaaid. Kruisten elkaar en verlichtten de grillige stammen van bomen die als donkere monsters omhoogstaken uit de sneeuw. Katy zelf richtte haar zaklamp op en rond struiken, een van de favoriete verstopplekjes van haar dochter. Maar elke keer dat ze dacht iets te zien, werd ze teleurgesteld. Van de ene struik naar de andere. Van boom naar boom. Roepend. Luisterend. Zoekend. En almaar wanhopiger.

Hoe lang waren ze nu al aan het zoeken? Drie uur? Vier uur? Ze had geen flauw benul van de tijd. Kou voelde ze niet, vermoeidheid ook niet. Alleen maar angst. Een diepgewortelde angst die vanuit haar botten leek te komen en elke vezel in haar lichaam deed trillen. De immense spanning die haar al de hele dag in zijn greep had, was ondraaglijk. Waar was Liv? Waar was haar dochter?

Toen klonk een schreeuw.

Iedereen begon tegelijkertijd te rennen, naar de open plek in het bos waar Theresa Thompson hysterisch met haar armen stond te zwaaien en riep: 'Ik zag wat! Volgens mij zag ik wat!' Katy stond echter als aan de grond genageld. Ze wílde in beweging komen, dwong zichzelf ertoe, maar het was alsof haar eigen lichaam zich verzette. Met wijd open ogen staarde ze naar de struik voor haar. Haar hart ging als een razende tekeer. Nog geen tien meter verderop stonden zeven vrouwen kwetterend om elkaar heen te draaien en geen van allen had door dat Katy zich niet bij hen had gevoegd. Niet dat het iemand iets leek te schelen. Theresa Thompson bleek loos alarm te hebben geslagen en de spanning die de vrouwen in hun greep had gehouden, kwam er nu met een hoop gegiechel uit. Maar niet bij Katy. Na wat een eeuwigheid leek te duren, wist ze eindelijk haar arm in beweging te krijgen en de zaklamp omhoog te brengen. Het licht scheen over de struik en in de besneeuwde takjes glinsterde iets. Ze had een vermoeden wat het was.

Heel voorzichtig pakte ze haar vondst uit het struikje. Het was een geel snoeppapiertje. Afkomstig van de snoepjes die ze Colin en Liv had gegeven toen ze gisterochtend op weg gingen naar Gatineau Park. Koortsachtig keek ze om zich heen. Ze zocht verder. Ineens voelde ze haar tintelende neus en tenen niet meer. Een paar meter verderop vond ze weer een papiertje. Ditmaal was het aan een takje geprikt. Typisch iets voor Liv om te doen. Het begon te kriebelen in haar buik en ze werd volledig in beslag genomen door de zoektocht naar nog meer snoeppapiertjes.

Zonder dat ze zich ervan bewust was, liep Katy steeds dieper het bos in. Toen ze eindelijk opkeek, had ze geen idee meer waar ze was. Heel in de verte hoorde ze de andere vrouwen haar naam schreeuwen. Ze antwoordde zo hard ze kon, maar hun geroep bleef aanhouden. Ze hoorden haar niet. Haar zaklamp begon te haperen. Ze draaide rond haar as om te horen waar het geluid van de vrouwen vandaan kwam, maar steeds als ze dacht te weten uit welke richting het kwam, leek het weer ergens anders vandaan te komen. Besluiteloos bleef ze rondjes draaien en toen hoorde ze vlak bij haar ineens iets ritselen, gevolgd door een hijgend geluid.

'Liv, ben jij dat?'

Het geluid kwam dichterbij. Nee, het klonk niet als Liv. Eerlijk gezegd klonk het niet eens als een mens. Katy wist niet of ze moest blijven staan of wegvluchten. In haar hoofd gingen alle alarmbellen af, maar haar moederinstinct wilde daar geen gehoor aan geven. Als Liv hier in de buurt was, dan moest ze haar zien te vinden voordat dat hijgende 'ding' haar te pakken kreeg.

Plotseling sprong er iets op haar af. Van schrik liet ze haar zaklamp vallen. Vlak voordat de lamp ermee ophield, scheen hij met een laatste zwakke straal op een harige vacht. Het had de afmetingen en het postuur van een wolf.

15

Katy viel met een gil achterover toen het grote beest op haar afsprong. Ze rolde zichzelf op tot een bal en maakte zich zo klein mogelijk. Het gesnuif bij haar hoofd joeg haar de stuipen op het lijf. Toen voelde Katy de warme adem van het dier in haar nek en werd er een vochtige neus tegen haar hoofd geduwd. Ze hoorde een zacht piepend geluid en besefte dat ze dat zelf was. Het zou niet lang meer duren voordat de tanden kwamen. Maar in plaats daarvan begon een ruwe tong in haar nek te likken en vervolgens haar gezicht. Het kietelde verschrikkelijk en het lukte Katy niet om nog langer stil te blijven liggen. Langzaam ging ze overeind zitten om het beest geen schrik aan te jagen. Ze tastte om zich heen naar de zaklamp. Vond hem ook nog en klikte hem aan. In eerste instantie bleef het donker, maar toen ze wat met het ding heen en weer schudde en er een stevige klap op gaf, deed hij het weer.

In het licht van de zaklamp zag ze een grote husky staan die enthousiast kwispelde. Geen wolf, maar een husky. Het duurde even voordat dit goed tot Katy was doorgedrongen en ze een beetje van de schrik was bekomen.

'Waar kom jij ineens vandaan? Ben je je baasje kwijt?' wist ze uiteindelijk uit te brengen.

De husky liep op haar af en ze aaide het beest voorzichtig.

'Ik ben mijn dochter kwijt, misschien kunnen we samen gaan zoeken?'

Het leek wel of de hond haar verstond, want hij kwispelde gretig en begon ongeduldig piepend om haar heen te springen. Moeizaam stond ze op. Nu de adrenaline weer wat wegzakte, voelde ze de kou op haar huid. IJzige naalden prikten in haar gezicht. Ze klopte de sneeuw van haar sjaal en trok hem tot vlak onder haar ogen op. Haalde het lappenpopje van Liv uit haar jaszak en liet de hond eraan ruiken.

'Dit is van mijn dochter Liv, wijs me de weg maar,' spoorde ze de hond aan.

Het beest jankte, draafde een stukje bij haar vandaan, en bleef toen staan om te kijken of ze volgde.

Katy moest haar uiterste best doen om de hond bij te houden en algauw hijgde ze zo hard dat haar longen er pijn van deden. De inspanning hielp wel een beetje tegen de kou, maar de pijn aan haar voeten leek met elke stap erger te worden. Regelmatig bleef ze met een voet achter een boomwortel hangen die door de sneeuw aan het zicht werd onttrokken. Twee keer viel ze plat voorover en bezeerde haar pols. Ze verbeet de pijn echter en negeerde het gekras van takken op haar gezicht, terwijl de hond haar tussen de bomen door leidde, steeds dieper het bos in. In de verste verte was geen wandelpad meer te zien en Katy was zo gefocust op de hond, dat ze niet merkte hoe ver ze inmiddels verwijderd was van de rest. Hun geschreeuw was allang niet meer te horen, maar ook dat had ze niet door. Het enige wat telde, was dat ze de husky niet uit het oog mocht verliezen. De husky die haar mogelijk naar Liv zou leiden...

Ineens klonk er vóór haar een hoge fluittoon. De hond spitste zijn oren, keek nog een keer om en ging er toen vandoor.

'Niet doen!' schreeuwde Katy. 'Blijf hier!'

Maar de hond was al uit het zicht verdwenen.

'Liv!' krijste ze wanhopig. Er kwam geen antwoord. Wild scheen ze met haar zaklamp om zich heen. Ze draaide om haar as en realiseerde zich dat ze geen flauw idee had waar ze was. Om haar heen waren er alleen maar bomen en struiken die gebukt gingen onder een dikke laag sneeuw. Nu pas besefte ze hoe stom ze was geweest door als een kip zonder kop achter de snoeppapiertjes aan te rennen zonder de anderen te informeren. Chelsea Hucklebee had de walkietalkie van hun groepje bij zich en had professionele versterking kunnen oproepen. Nu stond ze hier in haar eentje in de kou, midden in de nacht, en had ze geen idee waar ze heen moest.

Voor zich uit zag ze de pootafdrukken van de husky. Ze besloot ze te volgen. Het fluitende geluid dat ze had gehoord, had geklonken als afkomstig van een mens. Misschien het baasje van de husky, iemand die haar hopelijk kon helpen haar weg terug naar de bewoonde wereld te vinden. Ze zorgde dat haar voetstappen de afdrukken van de hond niet uitwisten. Wat Klein Duimpje kon met kruimels, kon zij met deze poot- en voetafdrukken. Gelukkig was het in de loop van de avond gestopt met sneeuwen en als dat zo bleef, kon ze straks de pootafdrukken ook weer terugvolgen.

Het hoge schelle gefluit klonk opnieuw. Deze keer een stuk dichterbij. Katy dacht te zien dat de sporen in de richting van het geluid liepen en ze begon te rennen. Haar benen deden echter steeds meer pijn en leken hun eigen leven te leiden. Steeds vaker struikelde ze en het lukte amper om nog overeind te blijven. Ineens stond de husky weer voor haar neus. De hond begroette haar kwispelend en gaf haar een zet met zijn kop alsof hij wilde zeggen dat ze niet op moest geven. Het gefluit klonk weer, nu echt heel dichtbij, en het dier was weer net zo snel verdwenen als hij gekomen was. Katy strompelde achter hem aan. Het bos leek hier een stuk minder dicht te worden, wat misschien betekende dat ze in de buurt kwam van een van de vele trails die er liepen.

Ze speurde de omgeving af en zag in de verte de husky weer. Deze keer was de hond echter niet alleen. Naast hem stond een grove, voorovergebogen gestalte. Het was moeilijk te zien of het om een man of een vrouw ging. Ze knipte haar zaklamp uit en sloop heel voorzichtig op de gestalte af. Toen ze vlak bij was, kroop Katy stilletjes achter een grote struik – ze zou eerst de kat uit de boom kijken voordat ze zich kenbaar maakte. Aan de hoogte van de heen en weer bewegende lichtbundel kon ze zien dat de gestalte naast de hond iets van hoofdverlichting droeg. De husky danste om zijn baas heen en kwam toen Katy's richting uit lopen. Zijn baas draaide zich om en keek waar de hond heen liep. Katy dook weg achter de struik en maakte zich zo klein mogelijk om de lichtbundel te ontwijken. Even was ze verblind toen het licht weerkaatste in haar ogen, maar toen de gestalte zich langzaam van haar afwendde en het licht draaide, ving ze een glimp op van een vrouwengezicht. En nog iets anders... een roze bundeltje dat de vrouw in haar armen droeg.

Katy brulde Livs naam en sprong van achter de struik tevoorschijn.

16

Dawn scheen geconcentreerd met haar zaklamp tussen de bomen door. Samen met Aiden van de hondenbrigade volgde ze een spoor van voetstappen die vermoedelijk van Katy Tremblay waren. Dawn had een vloek geslaakt toen ze via de walkietalkie een oproep had ontvangen van Chelsea Hucklebee dat Katy spoorloos was. In plaats van te zoeken naar de vermiste Liv, kon ze nu achter haar moeder aan. Ze had van begin af aan geweten dat deze zoektocht geen goed idee was, maar ze had niet genoeg menskracht gehad om de bezorgde en boze buurtbewoners thuis te houden – het had dus weinig zin om zichzelf iets te verwijten, ze moest er gewoon het beste van zien te maken. Maar het gevoel van onrust werd erger toen ze in de buurt van de voetafdrukken ook sporen van een beest zag verschijnen.

'Aiden, laat Hunter hier eens snuffelen.' Haar collega boog zich over de sporen heen en lette goed op het gedrag van zijn hond.

'Wat denk jij? Wolf?'

Aiden schudde zijn hoofd. 'Ik denk een hond. Een afdruk van een wolf is ovaler en de achtertenen zitten wat meer naar achteren. Dat is hier niet het geval. Dit is een ronde afdruk en de sporen zijn grillig. Bij een wolf lopen de sporen over het algemeen in een rechte lijn.'

Hij bracht zijn hand naar het spoor en gaf zijn hond het commando om eraan te ruiken. De hond dook er met zijn neus in, piepte wat, maar vertoonde geen overmatige opwinding. 'Als dit van een wolf was geweest, dan zou Hunter er nu niet zo rustig bij staan.'

Dawn liet opgelucht een zucht ontsnappen, maar stond meteen weer stijf van de spanning toen ze het hysterische geroep van Chelsea Hucklebee en haar gezelschap hoorde. Ze schreeuwden de namen van Katy en haar dochter nu om en om. Begrijpelijk natuurlijk, maar ook heel onhandig. Dawn had een poging gedaan om hen een beetje te kalmeren, maar dat was zinloos geweest. Haar voornaamste zorg was nu dan ook om het groepje van Chelsea Hucklebee uit de buurt van de voet- en pootafdrukken te houden, zodat ze het spoor konden volgen zonder dat er allemaal overenthousiaste burgers overheen zouden walsen.

Ze pakte haar portofoon en zei tegen John dat hij de groep niet verder mocht laten komen totdat zij het commando vrij gaf. Hij reageerde meteen met '*Roger that*' en dat stelde haar enigszins gerust. Ze concentreerde zich weer op de sporen en volgde Aiden en Hunter verder het bos in. De hond werd steeds onrustiger en begon harder aan de lijn te trekken.

'Ik ga hem nu loslaten, Dawn, zodat hij in zijn eigen tempo verder kan. Als hij iets gevonden heeft, dan komt hij meteen terug om me te halen.'

Aiden klikte de lijn los en Hunter ging er als een speer vandoor. Vrijwel meteen was hij tussen de bomen en uit het zicht verdwenen. Krakende takjes en schel gejank waren de enige tekenen die nog duidden op zijn aanwezigheid in het bos. Dawn en Aiden bleven de sporen op de grond volgen. Plotseling begon Hunter in de verte te blaffen.

'Hij heeft wat gevonden!' Aiden begon te rennen in de richting van het geluid en floot naar zijn hond. Dawn deed haar best hem in hetzelfde tempo te volgen, maar moest het tegen hem afleggen. Hunter had intussen de weg terug naar zijn begeleider gevonden en stormde even verderop de struiken uit. De hond sprong opgewonden rond zijn baas en nam voorzichtig zijn broekspijp tussen zijn tanden alsof hij hem wilde aansporen om toch alsjeblieft zo snel mogelijk mee te komen.

Aiden gaf de hond een koekje en lijnde hem weer aan. 'Breng me er maar naartoe, jochie.'

Hunter zette zich schrap en trok Aiden bijna omver. Toen gingen hond en baas er samen vandoor. Dawn volgde hijgend, maar kon het tempo al spoedig niet meer bijhouden. Haar portofoon begon te kraken en John kwam op de lijn. Dawn aarzelde, maar hield toen haar pas in en bracht de portofoon bij haar oor.

'Het gaat me niet lang meer lukken om die lui hier tegen te houden. Hebben jullie al iets concreets of was het loos alarm?'

Het geschreeuw dat Dawn op de achtergrond hoorde, onderstreepte dat John het groepje niet meer in bedwang had.

'Aiden is vooruit met zijn hond. Afgaande op Hunters reactie gaat het hier om een serieus spoor. Probeer de boel nog even tegen te houden. Zodra ik meer weet laat ik het meteen weten.'

'Ik doe mijn best, maar er zijn geen garanties. Jullie succes daar.'

Al rennend stopte Dawn de portofoon weer in de houder.

'Dawn! Ik heb Katy Tremblay!' hoorde ze Aiden brullen. Dawn perste er nog een sprint uit die haar kuiten en bovenbenen tot het uiterste belastte. Ze negeerde de pijn.

'Is ze oké?' schreeuwde ze terug.

'Buiten bewustzijn.'

'Shit.'

Ze rende door in de richting van Aidens stem en griste haar portofoon weer uit de houder. 'Alle eenheden, Katy Tremblay buiten bewustzijn aangetroffen. Details volgen spoedig. Blijf paraat.' Meteen sloot ze de communicatielijn en overbrugde het laatste stukje naar Aiden, die voorovergebogen op zijn knieën zat. Ze plofte naast hem neer.

'Vitale functies gecheckt?'

'Ja. Ze ademt, maar begint de eerste tekenen van bevriezing te vertonen aan neus en oren.' Aiden wees op de intens witte huid. 'En kijk, er zit bloed aan haar capuchon.'

Dawn maakte voorzichtig Katy's strak aangetrokken muts

los. 'Het ziet ernaar uit dat ze een klap tegen haar slaap en neus heeft gehad. We moeten haar hier zo snel mogelijk weghalen.'

Aiden tilde de vrouw op alsof het niks was, terwijl Dawn contact zocht met Jonas en hem een samenvatting gaf van wat er gebeurd was. 'We brengen haar nu jouw kant op.'

'Ik zorg dat er een ambulance komt en kom jullie samen met Hailey alvast tegemoet rijden,' klonk de rustige stem van Jonas. 'Waar zijn jullie?'

'In de buurt van de Ottawa Trail.'

'Goed, kom ik daarheen.'

Dawn waardeerde het dat hij verder niet naar details vroeg. Eerste hulp voor Katy, en wel zo snel mogelijk, was nu het allerbelangrijkste. Het hoe en wat kwam later wel. Nadat ze de verbinding met Jonas had verbroken, nam ze met ambivalente gevoelens contact op met de rest van het team. Ze was blij dat ze hun kon melden dat de moeder van Liv in leven was, maar van het meisje zelf ontbrak nog steeds elk spoor.

En zij was de eigenlijke reden van deze hele zoektocht.

Aiden stapte stevig door met Katy in zijn armen, maar ineens stond hij abrupt stil. Dawn botste bijna tegen hem op.

'Ze doet haar ogen open en probeert wat te zeggen.'

Dawn bracht haar oor naar het gezicht van de vrouw en probeerde het zwakke gefluister te ontcijferen. Ze dacht het woord 'heks' te verstaan, maar verder niks.

'Luister jij eens,' droeg ze Aiden op.

Hij hield zijn adem in en luisterde aandachtig terwijl de vrouw onrustig werd in zijn armen.

'Ving jij ook iets op over een heks?'

Aiden knikte. 'Ja, volgens mij zei ze: "Liv is bij de heks. De heks heeft haar."'

'Dat dacht ik al: ze ijlt. We moeten haar snel medische hulp bieden voor het te laat is.'

'Wacht even, Dawn. Ik denk niet dat ze ijlt, ik denk dat ze de waarheid spreekt.'

Dawn keek Aiden verbaasd aan. 'Jij denkt dat Liv door een heks is meegenomen?'

'Jij bent niet van hier, dus dit kun je niet weten, maar ik denk dat Katy de heks van Gatineau bedoelt: een vrouw die in de buurt van Maple Creek woont. Het is een nogal zonderling mens dat daar echt als een kluizenaar woont en ook nog eens doof is. Ze komt weleens op haar sneeuwscooter naar The Glebe. De kinderen vinden haar doodeng. Vandaar die bijnaam.'

Katy staarde de twee politiemensen met grote ogen aan.

'Begrijpen we het goed, Katy, dat je denkt dat Liv bij de heks van Gatineau is?' vroeg Dawn.

De vrouw knikte zwak met haar hoofd als bevestiging.

'Hoe weet je dat?'

'Heb het gezien,' fluisterde Katy. 'De heks had haar vast.'

'Weet je zeker dat het Liv was?'

Weer een zwak knikken van het hoofd.

'Heb je haar herkend?'

'Ze droeg iets in haar armen met een roze jas. Liv had een roze jas aan.'

'Leefde ze?'

'Weet ik niet. Ik ben op haar afgerend en toen werd alles plotseling zwart. Jullie moeten haar vinden.' Katy pakte Dawns arm vast en keek haar wanhopig aan. 'Jullie moeten Liv vinden.'

'We gaan zeker achter haar aan, maar we moeten jou eerst veilig bij Jonas en Hailey krijgen om je op te lappen. Als we Liv vinden, heeft ze haar moeder heel hard nodig. Begrijp je dat?'

'Ja,' klonk het zwakjes.

Dawn pakte haar portofoon en liep een eind bij Katy vandaan om haar team in te lichten. Ze gaf opdracht om alle burgerzoekteams terug te sturen naar de parkeerplaats, waar Ian Willox de leiding zou krijgen. *Kan hij eindelijk eens laten zien dat hij meer kan dan alleen een grote bek opzetten*, dacht ze erbij. Alle beschikbare politiemanschappen dienden zich zo snel mogelijk te verzamelen in de buurt van het log home van de heks van Gatineau bij Maple Creek. De precieze locatie zou nog volgen.

Hierna zocht Dawn radiocontact met het zoekteam waar Ian Willox en ook Tom Tremblay deel van uitmaakten en meldde dat Katy met beginnende bevriezingsverschijnselen en een hoofdwond was gevonden. Dat Toms vrouw dacht hun dochter te hebben gezien, verzweeg ze. 'Katy moet zo snel mogelijk naar Jonas gebracht worden voor eerste hulp. De rest van de zoektocht blaas ik nu af, de omstandigheden zijn duidelijk te gevaarlijk en ik kan dit niet langer verantwoorden. Ian, ik wil dat jij ervoor zorgt dat iedereen veilig op de parkeerplaats aankomt en ook echt naar huis gaat. Kan ik op je rekenen?'

'Absoluut.' Er klonk trots door in de stem van de grote man. 'Hoe komt het dat Katy gewond is?'

'Dat weten we nog niet,' kapte ze zijn vraag af.

'Roep je jouw mensen ook terug?'

'Nee. Wij gaan nog een paar uur door met zoeken naar Liv. Mijn team en ik zijn beter gewapend tegen de kou. De tijd tikt door.'

'Concentreren jullie je maar op de zoektocht naar Liv. Al enig spoor gevonden?'

'Nee, nog niet,' loog Dawn keihard. 'Ik loop nu met Katy Tremblay en een van mijn mannen naar Ottawa Trail. Jonas is onderweg met zijn auto en neemt Katy daar van ons over. Hij blijft bij haar totdat de ambulance komt.'

'En jullie hebben echt geen extra hulp nodig met verder zoeken?'

'Als je echt wilt helpen, Ian, dan zorg je dat iedereen zo snel mogelijk veilig thuiskomt.'

'U kunt op me rekenen, *chief*.'

Dawn verbrak de verbinding en liep terug naar Aiden. 'Zeg, heeft die heks van Gatineau eigenlijk ook een echte naam?'

Aiden knikte. 'Abigail. Haar naam is Abigail Wilson.'

17

Een rookpluim kringelde omhoog uit de schoorsteen van het log home van Abigail Wilson. Dawn zat gehurkt achter een struik en keek uit op de voordeur. Die was net als de rest van het huis van hout en zo nodig gemakkelijk open te breken. Haar team had zich rondom het huisje verzameld en wachtte op haar commando om binnen te vallen. Ze waren niet uitgebreid geëquipeerd, maar er was geen tijd om te wachten op versterking. Als Liv Tremblay echt werd vastgehouden door 'de heks van Gatineau', dan telde elke seconde – het meisje was al bijna twintig uur spoorloos en in vermissingszaken waren de eerste vierentwintig uur cruciaal. Daarna nam de kans om het slachtoffer nog levend te vinden snel af.

Met de mannen en honden die Dawn bij zich had, zouden ze deze ene vrouw probleemloos moeten kunnen overmeesteren. Tenminste, als het nodig mocht zijn, maar Dawn dacht van niet. Eerder op de dag was dit gebied al afgezocht en twee collega's waren zelfs al bij Abigail Wilson langs geweest. Communiceren met de vrouw was niet echt mogelijk geweest omdat ze doof was, maar ze had hen binnengelaten in haar huis en daar was geen enkele aanwijzing gevonden die op de aanwezigheid van Liv Tremblay duidde. Dawn hield er dus serieus rekening mee dat Katy Tremblay zich had vergist en een glimp roze – misschien in Abigails kleding? – had aangezien voor iets wat ze het allerliefste ter wereld wilde zien: haar kind. Maar ondanks haar twijfels moest ze Katy's vermoeden wel serieus onderzoeken. Ze kon Abigail Wilson in elk geval oppakken voor geweldpleging. Ook als Liv niet in het huis werd gevonden, was Dawns optreden daardoor toch rechtmatig.

Ze ademde een paar keer diep in en uit en gaf haar mannen toen het sein waar ze op zaten te wachten. In een vloeiende beweging kwamen ze tevoorschijn uit hun verdekte posities en namen ieder hun vooraf besproken plaats rondom het huis in. Twee man aan de achterkant en de andere twee begaven zich samen met Dawn naar de voordeur. De honden waren duidelijk opgewonden, maar hielden zich verder muisstil.

Dawn balde haar vuist en bonkte op de deur. 'Politie. Opendoen!' Binnen begon een hond te blaffen maar verder kwam er zoals verwacht geen reactie van de dove vrouw. Toch herhaalde Dawn haar geklop op de deur en het verzoek om open te doen nog een keer. Ze had Abigail Wilson nu volgens het boekje voldoende kans gegeven om eigenhandig open te doen en dus knikte ze naar haar collega's ten teken dat ze toestemming hadden om de deur te forceren. Aiden en John gaven hun honden het commando 'zit en blijf' en lieten de lijnen los zodat ze hun handen vrij hadden. Om beurten trapten Aiden en John tegen de deur aan ter hoogte van het slot. De deur kraakte flink maar gaf minder mee dan verwacht. Binnen ging de hond nu als een razende tekeer. Toen John zich opmaakte voor een volgende aanval op de deur, vloog hij ineens open. Een husky sprong met opgetrokken lip en woeste keelklanken naar buiten, gevolgd door een forse vrouw met een jachtgeweer in haar handen. Haar ogen stonden wijd opengesperd en twee slordige lange vlechten hingen over haar schouders.

Dawn richtte haar wapen op de vrouw. 'Leg je wapen neer en steek je handen in de lucht!' schreeuwde ze in een reflex. De vrouw bleef als verstijfd staan maar liet haar wapen geen millimeter zakken. Dawn ademde zwaar, alert op elke beweging en klaar om in te grijpen als de vrouw haar of haar collega's iets aan wilde doen. Ze hoopte dat het gemis van kogelvrije vesten hun niet zou opbreken. De husky ging intussen beschermend voor de vrouw zitten en gromde naar de goedgetrainde politiehonden die, alert maar nog steeds stil, op hun plek zaten tot hun bazen een commando zouden geven.

'Mag ik eens proberen met haar te communiceren?' vroeg Aiden.

Dawn knikte zonder haar blik van Abigail af te wenden. Aiden legde zijn wapen op de grond, zette voorzichtig een paar stappen naar voren en hield zijn politiepenning voor zich uit zodat Abigail deze goed kon zien. Met zijn vrije hand maakte hij een vredesteken. De vrouw was even volledig op hem gefocust en de twee mannen die achter het huis stonden geposteerd, maakten van het moment gebruik om dichterbij te komen. De husky signaleerde het nieuwe gevaar voor zijn bazin en stond blaffend op. Aiden probeerde de aandacht van de vrouw vast te houden, wees naar haar wapen en gebaarde naar de grond in de hoop dat ze het zou laten zakken. Angstig signaleerde ze de gedragsverandering bij haar hond en draaide zich half om. Brandan en Daniel waren inmiddels zo dicht genaderd dat ze de vrouw bijna konden aanraken. Dawn hield haar wapen nog steeds op Abigail gericht en beet haar lip stuk van de spanning, terwijl ze voetje voor voetje dichterbij sloop. De husky was duidelijk in verwarring nu de vijand van twee kanten naderde. Hij liep zenuwachtig blaffend rondjes om Abigail heen en maakte dan weer schijnbewegingen naar Brandan en Daniel, en vervolgens naar Aiden en Dawn. Dawn zocht oogcontact met Brandan en seinde dat hij achter de vrouw langs het huis binnen moest gaan zodra hij de mogelijkheid had. Als Liv Tremblay niet binnen was, dan konden ze deze hele onvoorbereide actie staken en Abigail met rust laten voordat de boel escaleerde.

'Laat de honden dat beest bij zijn bazin wegdrijven,' commandeerde ze. 'Dat geeft ons wat meer speelruimte.' Daniel en Aiden gaven Dawns opdracht door aan de honden. Behendig cirkelden ze om de husky heen en dreven haar steeds verder bij Abigail vandaan. De hond jankte klaaglijk, maar viel niet aan. Het beest leek maar al te goed te beseffen dat de overmacht van de vier goedgetrainde politiehonden te groot was. Dawn was even bezorgd dat Abigail op de honden zou schieten toen ze de loop van het geweer naar beneden bracht. Ze hield haar vinger aan de trekker, klaar om hem over te halen. Abigail bracht de loop langzaam verder naar beneden, tot hij op de grond gericht was, en legde het geweer neer. Aiden sprong er meteen op af en nam het in beslag. Brandan maakte van het moment gebruik om achter Abigail langs het huis binnen te gaan. De husky zag het en blafte woest, maar daar bleef het bij. De vier politiehonden waren keurig om haar heen gaan zitten en hielden hun begeleiders nauwlettend in de gaten terwijl ze wachtten op het volgende commando.

Dawn vergrendelde haar pistool en stopte het weg. Nu Abigail ongewapend was, voelde ze zich veilig genoeg om de vrouw te naderen, wetende dat Aiden dichtbij was om te assisteren mocht het nodig zijn. Langzaam liep ze op Abigail af, haar handen voor zich uit gestoken met de palmen naar boven gericht. De vrouw keek nog steeds angstig en stak haar handen in de lucht. Dawn glimlachte haar vriendelijk toe. Achter Abigail ging de deur van haar huis open en kwam Brandan naar buiten.

'Ik heb binnen een meisje gevonden. Ze voldoet aan het signalement van Liv Tremblay.' Hij schudde met een triest gezicht zijn hoofd en op dat moment wist Dawn genoeg. Vliegensvlug pakte ze een set handboeien, terwijl Aiden op Abigail afdook en haar handen achter haar rug trok. In een vloeiende beweging klikte Dawn de boeien om de polsen van de vrouw, die amper verzet bood. Ze gaf een seintje aan Aiden en John om zich over de vrouw te ontfermen en liep toen met Brandan het huis in.

De warmte van de volop brandende haard sloeg haar in het gezicht en een rokerige houtgeur dreef haar tegemoet. En nog iets anders. Een onbestemde lucht. Dawn liep langs de haard en probeerde niet in de vlammen te kijken. Haar ademhaling werd oppervlakkiger en haar vuisten balden zich samen tot het wit van haar knokkels te zien was. Even verloor ze haar concentratie.

'In deze kamer heb ik het meisje gevonden.'

Dawn schrok van Brandans stem. Haar ogen waren vochtig en ze wreef er met haar mouw langs.

'Last van de open haard?' vroeg hij.

Ze knikte en kuchte even. Toen volgde ze hem een kleine, maar knus ingerichte slaapkamer binnen. In het midden tegen de linkerwand stond een twijfelaar met het hoofdeinde tegen de muur. Aan de linkerkant van het bed lag een meisje. Haar ogen waren gesloten en haar handen waren boven de dekens op haar buik gevouwen, en als je niet beter wist, was het net of ze sliep. Maar Dawn wist wel degelijk wat ze zag. Ze wist dat ze te laat was.

Zachtjes vloekte ze. Heel even was ze haar emoties niet de baas, maar toen wist ze de knop om te zetten. Ze haalde een paar handschoenen tevoorschijn en trok deze aan. Hoewel het overduidelijk was dat het meisje dood was, volgde Dawn het protocol en controleerde ze het lichaam op vitale functies. Daarna sloeg ze behoedzaam de dekens terug. Liv was volledig naakt en op het eerste gezicht zag het lichaam er volledig ongeschonden uit. Een autopsie zou de doodsoorzaak moeten vaststellen.

Dawn keek de kamer rond. Aan het uiteinde van een houten kledingrek was een roze kinderjas aan de capuchon opgehangen. De mouwen waren opengereten en de stroken stof hingen rafelig naar beneden. Ze liep ernaartoe en controleerde het label. Redfish Kids. Merk en maat kwamen overeen met de info uit Livs signalement dat was verspreid. Toen ging ze naar het bureautje dat tegenover het bed stond en haar oog viel op een schaar die erop lag. Aan een van de bladen zat een rafelig stukje stof. Ze bekeek het nauwkeurig. Blauwe spijkerstof. Liv had een spijkerbroek gedragen. Waar waren haar andere kleren gebleven? Dawn zakte door haar knieën en kreeg meteen antwoord op haar vraag. Op het zitgedeelte van de robuuste houten bureaustoel lag een stapel kapotgeknipte kledingstukken. Lappen stof van een spijkerbroekje, een wit thermohemd en een dikke gevoerde roze hoody. Twee sokjes lagen er ongeschonden bovenop. Het enige wat ontbrak, was een setje ondergoed.

Dawn kwam overeind en verlegde haar aandacht weer naar het lichaam van Liv. Ze probeerde een arm van het meisje op te tillen. 'Nog volop rigor mortis.'

'Wat betekent dat voor het tijdstip van overlijden?'

'Normaal gesproken zou dat erop wijzen dat ze minimaal zes uur dood is, maar gezien de tropische temperatuur in dit huis is korter ook mogelijk. Onder invloed van warmte treedt lijkstijfheid sneller in.' Ze wees op de kleren bij het bureau. 'De kleding is met een schaar verwijderd, wat erop duidt dat het meisje al een tijdje dood was op het moment dat ze van haar kleren werd ontdaan.'

'Hoezo?'

'Het is onmogelijk om een lichaam met rigor mortis uit te kleden zonder de kleding kapot te moeten knippen.' Ze slaakte een diepe zucht. 'Oké, ik ga assistentie oproepen. Het meisje moet hier zo snel mogelijk worden weggehaald en onderzocht. Als jij met John bij het lichaam blijft totdat het forensisch team en de patholoog-anatoom zijn gearriveerd, dan neem ik samen met Aiden Abigail Wilson in hechtenis. Daniel kan zich dan over de honden ontfermen.'

'Wat doen we met de hond van Wilson? Nemen jij en Aiden die mee of moet Daniel dat doen?'

'Jij bent de hondenexpert hier. Wat adviseer je?'

'Ik zou haar meenemen, als ik jullie was. Ze lijkt goed afgericht. Misschien dat ze Wilson wat op haar gemak kan stellen, want ik kan me voorstellen dat het geen gemakkelijk verhoor gaat worden. Die vrouw heeft jarenlang amper contact met de buitenwereld gehad én ze is doof: zie daar maar eens een verklaring uit te krijgen.'

'Oké, dat klinkt logisch. De hond gaat dus met ons mee. Ik zal trouwens inderdaad een doventolk nodig hebben, maar die zal wel niet op stel en sprong te vinden zijn.' Dawn zweeg even en draaide zich toen om naar de deur waardoor ze zojuist waren binnengekomen. 'Weet je wat, misschien probeer ik het eerst maar eens met pen en papier. In de woonkamer staat een goed gevulde boekenkast, wat zou betekenen dat mevrouw Wilson kan lezen en schrijven.'

'Het is altijd het proberen waard.'

Dawn pakte haar portofoon om een en ander in gang te zetten. 'Ik ga, blijf jij hier wachten?'

'Nou, als je het niet erg vindt ga ik ook even buiten staan. Die lucht hier is niet te harden.'

Dawn liet Brandan voorgaan en sloot de deur naar de slaapkamer achter zich. Hoewel ze haar gezicht van de haard had afgekeerd, benam de straling van de warme vlammen haar vrijwel meteen de adem. Het zweet brak haar uit en ze voelde zich ineens misselijk. Met een paar grote stappen was ze bij de voordeur en ze vloog naar buiten en zoog de koude lucht zo diep naar binnen dat ze begon te hoesten. Brandan klopte haar collegiaal op haar rug.

'Gaat het?'

Dawn stak haar hand op en knikte. 'Niks aan de hand,' piepte ze met schorre stem terwijl ze zichzelf weer in de hand probeerde te krijgen. Ze haalde nog eens diep adem en langzaam maar zeker zakte de misselijkheid. Toen regelde ze in een mum van tijd versterking.

Aiden had zich in de tussentijd over Abigail Wilson ontfermd en hield de vrouw losjes bij de arm. Ze stond in elkaar gedoken naar de grond te staren.

'Ik krijg geen enkel contact meer met haar. Ik denk dat ze in shock is of zo.'

Dawn liep naar haar arrestante toe en tikte de vrouw op haar schouder. Ze voelde een siddering door haar lichaam gaan, maar verder was er geen reactie. Ze pakte de kin van de dove vrouw vast en duwde voorzichtig haar hoofd omhoog. Lege ogen met grote pupillen die naar een punt leken te staren dat niemand anders zag.

'Ik denk dat je gelijk hebt, Aiden. Ze is of in shock of ze zit er dicht tegenaan. Ik laat Jonas wel even naar haar kijken. Neem haar maar even mee naar de woonkamer tot de auto er is, zodat ze het niet te koud krijgt. Haar hond mag mee naar binnen.'

Daniel gaf de honden het commando om de husky te laten gaan en ze stapten keurig opzij en gingen een stukje verderop bij elkaar liggen.

'Weet jij toevallig of die hond ook een naam heeft?' vroeg Daniel.

'Op het naambordje bij de voordeur staat "Abigail en Angel". Ik neem aan dat de laatste de hond is, want we hebben geen enkel spoor gevonden van een tweede bewoner.'

Daniel liep naar de husky toe en knielde bij haar neer. Liet het dier rustig aan hem snuffelen terwijl hij zachtjes tegen haar praatte. Toen hij de hond aansprak met 'Angel' spitste ze haar oren en begon zachtjes te janken. Bingo. Hij bracht Angel naar Abigail toe en de hond ging meteen tegen haar benen aan zitten en duwde met haar snuit tegen de heup van haar bazin, op zoek naar een liefkozende hand. Toen die niet kwam, liep Angel achter haar bazin langs, duwde haar natte neus tegen Abigails geboeide handen aan en begon ze zachtjes te likken. Dawn zag dat Abigails vingers zich kromden en de hond onder haar kin probeerden te aaien.

'Op haar hond reageert ze wel.'

'Ik durf het wel aan om haar handen voor haar lichaam te boeien zodat ze haar hond kan aaien,' zei Aiden. 'Sinds we haar geboeid hebben, toont ze geen enkel verzet.'

Hij keek Dawn vragend aan en wachtte op haar toestemming.

'Doe maar. We hebben er niks aan als ze nog verder wegzakt. Ik sein Jonas in dat hij mee moet komen met het arrestatieteam om haar even na te kijken. Kan hij me meteen vertellen hoe het met Katy is. Als Jonas vindt dat mevrouw Wilson behandeld moet worden, dan rijden we via de Spoedeisende Hulp naar het bureau.'

18

De maan scheen fel tussen de wolken door en gaf ze een onheilspellende duistere kleur. De wind was aangetrokken en het zag eruit of het elk moment weer kon gaan sneeuwen. Dawn rilde toen ze in haar auto stapte en blies in haar verkleumde handen.

'Ik heb de kachel al op de hoogste stand gezet,' zei Jonas, die op de passagiersstoel zat. Hij had erop gestaan om mee naar het bureau te rijden om Abigail in de gaten te houden. De vrouw was bijna catatonisch en hij wilde de komende uren haar hartslag en bloeddruk in de gaten houden tijdens het verhoor. Dawn had geen bezwaar gemaakt, want dat scheelde weer een rit naar het ziekenhuis.

'Dank je. Hailey rijdt in jouw auto terug?'

'Ja, die heeft straks alweer een vroege dienst. Ik heb haar naar mijn huis gestuurd zodat ze Karin nog even gezelschap kan houden. Die zit al sinds gisteravond in haar eentje.'

'Je had je de eerste avond met je zus vast anders voorgesteld.'

'Ja, maar nood breekt wet. Ik ben blij dat ik Katy in elk geval heb kunnen helpen. Jullie hebben haar gelukkig op tijd gevonden. Tom is met haar mee in de ambulance en hij heeft me net een berichtje gestuurd dat het goed komt. De hoofdwond valt mee en ze zijn haar nu gecontroleerd aan het opwarmen.'

'Gelukkig. En hoe is ze er mentaal aan toe?'

'Ze is hysterisch. Ik heb haar eerst wat kalmerends moeten geven om haar in de ambulance te krijgen. Ze bleef maar gillen dat ze Liv had gezien en dat ze naar haar toe gebracht wilde worden.'

'Hoe reageerde Tom daarop?'

'Ik heb samen met Ian Willox flink op hem in moeten praten om hem ervan te overtuigen niet als een idioot dat bos weer in te gaan. Uiteindelijk besefte hij dat hij het voor Livs bestwil uit handen moest geven en de politie haar werk moest laten doen.'

'Bedankt.'

Ze zwegen even, toen zuchtte Dawn diep.

'Hoe moet ik haar in godsnaam vertellen dat we haar dochter hebben gevonden en Abigail Wilson hebben gearresteerd?'

'Het is goed dat je daar nog even mee hebt gewacht. Het was te veel voor Katy geweest. Vertel het haar en Tom tegen de ochtend, wanneer ze wat gekalmeerd zijn. Ze krijgen Liv er toch niet mee terug als ze het eerder weten.'

'Hoe goed ken jij Katy Tremblay eigenlijk?'

'Goed.'

'Niet een beetje te goed?'

Jonas schoof heen en weer op zijn stoel. 'We kennen elkaar al van kinds af aan en ik heb haar een tijd onder behandeling gehad. Hoezo?'

'Niks, ik was gewoon benieuwd.'

'Nou, dat dus, en we hebben ooit eens een tijdje verkering gehad.'

Dawn draaide haar hoofd met een schok naar hem toe.

'Maak je geen zorgen. Het was lang voordat ik Hailey kende en Katy's liefde voor mij bleek niet van lange duur, want ze koos al snel voor Tom.'

'Je klinkt alsof je dat nog steeds spijtig vindt.'

'Hou op, zeg. Je ziet spoken.'

'Doen Tom en jij daarom zo koel tegen elkaar? Is dat allemaal oud zeer?'

'Dawn, kappen nou. Ik ga echt niet mijn verleden met jou bespreken. Het klikt gewoon niet zo tussen mij en Tom, dat heeft het nooit gedaan. Soms liggen mensen elkaar nou eenmaal niet. Dat heeft niets met Katy te maken. Katy is gewoon mijn voormalige patiënte en that's it.'

'En jij bent met al je patiënten zo close...'

Jonas keek uit het raampje en deed er het zwijgen toe, maar Dawn liet zich daardoor niet weerhouden.

'Het valt me gewoon op dat je wel heel erg bezorgd bent om Katy. En het is Hailey ook opgevallen toen ze jullie hand in hand in het ziekenhuis zag staan...'

De stemming in de auto daalde tot onder het vriespunt.

'Ik ben jou geen enkele verantwoording schuldig over mijn omgang met Katy of wie van mijn andere patiënten dan ook,' zei Jonas op ijzige toon.

'Maar Hailey wel.'

'Hailey ook niet. Het gaat niemand wat aan hoe ik mijn werk doe, dat is iets tussen mij en mijn patiënten. Katy Tremblay heeft net haar dochter verloren en ik ben begaan met haar situatie.'

'Tom heeft ook zijn dochter verloren, maar ik heb je zijn handen niet vast zien houden.'

'Ik vind het voor Tom net zo erg als voor Katy, maar zoals ik je al zei, zijn Tom en ik niet de beste vrienden. Ik heb hier geen zin in, Dawn. Ik offer hier vrijwillig mijn nachtrust en quality time met mijn zus op om jou te helpen. Als je me alleen maar gaat lopen beschuldigen, dan zoek je het verder maar uit. Dan neem ik een taxi naar huis en dan breng je Abigail Wilson maar naar het ziekenhuis.'

'Oké, oké, ik hou er al over op.'

Jonas keek stuurs voor zich uit en Dawn hield haar mond. Maar niet voor lang. 'Maar je moet goed begrijpen, Jonas, dat als je Hailey kwetst, je met mij te maken krijgt.'

'Ben je klaar? Want anders stap ik nu ter plekke uit.'

Dawn minderde vaart en de auto kwam tot stilstand. Ze keek Jonas uitdagend aan. Die bewoog niet. Tien seconden bleven ze zo zitten en toen gaf Dawn, zonder verder nog iets te zeggen, weer gas.

Jonas zuchtte. 'Je doet niet onder voor je zus. Die kan ook zo drammen.'

Dawn grinnikte. 'Welnee, Hailey is veel erger dan ik.'

'Nou, ik ben blij dat we daar in elk geval geen meningsverschil over hebben.' Jonas lachte als een boer die kiespijn heeft.

Dawn richtte haar ogen een tijdje geconcentreerd op de weg en Jonas liet zijn defensieve houding langzaam varen.

'Weet je, ik heb gewoon een raar gevoel over deze kwestie,' zei Dawn uiteindelijk. 'Ik krijg er geen grip op.'

'Denk je dat Abigail Wilson het gedaan heeft?'

'In vertrouwen?'

'Uiteraard.'

'Als je haar zo ziet zitten, dan geef je haar nog geen cent, maar op dit moment is ze onze enige verdachte. We hebben het lichaam van Liv immers in haar huis gevonden.'

'Wat denk je dat er gebeurd is?'

Dawn dacht even na voordat ze weer sprak. 'Op het eerste gezicht lijkt ze niet met geweld om het leven te zijn gebracht. Ze was neergelegd in een bed, alsof ze sliep. Het klinkt een beetje raar, maar het zag er bijna liefdevol uit. Haar haren waren mooi gekamd over het kussen gedrapeerd en ze was ingestopt onder een paar warme dekens als om ervoor te zorgen dat ze het niet koud zou krijgen. Haar nagels waren schoon en haar gezicht was ingesmeerd met bodylotion. Er zat een klein kloddertje in haar wenkbrauw.'

'Abigail heeft dus geprobeerd voor Liv te zorgen?'

'Dat zou je kunnen zeggen. Misschien ziet ze het zelf ook wel zo. Feit blijft dat we met een dood kind zitten, dus ergens is er dan toch iets misgegaan.'

'Het blijft dus voorlopig gissen naar wat er precies is gebeurd.'

'Ja.'

'Todat je Abigail zelf hebt gesproken.'

Dawn knikte. 'We zijn druk met het regelen van een doventolk en er is een pro-Deoadvocaat gebeld. Het zal een complex verhoor worden; ik zal moeten vertrouwen op de zorgvuldigheid van de tolk.'

'En dat is voor een control freak als jij erg moeilijk,' grinnikte Jonas.

‘Wat weet jij eigenlijk over Abigail Wilson? Heb je nog achtergrondinformatie waar ik iets mee zou kunnen? Ze lijkt zwakzinnig te zijn, dus wellicht is ze niet volledig toerekeningsvatbaar.’

‘Voor zover ik weet is ze niet zwakzinnig, maar ik kan het je ook niet met honderd procent zekerheid zeggen. Dove mensen worden wel vaker onterecht op die manier weggezet. Ze communiceren nou eenmaal op een andere manier en maken keelklanken die voor ons horenden raar klinken. Maar dat wil niet zeggen dat er een steekje loszit.’

‘En haar familie? Kun je daar wat over zeggen?’

‘Abigails familie is altijd erg op zichzelf geweest, een beetje zonderling ook. Primitief, eenvoudig en ze misten allemaal een sociaal gen. Alleen voor de hoognodige dingen kwamen ze naar The Glebe. Abigails grootvader heeft het huis waar ze woont zelf gebouwd. Toen hij overleed, is Abigails vader Bryan er blijven wonen. Eerst een tijd alleen en later werd hij een paar keer gezien met Minette Duncan, een rebels meisje dat in The Glebe haar draai niet kon vinden. Op de een of andere manier klikte het uitstekend tussen die twee, tot afschuw van Minettes ouders. Die hebben haar ook meteen verstoten toen ze bij Bryan introk. Een jaar later werd Abigail geboren.’

‘Leven haar ouders nog?’

‘Dat is een goede vraag, waar ik geen duidelijk antwoord op heb. De eerste jaren kwamen ze af en toe met zijn drieën naar The Glebe voor boodschappen, later kwam Bryan alleen met Abigail. Niemand weet eigenlijk wat er van Minette is geworden. En Bryan is drie jaar geleden voor het laatst gezien. Sindsdien komt Abigail soms met haar hond op de sneeuwscooter naar The Glebe.’

‘En niemand heeft haar ooit gevraagd naar haar ouders?’

‘Nee, niemand praat eigenlijk met haar. Haar bijnaam is “de heks van Gatineau” en de kinderen zijn allemaal bang voor haar. Er doen de wildste verhalen over haar de ronde – dat ze kinderen meelokt naar haar huis en ze dan levend kookt in een grote pan. Van die typische kinderfantasieën.'

'Er kan natuurlijk een kern van waarheid in zitten.'

'Dat ze kinderen kookt in een pan?' Jonas lachte hardop.

'Nee, dat ze kinderen meelokt. Niet per se om ze kwaad te doen, maar om voor ze te zorgen. Misschien heeft ze moedergevoelens die ze op deze manier botviert? Dat zou kunnen verklaren waarom Liv zo keurig verzorgd in bed lag.'

'Daar geloof ik helemaal niets van. Dan zouden er vaker kinderen moeten verdwijnen. Zolang als ik leef, is Liv het eerste kind dat in Gatineau Park verdwenen is.'

'Het kan toch zijn dat ze zich altijd heeft bedwongen, maar het verlangen naar een kind inmiddels zo groot was dat ze de verleiding niet kon weerstaan toen ze Liv in het bos zag?'

'Allemaal speculaties. Verhoor Abigail nou eerst maar eens, dan kun je horen wat ze zelf te vertellen heeft. En zonder vooroordelen, want ze verdient een eerlijke kans.'

'Je lijkt haar advocaat wel.'

'Ik heb nou eenmaal een zwak voor kwetsbare mensen die zichzelf niet goed kunnen verdedigen.'

'Kwetsbare mensen zijn niet per definitie heiligen, Jonas. Ze kunnen flink de fout in gaan. En dat er een verhaal rondgaat dat Abigail een kinderlokker is, bevalt me niets.'

'Het is een ordinaire roddel, zoals er wel meer zijn in The Glebe.'

Zoals dat jij weer iets hebt met Katy Tremblay, dacht Dawn, maar ze hield wijselijk haar mond.

19

Het kind is terecht. Ongeschonden maar levenloos. Het is me niet gelukt haar te redden. Voor haar te zorgen zoals ik had willen en moeten doen. Ik heb gefaald en zal moeten leven met de pijn, het verdriet dat me vanbinnen uitwringt als een mangel tot er geen druppel levensvreugde meer over is. Maar ik mag niet treuren, ik mag niet buigen. Ik heb een taak die niemand anders kan volbrengen. Ik moet mezelf blijven inprenten dat het nog niet te laat is. Tweede kansen worden altijd gegeven, dus waarom niet aan mij? Vergeven zit in de menselijke aard. Maar waarom lukt het niet om mezelf te vergeven? Wat zegt dat over mij? Ben ik dan geen mens?

Perfectionisme is zowel een kracht als een valkuil. Het is de kunst om de kracht aan te wenden om niet te vallen. Vaak lukt dat, maar soms, heel soms neemt de angst om te falen het over. Dan volgt de twijfel, want hoe kun je een voorbeeld zijn als je ernstig tekortschiet? Gelukkig duurde de twijfel ook deze keer niet lang. Mijn kinderen verdienen perfectie en daarom verdienen ze alleen mij.

Lieve Liv, wat zo mooi begon is in de kiem gesmoord. Je had ook naar me moeten luisteren. Het wantrouwen in je ogen was een klap in mijn gezicht. Je angst een bittere teleurstelling die ik nog proef tussen de opwinding door. Toch wens ik je alle goeds. Echte liefde is niet kapot te krijgen, zelfs de dood kan daar niets aan veranderen. Slaap zacht, mijn kleine prinses, en zweef gedachteloos door de eeuwigheid terwijl ik waak over je broertjes en zusjes.

20

Karin zat om zeven uur 's ochtends met een slaperig hoofd aan de vrolijk gedekte ontbijttafel. Ze onderdrukte net een geeuw toen Jonas een espresso voor haar neus zette. 'Volgens mij kun je die wel gebruiken.'

Lachend vouwde ze haar handen om het dubbelwandige espressoglas. 'Tegen alle verwachtingen in ben ik als een blok in slaap gevallen.'

'En Sam, slaapt die nog?'

'Ja, ik sta altijd een uurtje eerder op. Ik heb het nodig om 's ochtends rustig op te starten met een kop koffie. Of espresso.' Glimlachend stak ze haar kopje in de lucht. Meteen werd haar gezicht ernstig. 'Ik heb jou en Hailey niet thuis horen komen. Is het laat geworden?'

Jonas knikte. 'Ik heb amper geslapen.'

'Heeft de zoektocht nog iets opgeleverd?'

'Helaas wel. Livs lichaam is gevonden bij een vrouw die in het gebied woont waar Liv is verdwenen.'

'Wat verschrikkelijk.'

Jonas knikte. 'Haar ouders zijn ontroostbaar. Haar moeder is zo ingestort dat ze haar een flinke dosis kalmerende middelen hebben moeten toedienen, boven op de dosering die ik haar al had gegeven.' Jonas vertelde Karin het hele verhaal over hoe Katy in haar wanhopige zoektocht was afgedwaald van de groep en met onderkoelingsverschijnselen was gevonden, en de confrontatie met Abigail Wilson, die haar een lichte hersenschudding had opgeleverd.

'Heel egoïstisch misschien, maar wat ben ik blij dat ik niet in haar schoenen sta. Ik weet niet wat ik zou doen als ik Sam zou verliezen. Ik word al helemaal naar van de gedachte.' Er viel een pijnlijke stilte. 'Hoewel sommige ouders daar anders over denken en hun kind gewoon wegdoen.'

'Ik snap dat je boos bent op pa, Karin, maar je moet niet denken dat hij je "gewoon" heeft weggedaan. Hij heeft veel foute keuzes gemaakt in zijn leven, dat ben ik helemaal met je eens, en ik begrijp die keuzes niet en neem hem veel dingen kwalijk, maar ik ben ervan overtuigd dat hij het met de beste bedoelingen heeft gedaan. Ook al is het verdomde slecht uitgepakt. Gelukkig erkent hij dat zelf inmiddels ook, al is het te laat om er nog iets aan te veranderen.'

'Of om het goed te maken. Ik denk niet dat ik het hem kan vergeven dat hij na al die tijd alsnog mijn leven helemaal overhoop gooit door contact te zoeken.'

'Had je het liever niet willen weten?' Jonas' stem klonk teleurgesteld.

'Van de ene op de andere dag is mijn wereld onoverzichtelijk en onzeker geworden. Niets ten nadele van jou, begrijp me goed, ik vind het heel leuk dat ik ineens een grote broer heb. Maar het doet pijn dat ik nu pas de kans krijg om je te leren kennen. Een gat van vijfendertig jaar kun je nooit helemaal vullen, dus er zal altijd iets blijven knagen.'

'Ik denk dat je daar wel gelijk in hebt, ja.'

'Ik vind het vreselijk om te zien hoe moeilijk mijn adoptieouders het ermee hebben. Ze zijn zo bang om me kwijt te raken. Het contact tussen ons, dat altijd zo vanzelfsprekend is geweest, heeft toch een knauw opgelopen. Er is een vertrouwensbreuk ontstaan en die moet helen.' Ze knipperde even met haar ogen. 'En dat heeft tijd nodig.'

'Dat vertrouwen wordt wel weer hersteld, daar ben ik van overtuigd. Als het ergste verdriet is gezakt, dan is het de liefde tussen jullie die overblijft.'

'Ik hoop uit de grond van mijn hart dat het waar is wat je zegt.'

Jonas reikte haar de schaal met broodjes aan. 'Hier, neem er een voordat ze koud worden.'

'Ik wil vandaag graag langsgaan bij Alan, denk je dat dat mogelijk is?'

'Hij wordt om elf uur weer een halfuur van het beademingsmasker afgehaald. Red je dat?'

'Ja, dat moet wel lukken. Ik zit alleen een beetje met Sam. Ik wil hem niet meenemen naar de IC. In elk geval niet de eerste keer. Ik wil eerst zelf eens kennis gaan maken met Alan.'

'Ik draai straks poli en Hailey is aan het werk, dus die kunnen we niet inzetten als oppas, maar ik heb een heel leuke secretaresse die dol is op kinderen. Die wil vast wel even een oogje in het zeil houden.'

'Dat zou fijn zijn. Ik zal zorgen dat hij haar niet in de weg loopt.'

'Maak je geen zorgen. Tammy heeft maar liefst tien kleinkinderen, dus ik denk dat ze met Sam ook wel raad weet.'

'Sam heeft wel een gebruiksaanwijzing, hè?'

'Het komt goed, geloof me maar. Als je wilt, kun je met me meerijden naar het ziekenhuis. Ik moet er om tien uur zijn. Dan heb je ruim de tijd om Tammy te instrueren voordat je naar pa gaat.'

'Graag.'

'Ik zal de IC even bellen om te laten weten dat je er om elf uur bent.' Jonas voegde de daad bij het woord en hing na een kort gesprek weer op.

'Weet je zeker dat het verantwoord is om hem van dat beademingsapparaat af te halen?'

'Als je niet zou komen, zouden ze het ook doen. Hij moet een paar keer per dag zelf ademen, omdat zijn ademhalingsspieren anders te zwak worden en hij straks helemaal niet meer zonder zo'n apparaat kan.'

Karin kauwde op haar broodje, maar kreeg de hap niet doorgeslikt. Jonas zag het.

'Je vindt het spannend, hè?'

'Ja, nogal. Ik weet niet wat ik aantref. Ik weet niet wíé ik aantref.'

'Ik weet zeker dat het goed komt.'

Karin knikte. Met veel pijn en moeite lukte het haar uiteindelijk om de homp brood weg te krijgen en ze dronk haar espressokopje in één keer leeg om de restanten weg te spoelen. 'Ik ga Sam wakker maken en aankleden als je het goedvindt.'

'Prima, dan zal ik de boel hier aan kant maken.'

Op het moment dat Karin de kamer uit wilde lopen om naar boven te gaan, ging Jonas' telefoon. Hij nam op en al snel stond zijn gezicht ernstig. Toen ze door wilde lopen stak hij zijn hand op. 'Kun je heel even wachten, Karin, ik moet iets met je bespreken,' zei hij zachtjes.

Ze knikte nerveus. Wat zou dit te betekenen hebben? Zou het om haar vader gaan? Kon ze toch niet langskomen, omdat het plotseling slechter met hem ging? Ze realiseerde zich dat die gedachte toch enige teleurstelling opriep. Nu het eenmaal zover was, wilde ze het ook niet langer uitstellen. Haar vader zou toch niet... Nee, een medewerker van de IC had net nog gezegd dat er niets aan de hand was. Ze keek haar broer gespannen aan.

'Ik kom er meteen aan,' zei Jonas.

'Wat is er aan de hand?' vroeg ze meteen toen hij de telefoon van zijn oor haalde en op tafel legde.

'Dat was Dawn. Ze leidt het onderzoek naar Livs dood en wil graag dat ik nog wat medische check-ups doe voordat het verhoor van Abigail Wilson begint. De vrouw vertoont tekenen van shock en moet goed in de gaten worden gehouden. Dat betekent dat ik nu al weg moet en je dus niet mee kunt rijden naar het ziekenhuis.'

'Oké. Kan ik dan wel gewoon om elf uur naar Alan?'

'In principe wel.'

'Ben jij dan al in het ziekenhuis?'

'Dat kan ik niet met zekerheid zeggen.'

'O.' Karin kon haar teleurstelling niet verbloemen. 'Ik geloof dat ik het toch wel prettig vind als je in de buurt bent. En ook als je me even voorstelt aan Tammy.'

'Dat snap ik. Vanmiddag om drie uur gaat hij weer een halfuur van de ademondersteuning af. Je zou ook dan kunnen gaan, dan ben ik er in elk geval. Zal ik de afspraak verzetten?'

'Als je dat zou willen doen, graag.'

'Vermaak je je tot die tijd een beetje?'

'Dat komt vast goed. Ik ga de buurt hier denk ik een beetje verkennen met Sam. Heb je nog tips?'

'Bank Street zit vol met leuke restaurantjes en winkeltjes en ook in de zijstraten valt van alles te zien. Hou je van lezen?'

'Ja.'

'Dan kan ik je Octopus Books op Third Avenue aanbevelen.'

'Is er ook nog iets waar ik Sam mee blij kan maken?'

'Op Bank Street zit een leuke speelgoedwinkel, Mrs. Tiggy Winkles, en als hij honger krijgt van al dat gesjouw dan kun je hem meenemen naar Kettleman's Bagel Co. Ook op Bank Street, tegenover de pizzeria en een Indiaas restaurant.'

'Als je de namen en adressen even voor me op zou willen schrijven, dan vind ik het wel.'

Jonas krabbelde wat op een papiertje en legde het naast haar bord.

'Een echte dokter,' zei ze lachend toen ze zijn onleesbare handschrift bekeek.

21

De geur in de verhoorkamer was misselijkmakend. Zweetlucht mengde zich steeds sterker met het aroma van ongewassen kleren en natte hond. De waterkan op tafel was op een bodempje na leeggedronken. Dawn stond geagiteerd op en negeerde de druk in haar blaas. Ze begon heen en weer te lopen door de kleine kamer en hield Abigail Wilson nauwlettend in de gaten. De vrouw zat net als het afgelopen uur als bevroren op haar stoel. Haar kin was op haar borst gezakt. De husky lag op de grond tegen de muur aan en hield, in tegenstelling tot haar baas, de deur en alle bewegingen in de kamer nauwlettend in de gaten. Jonas had plaatsgenomen op een stoel in de hoek en observeerde zwijgend.

Gefrustreerd begon Dawn heen en weer te lopen langs de grote spiegelwand. Ze wachtten op de doventolk en de advocaat die Abigail was toegewezen en het duurde haar allemaal veel te lang. Angel reageerde met waarschuwend gegrom als ze te dicht bij Abigail in de buurt kwam.

'Ik doe toch niks?' beet ze het dier toe.

Een hond die niet kan praten en haar baas die niet kan luisteren. Had zij dat weer. Het zweet parelde op haar rug. Haar collega's zouden haar ongetwijfeld achter haar rug uitlachen omdat ze nog geen stap verder was gekomen met het verhoor. Maar ze kon hier toch zeker niks aan doen? Abigail had zich opgesloten in haar eigen cocon en weigerde elke manier van communicatie. Pen en papier hadden in elk geval niet gewerkt. Dawn had de tolk in het afgelopen uur al drie keer gebeld met het verzoek een beetje op te schieten. Zijn vrouw had elke keer opgenomen en consequent geantwoord dat hij eraan kwam als hij klaar was; de pro-Deoadvocaat had vergelijkbaar gereageerd. Haar smeekbedes, jammerkreten en dreigementen hadden geen enkele zin gehad, terwijl er zoveel vragen waren die beantwoord moesten worden. Ze moest de ouders en de pers te woord staan, maar wat moest ze dan vertellen? Tot nu toe was er slechts een korte verklaring uitgegaan over de vondst van het levenloze lichaam van Liv Tremblay. De persconferentie die voor vanochtend was gepland, was naar de middag verplaatst.

Meteen nadat Abigail Wilson op het bureau was aangekomen, had Dawn wederom een poging gedaan om contact te leggen met de vrouw. Ook toen zonder succes. Of ze echt zo in zichzelf gekeerd was van de schrik, of dat ze Dawn voor de gek hield, viel niet te zeggen. Abigail was afgevoerd naar een cel en Dawn was zelf naar huis gegaan om nog een paar uur slaap te pakken. Uiteraard was dat niet gelukt. Te veel gedachten die door haar kop maalden en geen Hailey om stoom tegen af te blazen. Die lag knus in bed bij Jonas. Zelfs de grijze kater die met haar en Hailey mee was verhuisd naar Ottawa had zich sissend van haar afgekeerd en geweigerd om het vangnet te zijn voor haar frustraties.

Dawn was moe van het in de lucht houden van veel te veel ballen. Het was alsof de wereld haar in de steek had gelaten. Waarvoor deed ze eigenlijk nog zoveel moeite, als ze toch keer op keer het deksel op haar neus kreeg? Ze dacht met weemoed terug aan haar vorige werkplek, waar ze het veel meer naar haar zin had gehad – de cultuur en collega's daar waren veel opener geweest. Heel anders dan in The Glebe, waar ze je maar al te goed lieten voelen dat je van buiten kwam en dat je nooit echt een van hen zou worden. En dan was ze ook nog de enige vrouw in het team, waardoor ze zich elke dag weer moest bewijzen. Een individu in een hecht collectief dat haar orders wel aannam, maar niet van harte. Ze wist dat er ook over haar geklets werd en dat er overal ogen waren die in de gaten hielden of ze haar konden betrappen op een fout. De vriendelijkheid van haar collega's was oppervlakkig, ging niet verder dan beleefdheid, en ze was nog nooit uitgenodigd om ook eens mee te gaan naar de stamkroeg van haar team, terwijl ze hier toch al een jaar werkte. Om nog maar te zwijgen over de vele kleine pesterijtjes waar ze onder te lijden had, en die ze intussen meer dan zat was.

De rugzak met het verleden die ze dag en nacht met zich meedroeg, werd een steeds zwaardere last op haar schouders. Ze kon hem met niemand delen en dat brak haar weleens op. Als Hailey bij Jonas sliep, dronk ze steeds vaker meer dan goed voor haar was. Ze wist dat het de situatie er alleen maar beroerder op maakte, maar toch kon ze het niet altijd laten. *De boog kan niet altijd gespannen zijn*, zei ze dan tegen zichzelf. Maar dat was een slap excuus. Vannacht had ze gelukkig voldoende kracht gehad om de fles te laten staan en daar was ze nu blij om. Ze moest scherp zijn, alert blijven om het onderzoek naar de dood van Liv Tremblay te leiden en tot een goed einde te brengen. Ze wist maar al te goed dat ze de leiding over het onderzoek alleen toegewezen had gekregen omdat er door die milieuconferentie niemand anders was om de zaak op zich te nemen. Maar als ze deze zaak tot een goed einde bracht, steeg ze misschien wat in achting bij haar collega's.

Ongeduldig keek ze op haar horloge. Er was alweer een kwartier verstreken. Ook Jonas werd duidelijk onrustig.

'Duurt het nog lang voor we kunnen beginnen, denk je? Ik heb straks poli en moet nog wat dingen voorbereiden. Als ik afspraken moet verzetten, dan moet ik dat nu wel weten.'

'Ik kan het niet goed inschatten. Ik ben afhankelijk van die advocaat en die tolk die steeds beweren eraan te komen. Misschien is het inderdaad verstandig om wat afspraken af te zeggen. Ik weet ook niet hoe lang het verhoor duurt, of we Abigail überhaupt aan het praten krijgen, of het klikt tussen haar en die tolk. Ik denk dat ik nog maar een keer koffie ga halen. Jij ook?'

Karin wachtte geduldig.

'Ja, oké,' hoorde ze de agente zeggen. Het gesprek werd verbroken.

'Als u die gang in loopt, komt u vanzelf bij verhoorkamer drie. Inspecteur Clark zal u daar opvangen.'

'Prima.' Karin kneep in Sams hand om zijn aandacht te vangen en wees naar de gang recht tegenover de balie. Gehoorzaam liep hij met haar mee. De gang was al net zo troosteloos als de entree van het gebouw. Karin dacht aan haar eigen pasgestucte kantoor met grote ramen en openslaande deuren naar de binnentuin. Aan haar linkerhand verscheen een deur. Op het afgesleten naamplaatje was nog net een 1 te lezen. Bij een deur met een 3 erop hield ze stil. Ze had verwacht Dawn hier in de gang aan te treffen, maar dat was niet het geval. Ze keek om zich heen. In geen velden of wegen iemand te bekennen. Ze klopte op de deur in de hoop dat Dawn of Jonas het zou horen. In eerste instantie gebeurde er niets, maar toen zwaaide de deur open en keek ze recht in het gezicht van Dawn.

'Is er niemand met je meegelopen?' vroeg ze verbaasd.

'Nee. De agente achter de balie mocht niet van haar plek en ze had niemand anders beschikbaar.'

'Dus laat ze mensen maar onbegeleid door het gebouw lopen. Veiligheidsregels gelden blijkbaar niet meer als er personeelstekort is.' Dawn snoof geërgerd. 'Sorry, niet jouw probleem.'

'Eerlijk gezegd vond ik het ook een beetje raar.' Karin pakte Jonas' telefoon en overhandigde hem aan Dawn. 'Wil je die aan mijn broer geven?' Ze genoot ervan om het woord broer te kunnen gebruiken.

'Doe ik. Bedankt voor het langsbrengen.'

Dawn opende de deur en Karin ving door de spiegelwand een glimp op van de vrouw in de verhoorkamer. Haar rug was gekromd door haar ineengedoken houding. De handen hingen levenloos naast het lichaam. Twee slordige, lange vlechten hingen over haar schouders en raakten de tafel. Karin hoefde de ogen van de vrouw niet te zien om te kunnen concluderen dat daar ook niet veel leven in zat. Daar aan tafel leek niet meer te zitten dan een lege huls.

'Is het je al gelukt om contact met je verdachte te maken?' vroeg Karin.

Dawn bleef in de deuropening staan. 'Nee. Ik kom geen steek verder met die vrouw. Het helpt natuurlijk ook niet dat ze doof is en dat de tolk heel lang op zich liet wachten. Ze zit maar een beetje te staren en reageert nergens op.'

'Alsof ze bevroren is?'

'Ja,' reageerde Dawn ongeduldig. 'Hoezo?'

'Ik ben traumapsycholoog en heb dit soort gedrag regelmatig meegemaakt in mijn praktijk. Ik vermoed dat je verdachte in een *freeze* zit – dat is een toestand die zowel een mentale als fysieke uitwerking heeft. Tijdens zo'n "aanval" is iemand niet in staat om te communiceren of te bewegen. Alles staat letterlijk even stil. Het is een beschermconstructie van de hersenen als emoties even niet meer te hanteren zijn.'

Karin zweeg, plotseling beseffend dat ze zich met zaken bemoeide waar ze niks mee te maken had. 'Sorry, ik wil me er niet mee bemoeien.'

Maar Dawns interesse was gewekt. 'Ga verder.'

'Weet je het zeker?'

'Nee, want ik mag dit eigenlijk helemaal niet met je bespreken,' zei ze, 'maar doe het toch maar: wat kun je me nog meer vertellen over zo'n freeze?'

'Nou, meestal ligt er een dieperliggend trauma aan ten grondslag. Je ziet deze reactie veel bij mensen met posttraumatisch stresssyndroom die in een levensbedreigende situatie hebben verkeerd. Bij militairen die terugkomen van een missie, maar ook bij mensen die bijvoorbeeld op de IC van een ziekenhuis de dood in de ogen hebben gekeken. Zodra er in het dagelijks leven iets gebeurt wat het trauma of de eerder doorstane doodsangst triggert, treedt die freeze-situatie op. Het is een heel primaire reactie die volledig oncontroleerbaar is. Het kan overal gebeuren en op elk moment als de hersenen denken dat er gevaar is waar niet tegen gevochten of niet voor gevlucht kan worden.'

'Oké... stel dat die vrouw in zo'n freeze zit, hoe krijgen we haar er dan uit?'

'Dat is lastig te zeggen. Sommige mensen reageren goed op dieren.'

'Ze heeft haar hond bij zich in de verhoorkamer, maar tot nu toe biedt dat nog niet veel soelaas.'

'Ik denk dat je het anders aan moet pakken. Waarschijnlijk voelt ze zich niet veilig genoeg bij je. Je uniform, die handboeien, dat pistool op je heup zijn al intimiderend voor mensen die geen trauma's hebben. En dan is deze vrouw ook nog eens doof.'

'Zou het helpen als ik mijn burgerkloffie aantrok?'

'Geen garanties natuurlijk, maar ik denk wel dat het bevorderlijk kan zijn, ja.'

'Oké. Nog meer tips?'

'Ze zit aan een tafel die in het midden van de verhoorkamer staat, toch?' Karin tuurde langs Dawn heen.

'Klopt. De tafel staat in het midden en ze zit met haar rug naar de muur en haar gezicht naar de deur.'

'Hoe ver zit ze van die muur af?'

'Wat zal het zijn? Zeker anderhalve meter.'

'Verplaats haar stoel en zet haar helemaal tegen de muur aan. Fysiek contact met de muur kan haar gevoel van veiligheid vergroten. Je moet niet vergeten dat er in haar wereld geen omgevingsgeluiden bestaan. Ze kan dingen die achter haar plaatsvinden niet horen en dat is beangstigend. Als je haar helemaal tegen de muur aan zet, haal je die dreiging voor haar weg.

Heb ik ook goed begrepen dat het een vrouw is die niet gewend is om veel onder de mensen te zijn?'

Dawn knikte bevestigend.

'Gebarentaal is de enige taal die ze spreekt en die is geen gemeengoed. Communiceren met andere mensen in een voor haar veilige situatie is al lastig, laat staan in deze setting. Dus of ze nou iets te maken heeft met de dood van dat meisje of niet, die vrouw is doodsbang, dat kan ik je op een briefje geven. En dan heb ik het puntje karaktereigenschappen nog niet eens meegenomen. Misschien is ze wel extreem verlegen. Al met al vind ik het dus niet zo vreemd dat je nog geen woord uit haar hebt gekregen.'

'Dus ik hoef niet aan mezelf te twijfelen?' Voor het eerst zag Karin een glimp van onzekerheid op Dawns gezicht verschijnen.

'Probeer het eens met mijn adviezen, zou ik zeggen.'

'Dus ik kleed me om in mijn gewone kleren en we zetten haar met stoel en al tegen de muur aan. Oké, dat moet lukken. Jonas en de doventolk zijn nu bij haar. We wachten nog op haar advocaat.'

'Als je wilt, kan ik haar even observeren terwijl jij je omkleedt. Misschien valt me nog iets op waar je wat aan hebt?'

'Heel aardig van je, maar het is niet toegestaan om burgers bij een verhoor of onderzoek te betrekken.'

'Ik ben een professional. Ik werk dagelijks met getraumatiseerde mensen als erkend psycholoog.'

'Maar hij is geen professional.' Dawn wees naar Sam.

'Ik denk niet dat een dove jongen van zes je onderzoek zal dwarsbomen,' zei Karin glimlachend. 'Hij komt amper boven het spiegelglas uit. Maar goed, ik bied het aan, het is aan jou of je er iets mee doet.'

Dawn beet op de binnenkant van haar wang, iets wat ze altijd deed als ze het moeilijk vond om een beslissing te nemen. Karins voorstel klonk aanlokkelijk, maar er stond veel op het spel bij dit onderzoek. Ze kon het zich niet veroorloven om fouten te maken. Kon ze Karin dan wel tegen de regels in en zonder toestemming van haar baas Abigail Wilson laten observeren om haar professionele mening te geven? Misschien niet, maar de tips die Karin net had gegeven, klonken haar goed in de oren. En Dawn moest er zo snel mogelijk achter zien te komen of Abigail echt getraumatiseerd was of de zaak bedonderde. Waarom het bureaucratische proces ingaan voor de aanvraag van een psycholoog als ze er nu een op een presenteerblaadje kreeg aangeboden voor een eerste indruk? Karin haar ding laten doen zou een hoop tijdwinst opleveren in een onderzoek waar al niet genoeg menskracht voor beschikbaar was.

'Oké, ik ga hiermee ernstig buiten mijn boekje, maar het is een poging waard. Over een uur verwacht ik eindelijk haar advocaat, die wordt opgehouden in de rechtbank. Voor die tijd moet je weg zijn.'

'Dat moet lukken. Vraag de tolk of hij een gesprekje met Abigail wil aanknopen, dan kan ik haar reacties of het uitblijven daarvan observeren. Laat hem aan haar uitleggen dat jullie haar stoel tegen de achterste wand aan gaan zetten om het haar wat comfortabeler te maken.'

Dawn knikte, liet haar en Sam de observatieruimte binnen en liep toen door naar de aangrenzende verhoorkamer om de tolk te instrueren en Jonas in te lichten. Sam drukte zijn neus tegen de spiegelwand en wees naar de husky, die opstond zodra Dawn de verhoorkamer binnenkwam. De jongen was dol op honden. Karin had weleens overwogen er een te nemen, maar het uiteindelijk niet gedaan omdat het opvoeden van een dove zoon naast een fulltimebaan al genoeg energie kostte. Om Sam tegemoet te komen, mocht hij weleens mee om de bruin-witte shih tzu van hun buurvrouw Hinke uit te laten.

Karin installeerde zich net achter de spiegelwand toen de deur achter haar openvloog. Een vrouw met een bos strak opgestoken haar kwam binnenlopen. Haar enorme naaldhakken lieten putjes achter in de donkerblauwe vloerbedekking die ook in de observatieruimte was doorgelegd. De make-up die ze droeg was zorgvuldig aangebracht en een flinke streep rouge accentueerde haar jukbeenderen. Een nauwelijks zichtbare kreukel in de rok van haar mantelpakje was de enige smet op het verder perfecte uiterlijk. Ze keek Karin met samengeknepen ogen aan en stoomde meteen door naar de verhoorkamer. Met een woest gebaar gooide ze de deur open.

'Wat doen die vrouw en dat kind in de buurt van mijn cliente?' zei ze met luide stem tegen Dawn.

Angel sprong blaffend op en de advocate stapte verschrikt achteruit. Sam hoorde de hond niet tekeergaan en had dus ook niet door dat de husky niet blij was. Enthousiast glipte hij achter de advocate aan de verhoorkamer binnen om de hond te aaien. Karin probeerde hem nog tegen te houden, maar greep mis en moest met lede ogen toezien hoe de vrouw over Sam struikelde, haar evenwicht verloor en in de schoot van Jonas belandde. De advocate gilde, Sam zette het op een huilen en de tolk sprong van schrik op uit zijn stoel, die met veel kabaal op de grond belandde. Jonas keek verbaasd naar de vrouw in het mantelpakje die op zijn schoot zat en barstte in lachen uit. Karin stapte nu ook de verhoorkamer binnen en nam haar zoon in haar armen, die daar in eerste instantie alleen maar harder van ging huilen.

De chaos was compleet en Dawn zag het allemaal met een rood hoofd aan. De enige die geen acht sloeg op de commotie, was Abigail Wilson.

23

Nadat iedereen van de schrik was bekomen en de rust weer was teruggekeerd, legde Dawn zo goed en zo kwaad als dat ging aan de advocate uit wat de situatie was. De vrouw keek haar de hele tijd vol misprijzen aan, duidelijk niet onder de indruk van wat haar werd verteld.

'Ik zal hier verslag van doen bij de rechtbank en u kunt ervan uitgaan dat dit verregaande gevolgen zal hebben,' zei ze toen Dawn eindelijk was uitgepraat. 'Deze gang van zaken is onacceptabel.'

'Maar het is gedaan voor het welzijn van uw cliënte.'

'En u bent?'

'Dokter Jonas Powell. Ik hou sinds mevrouw Wilsons arrestatie haar medische toestand in de gaten. Aangezien ze tekenen van shock vertoonde, heb ik de expertise van mevrouw Ter Duin ingeschakeld om te bepalen of het verantwoord was om mevrouw Wilson te verhoren.'

'En was dat zo?'

Iedereen keek naar Karin, die even moest slikken. 'Het lijkt erop dat uw cliënte in een zogenaamde freeze verkeert: een in zichzelf gekeerde toestand die is ontstaan door een traumatische ervaring. Dit trauma heeft ze al eerder in haar leven opgelopen en de arrestatie is vermoedelijk alleen een trigger geweest voor de toestand waar ze zich nu in bevindt. Ik heb inspecteur Clark een aantal adviezen gegeven die uw cliënt wellicht kunnen helpen om uit haar huidige toestand te komen, zodat het mogelijk wordt om met haar te communiceren.'

Karin had ongemerkt haar greep op Sam laten verslappen en

de jongen wurmde zich los. Ogenblikkelijk stapte de husky op hem af en Sam sloeg zijn armen om de hals van de hond, die hem een lik over zijn gezicht gaf en zachte piepgeluidjes maakte. Karin wilde Sam terughalen, maar Jonas hield haar tegen toen de hond voorzichtig Sams mouw tussen haar tanden nam en er zachtjes aan begon te trekken. Het was overduidelijk dat Angel wilde dat de jongen met haar mee zou komen. Sam legde zijn hand op de rug van de hond alsof ze altijd al zijn beste vriendin was geweest. Karin keek in opperste verbazing naar de hoge mate van vertrouwdheid en vanzelfsprekendheid tussen haar zoon en de wildvreemde hond. *Zou het dier aanvoelen dat Sam, net als haar baasje, doof was?*

Angel liep met Sam rechtstreeks naar Abigail en duwde hem voorzichtig naar haar bazin. Te dichtbij naar Karins zin en ze wilde hem wegtrekken. Deze keer hield Dawn haar tegen. Angel begon een hand van haar baas te likken om aandacht te krijgen en duwde vervolgens met haar neus Sams hand naar Abigails arm. De jongen leek te begrijpen wat de hond van hem wilde en tikte voorzichtig op Abigails schouder. Toen ze daar niet op reageerde, pakte hij voorzichtig haar hand. Angel moedigde hem aan met zacht gejank. Karin zag Sams kleine knuistje verdwijnen in de grove vrouwenhand en moest zich wederom bedwingen. *Bij deze vrouw in huis is het lijk van een kind gevonden!* Dawn keek haar waarschuwend aan en tegen al haar instincten in, greep ze weer niet in. Abigails advocaat leek net zo verbouwereerd door de gebeurtenissen als de andere aanwezigen en sloeg het tafereel nauwlettend gaande.

Angel duwde haar kop onder de twee handen. In eerste instantie was er geen reactie waar te nemen bij Abigail, maar toen Sam zachtjes in haar hand kneep, kromden de vingers van de vrouw zich langzaam om de hand van de jongen. Sam leek feilloos aan te voelen hoe precair de situatie was en bleef doodstil staan. Van zijn gezicht was geen enkele angst af te lezen. Karin hield haar adem in. Langzaam bracht Abigail haar gebogen hoofd omhoog en keek de jongen aan. Sam glimlachte naar haar en pakte met zijn vrije hand zijn blauwe gebreide knuffelpopje, dat luisterde naar de naam Dot, uit zijn jaszak. Hij sleepte het ding al twee jaar overal mee naartoe. Zonder aarzelen stak hij zijn hand met de knuffel naar de vrouw uit. De glimlach bleef onverminderd op zijn gezicht. Abigail pakte het popje van de jongen aan, liet zijn hand los en aaide de zachte stof. Toen zochten haar ogen contact met die van Sam. Hij begroette haar met een lach. Angel sprong tegen Abigail op en begon verheugd haar gezicht te likken. Voorzichtig brak er een lach door op het gezicht van de vrouw en ze streelde de hond over haar kop.

'Sam was dus de truc om Abigail uit haar freeze te halen,' mompelde Dawn. 'Nu moeten we er alleen nog voor zorgen dat we haar bij de les houden.'

'Ik denk dat het tijd wordt dat ik u ook even bij de les ga houden,' roerde de advocate zich weer. 'Ik wil dat alle onbevoegde personen nu de ruimte verlaten en daarna wil ik eerst alleen met mijn cliënte praten.'

'Alleen zal niet lukken, zonder de doventolk komt u nergens,' kon Dawn niet nalaten om te zeggen.

'Maak de situatie niet erger dan ze al is, inspecteur Clark. U weet heel goed wat ik bedoel. Als u mij én de tolk nu alleen met haar zou willen laten, dan zou ik dat erg op prijs stellen.'

Voorzichtig liet Karin zich op haar hurken naast Sam zakken en probeerde hem bij Abigail weg te trekken. De vrouw keek haar recht aan en Karin probeerde de emoties in haar ogen te lezen. Ze zag kwetsbaarheid, maar ook iets anders. Iets waar ze de kriebels van kreeg. Hoewel Karin ervan overtuigd was dat het eerder vertoonde gedrag niet gespeeld was, leek het er toch ook op dat deze vrouw minder hulpeloos was dan ze zich voordeed. Ze had deze blik vaak genoeg bij haar cliënten gezien. Deze vrouw was een overlever die vocht voor haar bestaan en dat maakte haar onberekenbaar. De vraag was alleen: hoever was ze bereid te gaan? Was ze in staat om te doden als dingen niet liepen zoals zij wenste?

Karin keek van de grote, ruwe en duidelijk sterke handen van

Abigail naar Sam en huiverde. Abigail zag het, maar bleef haar strak aankijken. Karin moest haar best doen om niet weg te kijken. De vrouw probeerde haar duidelijk te intimideren en dat mocht ze niet laten gebeuren. Uiteindelijk keek Abigail als eerste weg en legde haar hand op de rug van de hond, die als een rots in de branding naast haar stond. De hand waarmee ze Sams poppetje Dot in een ijzeren greep hield, was wit bij de knokkels van het harde knijpen. Karin probeerde Dot uit Abigails hand te pakken. De vrouw kneep nog harder in het popje en keek Karin weer recht aan. Haar ogen stonden sluw en dreigend. Alsof Karin in twee duistere poelen keek die haar mee de diepte in wilden trekken. Toen liet Abigail plotseling het popje los. Sam begon zachtjes te huilen en Dawn trok hem voorzichtig bij Abigail weg. Met kippenvel op haar armen pakte Karin Dot van de grond op. Het liefste zou ze meteen naar een wasmachine rennen om de knuffel te wassen, maar ze negeerde haar gevoel en gaf Dot aan Sam om hem te troosten voordat ze de verhoorkamer uit liepen.

'Ik zou graag uw papieren nog even zien,' riep de advocate haar na. 'Iedereen kan zich wel psycholoog noemen, dus ik wil uw bevoegdheid checken.'

'Ik ben halsoverkop uit Nederland vertrokken. Die papieren heb ik niet paraat.'

'U kunt vast wel een kopietje voor me regelen.'

Dawn duwde Karin en Sam verder de gang op en fluisterde: 'Ik regel het wel met die advocaat.'

'Ik denk dat ik ook maar vertrek,' hoorde ze Jonas zeggen. 'Er wachten patiënten op me en mijn aanwezigheid is niet meer nodig nu mevrouw Wilson weer tot het land der levenden is teruggekeerd.'

Aan het gesnuif te horen kon de advocate zijn woordkeus niet waarderen. Karin wachtte tot Jonas ook op de gang verscheen. Dawn volgde snel daarna en sloot de deur van de verhoorkamer. 'Ik loop even met jullie mee naar de ontvangstruimte. Ontzettend bedankt voor jullie bijdrage.'

'Jij succes met die advocaat. Daar heb je nog een hele kluif aan, denk ik.'

'Ze staat bekend om haar pitbullkwaliteiten, om in hondentermen te blijven. Jonas, mag ik je bellen als mevrouw Wilson een terugslag krijgt?'

'Natuurlijk.'

'Ik denk dat ik verder maar uit de buurt moet blijven, om geen olie op het vuur te gooien,' zei Karin. Zowel Dawn als Jonas knikte instemmend. Het laatste stukje naar de ontvangstruimte overbrugden ze zwijgend. Dawn sloeg Jonas als bedankje even vriendschappelijk op zijn schouder en gaf Karin een hand. 'Sterkte in het ziekenhuis.'

'Dank je.'

'Mochten jullie mijn zusje nog zien, doe haar dan de groeten.'

24

In de koffiecorner van het ziekenhuis was bijna geen stoel meer onbezet. Het liep al tegen één uur en de lunchbestellingen vlogen af en aan over de toonbank. Karin luisterde naar het geroezemoes en liet haar blik over de gezichten van de mensen gaan die bij haar en Sam in de buurt zaten. Tegenover hen zat een oude man in een rolstoel. Sam zag hem ook. Hij miste zijn linkerbeen en de broekspijp hing slap en leeg over de rand van het zitgedeelte. Aan de handvatten van zijn stoel hing een rugzak met een zuurstoftankje. De doorzichtige slang die hij in zijn neus droeg, viel bijna weg tegen zijn bleke gezicht. Met een bibberende hand vol ouderdomsvlekken en opgezwollen aders bracht hij een donut naar zijn mond. Karin wreef zachtjes over de hand van Sam om zijn focus weg te halen van de lege broekspijp.

'Wat heeft die meneer?' gebaarde hij.

'Dat weet ik niet, schatje.'

'Doet het pijn?'

'Nu niet meer, denk ik.'

'Heeft Alan dat ook?' Hij keek weer naar de lege broekspijp.

'Nee, maar Alan heeft wel een slangetje in zijn neus, net als die meneer.'

Sam keek zichtbaar opgelucht. Een slangetje vond hij kennelijk niet eng. Hij pakte zijn broodje met twee handen vast en nam een grote hap. De oude man leek alweer vergeten te zijn. Karin was weleens jaloers op de korte aandachtsspanne van jonge kinderen. Zware onderwerpen werden aangestipt en met hetzelfde gemak ook weer opzijgeschoven voor iets anders. Kinderen bleven nooit lang hangen in moeilijke zaken en Karin verlangde steeds vaker terug naar de tijd dat ze zelf nog onbevangen en naïef was, maar na de bekentenis van haar adoptieouders waren die gevoelens voorgoed voorbij.

Ze nam een slok koffie, maar hij smaakte haar niet. Het mierzoete gebakje stond ook nog onaangeroerd voor haar neus. De ontmoeting met Alan lag haar zwaar op de maag. Hoe zou ze reageren als ze haar biologische vader zou zien? Zou ze boos worden? Of teleurstelling voelen, zoals op de avond dat ze gehoord had dat ze was geadopteerd? Of zou verdriet om alles wat niet was geweest de boventoon voeren? Het feit dat Alan er zo slecht aan toe was, bemoeilijkte het voeren van een gesprek. Eerlijk gezegd vroeg ze zich af of ze sowieso wat wijzer zou worden van de ontmoeting en of de man überhaupt in staat zou zijn om te praten. Als ze de verhalen van Jonas mocht geloven, viel er niet veel te verwachten. Erg veel vraagtekens dus, maar het enige wat ze wel zeker wist, was dat ze de ontmoeting wilde laten doorgaan, ongeacht wat die haar zou brengen. Ze wilde voorkomen dat ze haar hele verdere leven het gevoel had dat ze iets had nagelaten wat ze niet meer over kon doen. Want ondanks haar zorgen en angsten begon haar nieuwsgierigheid naar Alan toch steeds meer toe te nemen. Zou ze zichzelf herkennen in zijn ogen, zijn gelaatstrekken, zijn hele doen en laten? Vertaalde de genetische gelijkenis zich ook in een uiterlijke, zoals bij haar broer het geval was geweest? Maar waar ze echt het meest benieuwd naar was, was welk antwoord Alan zou geven. Want dat was waar ze echt op zoek naar was, antwoord op die ene vraag die haar nu al weken bezighield: waarom was zij wel ter adoptie afgestaan en Jonas niet?

Ze voelde Sams plakkerige handje op de hare. 'Mama, je taartje.'

'Mama heeft niet zo'n honger,' gebaarde ze. 'Wil jij een hapje?' De jongen knikte enthousiast – Sam was altijd al dol geweest op zoetigheid. Normaal was ze daar niet zo scheutig mee, maar op deze dag waarop alles anders was dan anders, liet ze de teugels vieren. Ze schoof hem het gebakje toe. 'Hier, eet maar lekker op.' De glunderende blik op zijn gezicht was precies wat ze nodig had.

Om kwart voor drie meldde Karin zich bij de IC voor de ontmoeting met Alan. De verpleegkundige achter de balie was duidelijk voorbereid op haar komst en begroette haar hartelijk. Ze nam Karin mee naar een lege wachtruimte en bood haar wat te drinken aan. Terwijl de verpleegster een bekertje water voor haar ging halen, dacht Karin aan Sam om haar zenuwen wat de kop in te drukken. Ze had hem met een gerust hart overgelaten aan Jonas' secretaresse Tammy. Het had meteen geklikt tussen de kloeke vrouw en Sam. De terughoudendheid waarmee hij Tammy aanvankelijk had benaderd, had hij al snel laten varen. De ton met speelgoed die ze op haar kamer had staan, had daar een belangrijke bijdrage aan geleverd. Sam had niet eens opgekeken toen ze weg was gegaan, zo druk was hij met zijn rode brandweerauto. Tammy had op haar knieën bij hem gezeten en hoewel de vrouw geen gebarentaal kende, was de communicatie met Sam heel natuurlijk verlopen. Karin had snel genoeg gezien dat het wel goed zat tussen die twee.

De verpleegster kwam terug met haar water en een mannelijke collega. De broeder stelde zich voor als Rob. 'Als u er klaar voor bent, dan is hij dat ook. Ik zeg er wel bij dat we niet kunnen garanderen dat hij het een halfuur volhoudt, hij heeft niet echt een beste dag. Vanochtend toen uw schoonzus bij hem was, was hij behoorlijk aan het hallucineren door de stapeling van koolzuur in zijn bloed. De rest van de dag had hij angstaanvallen. Dat komt vaker voor bij mensen met zuurstofgebrek en een koolzuuroverschot. Het wordt steeds moeilijker voor ze om de werkelijkheid te onderscheiden van hun hersenspinsels. Het afgelopen uur leek hij echter weer wat helderder, dus daarom durven we het aan om u even bij hem te laten kijken. Mocht er iets zijn, dan kunt u op de rode alarmknop drukken die aan dokter Powells bed hangt.' Karin kon haar verbazing hierover kennelijk niet verhullen, want Rob lachte. 'Ja, voor ons is hij nog steeds "dokter" Powell. Hij is een icoon in dit ziekenhuis.'

Het respect dat Karin in Robs ogen zag, deed haar onverwacht goed. Haar biologische vader had in elk geval iets goed gedaan in zijn leven, als de jongere generatie van het medisch personeel hem nog steeds kende en met ontzag over hem sprak.

'U blijft wel in de buurt?' vroeg ze onzeker.

'Maakt u zich geen zorgen. Als u me nodig hebt, dan ben ik binnen enkele seconden bij u.'

Karin knikte en nam een klein slokje water. 'Nou, dan ben ik er klaar voor. Denk ik.'

Rob legde even bemoedigend een hand op haar schouder. Het gebaar deed haar goed. Ze liep achter hem aan de IC op en probeerde alle piepjes van machines die leken af te tellen naar de dood te negeren. Rob bleef voor kamer 5 staan en stak zijn hoofd om de deur. Ze hoorde hem kort overleggen en een mannenstem zei iets onverstaanbaars terug.

'U kunt naar binnen. Ik raad u aan om dicht bij zijn bed te gaan zitten. Hij heeft niet voldoende kracht om met volume te praten en zijn stem is heel hees door de benauwdheid.'

Karin nam de laatste instructies in zich op en volgde Rob naar binnen. Een verpleger die zich voorstelde als Timothy stond naast Alans bed. Karin staarde naar het zielige hoopje mens dat eens een statige man moest zijn geweest. Terwijl hij zichtbaar vocht voor elke ademteug vulden zijn ogen zich met tranen. Bloeddoorlopen ogen, maar ze hadden exact dezelfde blauwe kleur als de hare.

25

Er hing een gespannen, afwachtende sfeer toen Dawn de verhoorkamer weer binnenliep. Ze droeg een vale skinny jeans, een witte blouse en stoere camelkleurige cowboylaarzen. Op haar wangen stonden blossen. Haar collega Richard Smith, die ad hoc opdracht had gekregen om het verhoor met een handycam te filmen, had zich ook in burgerkleding gehuld. Hij droeg een donkere spijkerbroek met een grofgebreide zwarte trui. De tolk en de advocaat stonden vrijwel tegelijk op. Abigail bleef zitten en keek Dawn argwanend aan, maar trok zich niet opnieuw terug in zichzelf. Richard stelde de apparatuur op en richtte de camera op de verdachte. Hij gaf een teken met zijn vinger toen hij klaar was. Dawn knikte en de opname werd gestart.

'Camera en geluid lopen,' zei Dawn. 'Plaats: politiebureau The Glebe in Ottawa. Datum: zondag 21 januari 2018. Verdachte: Abigail Wilson. Verhoor wordt afgenomen door inspecteur Dawn Clark. Overige aanwezigen: inspecteur Richard Smith, die de camera hanteert, de heer Reynold Brown, doventolk, en mevrouw Cynthia MacDonald, advocaat van de verdachte.'

De tolk gebaarde druk naar Abigail om Dawns woorden inzichtelijk voor haar te maken. Abigail antwoordde en Dawn en de advocaat reageerden tegelijk. 'Wat zegt ze?'

'Ik heb niets gedaan. Laat me gaan.'

'Vertel haar dat ze op dit moment verdachte is in een ontvoerings- en moordzaak. We hebben een dood meisje in haar slaapkamer gevonden.'

De man vertaalde razendsnel Dawns woorden en Abigail gebaarde net zo snel weer terug.

'Dat is niet mijn schuld. Ik heb voor haar gezorgd en haar warm gehouden. Ze was zo koud,' vertaalde de tolk Abigails reactie.

'Waar hebt u haar gevonden?' vroeg Dawn.

'In het bos op een open plek vlak bij de Ottawa Trail. Toen ik daar gisterochtend langsliep, lag het meisje er nog niet. Iemand moet haar daar later op de dag hebben neergelegd. Ze zag eruit alsof ze sliep.'

'Ik wil graag weten hoe ze Liv heeft aangetroffen.'

De tolk knikte en zijn handen vertaalden als vanzelf Dawns vraag. Abigail wachtte even en antwoordde toen.

'Ze zegt dat ze het meisje liggend op haar rug heeft aangetroffen met haar handen gevouwen op haar buik. Ze was gekleed in een roze jas en droeg blauwe jeans en roze sneeuwschoenen. Ze zag eruit alsof ze daar even was gaan liggen om uit te rusten en in slaap was gevallen. Haar huid en lippen zagen grauw van de kou. Dat was het enige alarmerende aan de situatie.'

'Wat heeft ze toen gedaan?'

'Ze besloot het meisje mee te nemen naar haar huis om haar op te warmen. Ze heeft haar in haar armen genomen en naar huis gedragen. Daar heeft ze haar op bed gelegd en haar natte kleren verwijderd met een schaar. Normaal uitkleden lukte niet. Het meisje leek wel bevroren.'

'Had het meisje haar onderbroek nog aan toen mevrouw Wilson haar vond? We hebben haar kleren teruggevonden in mevrouws slaapkamer, maar haar onderbroek ontbrak.'

De tolk vertaalde de vraag en kreeg meteen antwoord.

'Ja, die had ze aan. Een witte onderbroek met roze vlindertjes. Het meisje had zichzelf bevuild, dus mevrouw Wilson heeft het ding in de haard gegooid omdat het zo stonk. Daarna heeft ze het meisje gewassen, haar haren geborsteld, haar ingesmeerd met lotion en alle dekens die ze in huis had over haar heen gelegd in de hoop dat ze snel weer zou opwarmen.'

'Waarom heeft ze geen ambulance gebeld? Of de politie.'

'Dat kan ik niet. Ik heb niet eens een telefoon, zegt ze.' Abigail wees naar haar oren.

'Waarom heeft ze het meisje dan niet naar de bewoonde wereld gebracht?'

'Het leek haar verstandiger om het kind niet langer aan de kou bloot te stellen. Daarom heeft ze haar eerst mee naar huis genomen om haar te verzorgen. Het plan was om het meisje met haar sneeuwscooter naar de stad te brengen, maar dat was onmogelijk zolang ze nog in bevroren toestand was.'

'Bevroren toestand. Hebt u op geen enkel moment gedacht dat het meisje wellicht dood was?'

Abigail schudde ferm haar hoofd. 'Ze zag eruit alsof ze sliep,' vertaalde de tolk. 'Haar lijf was niet beschadigd of aangevreten door een dier en er was nergens een wond te zien. Soms worden mensen heel koud als ze slapen en dan moet je ze warm maken. Soms lukt dat, soms ook niet.'

Dawn fronste haar wenkbrauwen. 'Zijn dat haar precieze woorden?' vroeg ze aan de tolk.

De man gebaarde naar Abigail, die driftig teruggebaarde.

'Ja, dat is echt wat ze zegt.'

'Waar haalt ze deze wijsheid over slapende mensen vandaan?'

De tolk vroeg het aan Abigail en schrok zichtbaar van het antwoord. 'Ze zegt dat het bij haar moeder niet is gelukt. Die was ook zo koud toen ze sliep. Hoeveel dekens Abigail ook op haar legde, ze werd niet warm. Haar vader zei dat haar moeder ziek was en daarom in bed moest blijven, maar Abigail zegt...'

Het bleef even stil.

'Wat zegt Abigail, meneer Brown?'

'Ze zegt dat haar moeder nooit ziek was.'

'Wat was er dan met je moeder aan de hand, Abigail?'

De handen zwegen.

'Abigail, wat was er met je moeder aan de hand?'

De vrouw maakte een gebaar en wees toen naar haar hoofd.

De tolk zweeg.

‘Meneer Brown, wat voor gebaar was dat? Waarom gebaarde Abigail naar haar hoofd?’

De man schraapte zijn keel. ‘Bloed. Dat was het gebaar voor bloed.’

Dawn hield haar gezicht strak in de plooi. ‘Wanneer vond dit plaats? En weet ze hoe dat bloed was ontstaan?’

‘Deze vragen zijn irrelevant. Dit heeft niets te maken met de zaak waarvoor we hier zitten,’ zei de advocaat vinnig. En vervolgens tegen de tolk, die al was begonnen de vragen voor Abigail te vertalen: ‘Zeg mijn cliënte dat ze de vragen dient te negeren.’

‘Uw cliënte bracht het onderwerp zelf ter sprake,’ reageerde Dawn, ‘en ik ben zeer benieuwd naar het antwoord.’

‘U bent er alleen op uit om mijn cliënte met nog meer aanklachten op te zadelen. Dat sta ik niet toe.’

Abigail onderbrak hun gekibbel met een reeks aan handgebaren die de tolk meteen vertaalde.

‘Ze vindt het niet erg om antwoord te geven. Ze heeft niks te verbergen zegt ze weer. Dat met haar moeder speelde een aantal jaren geleden, ze weet niet meer precies wanneer. Ze weet ook niet hoe het bloed op haar moeders hoofd is gekomen.’

De advocaat ontspande weer en liet de tolk verder praten. ‘Na een paar dagen heeft haar vader haar moeder meegenomen in de auto.’

‘Weet ze waar haar vader haar moeder heen heeft gebracht?’

‘Uit logeren. Ze moest tot rust komen, zei haar vader. Als ze niet meer moe was, zou ze weer thuiskomen.’ Abigail fronste en er verscheen een diepe rimpel tussen haar wenkbrauwen.

‘Wat is er aan de hand, Abigail? Waarom kijk je zo bezorgd?’ vroeg Dawn nu rechtstreeks aan de vrouw.

Abigail maakte een paar korte gebaren en keek toen haar ondervrager recht in de ogen. Er liep een rilling over Dawns rug.

‘Ze is nog steeds niet thuis,’ zei de tolk.

Dawn slikte even, maar herpakte zich snel. ‘En dit speelde zich jaren geleden af?’

Abigail bevestigde dit nogmaals.
'Waar is haar vader? Vraag haar dat eens.'
'Weg.'
'Hoezo weg?'
'Gewoon weg.'
Abigail sloeg stuurs haar armen over elkaar en verborg haar handen in haar oksels.
'Bedoelt ze daarmee dat ze is uitgepraat?'
'Het lijkt er wel op. Ze heeft haar handen nodig om te praten en die verbergt ze nu.'
'Volgens mij verbergt ze veel meer dan alleen haar handen. Zeg haar dat ik echt wil weten waar haar vader is.'
'Mijn cliënte geeft duidelijk aan dat ze niet verder wenst in te gaan op dit onderwerp en ik wil nogmaals aangeven dat deze vraagstelling niet ter zake doet.'
'En ik wil u er nogmaals op wijzen dat uw cliënte het onderwerp zelf heeft aangeboord en uitdrukkelijk heeft aangegeven dat ze de vraag wilde beantwoorden omdat ze niks te verbergen had. Ik wil dus graag antwoord. Waar is je vader, Abigail?'
Abigail reageerde in eerste instantie niet op de vraag, maar toen de tolk bleef aandringen, haalde ze toch haar handen weer tevoorschijn en gaf antwoord.
'Op een dag was haar vader ook heel moe en is toen gaan slapen. Abigail heeft hem geholpen.'
De advocaat sprong op uit haar stoel en ging recht voor Abigail staan, terwijl ze nee schudde met haar hoofd. Abigail trok zich er echter niets van aan en bleef doorgebaren. De tolk bleef vertalen: 'Hij had net als haar moeder heel veel slaap nodig. Toen hij na een dag niet wakker werd, heeft ze hem buiten neergelegd. Hij hield altijd van de frisse lucht en ze dacht dat hij daar wel wakker van zou worden. De volgende ochtend was hij weg en ze heeft hem nooit meer teruggezien.'
'En heeft ze enig idee waar hij gebleven kan zijn?'
Abigail antwoordde met een overduidelijk nee.
'Vraag haar of...'

'Ik wil nú onder vier ogen met mijn cliënte overleggen,' onderbrak de advocaat Dawn ruw.

'Zoals ik het nu inschat zijn haar vader en haar moeder onder verdachte omstandigheden gestor...'

'Óf ik krijg mijn cliënte nu onder vier ogen te spreken, óf we gaan terug naar de oorspronkelijke reden dat mijn cliënte hier zit. Wat er met mevrouw Wilsons ouders is gebeurd heeft hier niks mee te maken en als u nog langer hierop doorgaat, zal ik mijn cliënte adviseren om er verder het zwijgen toe te doen.'

Er werd op de deur geklopt. Dawn zei hardop dat het verhoor op dit punt kort zou worden onderbroken en seinde naar Richard dat hij de opname moest pauzeren. Daarna opende ze de deur van de verhoorkamer en een collega fluisterde iets in haar oor. Ze knikte en antwoordde iets. De collega verdween en Dawn kwam weer binnen. 'We beëindigen op dit moment het verhoor. Er is nieuw bewijs binnengekomen dat ik zal moeten bestuderen.' Ze zorgde ervoor dat ze zorgvuldig articuleerde en dat haar lippen goed zichtbaar waren voor Abigail. De dove vrouw deed net alsof ze niets meekreeg van haar woorden, maar Dawn meende naast Abigails oog een spiertje te zien trillen.

'Wat voor bewijs? Ik wil dat u me dat onmiddellijk overhandigt,' bitste de advocaat.

'Zodra ik geconcludeerd heb dat het relevant is, krijgt u uiteraard de beschikking over de documenten. Ik stop dit verhoor tot nader order en we gaan uw cliënte terug naar haar cel brengen. Wilt u dat haar vertellen?' vroeg ze aan de doventolk.

De tolk legde Abigail uit wat er zou gebeuren, maar dat was duidelijk niet wat de vrouw had verwacht. Er vlamde woede op in haar ogen en ze begon wild heen en weer te schuiven op haar stoel. Vrijwel meteen kwamen twee agenten binnen, die Abigails handen voor haar lichaam boeiden en haar vervolgens naar buiten leidden. Angel sprong grommend op en liet dreigend haar tanden zien, maar de hond zat met de riem vast aan de tafel en was dus verder ongevaarlijk. Toen de onwillige

Abigail eenmaal op de gang was, slaakte ze een kreet die door merg en been ging. Angel jankte zachtjes en kroop onder de tafel.

'Wat hebben we voor nieuw bewijs?' vroeg Richard, toen de advocaat en de tolk waren vertrokken.

'Het is geen echt nieuw bewijs. Meer wat dingen die bevestigen wat Abigail ons net allemaal heeft verteld over Liv. Maar dat hoeven mevrouw Wilson en haar advocaat nog even niet te weten.'

'Ze reageerde heftig op het feit dat er nieuw bewijs was binnengekomen, dus het zat haar niet lekker. Zag je haar reactie?'

'Die was niet te missen. Ik zie dat altijd graag, dat ze een beetje zenuwachtig worden. Dat werkt soms heel goed voor de loslippigheid.'

26

Een magere, bibberende hand vol blauwe plekken en ouderdomsvlekken strekte zich naar haar uit. Bleef even in de lucht hangen en zakte toen levenloos terug op het bed. Ze wilde naar het bed lopen, maar op de een of andere manier kon ze zich niet verroeren. Er gingen zoveel emoties door haar heen. Verpleger Rob zag haar worsteling en raakte zacht haar schouder aan. 'Toe maar,' fluisterde hij bemoedigend.

Schoorvoetend zette Karin een paar stappen vooruit. Stopte even en overbrugde toen de laatste meter. Zodra ze naast het bed stond, pakte Alan haar pols beet. Het gepiep van de monitor nam snel toe. Karin zag de getallen op het scherm flink oplopen terwijl de knokige vingers paniekerig in haar huid klauwden. Alans bleke gezicht met de prominent uitstekende jukbeenderen werd grauwer en zijn mond hapte naar adem als een vis die uit het water was gehaald.

'Probeer een beetje te kalmeren, dokter Powell, anders wordt het een heel korte sessie,' waarschuwde Timothy. 'Als de waardes nog verder oplopen, moeten we u weer aan de ademondersteuning leggen.'

Alan schudde zijn hoofd. Timothy legde zijn hand op Alans buik om hem te helpen zijn ademhaling onder controle te krijgen, wat effect leek te hebben. Het razende gepiep nam wat af en de getallen op de monitor daalden een paar punten. Rob hield nauwlettend de apparatuur in de gaten en na een paar minuten knikte hij goedkeurend. 'Oké, dokter Powell, u bent stabiel genoeg om even alleen te worden gelaten met uw bezoek. Maar u moet proberen rustig te blijven.'

Timothy haalde zijn hand van Alans buik en drukte hem een alarmknop in zijn handen. 'Als het niet meer gaat, meteen op de knop drukken.' Toen richtte hij zich tot Karin. 'Zorg dat hij zich niet te veel opwindt, dit is echt een uitputtingsslag voor hem.'

Niet alleen voor hem, dacht Karin, terwijl ze Timothy toeknikte. Beide verplegers verlieten de kamer en Alans greep om haar pols verstevigde. Ze keek hem recht aan en moest moeite doen om haar hoofd niet meteen weer weg te draaien. De pijn en het lijden in zijn ogen waren onverdraaglijk.

'Mijn... meis... je,' sprak hij hortend. Hij strekte ook zijn andere hand naar haar uit en trok haar naar zich toe tot haar gezicht op gelijke hoogte was met dat van hem. Hij nam haar gezicht in zijn handen en streelde met zijn duimen haar wangen. Het gesis van zijn zuurstofslang bezorgde haar kippenvel. 'Het... spijt... me.'

Tranen stroomden over zijn gezicht en van het ene op het andere moment kon Karin de hare ook niet meer tegenhouden. Alle woede, verontwaardiging en frustratie die ze de afgelopen periode met zich had meegedragen, werden door een onzichtbare hand in één keer aan de kant geschoven. Er was simpelweg geen ruimte meer voor. Het besef dat deze man, haar vader, op sterven lag, was eindelijk tot haar doorgedrongen. De korte tijd die hun samen nog gegund was, zou ze niet besteden aan verwijten. Op een later tijdstip zou ze in haar eentje of misschien samen met Jonas met die gevoelens moeten afrekenen. Ze een plaats geven, zoals ze dat altijd tegen haar cliënten zei. Zij had daar de rest van haar leven de tijd voor, Alan niet meer.

'Net... zo... mooi... als... je... moeder.' In die moeizaam uitgesproken woorden lag zoveel liefde besloten, dat Karin haar laatste restje terughoudendheid liet varen en haar armen om de man heen sloeg die had nagelaten voor haar te zorgen. Het deed er even niet meer toe. Op dit moment telde alleen hun intieme samenzijn. Ze bracht zijn broze lichaam omhoog en zijn hoofd rustte op haar schouder. Onder haar handen voelde ze zijn borstkas moeizaam op en neer gaan.

'Het is oké.' De woorden verlieten spontaan haar mond.

'Nee... Maar... deed... het... beste.' Alan nam even pauze om op te laden voor zijn volgende zin. 'Frans... en... Lil... ly... goed... voor... je... gezorgd?'

'Ze hebben me het beste leven gegeven dat ik me kon voorstellen.'

Een glimlach brak door op zijn gezicht. Opluchting. Karin voelde de vermoeide spieren in zijn armen steeds harder trillen.

'Moet... liggen... Moe.' Karin ondersteunde zijn nek en bovenrug toen hij zich achterover liet zakken tegen het omhoogstaande hoofdeinde. Ze liet hem voorzichtig los en herschikte de kussens zo goed en zo kwaad als het ging om het hem zo comfortabel mogelijk te maken.

'Zoveel... te... vertellen... Te... weinig... lucht.'

'Ik weet het. Laat het praten maar aan mij over. Wil je een foto van Sam zien?'

Alan sloot kort zijn ogen en ze vatte dat op als een ja. Ze pakte haar portemonnee uit haar tas en haalde er een pasfoto van Sam uit. Alan streelde met zijn vinger over het gezicht van zijn kleinzoon. 'Wil... hem... graag... zien.'

'Ik zal hem volgende keer meenemen,' zei ze, hoewel ze betwijfelde of ze die belofte wel wilde nakomen. Zou het niet traumatiserend zijn voor Sam zijn om zijn 'echte' opa in deze slechte toestand te zien? Ze was er zelf al zo van geschrokken.

'Ik heb kennisgemaakt met Jonas en Hailey. Jonas en ik hadden meteen een enorme klik. Alsof we broer en zus zijn,' grapte ze. 'En Hailey is een schat. Ze heeft aangeboden de komende tijd af en toe op Sam te passen zodat Jonas en ik wat tijd samen hebben om elkaar beter te leren kennen.'

De monitor naast het bed sloeg op tilt. Een reeks onregelmatige piepgeluiden deed Karin opzijkijken en toen ze haar blik weer op het bed richtte, zag ze dat Alans gezicht vertrokken was in een gruwelijke grimas. Er ging een schok door haar lichaam.

'Alan, wat is er?!'

Paniekerig greep Karin naar de alarmknop die op de rand van het bed lag en drukte hem achter elkaar in. Alan maakte rare keelgeluiden, alsof hij aan het stikken was. Hij klauwde met zijn hand door de lucht en greep haar trui vast.

'Rustig maar, Alan. Er komt zo hulp,' zei Karin, terwijl ze wanhopig de alarmknop bleef indrukken.

'Laat... het... stoppen,' zei Alan met een laatste krachtsinspanning. Toen verloor hij het bewustzijn.

Timothy en Rob kwamen de kamer binnengerend en duwden Karin ruw aan de kant. De monitor liet een lange streep zien die werd begeleid door een ononderbroken pieptoon. Het volgende moment stormde een reanimatieteam binnen. Iemand pakte haar bij de arm, trok haar naar buiten en leidde haar naar de balie. Een verpleegster nam het over en begeleidde haar naar de wachtkamer waar ze eerder had gezeten.

Karin besefte nauwelijks wat er allemaal gebeurde. Ze trilde als een rietje en had moeite haar ademhaling onder controle te krijgen. De verpleegster die haar bij binnenkomst had opgevangen, kwam naar haar toe met een glas water. Ze pakte het aan, nam een paar gulzige slokken en verslikte zich bijna. Water droop langs haar kin op haar trui, maar ze nam niet de moeite om het weg te vegen.

'Ik moet Jonas bellen.'

'Daar hebben wij al voor gezorgd. Blijft u hier maar even rustig zitten om bij te komen. U moet enorm geschrokken zijn. Lukt het om even alleen te zijn?'

Karin knikte, hoewel ze wist dat ze zich stoerder voordeed dan ze was. Toen de verpleegster de kamer had verlaten, werd ze overvallen door een hevige duizeligheid. Meteen duwde ze haar hoofd tussen haar benen om te voorkomen dat ze van haar stoel viel. Zo zat ze nog steeds toen de verpleegster weer binnenkwam met Jonas. Haar broer knielde meteen bij haar neer.

'Gaat het?' vroeg hij bezorgd.

Ze begon te huilen en Jonas deed het enige juiste wat hij op dat moment kon doen: hij sloeg een arm om haar heen en troostte haar.

'Komt het goed met hem?' snikte ze. 'Het was zo afschuwelijk om te zien.'

'Eerlijk gezegd hoop ik voor hem dat het ophoudt. Hij heeft genoeg geleden.'

De deur ging open en Hailey kwam binnen. 'Hoe is het met hem?' vroeg ze hijgend.

'Hij wordt nu gereanimeerd en hij is geïntubeerd,' praatte de verpleegster hen bij. 'Het is nog onduidelijk of dat succesvol is.'

'Was jij bij hem toen het gebeurde?' vroeg Hailey aan Karin. Jonas liet haar voorzichtig los om haar de ruimte te geven om te antwoorden.

'Ja.'

'Och, lieverd, wat zul je geschrokken zijn.' Hailey liep naar haar toe en gaf haar een knuffel. Daarna pakte ze Jonas' hand. 'Hoe is het met jou, liefste?'

'Voor papa hoop ik dat hij niet langer hoeft te lijden, en ik zal daar zelf ook vrede mee hebben – alles is wel gezegd en besproken. Maar dat zal voor jou anders zijn, Karin. Jij hebt waarschijnlijk amper een paar woorden met hem kunnen wisselen.'

'Inderdaad. We waren eigenlijk nog niet eens echt begonnen met een gesprek. Hij heeft met moeite een paar zinnen uitgesproken.'

'En hoe ging het?'

'Hij bood zijn excuses aan, vertelde me dat ik net zo mooi was als onze moeder. En hij wilde weten of mijn adoptieouders goed voor me hadden gezorgd. Dat was het wel zo'n beetje, daarna ging het allemaal heel snel. Ik vertelde hem nog dat het klikte tussen jou en mij en dat ik ook kennis had gemaakt met Hailey en toen sloeg alles op tilt.'

‘Zomaar ineens?’

‘Ja, van het ene op het andere moment ging het helemaal mis.’

‘Heeft hij daarna nog wat gezegd?’

‘Ja, zijn laatste woorden waren: “Laat het stoppen.” Wat denk je dat hij daarmee bedoelde?’

‘Waarschijnlijk dat hij wilde dat er een eind aan kwam. Dat hij niet meer verder wilde leven.’

Karin dacht daar even over na. ‘Ik weet het zo net nog niet. Net daarvoor had hij nog gezegd dat er nog zoveel te vertellen was. Volgens mij was hij er nog niet klaar mee.’

‘Waarschijnlijk wist hij niet wat hij zei,’ zei Hailey. ‘Ik ben vanochtend nog even bij hem gaan kijken en toen was hij al behoorlijk de weg kwijt. Hij leek bang en wees steeds voor zich uit, alsof hij in de kamer allemaal dingen zag die er niet waren. Hij raakte zelfs in paniek als ik te dicht bij zijn bed in de buurt kwam. Het was eigenlijk niet mogelijk om normaal met hem te communiceren.’

‘O, wat raar. Toen ik net bij hem was, vond ik hem juist heel helder. Hij begreep alles wat ik zei en reageerde daar ook op. Hij heeft niks raars gezegd, op dat ene zinnetje na. En dat was vlak nadat ik het over jullie had gehad.’

‘We hebben het vorige week met hem over euthanasie gehad,’ zei Jonas. ‘Zou hij daaraan gerefereerd kunnen hebben met “Laat het stoppen”? Misschien wilde hij dat je tegen ons zou zeggen dat hij er klaar voor was om te stoppen met het leven op een door hem zelf gekozen moment? Hij heeft zijn hele leven al altijd de regie in eigen hand willen houden.’

‘Maar dat is dan toch een beetje vreemd. Hij had het immers ook nog over een volgend bezoekje van mij aan hem en dat hij Sam dan wilde zien. Dat kwam op mij echt niet over als dat hij er acuut mee wilde stoppen.’

‘Ik denk dat je geluk hebt gehad dat hij even helder genoeg was om met je te communiceren, voordat hij weer wegzakte,’ concludeerde Jonas. ‘Het praten zal hem zoveel inspanning hebben gekost dat de koolzuurstapeling in zijn bloed verder opliep. Die hartstilstand is daar waarschijnlijk uit voortgekomen.'

'Misschien heb ik hem wel de dood in gejaagd,' zei Karin somber.

'Zo moet je niet denken. Papa wilde je zelf zo graag zien.'

'Ik hoop oprecht dat jullie genoeg tijd samen gegund is,' zei Hailey zachtjes.

Jonas stond op. 'Ik ga even bij hem langs. Kijken of ze hem hebben kunnen stabiliseren.'

Hij liep naar de deur, maar voordat hij de gang op liep, hield Hailey hem tegen. 'Wil je dat ik met je meega?'

'Nee, dat wordt te druk in die krappe ruimte. En als er al iemand meegaat, dan moet dat Karin zijn.'

'Ja, natuurlijk.' Teleurstelling klonk door in Haileys stem. 'Karin is zijn dochter.'

Karin zag dat Hailey gekwetst was door Jonas' keuze voor een zus van wier bestaan hij tot voor kort niet eens op de hoogte was geweest. Ze snapte het wel, het was ook verwarrend. 'Ga jij maar vast vooruit, Jonas,' zei ze zo nonchalant mogelijk. 'Als de boel helemaal onder controle is, volgen Hailey en ik samen.'

Haileys gezicht klaarde op en Jonas schonk Karin een dankbare blik. Toen verliet hij gehaast de kamer. De twee vrouwen bleven in stilte achter, wachtend op de dingen die komen gingen. En die kwamen sneller dan gedacht, want binnen enkele minuten was Jonas alweer terug. Over zijn wangen stroomden tranen.

27

Dikke wolken pakten zich samen en verdreven de laatste restjes daglicht. Hailey stond voor het grote woonkamerraam van het appartement dat ze deelde met haar zus en keek naar de straatlantaarns die een voor een aansprongen. Dawn hing onderuitgezakt op de bank en zapte met een ongeïnteresseerd gezicht van zender naar zender zonder daadwerkelijk te kijken. Het geluid van een spelshow schalde door de kamer, gevolgd door slaapverwekkende stemmen in een discussieprogramma. Na een dosis herrie van een metalband op een muziekzender drukte ze het toestel resoluut uit. De stilte die volgde was een verademing, maar Dawn liet die niet lang duren.

'Het is toch nog snel gegaan met die vader van Jonas, hè?'

'Ja. Ineens was hij weg. Je weet dat het moment eraan zit te komen, maar toch komt het onverwachts.'

'En altijd te snel,' vulde Dawn aan. Hailey knikte instemmend.

'Sneu ook voor Karin dat ze haar vader maar zo kort heeft kunnen spreken. Ik heb haar vanochtend gesproken in het politiebureau toen ze Jonas' telefoon kwam brengen. Ze heeft me een paar adviezen gegeven die goed van pas kwamen tijdens het verhoor.'

'Ja, ze is aardig.' Er klonk aarzeling door in haar stem.

'Maar...' zei Dawn, die het had opgemerkt.

'Niks. Nou ja, als ik heel eerlijk ben: ik vind het toch lastig dat ze er is. Ik heb wat moeite om mijn plaats te bepalen naast haar en Jonas. Het liep natuurlijk al niet helemaal vlekkeloos tussen ons de laatste tijd en nu snoept Karin aandacht en tijd weg die hij normaliter aan mij zou besteden.'

'Beetje jaloers?'

'Ja, ik geloof het wel. Erg hè?'

'Nee, ik snap het wel. Jij wilt hem nu natuurlijk troosten en bij hem zijn.'

'Hij heeft aangegeven vanavond met Karin te willen zijn. Ik moet dat respecteren. Het is nu niet het moment om daar heisa over te maken en de jaloerse vriendin uit te hangen die zich tekortgedaan voelt. Dan drijf ik hem alleen maar verder bij me vandaan.'

'Is dat erg?'

'Wat is dat nou voor rare vraag? Natuurlijk is dat erg. Ik wil hem niet kwijt, Dawn.'

'Soms vraag ik me af of hij wel zo goed voor je is. Ben je wel gelukkig? Echt gelukkig? Die indruk wek je namelijk niet.'

'Er zijn de laatste tijd wel wat strubbelingen, maar ik kan niet zonder hem, Dawn. De perfecte relatie bestaat niet, dus maak ik er het beste van.'

'Jonas is een aardige vent, maar hij heeft ook zijn streken. Weet je zeker dat hij... Dat je weer...'

'Dat ik weer wat?'

'Nou ja, je weet wel. Denk goed na over waar je mee bezig bent, zus. Dat is alles wat ik wil zeggen. Alles begint eindelijk weer een beetje ten goede te keren.'

'Maak je nou maar geen zorgen.'

Dawn masseerde haar slapen.

'Weer hoofdpijn?' Hailey ging achter haar zus staan en begon met geoefende vingers haar nek te masseren. 'Ai, het zit hier vol met knopen. Geen wonder dat je hoofdpijn hebt.'

'Druk op het werk, en dat zal voorlopig niet veranderen.' Dawn sloot haar ogen en gaf zich over aan de massage.

'Hoe heeft ze het gedaan, denk je?'

'Wie? Abigail Wilson?'

'Ja.'

‘Het doet er niet toe wat ik denk. Het draait om feiten, en op dit moment heb ik die nog niet helder.’

‘Liv is toch in haar huis gevonden?’

‘Ja, maar zo simpel ligt het niet. Wilson beweert bij hoog en bij laag dat ze onschuldig is.’

‘Natuurlijk, dat doen daders altijd.’

‘Ben jij nou ineens de expert? Hoe dan ook, ik mag hier helemaal niet met jou over praten. Ik heb al te veel gezegd.’

‘Je kunt me echt wel vertrouwen, hoor.’ Hailey klonk beledigd.

‘Het is geen kwestie van vertrouwen. Ik mag geen info uit dossiers delen met burgers, ook niet als die burger mijn bloedeigen zus is.’

‘Gut, gut, wat zijn we weer braaf.’

‘Er staat veel op het spel, Hailey. Dit is de eerste zaak die ik mag leiden sinds ik hier ben aangesteld, en zoals je weet is dat niet van een leien dakje gegaan. Als die milieuconferentie er niet was geweest, was een collega ermee aan de haal gegaan en had ik weer de kutklusjes kunnen opknappen.’

‘Ik weet dat het niet eenvoudig voor je is geweest om je baan in Quebec op te geven en hier opnieuw te beginnen.’

‘We hadden geen keus en ik sta er nog steeds helemaal achter, maar ik vind het inderdaad niet gemakkelijk.’

Even zwegen de twee zussen.

‘Ben jíj eigenlijk wel gelukkig, Dawn? We hebben het wel de hele tijd over mij, maar hoe zit dat bij jou?’

‘Als je het echt wilt weten: ik ben eenzaam. Jij liep al snel tegen Jonas aan, maar ik heb hier niemand. Geen enkele vriend of vriendin.’

‘Je hebt mij.’

‘Dat weet ik wel, maar jij hebt ook je eigen leven en dat gun ik je van harte. Ik ben nou eenmaal wat honkvaster dan jij en heb meer moeite om me aan te passen aan een nieuwe situatie. Die overdreven gesloten gemeenschapszin hier stuit me gewoon tegen de borst. Als buitenstaander kom je er haast niet tussen.’

'Het spijt me,' zei Hailey.

'Dat hoeft niet. Dingen lopen zoals ze lopen en het is zoals het is. Op een andere plek was waarschijnlijk ook van alles aan te merken geweest. We konden hier allebei werk krijgen, dat is ook wat waard. Maar soms verlang ik naar vroeger. Eigenlijk heel vaak.'

'Ik weet dat je ze mist.'

Haileys woorden bleven tussen hen in zweven en verzwaarden de atmosfeer. Dawn bleef zwijgen terwijl ze zich concentreerde op de pijn van de massage om die andere pijn niet te hoeven voelen.

'Ik mis ze ook. Meer dan je ooit zult weten.'

'Ik weet niet wat ik verder nog moet zeggen, Hailey.'

Dawn voelde dat Hailey haar handen abrupt van haar aftrok. Haar spieren leken onmiddellijk weer te verharden.

'Ik ga even een stukje lopen.' Een paar tellen later sloeg de deur met een klap dicht.

'Trek een jas aan, het gaat sneeuwen,' riep Dawn haar zus na. Bezorgd liep ze naar het raam en ze bleef net zo lang naar buiten kijken tot ze Haileys tengere gestalte het appartementencomplex zag verlaten. Waarom had ze haar mond ook niet gewoon gehouden? Ze had beter moeten weten en haar hart straks moeten luchten bij Johnnie Walker als ze zeker wist dat Hailey sliep. Hij was al een jaar lang haar beste en misschien wel enige vriend.

28

Het haardvuur knapperde en verspreidde een aangename warmte. Op tafel stonden twee onaangeroerde glazen met rode wijn, en wat olijven en dadels die ze hadden gekocht bij Whole Foods Market in Bank Street. Op de achtergrond speelde een zacht klassiek muziekje. Karin had zich op de comfortabele loungebank gevlijd; ze hield een van de crèmekleurige kussens tegen haar buik. Jonas zat tegenover haar in zijn Chesterfield-fauteuil. Ze zwegen, wachtend tot de ander de stilte zou verbreken. Karin voelde zoveel emoties, dat ze niet bij machte was om ze in woorden om te zetten. Uiteindelijk nam Jonas het woord.

'Ik neem de komende week vrij om de begrafenis te regelen en vast een begin te maken met het opruimen van het huis.'

'Is dat niet een beetje snel, om nu al te beginnen met zijn huis leegruimen?'

'Geloof me, het is zo'n immense klus, dat je daar niet vroeg genoeg mee kunt beginnen. Pa was een verzamelaar. Dat huis is van boven tot onder volgestouwd.'

'Misschien vind ik het gewoon wel te vroeg. Een huis zegt altijd veel over iemands persoonlijkheid.'

'Geloof jij in leven na de dood?'

'Ik weet het niet. Nooit zo over nagedacht. Jij?'

Jonas haalde zijn schouders op. 'Het zou mooi zijn als er nog iets is na de dood. Maar hoe dat "iets" er precies uitziet, dat weet ik niet. Ik heb wel het idee dat pa nog ergens is. Zo-even had ik ineens het gevoel dat hij achter me stond en een arm om me heen legde. Maar dat zal mijn verbeelding zijn geweest.'

'Wat maakte het uit of het verbeelding is of niet? Als het je troost brengt, dan is het toch goed?'

'Misschien, ik weet het niet. Waar put jij troost uit?'

'Je gaat ervan uit dat ik verdriet heb.'

Jonas keek haar verbaasd aan. 'Heb je dat dan niet?'

'Om eerlijk te zijn: ik weet niet precies wat ik voel. Ik heb Alan maar zo kort gekend. Kun je dan echt verdriet hebben?'

'Misschien niet. Misschien wel. Het is toch een verlies.'

'Daar heb je gelijk in. Zeg, wat ik me net bedacht, is dat ik zijn huis wel zou willen zien. Er rondlopen, de sfeer proeven. Het is ook een paar dagen míjn ouderlijk huis geweest, voordat hij me afstond. Misschien dat ik dan te weten kom wat ik gemist heb. Dat ik kan dromen over hoe het had kunnen zijn. Wie weet is dat wel de plek waar ik troost vind. Of antwoorden.'

'Ik weet niet wat je daar zult vinden. Ik heb zelf nooit veel met het huis gehad, ook al heb ik daar het grootste deel van mijn leven doorgebracht. Het heeft onze familie geen geluk gebracht. Mama is daar doodgegaan en... nog iemand.'

Jonas nam een grote slok wijn, maar leek niet van plan om enige toelichting te geven. Hij staarde voor zich uit.

Toen het minutenlang stil bleef, vroeg Karin uiteindelijk: 'Wie is er nog meer gestorven?'

Hij keek haar aan en ze zag het verdriet diep in zijn ogen. 'Onze oudste broer,' zei hij toen. 'Onze oudste broer is daar gestorven.'

'Wat?!' Karin vloog overeind en gooide bijna haar wijnglas omver.

'Papa had het je zelf willen vertellen, maar nou ja, dat is dus niet meer gelukt.'

Karin voelde zich acuut draaierig worden en greep naar haar hoofd.

'Gaat het?' vroeg Jonas bezorgd.

Ze ging weer zitten. 'Dit geloof je toch niet? Ik val echt van de ene verrassing in de andere. Elke keer als ik denk dat ik het plaatje compleet heb, plopt er weer een nieuw duveltje uit een doosje. Nu heb ik ineens nóg een broer, maar die is dood. Net als mijn vader en mijn moeder.'

'Zijn naam was Elijah. Hij had een hersenaandoening en is amper zes jaar oud geworden. Veel meer dan dat weet ik ook niet van hem. Ik was nog te klein om me iets blijvends te herinneren. Hij stierf vlak voordat jij werd geboren en daarna stierf mama. Hoewel ik overal bij was, heb ik er eigenlijk net zo weinig van meegekregen als jij. In die zin zitten we een beetje in hetzelfde schuitje. De enige die de situatie bewust heeft meegemaakt en er flink onder heeft geleden, is papa.'

'Wat een familiedrama. Hoeveel kruizen kan één familie dragen?'

'Laten we het er maar op houden dat we het geluk niet aan onze kant hebben gehad.'

'Dat is nogal een understatement.'

'De dood van Elijah en mama, de zorg voor mij en een baby: het was te veel voor papa. Vandaar die keuze om... nou ja, om jou af te staan.'

De tranen sprongen in Karins ogen. 'Maar waarom heeft hij mij dan weggedaan en niet jou? Die vraag blijft maar door mijn hoofd spoken. Waarom was ik niet goed genoeg voor hem? In hoeverre voldeed ik niet aan zijn verwachtingen?'

'Geloof me, daar had het niets mee te maken. Hij deed het uit liefde voor jou, ook al snap ik dat dat voor jou moeilijk te geloven is. Hij wilde jou een onbezorgd leven geven waarin je alle kansen kreeg en niets tekortkwam, zowel op financieel als emotioneel vlak. Hij kon je dat zelf in elk geval op het emotionele vlak niet geven. Hij was te gebroken. In zijn ogen waren Frans en Lilly wat je nodig had en verdiende. Hij vertrouwde hen blind.'

'Hoe weet je dat? Heeft hij je dat verteld?'

'Ja. Een paar weken geleden pas. Ik heb bijna mijn hele leven gedacht dat papa en ik de enige overlevenden waren van ons gezin. Hij heeft me altijd verteld dat jij dood werd geboren en mama ernstige complicaties kreeg bij de bevalling, waardoor ze het niet overleefde. Ik wist wel van het bestaan van Elijah, maar papa vond het te pijnlijk om over hem te praten. Hoe moeilijk ik dat ook vond, ik heb het altijd gerespecteerd. Misschien ook wel uit angst. Een broer over wie je niets weet en die je niet kent, kun je ook niet echt missen. Ik was bang dat hoe meer Elijah een gezicht zou krijgen, hoe meer pijn het zou doen dat ik nooit de kans had gekregen om samen met hem op te groeien, te spelen. Ik heb hem zo veel mogelijk geweerd uit mijn hoofd, uit zelfbescherming.'

'Zoals Alan mij heeft geweerd uit zelfbescherming.'

'Hij heeft je nooit kunnen vergeten. Hij heeft vanaf de dag dat hij jou toevertrouwde aan Lilly en Frans geleden onder de situatie. Aan het eind van zijn leven is dat zo gaan knagen, dat hij het niet langer kon opbrengen om over jouw bestaan te zwijgen.'

'Misschien was het wel in ieders bestwil geweest om dat wel te doen. Hij heeft onze levens en die van mijn adoptieouders flink op zijn kop gezet en laat ons allemaal achter met vragen die hij niet meer kan beantwoorden.'

'Dat ben ik niet met je eens. Ik ben blij dat ik weet van jouw bestaan. Onze broer heb ik nooit leren kennen, maar ik ben heel dankbaar dat jij alsnog in mijn leven bent gekomen, al is het vijfendertig jaar later.'

Jonas keek haar aan. Ze wist dat er maar één ding was dat zijn smekende blik kon doen verdwijnen. 'Ik ben ook blij dat ik nu weet van jouw bestaan. Echt. Dat staat los van alle andere emoties en moeilijkheden die dit hele verhaal met zich meebrengt. Ik verheug me erop om je beter te leren kennen, om deel te gaan uitmaken van je leven.'

Jonas lachte opgelucht. 'Op dat punt zitten we in elk geval helemaal op één lijn dan. Laten we daarop toosten.'

Jonas hief zijn wijnglas en Karin tikte dat van haar ertegenaan. Karin nam een bescheiden slokje en zette toen haar glas weer op tafel. Ze wilde helder blijven. 'Mag ik je een vraag stellen?'

‘Je mag me alles vragen wat je wilt, de rest van je leven.’

‘Oké, komt-ie. Ben je gynaecoloog geworden om wat er met mama is gebeurd?’

Jonas’ gezicht versomberde weer. ‘Dat heb je goed aangevoeld. Toen ik als kind aan papa begon te vragen waarom ik geen moeder had, zoals de andere kinderen op school, heeft hij me over haar dood verteld. Als kind begreep ik de implicaties natuurlijk nog niet, maar later in mijn puberteit wel. Toen ging ik me afvragen of ze echt niet te redden was geweest. Die vraag werd een obsessie voor me en bepaalde uiteindelijk mijn studiekeuze.’

‘En was ze te redden geweest?’

‘In de huidige tijd, met alle nieuwe ontwikkelingen en medische vindingen misschien wel, maar toen: nee. Toen mijn prangende vraag eenmaal beantwoord was, had ik kunnen stoppen met mijn studie, maar inmiddels was ik te zeer aan het vak verknocht geraakt om nog te switchen naar wat anders. Het thema leven en dood, dat als een rode draad door mijn eigen leven loopt, staat in dit vak centraal. Hoe mooi is het als je kunt helpen een nieuw leven op aarde te zetten? Een kind na een zware bevalling gezond kunt overdragen aan zijn of haar ouders. Mensen met een diepe kinderwens en vruchtbaarheidsproblemen toch verder kunt helpen om hun grootste wens in vervulling te laten gaan. Ik sluit mijn spreekkamer over het algemeen elke avond met een heel goed gevoel af.’

‘En de keren dat er iets misgaat, want dat zal ongetwijfeld ook weleens gebeuren, zie je dan mama voor je?’

‘Ja. Dan probeer ik haar elke keer te redden. Soms lukt dat, soms niet,’ antwoordde Jonas met dikke stem. ‘De keren dat ik faal, voelt het elke keer of ik haar weer verlies. Klinkt dat stom?’

‘Helemaal niet.’

‘Er is altijd een leegte in mijn leven geweest omdat ik nooit een moeder heb gehad. Dat doet iets met je als kind en ook later. Ik vind het moeilijk om me aan vrouwen te hechten, ze onvoorwaardelijk toe te laten in mijn leven. Ergens zit altijd die angst dat ze weggaan en ik alleen achterblijf. Ook bij Hailey heb ik daar weer last van. Die bindings- en verlatingsangst heeft papa jou willen besparen. Hij vond het belangrijk dat jij wel zou opgroeien in een volwaardige gezinssituatie.'

'Ik ben een alleenstaande moeder, dus mijn talent voor relaties is, ondanks mijn normale jeugd, ook niet om over naar huis te schrijven,' grinnikte Karin. 'Waarom heeft Alan ons niet allebei afgestaan aan Frans en Lilly? Waarom meten met twee maten? Jij had toch ook recht op een "normaal" gezin?'

'Met mij had hij al tweeënhalf jaar een band opgebouwd. Mij opgeven en helemaal alleen achterblijven zou hem definitief gebroken hebben. Ik werd tegen wil en dank zijn pleister op een niet te genezen wond.'

'De keuze om jou te houden was dus eigenlijk een egoïstische.'

'Dat klinkt zo negatief, maar ja, eigenlijk wel. Niet lullig bedoeld, maar met jou had hij nog niet echt binding, dus het was makkelijker om jou af te staan en zijn eigen gevoelens daarbij opzij te zetten.'

'Dus eigenlijk moet ik hem dankbaar zijn omdat hij zo nobel was? Ik geloof dat ik daar toch wat moeite mee heb. Weet je, ik ben geen wegloper. Ik geloof erin dat je samen sterk staat en er uiteindelijk krachtiger uitkomt. Verdriet en tegenslag kunnen je ook vormen.'

'Tot op zekere hoogte misschien, ja, maar er zitten ook grenzen aan wat een mens in één leven aankan. Ik word altijd een beetje kriebelig van die personen die ellende omarmen of zelfs opzoeken omdat ze er een diepere bedoeling in zien en denken er een "rijker mens" van te worden. Dat vind ik een soort zelfkastijding waar ik het nut niet van inzie. Eerlijk gezegd had ik alle ellende in mijn leven kunnen missen als kiespijn.'

Jonas keek even verbitterd voor zich uit en trok toen zijn gezicht weer in de plooi. Als hij het voor Karin had willen verbergen, dan was hij daar niet in geslaagd.

'En jij met Sam? Dat moet ook niet altijd gemakkelijk zijn.'

'Klopt, maar ik had hem voor geen goud willen missen.'

'Heb je nog contact met de vader?'

'Nee, die wil niks van Sam weten. Sterker nog, hij wil nog steeds niet geloven dat Sam zijn zoon is. Hij kan zich niet voorstellen dat een kind van hem met een afwijking is geboren. Hij weigert Sam te erkennen en is ook niet bereid om een DNA-test te doen. Ik had het kunnen afdwingen via de rechter om alimentatie te krijgen, maar ik heb het uiteindelijk maar zo gelaten. Iemand die zo in elkaar steekt, heeft geen enkele meerwaarde in Sams leven. Omdat Sam inmiddels de vijf jaar gepasseerd is, zijn mijn rechten vervallen om de vader nog ter verantwoording te roepen, maar mocht Sam er ooit behoefte aan krijgen dan kan hij alsnog een DNA-test afdwingen. Hij behoudt dat recht zijn hele leven.'

'Eigenlijk is het een herhaling van zetten.'

'Hoe bedoel je?'

'Nou, het lijkt wel een familiepatroon. Ik groeide op zonder moeder, jij groeide op in een ander gezin, Sam groeit op zonder vader. We zijn blijkbaar niet in staat om een normale gezinssituatie te creëren.'

'En jij hebt zelfs helemaal geen gezin. Lekker stel zijn we.'

Jonas hief zijn glas weer in de lucht en nam een slok. Karin volgde zijn voorbeeld en pakte een dadel. Bedachtzaam kauwde ze hem weg. 'Hoe moeilijk moet het voor jou zijn om elke dag bezig te zijn met het in vervulling zien gaan van kinderwensen, terwijl je zelf onvruchtbaar bent.'

'Tijdens mijn werk ben ik daar gek genoeg niet zo mee bezig, maar in mijn privéleven is het heel lastig, ja. Zeker omdat Hailey een heel sterke kinderwens heeft. Ze vindt het moeilijk om te accepteren dat ik andere mensen met vruchtbaarheidsproblemen wel kan helpen en mezelf niet. Ze vindt dat ik te snel opgeef, dat ik niet bereid ben om tot het uiterste te gaan.'

'Maar als iets een voldongen feit is, wat kun je er dan nog aan doen? Als iemand alle mogelijkheden kent, dan ben jij dat wel. Toch?'

'Hailey wil dat ik met haar meega naar een vruchtbaarheidskliniek en nog een keer helemaal door de molen ga. Maar ik heb daar geen behoefte aan. Het heeft geen zin. Het zal alleen maar een heel pijnlijk en frustrerend proces zijn. Emotioneel, voornamelijk.'

'Dat snap ik wel.'

'Maar Hailey blijft hoop houden, is ervan overtuigd dat ze in een vruchtbaarheidskliniek nog iets levensvatbaars uit me weten te krijgen. Ze kan dat idee maar niet loslaten en het begint steeds meer tussen ons in te staan.'

'Geef haar de tijd.'

'Natuurlijk. Ze moet haar toekomstbeeld bijstellen en dat gaat niet van de ene op de andere dag. Die tijd geef ik haar ook, maar ik moet ook aan mezelf denken. Emotioneel heb ik een beetje afstand genomen – ik kan me op dit moment gewoon niet voor de volle honderd procent aan haar geven, zolang dit tussen ons in staat.'

'Hebben jullie het al eens gehad over adoptie?'

'Ja, maar dat is ook geen optie voor mij. Ik kom zelf uit een verscheurd gezin en heb daar mijn hele leven mee moeten dealen. Ik denk niet dat ik de aangewezen persoon ben om een kind dat niet van mezelf is een stabiele gezinssituatie te bieden.'

'Misschien doe je jezelf nu wel tekort. Júíst omdat jij weet waar een kind behoefte aan heeft – veiligheid, liefde, een stabiele basis – kun je dat door wat je hebt meegemaakt als geen ander bieden. Je eigen jeugd kun je helaas niet meer overdoen, maar je kunt de jeugd van een ander misschien wel redden.'

'Zo kun je het ook bekijken.' Hij grinnikte. 'Gelukkig ben jij niet zo'n fatalist als ik.'

'Ik benader dingen graag vanuit de positieve kant. Noem het een afwijking,' zei Karin lachend.

'Dat gen heeft mij een beetje overgeslagen vrees ik.'

'Het is onderontwikkeld, maar het zit er vast wel. Ik help je wel om het te ontdekken.'

Het snerpende geluid van de bel onderbrak hun gesprek.

‘Wie belt er zo laat nou nog aan?’ zei Jonas fronsend. ‘Het loopt al tegen middernacht.’

Met een bezorgd gezicht liep hij naar de hal en hij kwam even later met een verkleumde Hailey de kamer in lopen.

‘Sorry dat ik jullie avond verstoor, Karin,’ klappertandde Hailey. ‘Ik heb wat onenigheid met Dawn en zag het niet zo zitten om naar huis te gaan. Ik zwerf al een tijdje op straat rond.’

‘Kom, ga lekker voor de haard zitten, dan ben je zo weer warm.’ Jonas pakte Haileys besneeuwde jas aan en hing hem over een stoel. ‘Niks ernstigs, hoop ik, dat met Dawn?’

‘Nee, gewoon wat zussendingen.’

‘Misschien moet je eerst even een warme douche nemen en droge kleren aantrekken voordat je voor de haard gaat zitten,’ zei Karin.

‘Nog beter,’ beaamde Jonas.

Karin geeuwde luidruchtig. ‘Ik ga mijn mandje eens opzoeken. Het was een vermoeiende, emotionele dag en ik vrees dat de komende dagen niet veel anders zullen zijn.’ Ze stond op en omhelsde eerst Jonas, toen Hailey.

‘Slaap lekker, zus.’

‘Zal wel lukken. En broertje, denk eens na over wat ik je zei.’

29

Je ligt nu nog lekker in je bedje. Je denkt dat je warm en veilig bent, maar dat is schijn. Je bent nog te klein om te begrijpen dat je pas echt veilig bent bij mij. Het duurt niet lang meer voordat we samen zijn. Tot ik je kom halen. Nog heel even geduld. Het spijt me dat je de eerste jaren van je leven zonder mij hebt moeten doorbrengen. Dat ik er niet was om je warm te houden als je het koud had, je buikje te masseren als je kramp had, wondjes te bedekken met pleisters en een zoen. Maar het is nog niet te laat om de verloren tijd in te halen. Ik verheug me erop om je handje vast te houden, samen een puzzel te doen, te lachen. Sneeuwvlokken te tellen, je voort te trekken op een slee, een balletje te trappen. Er is een oneindige hoeveelheid leuke dingen die we samen kunnen doen. Jij en ik en je andere broertjes en zusjes. Ik kom je snel halen, schatje, wees niet bang. Uiteindelijk zul je snappen dat je bij mij hoort. De mensen die nu voor je zorgen, het huis waarin je woont: je zult het allemaal vergeten zodra wij samen zijn. Je echte thuis vind je, net als je broertjes en zusjes, alleen bij mij.

30

22 januari

De tl-verlichting in Dawns werkkamer deed pijn aan haar ogen. Ze had zich vanochtend vlug afgekeerd van de spiegel toen ze zag dat de kringen onder haar ogen nog donkerder waren geworden. Haar slaapgebrek begon chronisch te worden. Hailey was vannacht niet thuisgekomen en had niet gereageerd op haar sms'jes. Toen ze Jonas een bericht had gestuurd, had ze gelukkig wel antwoord gekregen. Hailey lag veilig bij hem in bed.

Dawn vervloekte het koppige gedrag van haar zus regelmatig. Ze had er een handje van om ervandoor te gaan als het moeilijk werd en dan niets van zich te laten horen. Alsof ze Dawn op die manier wilde straffen. Dawn wist dat ze haar zus los moest laten, de ruimte moest geven om een eigen leven op te bouwen, maar ze kon het niet. Hailey was het enige wat ze had – ze kon het niet aan om haar ook nog te verliezen. Ze zou willen dat ze Jonas genoeg vertrouwde om de zorg voor Hailey helemaal aan hem over te laten, maar dat was niet zo. Eerlijk gezegd vertrouwde ze alleen zichzelf maar met Hailey. De neiging om haar jongere zusje te beschermen tegen de buitenwereld was bijna ziekelijk. Ze zag dat Hailey eronder leed, dat het haar soms verstikte. Dawn wist het, maar kon het niet laten.

Vannacht had ze haar schuldgevoel niet weggespoeld met whisky. Het had haar veel moeite gekost, maar het was gelukt. Ze moest haar hoofd erbij houden om niet mank te gaan in de zaak-Tremblay. De druk van bovenaf was hoog en de advocaat van Abigail Wilson wilde niets liever dan haar het leven zuur maken. Nou, die mocht achter aansluiten bij haar collega's en de rest van dc wcreld.

Over een kwartier zou het verhoor worden voortgezet en ze zag er als een berg tegen op. Als Abigail Wilson net als gisteren bleef ontkennen, zou het een herhaling van zetten worden. Het enige wat de zaak op dit moment verder kon brengen, was de uitslag van de autopsie. Met een beetje geluk zou ze vandaag meer te weten komen over de doodsoorzaak van het meisje, en hopelijk leverde dat een stok op om mee te slaan. Misschien waren de uitslagen al binnen en was de forensisch patholoog er nog niet aan toegekomen om haar te bellen. Ze besloot niet langer af te wachten en zelf te bellen. Ze zocht het nummer op in haar telefoon.

'McCain,' hijgde de patholoog gehaast in haar oor.

'Inspecteur Dawn Clark.'

'Ik ben naar u op weg. Twee minuten.' Het gesprek werd verbroken en niet veel later werd er inderdaad op Dawns deur geklopt. McCains droge huid was nog roder dan normaal en zijn lippen waren flink gebarsten door de kou. Hij wapperde met een stapel papieren.

'Geen natuurlijke dood. Absoluut geen natuurlijke dood.' Hij kwakte het dossier op Dawns bureau en begon er verwoed in te bladeren. 'Kijk, hier staat het.' Hij tikte met zijn wijsvinger ergens halverwege de pagina.

'Vermoedelijke overdosis Brietal Hikma met acute hart- en ademstilstand tot gevolg,' las Dawn hardop voor.

'Brietal Hikma is een narcosemiddel dat de werkzame stof methohexital bevat. Het wordt gebruikt bij kortdurende operaties of als middel om zwaardere operaties in te leiden. Ik heb sporen aangetroffen in het bloed van dat meisje. Aan de binnenkant van haar elleboog zit een microscopisch klein gaatje van een injectienaald dat je met het blote oog amper kunt zien.'

'Waarom staat er "vermoedelijke" overdosis in het rapport?'

'De restwaardes die ik in het bloed heb aangetroffen, zijn net op of over de grens. Dat is alleen tot achter de komma terug te rekenen als je het exacte tijdstip van overlijden weet.'

'En dat weten we dus niet...'

'Ik heb dus moeten gokken. Vandaar dat ik de term "vermoedelijk" in het rapport heb gebruikt.'

'Oké, helder.'

'Wat ook nog een rol kan spelen, is het volgende. Niet ieder mens verdraagt methohexital goed. Het kan complicaties geven die kunnen leiden tot een acute ademstilstand. Een minuut of twee à drie later stopt het hart er dan ook mee omdat het door zuurstofgebrek geen bloed meer kan rondpompen. In dit geval sluit ik dat scenario ook niet uit.'

'Waarom hou je rekening met die mogelijkheid?'

'Door de wijze waarop jullie het meisje hebben gevonden en de staat van haar lichaam. De dader heeft het meisje heel voorzichtig behandeld. Liefdevol, zou ik het bijna willen noemen. Op dat kleine prikgaatje aan de binnenkant van haar elleboog na, is haar lichaam volledig ongeschonden. Nergens een blauwe plek, een schram of enig teken van geweld. Ze is ook niet seksueel misbruikt. Dus kun je de mogelijkheid niet uitsluiten dat de dader misschien wel helemaal niet van plan was om het meisje te doden. Het toedienen van Brietal Hikma is misschien wel alleen geweest om het meisje kort buiten bewustzijn te brengen zodat ze geruisloos meegenomen kon worden. Degene die haar het spul heeft toegediend zou zich vergist kunnen hebben qua dosering. Of er zijn ademhalingscomplicaties opgetreden die de toediener van het middel boven de pet gingen.'

'Denk je dat we moeten zoeken naar iemand met een medische achtergrond?'

'Is net zo goed mogelijk als onmogelijk.'

'Iets minder cryptisch graag.'

'Natuurlijk kun je het spul in een ziekenhuis krijgen, maar je hoeft ook geen doorgewinterde crimineel te zijn om het middel online te bemachtigen. Ik denk wel dat we kunnen concluderen dat de dader een zekere vaardigheid met injectienaalden moet bezitten. De naald heeft amper sporen achtergelaten.'

'Als dat het geval is, dan moet het kind al buiten bewustzijn zijn geweest toen die Brietal Hikma werd toegediend. Geen mens krijgt zonder bloeduitstortingen een naald in de arm van een wakker en tegenstribbelend kind.'

'Ik denk dat je daar gelijk in hebt. Wellicht heeft de dader het kind in eerste instantie een lap met een bedwelmend middel tegen het gezicht geduwd om de eerste weerstand te breken.'

'Heb je daarvan sporen teruggevonden?'

'Nee, maar dat zegt niks. Er kan een heel vluchtig middel zijn gebruikt.'

Dawn zuchtte. Ze dacht aan de grote, sterke en eeltige handen van Abigail Wilson die gemaakt waren voor zwaar werk en minder voor fijne motoriek. 'Je maakt het me niet gemakkelijker met je bevindingen. Ik heb een panklare verdachte vastzitten, die ontkent iets met de dood van het meisje te maken te hebben. En Wilson past niet in het plaatje dat jij schetst van de dader. Maar het kind is wel bij haar in huis gevonden.' Dawn tekende aan de linkerkant van een leeg A4'tje dat op haar bureau lag een poppetje en aan de rechterkant een huisje. 'We weten vrij nauwkeurig wanneer het meisje is verdwenen en we weten dat ze bij Abigail Wilson is gevonden. Alles wat hiertussenin zit,' Dawn tikte met haar vinger op het poppetje en daarna op het huisje, 'is een groot zwart gat. En dan heb ik het nog niet eens over het motief, want dat is ook een groot raadsel. Wat voor reden kan iemand in vredesnaam hebben om een kind iets aan te doen? Snap jij dat nou?'

McCain haalde zijn schouders op. 'Ik snap heel veel niet in deze wereld en eerlijk gezegd doe ik ook geen poging meer om het te begrijpen. Mensen zijn rare, verknipte wezens die tot ongelooflijke gruwelijkheden in staat zijn. Sommige daders kun je het niet voor de volle honderd procent aanrekenen omdat ze psychisch niet in orde zijn, maar er zijn er ook bij die het bij hun volle bewustzijn doen en daar ook nog lol aan beleven. Ik heb door mijn werk al zoveel verderfelijks en ellendigs voorbij zien komen.'

'Slaap jij nog 's nachts of zie je alleen maar verminkte lichamen als je je ogen sluit?'

'Ik slaap uitstekend, maar dat heb ik wel moeten leren. Als ik hier na een werkdag de deur dichttrek, dan gaat er ook een deur dicht in mijn hoofd.' McCain nam haar even onderzoekend op. 'Aan de wallen onder je ogen te zien, kun jij op dat vlak nog wel wat leren.'

'Ik kan dingen inderdaad moeilijk loslaten, zeker als ze nog open eindjes hebben zoals deze zaak.' Ze zweeg even om haar emoties de baas te worden en nam toen weer het woord. 'Wat denk jij, zou het een anesthesist kunnen zijn? Die heeft de beschikking over narcosemiddelen en kan over het algemeen heel goed met naalden omgaan.'

'Natuurlijk is dat mogelijk, maar een junk is ook vaardig met naalden en zoals ik al zei: het is relatief makkelijk om aan dat spul te komen.'

'Maar wat voor reden kan een junk nou hebben om een kind iets aan te doen?'

'Dat is jouw pakkie-an, jij bent de rechercheur. Maar goed, stel dat we voortborduren op de theorie dat de dader een anesthesist is en de verdoving alleen is toegediend om het meisje geruisloos te kunnen meenemen, dan is het niet ondenkbaar dat de dader maatregelen trof om eventuele complicaties na toediening van het middel te voorkomen. Dat is niet gebeurd.'

'Misschien raakte hij in paniek?'

'Anesthesisten zijn over het algemeen nogal koele kikkers die heel goed weten waar ze mee bezig zijn. Een minuscule fout in de dosering van narcose kan immers al tot de dood van een patiënt leiden.'

'Goed punt. Geen anesthesist dus. Maar een junk?'

'Ik zeg niet dat het een junk is, maar het kan. Misschien werd hij er wel voor betaald om het meisje te ontvoeren. Misschien is er iets fout gegaan. Opties te over, zou ik zeggen.'

'Je hebt gelijk, en het heeft helemaal geen zin om maar wat in het wilde weg te speculeren. Ik ga vandaag maar eens beginnen met alle ziekenhuizen in de omgeving te bezoeken om te kijken of hun voorraad Brietal Hikma nog klopt of dat er ergens buiten de boekjes om wat verdwenen is.'

'Dat lijkt me een mooi startpunt.' McCain keek op zijn horloge. 'Ik moet er weer vandoor. Er ligt een lijk op me te wachten.'

'Jij liever dan ik,' grimaste Dawn. 'Maar dank voor het rapport en dat je het zo snel in orde hebt gemaakt.'

'Als je nog vragen hebt, dan weet je me te vinden.' McCain stak haar zijn hand toe en Dawn pakte hem met tegenzin aan.

'Ik heb hem gewassen, hoor,' zei McCain grinnikend toen hij haar terughoudendheid zag. Dawn voelde haar wangen kleuren.

'Er schiet me toch nog één vraag te binnen. Er bestaat toch een erfelijke ziekte die ervoor zorgt dat narcosemiddelen minder snel uit je lichaam verdwijnen?'

'Je bedoelt pseudocholinesterase deficiëntie? Hoe weet jij dat?'

'Ik weet niet hoe het heet, dat soort onuitspreekbare woorden kan ik niet onthouden zonder spiekbriefje. De vader van mijn zwager had het en die heeft het in elk geval doorgegeven aan zijn zoon. Ze kwamen er jaren geleden per toeval achter na een kleine ingreep. Als we even doorgaan op de theorie dat de dader het meisje alleen kort heeft willen verdoven om haar gemakkelijk mee te kunnen nemen en er complicaties zijn ontstaan na het toedienen van de narcose, dan kan dat in theorie ook veroorzaakt zijn door...'

'Pseudocholinesterase deficiëntie.'

'Ja. Valt dat op de een of andere manier nog te testen?'

'Dan zou ik nog wat aanvullend serumonderzoek moeten doen. Wil je dat? Het is een zeer zeldzame aandoening.'

Dawn dacht even na. 'Ja, ik denk het wel. Ik kan niet bij voorbaat uitsluiten dat Liv Tremblay aan deze aandoening leed. Als dat wel het geval was, zou dat invloed kunnen hebben op de aanklacht. In plaats van moord zou er sprake kunnen zijn van doodslag, omdat het meisje verder helemaal ongeschonden is en de dader misschien helemaal niet van zins was om haar te doden. Jouw rapport bevestigt dat er geen enkel teken van geweld op haar lichaam is gevonden dat tot haar dood heeft kunnen leiden.'

'Oké, dan gaan we die tests gewoon uitvoeren. Tot ziens dan maar weer.'

De patholoog verliet de kamer en Dawn bleef in gedachten verzonken achter. Er was een narcosemiddel aangetroffen in het bloed van het meisje. Brietal Hikma. Waarom? Wat was de dader met het meisje van plan geweest? Waar had de dader haar mee naartoe willen nemen en waarom? De vragen stapelden zich in rap tempo op en Dawn kreeg steeds sterker het gevoel dat haar onderzoek achteruitliep in plaats van dat ze vooruitgang boekte.

'Kom op,' zei ze toen tegen zichzelf. 'Op onderzoek uit, anders kom je helemaal nergens.' Ze pakte haar jas van de haak en liep vastberaden naar de verhoorkamer.

31

'Breng haar maar terug naar haar cel,' zei Dawn tegen Francis Trudeau, die Abigail Wilson en haar hond zojuist in de verhoorkamer had geïnstalleerd. 'Ik moet eerst achter een nieuwe aanwijzing aan voordat ik het verhoor kan hervatten.'

'Haar advocaat is al onderweg,' antwoordde haar collega.

'Bel maar af.'

'Doe het zelf, ik ben je sloofje niet.'

Dawn trok haar wenkbrauwen op en besloot wijselijk haar mond te houden. Van terugbitsen werd de sfeer niet beter, wist ze uit ervaring. Slikken en over je heen laten komen was het devies, ook al kostte dat steeds meer moeite.

'En die hond moet weg. Straks zeikt dat beest alles nog onder.' Trudeau nam Abigial weer bij de arm en leidde haar de verhoorkamer uit. Voordat Angel kon meelopen, gooide hij de deur voor de neus van de husky dicht.

Angel begon als een idioot te blaffen en te janken, en op de gang hoorde Dawn Abigail een geluid maken dat voor gillen door moest gaan. Vrijwel meteen ging de deur weer open en kwam Cynthia MacDonald binnen. Dat kon er ook nog wel bij. Dawn kon de riem van Angel nog net op tijd vastpakken voordat de hond ontsnapte om op zoek te gaan naar haar bazin.

'Waar is mijn cliënte en waarom is haar hond niet bij haar?'

'Ik heb mevrouw Wilson terug laten brengen naar haar cel. Zojuist is er nieuw bewijsmateriaal boven water gekomen en dat zal ik eerst moeten onderzoeken. Daarna hervat ik het verhoor weer.'

'Zo, alweer nieuw bewijsmateriaal,' klonk het cynisch. 'Dat

vorige "bewijsmateriaal" heb ik nog niet eens gezien. Wat is daar eigenlijk mee gebeurd?'

Dawn keek MacDonald recht in de ogen, maar reageerde niet.

'Luister goed,' zei de advocate op uiterst kille toon. 'Ik wil nu te horen krijgen om welk bewijsmateriaal het gaat. En ik eis een duidelijke afspraak over wanneer het verhoor wordt voortgezet. Ik had speciaal tijd vrijgemaakt in mijn agenda, de rest van de dag zit ik helemaal vol.'

'Het spijt me, het is heel vervelend, maar het is even niet anders. Er is nou eenmaal niet genoeg menskracht beschikbaar om alles tegelijk te kunnen doen. Ik moet prioriteiten stellen, en op dit moment staat het natrekken van dit spoor op de eerste plaats. Het betreft een aanwijzing die uit het forensisch rapport naar voren is gekomen. Een kopie daarvan is naar uw kantoor onderweg.'

'U hebt nog zesentwintig uur om mijn cliënt vast te houden en haar officieel in staat van beschuldiging te stellen. Geen minuut langer.'

'Ik zou er niet op rekenen,' zei Dawn. 'Ik denk dat iedere rechter met liefde een verlenging van het voorarrest van uw cliënte uitschrijft. Of moet ik u er nog even aan herinneren dat er een dood meisje is aangetroffen in haar huis? En, o ja, in datzelfde forensisch rapport dat nu onderweg is naar u, staat de conclusie dat het een niet-natuurlijke dood betreft. Interessante literatuur, dat verslag, ik zou het maar eens goed lezen. Op dit moment is uw cliënte onze enige verdachte en zolang dat zo blijft, zal ik er alles aan doen om haar achter de tralies te houden.'

'Dan zou ik maar eens opschieten met het traceren en arresteren van de werkelijke dader. Zesentwintig uur, en dan wil ik een formele *in staat van beschuldiging* van u hebben,' brieste de advocaat. Ze sloeg de deur van de verhoorkamer met een klap dicht.

Dawn sloot haar ogen terwijl de klap nagalmde in haar

hoofd. Angel was inmiddels aan haar voeten gaan liggen en keek verwachtingsvol naar haar op.

'Wat moet ik nou weer met jou?'

De hond kwispelde alsof ze ervan overtuigd was dat Dawn wel een oplossing zou vinden. Ze zuchtte en pakte haar telefoon.

'Jonas, met Dawn, kan ik je even storen?'

Dawns plan was geweest om Angel naar het asiel te brengen, maar tot haar grote teleurstelling had de vrouw die ze aan de telefoon had gekregen haar niet kunnen helpen. De Ottawa Humane Society zat helemaal vol. Ook verdere pogingen om een tijdelijk onderkomen voor de hond te vinden, waren op niks uitgelopen. Ten einde raad had ze aan de Nederlandse zus van Jonas gedacht. Angel en het zoontje van de vrouw hadden het gisteren heel goed met elkaar kunnen vinden, dus wellicht waren moeder en zoon bereid om even op de hond te passen tot ze een permanentere oplossing had gevonden. En dus had ze Jonas gebeld, die vast wel wist waar zijn zus uithing. Kon ze hem meteen vragen hoe het met Hailey ging.

'Ik ben met Karin een kist voor mijn vader aan het uitzoeken.'

'O, ja natuurlijk, dat zijn dingen die je nu ook moet doen.' Er viel een stilte. Dawn voelde zich ineens ontzettend bezwaard dat ze Karin wilde opschepen met een wildvreemde hond. Die vrouw had nu wel wat anders aan haar hoofd.

'Bel je met een speciale reden?'

'Ik was eigenlijk op zoek naar Karin, maar als het niet uitkomt...'

'Ze zit hier naast me, ogenblikje.'

'Jonas, wacht even. Hoe is het met Hailey?'

'Die is vanochtend naar haar werk gegaan en vanmiddag na haar dienst komt ze hier een paar uurtjes op Sam passen zodat Karin even ongestoord in het huis van onze vader kan zijn.'

'Maar het gaat wel goed met haar?'

'Ja hoor. Ze heeft goed geslapen en was vanmorgen alweer helemaal de oude.'

'Dat is fijn om te horen. Heeft ze nog iets over mij gezegd?'

'Alleen dat jullie "zussengedoe" hadden, verder niets.'

'O, oké.'

'Zal ik je Karin geven?'

'Ja, graag.'

'Hi Dawn,' klonk Karins stem een paar seconden later in haar oor. 'Heb je advies nodig over mevrouw Wilson?'

'Niet over haarzelf, maar ik wilde je iets vragen over haar hond.'

'Ik vrees dat ik van dieren niet zoveel verstand heb.'

'Eerlijk gezegd zit ik met een klein probleempje, waar je me misschien mee zou kunnen helpen. Ik weet dat je al genoeg aan je hoofd hebt, dus je moet het eerlijk zeggen, hoor.'

'Kom maar op.'

'Ik zoek een tijdelijke oppas voor Abigails husky Angel. Het dier kan niet langer bij haar in de cel blijven om hygiënische redenen.'

'Ja...'

'En nou vroeg ik me af, aangezien Sam en die hond nogal gek op elkaar leken, of jullie het leuk zouden vinden om even op Angel te passen. Het asiel zit helemaal vol, anders zou ik het niet vragen.'

'Wat versta je onder "even"?'

'Een paar dagen? Totdat ik een permanentere oplossing heb gevonden.'

'Dat moet ik even met Jonas bespreken. Ik bel je zo terug.' De verbinding werd verbroken.

'Nou, duimen maar dat ze ja zegt,' sprak ze tegen de hond, die nog steeds aan haar voeten lag. Het beest piepte zachtjes, alsof het begreep wat ze zei. Ze krabbelde Angel achter haar oren. 'Jij kunt er ook niks aan doen dat je bij een verknipte baas bent terechtgekomen.'

Dawn staarde naar het scherm van haar telefoon alsof haar

leven ervan afhing en gelukkig hield Karin zich aan haar woord en hoefde ze niet lang te wachten op een antwoord.

'Als het voor een paar dagen is, kun je de hond brengen. Jonas en ik zijn de komende dagen druk met het voorbereiden van de uitvaart, dus is het voor Sam wel gezellig als hij een kameraadje heeft om mee te spelen.'

'Dan kom ik Angel zo meteen brengen. Bedankt, je bent een redder in de nood.'

'Geen probleem, we zien jullie zo wel verschijnen.' Karin groette en hing op.

'Nou meisje, je hebt mazzel,' zei Dawn tegen de hond. 'De komende dagen heb je in elk geval een dak boven je hoofd en daarna zien we wel weer verder. Misschien lig je volgende week wel weer in je eigen huis voor de haard.'

Angel kwispelde.

'Het is jammer dat je niet kunt praten. Je zou een goede getuige zijn. Jij weet als een van de weinigen wat er echt is gebeurd en van de spraakzaamheid van je bazin moeten we het niet hebben.'

Angel jankte, maar Dawn wist niet hoe ze dat moest interpreteren. Naast een glazen bol had ze ook een hondenfluisteraar nodig om deze zaak op te lossen.

Eén ding wist Dawn echter wel zeker: of Abigail Wilson nou wel of niet iets met de dood van Liv te maken had, de vrouw was niet helemaal zuiver op de graat. Ze verborg iets en Dawn wilde niets liever dan uitvinden wat dat was.

32

Het begon net weer te sneeuwen toen Dawn wegreed bij 1 Renfrew Avenue. Karin en Sam stonden haar uit te zwaaien en Angel zat keurig tussen hen in. Dawn had gehoopt Jonas nog even te spreken, maar die was volgens Karin een stukje gaan rijden om zijn hoofd even leeg te maken.

Op de bijrijdersstoel lag een uitgeprint lijstje met de zeven ziekenhuizen die Ottawa rijk was. Ze besloot als eerste langs het General Hospital op Chemin Smyth Road te gaan, aangezien dat slechts tien minuten van Jonas' huis lag. Het was bovendien het ziekenhuis waar Jonas en Hailey werkten en ze wilde haar zus nog even gedag zeggen. Jonas kon wel zeggen dat Hailey vanochtend een uitstekend humeur had gehad, ze wilde het zelf graag ook nog even checken. Niemand kende Hailey zo goed als zij en als haar zus toneelspeelde, zou ze dat meteen doorhebben.

Dawn stuurde haar auto een bocht in en floot zachtjes mee met 'The Power of Love' van Céline Dion. Met weemoed dacht ze terug aan de karaokeavonden in Quebec die ze in het verleden met Hailey, hun vrienden en voldoende koude biertjes had doorgebracht. De nummers van Céline Dion hadden op die avonden altijd een flinke dosis hilariteit opgeleverd, omdat niemand in staat was de hoge tonen zuiver uit zijn strot te krijgen. Hoe meer bier er naar binnen werd gegoten, hoe valser de klanken, en aan het einde van de avond was uit de toon zingen een doel op zich geworden. Dawn had in haar leven nog nooit zo hard gelachen als op die avonden. Toen viel er nog wat te lachen.

Ze bewoog haar hoofd heen en weer om de beginnende stroom aan nare gedachten van zich af te schudden. Ze zou ze geen vat op haar laten krijgen.

Ondanks haar grondige hekel aan ziekenhuizen zuchtte ze opgelucht toen het immense gebouw van het General in haar blikveld verscheen. Ze was hier met een doel en zou zich niet laten afleiden. *Focus*. Dit was werk.

Gelukkig vond ze al snel een parkeerplek dicht bij de ingang. Ze keek op de lijst naast haar op de stoel, prentte de naam van het hoofd Anesthesie nog eens goed in haar hoofd en liep toen het gebouw binnen. Ze koerste meteen door naar de receptie en liet haar politiepenning zien aan de receptioniste. 'Ik ben op zoek naar dokter Cindy Matthews, zou u haar voor me kunnen bellen?'

De receptioniste schrok duidelijk en wees naar een zitje in de centrale hal. 'Neemt u daar maar even plaats. Ik zal dokter Matthews oproepen en haar vragen om u hier op te halen.'

Dawn knikte en liep naar de stoelen. Ongeduldig op haar knieën trommelend wachtte ze af. Toen een vrouw in een blauw mantelpak doelgericht op haar af kwam lopen, veerde ze op. 'Cindy Matthews?'

'Nee, Monica Sawyer, hoofd Communicatie. Wat kan ik voor u doen?'

'Me naar Cindy Matthews, het hoofd van de afdeling Anesthesiologie, brengen.'

'Wat wilt u van haar, als ik vragen mag?'

'Ik leid het onderzoek in een moordzaak waar ik haar graag over wil spreken.'

Mevrouw Sawyer verschoot van kleur. 'Eh... is dokter Matthews verdachte in uw onderzoek?'

'Dat bespreek ik graag met haarzelf, dus als u me nu naar haar toe wilt brengen?'

De vrouw werd nog wat roder in haar gezicht en leek te twijfelen over wat ze moest doen. De blik in Dawns ogen deed haar echter eieren voor haar geld kiezen.

‘Volgt u mij maar.’

Sawyer ging Dawn voor naar de liften en koos er een die alleen bestemd was voor patiëntenvervoer. Toen het belletje ging en de deuren zich openden, volgde Dawn haar de lift in. Ze wurmden zich langs twee begeleiders en een bed waar een broodmagere patiënt met een gele gelaatskleur in lag. Dawn knikte ongemakkelijk en richtte zich meteen op het display dat liet zien op welke afdeling ze waren. Sawyer drukte op de knop voor de vijfde verdieping en de deuren sloten zich.

Dawn voelde het zweet in straaltjes over haar rug lopen. Ze was geen fan van afgesloten ruimtes die bestuurd werden door techniek en zeker niet als ze zo weinig bewegingsvrijheid boden. Het leek dan ook uren te duren voordat het bevrijdende belletje van de lift klonk en de deuren openzoefden.

Dawn schoof meteen langs het bed en stond als eerste buiten de lift. Ongeduldig wachtte ze op haar begeleidster, die wel zo netjes was geweest om de patiënt en de twee broeders voorrang te geven. Even later kwamen ze aan bij een deur met een bescheiden naamplaatje erop: C.A. MATTHEWS, M.D. De twee vrouwen klopten tegelijk.

‘Vanaf nu neem ik het over, als u het goedvindt,’ zei Dawn.

Hoewel haar woorden ruimte lieten voor tegenspraak, deed de vastberaden blik in haar ogen dat niet. De deur werd met een flinke zwaai opengedaan en een vrouw van middelbare leeftijd met een kort, vlot grijs kapsel en lachrimpels rond haar ogen en mondhoeken keek hen allebei aan.

‘Wat kan ik voor u doen?’ sprak ze vriendelijk.

Dawn mocht de vrouw meteen al, ze deed haar denken aan haar eigen moeder. Ze liet haar legitimatie zien en het gezicht van dokter Matthews werd ernstig.

‘Ai, geen gesprek dat op de gang kan worden gevoerd, neem ik aan. Komt u binnen.’

Dawn glipte voor Sawyer langs naar binnen en sloot meteen de deur voor de neus van het verbouwereerde hoofd Communicatie. Tegen Dawns verwachting in bleef de deur gesloten.

‘Ik zal meteen ter zake komen. Ik ben bezig met het onderzoek naar de moord op het meisje Liv Tremblay, waar u vast over hebt gelezen.’

‘Ja, een vreselijk zaak. Wat kan ik voor u doen?’

‘Uit de autopsie is gebleken dat ze is overleden aan een ademstilstand die het gevolg is geweest van de toediening van het narcosemiddel Brietal Hikma. Waarschijnlijk is het een overdosis geweest. Mijn vraag aan u is of u de voorraad Brietal Hikma in dit ziekenhuis zou kunnen checken.’

‘U wilt weten of iemand onbevoegd dit middel mee naar huis heeft genomen?’

Dawn knikte.

‘U hebt toch een verdachte opgepakt? Heeft diegene een link met dit ziekenhuis?’

‘Daar kan ik verder niks over zeggen. Maar ik zal dezelfde vraag ook stellen aan alle andere ziekenhuizen in de omgeving.’

‘Ik zal de voorraadlijsten langslopen en vergelijken met de daadwerkelijke voorraad.’

‘Mocht u iets vinden wat niet klopt, dan zou ik ook graag een lijst van u ontvangen met alle mensen die iets van het middel uit de voorraad hebben gehaald, zodat we hun achtergrond kunnen checken.’

‘Uiteraard. U kunt op mijn volledige medewerking rekenen.’

‘Ik hoop dat ik ook op uw discretie kan rekenen. Mevrouw Communicatie op de gang wil maar al te graag weten waarom ik u wil spreken en is doodsbang voor een bezoedeling van de goede naam van het ziekenhuis. In het belang van het onderzoek willen we de vondst van Brietal Hikma in het bloed van het slachtoffer nog niet publiekelijk bekendmaken.’

‘Geen probleem.’

Hailey werkte op de achtste verdieping en omdat Dawn de claustrofobische lift wilde vermijden, moest ze nog zes trappen omhoog. Sinds ze met Hailey het appartement in Ottawa had betrokken, was ze het traplopen echter gewend geraakt. Ze nam de traptreden met twee tegelijk en opende al snel de zware grijze klapdeuren. Hijgend liep ze naar de zusterspost.

'Ik ben op zoek naar Hailey Clark,' liet ze de hippe donkerharige verpleegster achter de balie weten.

'Ik heb haar vandaag nog niet gezien, maar ik zal even kijken op welke kamers ze vandaag staat ingedeeld. Ogenblikje.' De verpleegster pakte een vel met een schema van een stapeltje papieren naast haar computer en liet haar wijsvinger met felroze gelakte nagel langs de Excel-uitdraai gaan. 'Ha, dat verklaart waarom ik haar nog niet gezien heb, ze is vrij vandaag.'

'Vrij? Ze heeft een vroege dienst en zou hier tot drie uur moeten rondlopen.'

De verpleegster keek argwanend naar haar politie-uniform. 'Kan ík u misschien helpen?' klonk het aarzelend.

'Nee. Ik kwam gewoon even hallo zeggen. Hailey is mijn zus. Ik was in de buurt, dus ik dacht...'

De verpleegster legde het schema op de balie. 'Kijkt u zelf maar, Hailey staat niet ingeroosterd voor vandaag.'

Dawn liet haar ogen over de lijst gaan. 'Volgens dit schema heeft Hailey een vrije dag genomen. Klopt dat?'

'Ja. Dat gedoe met haar schoonvader, hè? Ze zal wel even een break nodig hebben gehad.'

Dawn knikte, terwijl in haar hoofd de radertjes op volle toeren draaiden. 'Kunt u me vertellen of deze vrije dag al langer gepland stond of dat ze hem ad hoc heeft opgenomen?'

'Voor zover ik kan zien, heeft ze hem gisteren aangevraagd. Het kwam eerlijk gezegd niet heel handig uit in het rooster, maar we konden haar die dag ook niet weigeren. Ze heeft zoveel overgewerkt de laatste tijd. Waarom wilt u dat weten, als ik vragen mag?'

Dawn negeerde de vraag. 'Dank voor de info. Fijne dag nog.' Met een onrustig gevoel in haar buik verliet ze de afdeling en begon aan de lange afdaling naar de begane grond. Zestien trappen later verliet ze het ziekenhuis. Buiten greep ze meteen naar haar mobiel en belde Jonas. Gelukkig nam hij vrij snel op.

'Jonas, met Dawn. Nog even over Hailey: ze was vanochtend oké, toch? Je merkte niks geks aan haar?'

'Nee, dat heb ik je toch al gezegd? Ze was vrolijk en is voor dag en dauw vertrokken naar haar werk voor een vroege dienst. Ze heeft het verder helemaal niet meer over haar strubbeling met jou gehad.'

'Ze is nu dus op haar werk?'

'Ja, dat zeg ik toch? Is er wat?'

'Dat van gisteren zit me niet lekker, dus ik wilde haar even bellen. Dat kan ik dan beter na drieën doen.'

'Tijdens haar werk neemt ze inderdaad niet op, dat weet je, dus ik vrees dat je nog een paar uurtjes geduld moet hebben. Na haar werk past ze nog even op Sam zodat Karin naar het huis van pa kan.'

'Oké, dank, Jonas.'

Ze hing op voordat hij door kon vragen. Meteen koos ze Haileys nummer en ze werd direct doorgeschakeld naar de voicemail. 'Hailey, met mij,' sprak ze in. 'Wil je me bellen zodra je dit hoort? Ik wil even weten of je vanavond mee-eet, want dan moet ik nog even langs de supermarkt. Ik hoop dat je thuiskomt, dan kunnen we het over gisteravond hebben. Kus.'

Het kostte Dawn de grootste moeite om haar stem rustig te laten klinken. Het liefste had ze Hailey meteen gevraagd waar ze uithing, maar ze wilde haar in de ogen kijken als ze haar confronteerde met haar leugen. Een angstig gevoel maakte zich van haar meester.

33

De zon was voor het eerst in dagen weer eens zichtbaar aan de hemel toen Hailey haar auto langs de kant van de weg parkeerde. Ze pakte een bus deodorant en een flesje parfum uit haar dashboardkastje en besproeide zichzelf weelderig. Daarna haalde ze een hand door haar haren en werkte ze haar make-up bij. Vervolgens onderwierp ze zichzelf aan een kritische blik en glimlachte aarzelend naar haar spiegelbeeld. Geen spoor meer te zien van de tranen die eerder op de dag waren gevloeid.

Hailey ademde een paar keer diep in en uit en luisterde met een knoop in haar maag het voicemailbericht van haar zus af. Hoewel ze er ontzettend tegen opzag om vanavond thuis te eten, appte ze haar zus toch dat ze op haar kon rekenen. Het had geen zin om Dawn te ontlopen; dat zou haar alleen maar achterdochtiger maken en dat was het laatste wat ze kon gebruiken. Dawn hijgde haar al veel te veel in haar nek. Normaal doen was het devies, dus dat was wat ze ging doen. Maar nu eerst op Sam passen. Dat had ze beloofd en daar kwam ze niet onderuit.

Ze haalde nog een laatste keer haar handen door haar haren, smakte met haar lippen om de lippenstift goed te verdelen en stapte uit haar auto. De zon had zich alweer verstopt achter een dikke wolk en een ijzige wind blies haar vol in het gezicht. Huiverend kroop ze dieper weg in haar jas terwijl ze naar de voordeur van Jonas' huis rende. Zijn auto stond niet op de oprit, merkte ze teleurgesteld op. Ze had gehoopt hem nog even te zien om hem persoonlijk te vertellen dat ze vanavond een hapje met Dawn zou eten, maar ook om hem gewoon even vast te houden. Zijn warmte te voelen. Daar had ze behoefte aan.

Hoewel ze een paar maanden geleden een huissleutel van Jonas had gekregen, drukte ze toch op de bel. Karin zou vast schrikken als ze onaangekondigd in de woonkamer stond, en dat wilde ze niet op haar geweten hebben. Gelukkig hoefde ze niet lang te wachten. Karin omhelsde haar hartelijk, terwijl Sam verlegen achter zijn moeder stond. Hailey stak haar hand op voor een high five, en enigszins tot haar verrassing beantwoordde de jongen die zonder enige aarzeling.

'Kom gauw binnen, je bent ijskoud.' Karin pakte een lang gevoerd sweatvest van de kapstok. 'Hier, trek deze maar even aan totdat je weer bent opgewarmd. De haard brandt en ik heb net theegezet. Wil je een kopje?'

'Graag.'

'Zo fijn dat je even op hem kunt passen. Ik vrees wel dat je er nog een extra oppaskind bij hebt. Je zus heeft de hond van Abigail Wilson hier tijdelijk gestald tot ze een betere oplossing heeft. Het beest kon niet langer op het politiebureau blijven.'

'Geen probleem, ik hou van honden.' Hailey liep door naar de woonkamer en riep Angel met zoete stem. De hond kwam niet van zijn plek. Toen Hailey naar Angel toe liep om haar aan te halen, draaide ze haar kop weg.

'Nou moe,' zei Hailey beledigd.

'Ik denk dat ze een beetje van slag is omdat ze haar baasje mist. Laat haar maar even. Sam en ik hebben haar een uur geleden nog uitgelaten en in de keuken staan een volle drink- en voerbak. Je hebt in principe dus geen omkijken naar haar.'

'Maak je geen zorgen, ik red me wel met Sam en zijn vriendinnetje.'

'Ik ben hooguit een paar uurtjes weg.'

'Neem de tijd. Als ik rond een uur of zeven maar thuis ben.'

'Dat moet geen probleem zijn.' Karin schonk een grote mok thee voor Hailey in en zette hem op de salontafel, waar Sam druk was met een hondenpuzzel. 'Vanmiddag gekocht in Mrs. Tiggy Winkles.'

'Leuke winkel is dat, hè? Ik kom er regelmatig. Even lekker neuzen tussen al die schattige spullen.'

'De puzzel is misschien nog net te moeilijk voor hem, maar met jouw hulp...'

'Ik ben dol op puzzelen,' stelde Hailey haar gerust.

Karin keek naar de grote koekoeksklok die in een hoek van de kamer stond. 'Ik vrees dat ik ervandoor moet, als ik even rustig de tijd wil nemen. Ik laat mijn mobiel aanstaan, dus als er iets is, dan kun je me bereiken. Dat geldt ook voor Jonas, wil je dat aan hem doorgeven mocht je hem nog zien? Ik zorg dat ik rond halfzeven weer hier ben.'

'Dat is prima. Heb je eigenlijk vervoer?'

'Ik bel een taxi.'

'Je mag mijn auto wel lenen. Er zit navigatie in.'

'Echt waar? Dat zou heel fijn zijn, scheelt weer tijd.'

Hailey gaf haar de sleutel. 'Het is de zwarte Nissan X-Trail die rechts van het huis langs de weg staat geparkeerd met kenteken ESM 32.'

'Die ga ik vinden. Je weet zeker dat je het redt met Sam?'

'Ga nou maar. En Karin?'

'Ja?'

'Sterkte.'

'Bedankt. Ik geloof dat ik dat wel kan gebruiken.'

De thermostaat in de auto gaf een buitentemperatuur van min dertien graden Celsius aan toen Karin de oprit van Alans huis opreed. Ondanks de kou had ze klamme handen van het zweet toen ze de huissleutel in de voordeur stak. De zenuwen gierden door haar lijf toen ze naar binnen liep.

Ze nam de hal in zich op. Een versleten eikenhouten vloer. Witte muren met bloemige schilderijtjes. Er hing de typische bedompte geur die huizen krijgen als ze te lang leegstaan. Daardoorheen rook ze de zoetige geur van haardhout die ook zo overduidelijk in Jonas' huis aanwezig was. De temperatuur binnen was ook niet echt aangenaam, dus hield ze haar jas aan.

Haar handschoenen legde ze op het plankje boven de kapstok, waar een donkerblauwe en een zwarte herenjas aan hingen. Over een van de haken was een donkergrijze das gedrapeerd. Karin pakte hem en wond hem om haar nek. De grofgebreide stof rook naar een fris herenparfum. Ze drukte haar neus in de das en inhaleerde diep, met haar ogen dicht. Als Jonas dit deed, dan riep de geur vast herinneringen op. Bij haar triggerde de geur slechts weemoed en een verlangen naar alles wat nooit was geweest.

Voorzichtig hing ze de das weer aan de kapstok en opende de deur links in de gang. Zoals ze al vermoedde, was dit het toilet. Van de ouderwetse bruine vloertegels ontbrak hier en daar een hoekje. In de witte wandtegels zaten een paar barsten. Ook de bril zag eruit alsof hij zijn beste tijd had gehad, maar verder was het keurig schoon. Ze sloot de deur en liep verder naar de woonkamer. De houten vloer van de gang was daar ook doorgelegd en oogde net zo versleten. De zoete lucht van haardhout was hier sterker en aan de roetvlekken rond de schouw was te zien dat de haard in het verleden overuren had gedraaid. Op de vloer onder de salontafel lag een donkerblauw en grijs kleed. In tegenstelling tot de rest van de spullen in de woonkamer zag het er behoorlijk nieuw uit. De vezels van het tapijt waren nog niet verkleurd of platgetrapt, maar stonden stevig overeind. Ook in de woonkamer waren de wanden wit, met hier en daar een beschadiging.

Voor de haard stond een ouderwetse schommelstoel, met een keurig opgevouwen rood kleed over de armleuning. Karin ging in de stoel zitten en sloeg het kleed over haar benen. Ze stelde zich voor dat haar vader hier elke avond naast het knapperende haardvuur zat met een goed glas whisky. Hoe hij bedachtzaam kleine slokjes nam terwijl hij zijn leven overdacht. Het verlies van zijn vrouw, zijn oudste zoon. Zou hij ook vaak aan haar hebben gedacht? Zijn kind dat opgroeide aan de andere kant van de wereld. Of zou hij de gedachten aan haar zo veel mogelijk hebben verdrongen omdat ze te pijnlijk waren?

Ze trok de deken nog strakker om zich heen en wiegde zichzelf in de stoel tot ze haar emoties weer onder controle had. Toen stond ze op om haar tocht door het huis voort te zetten. De drang om naar boven te gaan, naar het kamertje waar ze als baby de eerste dagen van haar leven had gelegen, was groot. Jonas had haar verteld welke kamer het was – zijn vader had hem als kind al verboden er naar binnen te gaan. Eens per jaar, op de sterfdag van zijn vrouw, pakte Alan de sleutel uit zijn nachtkastje en trok zich terug in die kamer. Pas uren later kwam hij dan weer met roodomrande ogen naar buiten. Jonas had al heel jong geleerd dat hij zijn vader op die dagen niet moest storen. Op Karins vraag of hij er ooit weleens binnen was geweest, had hij ontkennend geantwoord. 'Nee, ook niet in de tijd dat pa in het ziekenhuis lag. Het voelde niet oké om zijn regels te schenden toen hij niet meer bij machte was om ze te handhaven. En nu hij dood is, vind ik dat jij die kamer als eerste mag betreden. Iets wat alleen van jou is.' Jonas had haarfijn aangevoeld dat ze daar heel veel behoefte aan had. Iets exclusiefs, iets speciaals alleen voor haar, omdat ze al zoveel had gemist.

Met knikkende knieën liep ze de krakende smalle trap op. De leuning wiebelde onder haar koude hand. Eenmaal op de bovenverdieping aangekomen, voelde de lucht zwaarder aan dan beneden – alsof al het leed van de familie hier was blijven hangen. Ze knipte een extra licht aan om het duister te verdrijven en haar blik viel bijna automatisch op de deur van de rechterkamer. Donker, zwaar hout en een messing handvat en slot. De druk op haar maag nam onwillekeurig toe. Ze liep door en opende de deur die helemaal links op de overloop was. Dit zou Alans slaapkamer moeten zijn. De twijfelaar die tegen de muur stond had tegen haar verwachting in een witte mdf-ombouw. Op het keurig opgemaakte bed lag een bruin-oranje geblokte sprei en in het midden was een bobbel zichtbaar van het hoofdkussen. Aan de rechterkant naast het bed stond een oud ladekastje dat voor nachtkastje door moest gaan. In het hout zaten verschillende kringen van vochtige glazen die er ooit op hadden gestaan. Langs de wand tegenover het bed stond een smalle boekenkast met veelal medische lectuur, afgewisseld door een enkele Ludlum-thriller. Aan weerszijden van de kast stonden rijen dozen opgestapeld die bijna tot het plafond reikten. De eerste tekenen van de verzamelwoede waar Jonas het over had gehad.

Ze opende de dikke verduisterende gordijnen om wat daglicht binnen te laten. Er kwam een kunststof vensterbank met een dikke laag stof achter vandaan en ze moest niezen. Ze probeerde zich voor te stellen hoe het was geweest als ze hier als kind op zondagochtend bij haar vader in bed was gekropen en in zijn armen in slaap was gevallen, maar voelde er niks bij. Geen enkele emotie. Niks, nada, niente. Ze was een voyeur, iemand die geen deel uitmaakte van dit huis en het leven dat er zich had afgespeeld. Beelden van de woning die ze haar hele leven als ouderlijk huis had beschouwd, drongen zich automatisch op en verdreven de kilte uit haar lijf. Talloze momenten van geluk met haar adoptieouders speelden zich als een film in haar hoofd af. Een leven vol liefde en zorgeloosheid. Ze werd overspoeld door dankbaarheid en greep naar haar telefoon.

Lieve papa en mama, ik hou van jullie en mis jullie, appte ze, en in gedachten bedankte ze Alan voor het eerst dat hij haar de kans had gegeven te ontsnappen aan dit leven, aan dit huis. Hier, in deze ruimte, voelde ze tot in haar tenen welk offer hij had gebracht om haar te sparen, en dat haar heel veel bespaard was gebleven dat Jonas vol voor zijn kiezen had gekregen, was haar wel duidelijk. Haar broer had alle klappen opgevangen die ze samen hadden moeten krijgen.

Ze ging op de rand van het bed zitten en voelde de matras zachtjes doorveren. Met het gevoel dat ze iets ongeoorloofds deed, opende ze de bovenste la van het kastje. Haar handen trilden toen ze tussen de luchtwegverwijders, zakdoekjes en neusspray de sleutel vond die bij de afgesloten slaapkamer moest passen. Ze sloot haar vingers eromheen. De mix van koper en zink leek te branden in haar hand.

34

De kamer was groter dan ze had verwacht. Op de vloer lag donkerblauwe vloerbedekking. Een tweepersoonsbed met een kleurige gehaakte sprei – handgemaakt, door haar moeder? – stond aan één kant, boven het bed hing een gedachteniskruisje. Het hing een beetje uit het lood. Er ging een schok door haar lijf toen ze de naam, geboorte- en overlijdensdatum van haar moeder zag staan. Paulette Powell was geboren op 13 februari 1947 en overleden op 6 maart 1982. De tranen sprongen in haar ogen. Toen ze stierf, was haar moeder dus net zo oud als Karin nu.

Karin wilde op het bed gaan zitten om alles op zich in te laten werken, maar de gedachte dat haar moeder wellicht in dit bed gestorven was, hield haar tegen. Besluiteloos bleef ze staan. Ineens kraakte de trap en vliegensvlug draaide ze zich om. Er was niets te zien. Aarzelend liep ze de kamer uit en keek omlaag. De gang beneden was verlaten. Ze hield haar adem in, maar het enige geluid dat ze hoorde, was haar eigen gejaagde ademhaling. Was het de geest van haar vader of moeder geweest die het geluid had veroorzaakt? Waren ze het niet eens met haar bezoek aan de 'verboden' kamer?

Je fantasie slaat op hol.

Ze liep terug naar de kamer, maar sloot nu de deur wel achter zich. Het donkere trapgat gaf haar een unheimisch gevoel. Voor de zekerheid draaide ze de kamerdeur aan de binnenkant op slot en liet de sleutel erin zitten. Als ze het op haar heupen kreeg, dan hoefde ze tenminste niet naar de sleutel te zoeken en kon ze meteen vertrekken.

Oké, nieuwe ronde, nieuwe kansen.

Ze nam de hele kamer voor het eerst echt goed in zich op. Nu de deur gesloten was, zag ze pas de twee vergeelde plekken op de muur links ervan. Erboven zaten twee lege spijkertjes. Wat had daar gehangen? Schilderijtjes? Foto's? Wat het ook geweest was, het was nu in elk geval verdwenen. Tegen de wand tegenover de deuropening stond een brede commodekast van geborsteld teakhout. De kast had drie deuren en boven elke deur zat nog een la. Op geen van de deuren of laatjes zat een slot. Ze trok het rechterdeurtje open en kreeg meteen een brok in haar keel. De bovenste plank was gevuld met keurig opgevouwen rompertjes in de kleuren roze en wit. Daarnaast lag een keur aan roze miniatuursokjes en witte mutsjes. Op de plank eronder lagen piepkleine T-shirtjes, broekjes en jurkjes. Ook hier was roze de basiskleur. Het kon niet anders dan dat dit haar babykleertjes waren. Haar vader had ze al die jaren bewaard.

Met trillende handen pakte ze het bovenste shirtje op, voelde aan de zachte stof, rook eraan. Geen babygeur. Natuurlijk niet. Allang niet meer. Toen viel haar oog op een donkerroze T-shirtje waar in witte letters een naam op was gedrukt. Kareena. De kamer begon te draaien en Karin wist nog net op tijd steun te vinden bij de kast. *Mijn naam is Kareena.* Met haar wijsvinger trok ze de letters op het shirt na. Haar adoptieouders hadden het 'vernederlandst' naar Karin. 'Kareena,' zei ze een paar keer hardop achter elkaar om de letters over haar tong te laten rollen, de klanken te proeven.

Ze vouwde het shirtje dat ze nog in haar handen had weer netjes op en legde het terug op het stapeltje. In de rechterlade vond ze wat stoffen luiers en een aangebroken pak babydoekjes. De verpakking stond open, alsof hij pas nog gebruikt was. De doekjes die eruit staken, waren geelbruin verkleurd en volledig uitgedroogd. Ze maakte het tweede deurtje open. Op de bovenste plank lagen spenen, flesjes, een bijtring en een verfrommelde mobile met lachende bloemetjes en beestjes. Haar adem stokte toen ze op de onderste plank twee ingelijste foto's zag liggen die qua formaat overeenkwamen met de verkleurde plekken op de muur. Ze pakte de eerste foto en het was alsof ze in de spiegel keek. De serieus kijkende vrouw op de zwart-witfoto had net als zij een hoog voorhoofd, een spitse neus, hoge jukbeenderen en een scherpe kaaklijn. Donker krullend haar golfde langs haar gezicht. Er kon geen twijfel over bestaan wie dit was. Toch was er één duidelijk verschil: in de ogen van haar moeder lag een trieste, lege blik en daarmee leken ze op geen enkele manier op die van Karin, die levendig en nieuwsgierig de wereld in keken. En waar Karins lippen meestal tot een lach waren gekruld, hingen de mondhoeken van haar moeder zo ver naar beneden dat Karin zich afvroeg of ze überhaupt wel in staat was geweest om te lachen.

Ze draaide het lijstje om om te kijken of er nog iets achterop was geschreven. *Paulette zomer 1981*, stond er in zwierige potloodletters. Ze wist niet hoe de zomers in Canada waren, maar deze foto straalde in elk geval niets zonnigs uit. Ze draaide het lijstje weer om en keek haar moeder een tijdje diep in de ogen. Het maakte haar verdrietig. Waarom was Paulette zo somber geweest? Kwam het door de ziekte en het uiteindelijke overlijden van haar oudste kind, Elijah, of was er meer aan de hand geweest? Paulette was ten tijde van de foto waarschijnlijk al zwanger van Karin geweest en vertoonde geen enkel teken van een blije aanstaande moeder. Het contrast met hoe zij er zelf had uitgezien tijdens haar zwangerschap van Sam had niet groter kunnen zijn.

'Was je niet blij met me, Paulette?' hoorde ze zichzelf hardop zeggen. Het klonk hol. Ze legde de foto terug en pakte het andere exemplaar uit de kast. Het was een babyfoto van haarzelf die ze nog nooit gezien had. Ze had het T-shirtje met de naam Kareena aan. De foto moest in Canada gemaakt zijn, vermoedelijk door Alan. Op de achterkant stond in hetzelfde zwierige handschrift haar naam geschreven en de datum waarop de foto was gemaakt: 10 maart 1982, vier dagen na haar geboorte en haar moeders overlijden. Ze keek naar de blije onschuldige baby, omlijst met een gouden randje, die geen benul had van de ellende die zich rond haar geboorte had afgespeeld.

Met pijn in haar hart legde ze de foto terug en ze opende de laatste kastdeur. In deze ruimte geen planken, slechts een dichte kartonnen doos. Ze tilde hem eruit en merkte dat hij behoorlijk zwaar was. Ze zette hem op het bed en peuterde de tape ervan af. Haar koude handen bemoeilijkten de klus aanzienlijk. Eindelijk had ze de doos open en keek er nieuwsgierig in. Haar oorspronkelijke terughoudendheid was in één klap verdwenen. Ze viste er een dossiermap en een paar fotoalbums uit, en onder het laatste album kwam nog een schrift met een harde kaft vandaan. Ze sloeg het open en zag links aan de binnenkant haar moeders naam staan. Was dat haar handschrift? Ze bladerde naar de eerste pagina en zag bovenaan een datum staan: 20 oktober 1979. De pagina was helemaal volgeschreven in hetzelfde handschrift. Ze begon te lezen:

Elijah heeft gisteren een epileptische aanval gehad. Hij stond liedjes te zingen bij Jonas' box en lag ineens op de grond te stuiptrekken. Ik zat op de bank een tijdschrift te lezen toen er een bonk klonk. Omdat Elijah wel vaker wat ongecontroleerd is en regelmatig valt, keek ik in eerste instantie niet eens op. Het was de stilte die volgde waardoor bij mij alle alarmbellen afgingen. Elijah is altijd druk, lawaaierig, nogal aanwezig. In tegenstelling tot Jonas, die nauwelijks huilt en altijd tevreden is. Stilte en Elijah gaan gewoon niet samen. Hij lag daar op de grond met een lijkbleek gezicht en toen begon het schokken, gevolgd door wit schuim op zijn mond dat al snel roze werd. Hij had op zijn tong gebeten. Toen wist ik meteen wat er aan de hand was. Ook al ben ik een huismoeder geworden, een verpleegster blijf je altijd in hart en nieren. Ik handelde zonder na te denken, pakte een drumstokje van zijn xylofoon en stopte dat tussen zijn tanden om te voorkomen dat hij zijn tong nog verder stuk zou bijten. Daarna heb ik hem in mijn armen genomen en tegen me aan gedrukt totdat zijn lijfje na enkele minuten langzaam weer ontspande. Tijdens de aanval was Elijah niet bij bewustzijn. Toen het voorbij was, opende hij even zijn ogen en viel toen als een blok in slaap. Ik heb hem in de auto gelegd en de buurvrouw gevraagd op Jonas te passen. Onderweg naar het ziekenhuis heb ik Alan gebeld en hem verteld dat er iets vreselijk mis was met onze oudste zoon. Als moeder voel je dat. Alan geloofde me meteen. Hij weet dat ik geen aansteller ben en genoeg medische kennis heb om een situatie in te schatten.

Karin keek op uit het schrift en bladerde door de rest. Dit was haar moeders dagboek. Wist Jonas van het bestaan ervan of was zij de eerste die het ontdekte? Het was verleidelijk om door te lezen, maar toch klapte ze het schrift dicht. Dit was niet het juiste moment. Het dagboek bood een manier om haar moeder beter te leren kennen. Ongetwijfeld zou ze door de ogen van haar moeder ook meer te weten komen over haar vader en haar beide broers. Een inkijkje in het leven van het gezin dat het hare had kunnen zijn.

Meteen rees een dilemma. Moest ze dit dagboek met Jonas delen of kon ze het voor zichzelf houden, al was het maar voor even? Want als ze heel eerlijk was, was dat wat ze echt wilde. Alleen in de gedachtewereld van haar moeder kruipen, haar even met niemand delen. Overeenkomsten en verschillen ontdekken tussen haar en de vrouw die haar negen maanden bij zich had gedragen. Was dat egoïstisch? Mocht ze voorbijgaan aan de gevoelens van Jonas ten faveure van zichzelf? Hij had waarschijnlijk net zoveel behoefte om het dagboek te lezen als zij. Vijfendertig jaar lang had hij Alans wens gerespecteerd en was nooit deze kamer binnengegaan, maar daardoor had hij ook hiaten in zijn leven en was hij net zo goed als zij op zoek naar antwoorden. Verdiende hij dit dagboek niet meer dan zij?

Ze besloot het dagboek voor nu in de zwartleren shopper te stoppen die ze ooit in Italië had gekocht, en later een besluit te nemen. Er was namelijk nog veel meer te ontdekken in deze kamer. Ze pakte een fotoalbum en ging voorzichtig op het puntje van het bed zitten. Op de eerste pagina zat een sepiakleurige foto geplakt van een man en een vrouw die elkaar innig vasthielden en gelukkig de camera in keken. *Huwelijk Paulette en Alan 23 juni 1972*, stond eronder in het handschrift dat ze inmiddels als dat van Alan herkende. De foto op de volgende pagina maakte een sprong in de tijd naar 1976, toen haar ouders stralend naar een baby keken. *5 augustus 1976 geboorte Elijah.* Ze bladerde verder langs kinderfoto's van haar oudste broer, de geboorte van Jonas in 1979 en tafereeltjes van haar beide broers samen, soms met en soms zonder hun ouders. Sepia en zwartwit veranderden geleidelijk in kleur. Allemaal plaatjes van een gelukkig, onbezorgd gezinnetje. Nog geen spoor van triestheid op haar moeders gezicht en haar vader compleet ontspannen op de sporadische foto's waar hij zelf op stond. Dat veranderde in 1979, het jaar waarin Elijah ziek werd en haar moeder een dagboek was begonnen. Op foto's die waren gemaakt na 20 oktober droeg Elijah een valhelm als gevolg van zijn epilepsie. Op een gegeven moment kwam daar een rolstoel bij en hadden zijn ogen de blik van een blinde.

Het leed dat Elijahs ziekte binnen het gezin had veroorzaakt, was op het gezicht van haar ouders af te lezen. De groeven in haar moeders gezicht werden met elke foto dieper en de sprankelende blik in haar ogen werd doffer en doffer. Haar vader oogde almaar magerder en de jeugdige look die hij voorheen had gehad, was verdwenen. In de grote, blauwe ogen van Jonas leek een stukje kindertijd te ontbreken; zelfs zijn immer brede lach kon dat niet verhullen. Foto's waren met steeds grotere onderbrekingen gemaakt, alsof de momenten daartussen het niet waard waren geweest om vast te leggen. Karin bladerde met een steeds triester wordend gevoel door het album en schrok toen ze bij een foto kwam van Elijah in 1981. Hij lag met gesloten ogen op een ziekenhuisbed. Zijn hoofd was bevrijd van de helm en zijn handen lagen gevouwen op zijn buik. Hij droeg een spijkerbroek en een rode blouse, die fel contrasteerde met zijn bleke gezicht. Op de een na laatste foto waren slechts vier handen te zien. De kleurloze hand was duidelijk van Elijah, de andere handen waren van haar ouders en Jonas. Het leek allemaal zo dichtbij, alsof ze haar hand alleen maar hoefde uit te steken om ze aan te raken, vast te pakken. Op de laatste foto stond een zwarte doodskist. De deksel was gesloten en erbovenop lag een eenzame witte roos.

Karin sloeg het album dicht en drukte het even stevig tegen haar borst. Verdriet was het gevoel dat overheerste en een diepe empathie voor de mensen uit het gezin waar zijzelf ook toe behoorde. Zij en Jonas waren het enige tastbare dat nog over was van de liefde tussen Alan en Paulette, want dat die er was geweest, hadden de foto's haar wel duidelijk gemaakt. Voorzichtig stopte ze het album terug in de doos en pakte het volgende eruit. Ze verwachtte er foto's in te vinden van de tijd na het overlijden van Elijah. De tijd waarin Jonas de hoofdrol speelde. Misschien, heel misschien zaten er ook nog een paar foto's van haarzelf in. Ze sloeg het album open en op de eerste pagina was een uitvergrote babyfoto van haarzelf geplakt. Het was dezelfde foto die ze ook al ingelijst in de kast had gevonden. Ze bladerde verder en stuitte op een foto van zichzelf in de armen van haar moeder. Ze keek naar de datum die erbij stond. De foto was een dag na haar geboorte genomen.

Wat?

Dat kon niet. Haar moeder was overleden aan complicaties tijdens de bevalling. Zo had Jonas het verteld. Toch? Hoe kon deze foto dan de dag erna gemaakt zijn? Karin bestudeerde de foto zorgvuldig. Fysiek gezien leek Paulette niets te mankeren. Ze had flinke blossen op haar wangen en haar lippen hadden een intens rode kleur. Iemand die hevig bloedverlies had geleden zag bleekwit en had geen goed doorbloede lippen. Wat was hier aan de hand? Het verhaal dat Jonas haar had verteld klopte dus niet, maar wist Jonas dat zelf wel? Had Alan hem wel de waarheid verteld over zijn moeder?

Haar oog viel weer op het gedachteniskruisje boven het bed.

Daar had ze toch de datum 6 maart 1982 op zien staan? Ze legde het album neer, trok haar schoenen uit en klom op het bed om het kruisje van de muur te halen. Op een afstandje had het geleken alsof er als sterfdatum 6 maart 1982 stond, maar nu ze het kruisje van dichtbij bekeek, bleek er 8 maart 1982 op te staan. Ze had de zes verward met een acht. Betekende dat dat de complicaties waar haar moeder aan was bezweken pas een paar dagen na de bevalling waren opgetreden? Dat ze de eerste dagen van Karins leven nog had geleefd en voor haar had gezorgd? Kon dat? Hoe meer ze ontdekte, hoe meer vragen het opriep.

Ze hing het kruisje terug en pakte de documentenmap. Misschien zat daar iets in waar ze wijzer van werd? Ze veegde haar klamme handen goed af aan haar broek voordat ze het eerste vel papier eruit pakte. Het was haar eigen geboorteakte, maar een die afweek van degene die ze in Nederland had. Deze akte was Canadees en bevatte haar Canadese naam, Kareena, en de namen van Alan en Paulette. Op de Nederlandse akte was ze gewoon Karin, dochter van Frans en Lilly ter Duin. De geboortedatum en -tijd kwamen op beide aktes wel overeen. Alan had dus inderdaad, zoals Lilly had beweerd, iets 'geritseld' met de papieren.

Ze pakte het volgende document uit de map: de overlijdensverklaring van haar moeder. Hij was ondertekend door een arts met de naam S. Johnson en Alan had zelf de aangifte van overlijden gedaan. De ondertekening en aangifte stonden beide op 8 maart 1982. Ook hier dus bewijs dat Paulette in elk geval nog twee dagen na haar geboorte had geleefd. Karin maakte een foto van de akte en zoomde nog eens extra in op de naam van de arts. Die moest ze zien te traceren, want hij was waarschijnlijk de enige getuige. Hij kon haar meer details vertellen over het overlijden van haar moeder, mits hij natuurlijk nog in leven was. Misschien kon hij zelfs vertellen waarom Paulette niet in een ziekenhuis was gestorven, maar gewoon thuis. Was de bloeding zo hevig geweest dat een ambulance te laat was gekomen?

Het volgende stuk dat ze uit de map viste, was een envelop. Alans naam stond erop, geschreven in een handschrift dat onmiskenbaar aan Paulette toebehoorde. Een liefdesbrief? Ze draaide de envelop om. Hij zat dichtgevouwen en aan de kreukels in de sluitklep was te zien dat hij veelvuldig geopend was. Karin kreeg kramp in haar buik toen ze het beschreven vel papier eruit haalde. Het gevoel iets te doen wat ze eigenlijk niet kon maken, was weer helemaal terug. Toch zette ze door en vouwde het papier open. De brief was geschreven op 8 maart, de sterfdag van haar moeder. Het waren dus letterlijk Paulettes laatste woorden aan haar vader. Had haar moeder aangevoeld dat ze niet lang meer te leven had? Dat hoorde je weleens, dat mensen onbewust aanvoelden dat ze snel gingen sterven. Had Paulette de behoefte gehad om haar vader nog wat dingen te vertellen?

Karin kon zich niet meer bedwingen en haar ogen snelden over de pagina. Ze las de brief een paar keer opnieuw om de woorden goed tot zich door te laten dringen, zeker te weten dat ze de tekst van haar moeder niet verkeerd interpreteerde. Maar het kon niet missen. Elk woord sneed als een mes door haar ziel. Ze voelde zich slap worden en het papier gleed uit haar hand. Ze deed geen poging het op te rapen en liet zichzelf huilend op bed vallen. Als ze had gedacht dat het allemaal niet erger kon worden, dan had ze het flink mis gehad. Haar adoptieouders hadden haar altijd geleerd zo eerlijk mogelijk te zijn, maar haar biologische familie dacht daar duidelijk anders over. Steeds weer kwamen er nieuwe familiegeheimen naar boven. Wanneer hield het nou eens op?

Wanneer je er zelf voor zorgt dat het stopt, dacht ze. *Wanneer je zelf op zoek gaat naar antwoorden.*

Karin wist wat haar te doen stond. Ze moest zo snel mogelijk dokter Johnson te spreken zien te krijgen.

35

De frituurpan maakte een knetterend geluid toen Dawn de diepgevroren frietjes erin gooide. Ze stelde de kookwekker in en roerde in het pannetje jus dat zachtjes op het fornuis stond te pruttelen. Daarna sneed ze de verse kaas in blokjes. Nu hoefde ze alleen nog de grofgesneden paprika, courgette en winterpeen te grillen. Ze sprenkelde er wat olijfolie overheen en strooide er nog wat zout en peper op. De keuken vulde zich met etensgeuren en ze stopte snel een stukje kaas in haar mond om de ergste honger te stillen. Ze had vanmiddag weer niet de moeite genomen om te eten en haar schamele ontbijt was allang verteerd. Het bezoek aan de zeven ziekenhuizen in de omgeving had al haar aandacht gevergd en zoals altijd als ze gefocust was, kwam dat haar eetlust niet ten goede.

De kookwekker begon te piepen en Dawn gooide de krokant gebakken frietjes in een schaal. Daarna gooide ze een tweede portie in de pan en schepte de groente die al bruine strepen begon te vertonen nog eens om. Ongeduldig keek ze op haar horloge en ze constateerde dat Hailey zich weer eens niet aan de afgesproken tijd had gehouden. Die zat natuurlijk nog gezellig met Karin en Jonas te kletsen. Ze pakte haar telefoon om een berichtje te sturen dat het eten koud werd. Toen ze halverwege haar zin was, kreeg ze zelf een berichtje van Hailey binnen.

Vijf minuten! XH

Dawn gooide de tweede portie frietjes in de schaal en verdeelde de kaas en de jus eroverheen. Samen met de schaal gegrilde groenten zette ze die op de gedekte tafel. Heel even zag ze haar vader weer voor zich, die regelmatig bij een restaurantje in de buurt langsging om *poutine* te halen zodat hun moeder niet hoefde te koken. De eerste tijd na de verhuizing vanuit Quebec naar Ottawa had Dawn haar favoriete maaltijd uit principe niet meer gemaakt – bij een nieuw begin hoorde ook het loslaten van oude tradities. Maar het was moeilijk geweest om alle banden met vroeger door te snijden en poutine was troosteten geworden dat haar knagende heimwee stilde.

Beneden hoorde ze de centrale deur in het slot slaan en even later stond Hailey voor haar neus. Haar wangen waren rood van de kou en ze rook naar koffie.

'Sorry voor de vertraging. Karin was later thuis dan afgesproken en nogal overstuur. Het was een beetje lomp om meteen te vertrekken, dus heb ik nog even koffie met haar gedronken.' Toen zag ze wat er op tafel stond en riep verrast: 'Je hebt poutine gemaakt!'

'Ja, dat was alweer veel te lang geleden.'

Terwijl Hailey aan tafel ging zitten en een in gesmolten kaas en jus gedrenkt frietje uit de schaal pakte, schepte Dawn de borden vol. Zwijgend ging ze tegenover haar zus zitten. Hailey opende een flesje Mountain Dew met een sissend geluid en stak het in de lucht. 'Proost.'

Dawn tikte het hare ertegenaan. 'Smakelijk eten.' Ze stak een frietje in haar mond en kauwde bedachtzaam. 'Hoe was het vandaag op je werk?'

'Druk, hectisch. Heb de benen onder mijn kont vandaan gerend.'

Dawn keek haar aan, maar Hailey verblikte of verbloosde niet. Genietend stak ze een frietje in haar mond. Het vet liet een glanzend laagje achter op haar lippen.

'Druk?'

'Ja, er kwam geen eind aan.'

'Je liegt.' Het was eruit voordat Dawn het goed en wel in de gaten had. Haar plan om het gesprek rustig op te bouwen en Hailey niet te overvallen, kon meteen bij de vuilnis.

Hailey stopte met kauwen. 'Wat?'

'Je was vandaag helemaal niet op je werk.'

'Ik weet niet waarover je het hebt.'

'Hailey, stop met die bullshit. Ik ben vandaag op je werk geweest en je was er niet. Een collega vertelde dat je een vrije dag had genomen.'

'Ben je me nou aan het controleren? Waar slaat dit op?'

'Nee, maar ik moest voor mijn werk in het ziekenhuis zijn en wilde je even gedag zeggen. Kijken hoe je pet stond nadat je gisteravond ineens vertrokken was.'

'Als ik een vrije dag neem, dan is dat mijn zaak.'

'Dat is het zeker, maar waarom moet je daarover liegen? En niet alleen tegen mij, maar ook tegen Jonas?'

'Wat heb je tegen hem gezegd?' Hailey was half opgestaan en leunde met haar handen op de tafel.

'Ik heb hem gebeld om te vragen hoe het met je was, aangezien je zelf niet reageerde op mijn berichtjes.'

'Heb je hem verteld dat ik niet in het ziekenhuis was?'

'Nee, ik vond het niet aan mij om dat te doen.'

Hailey leek zich weer wat te ontspannen.

'Maar je zult begrijpen dat ik wel wil weten waar je bent geweest en waarom je daar zo geheimzinnig over moet doen.'

'Het gaat je niks aan, Dawn. Ik heb een eigen leven. Dat we onder één dak wonen betekent niet dat ik alles met je hoef te delen.'

'Dit bevalt me niet, Hailey. Is er iets wat ik moet weten?'

'Laat me met rust, Dawn. Je bent mijn moeder niet.'

'Wat zei je daar?' Dawn sprong overeind. Ze trilde over haar hele lichaam.

'Sorry, zo bedoelde ik het niet. Ik dacht niet na.' Hailey gooide in een verontschuldigend gebaar haar handen in de lucht.

'Hoe durf je?' zei Dawn ijzig. 'Hoe durf je dat te zeggen? Na alles. Alles wat...'

Het geluid van haar telefoon onderbrak haar tirade. Ze griste het ding van tafel en keek op het schermpje. 'Deze moet ik aannemen, maar ik ben zo terug. En waag het niet om te vertrekken.'

Dawn nam haar toestel op terwijl ze naar de slaapkamer liep en de deur met een klap achter zich dichttrok. Met een geforceerd kalme stem begroette ze haar baas. Hij liet haar echter niet uitpraten.

'We hebben weer een dood kind. Een jongetje van twee: Ted Young. Hij is vanochtend verdwenen uit een speeltuin in Renfrew en aan het eind van de middag dood aangetroffen in Gatineau Park.'

'Shit!'

'Inderdaad, en het wordt nog erger. Er zijn overeenkomsten met de zaak-Liv Tremblay. De jongen was neergelegd alsof hij lag te slapen. De knuffel die hij tijdens zijn verdwijning bij zich had, zat tussen zijn armen geklemd. Op het eerste oog zijn er geen zichtbare tekenen van geweld of misbruik.'

Dawn voelde een steek in haar onderbuik. 'Is er getest op methohexital in het bloed van de jongen?'

'Het lichaam is een uur geleden teruggebracht naar Renfrew. De autopsie vindt daar morgen plaats. Ik wil dat je erbij bent. Als dit kind ook om het leven is gekomen door een overdosis Brietal Hikma, dan hebben we een patroon te pakken.'

'U bedoelt een mogelijke seriemoordenaar?'

'Het valt niet uit te sluiten. Ik wil dat je samenwerkt met Quinn Jones. Hij is de rechercheur ter plaatse. Hij is morgen ook bij de autopsie aanwezig.'

'Waarom is de autopsie niet hier? Het kind is gevonden in ons district.'

'Je weet toch hoe overbelast we hier zijn? Het verdient niet de schoonheidsprijs dat we moeten uitwijken, maar het is niet anders. Ik heb gewoon niet genoeg menskracht om er nog een delicate zaak bij te nemen.'

'Is het tijdstip van de autopsie al bekend?'

'Acht uur 's ochtends. Het is een uur rijden naar Renfrew, dus misschien is het handig als je vanavond nog vertrekt en een hotelletje neemt.' Het klonk niet als een voorstel maar als een opdracht.

'Oké. Hebt u Quinns nummer voor me?' Haastig schreef ze het nummer dat haar baas opdreunde op een verfrommeld boodschappenbriefje dat ze in haar broekzak vond. Haar lijf tintelde. Dit was groot nieuws. Als het inderdaad om een seriemoordenaar ging en ze wist hem te pakken, dan zou dat haar positie in het team aanzienlijk versterken. 'Wat doen we met Abigail Wilson? Verlengen we haar hechtenis of laten we haar voorlopig gaan? Haar advocaat is een bijtertje en die zal dit tweede geval meteen aangrijpen om Wilson vrij te pleiten.'

'Wat zou jij doen in mijn positie?'

'Nou, het klopt dat Wilson in hechtenis zat toen dit tweede kind werd ontvoerd en stierf, dus daar kan ze niks mee te maken hebben. Maar dat wil niet zeggen dat ze niet bij Liv Tremblays dood betrokken is. Feit blijft dat we het levenloze lichaam van het meisje in haar huis hebben gevonden, en daardoor kan haar betrokkenheid niet uitgesloten worden. Dat kan ook haar advocaat met de beste wil van de wereld niet op basis van de huidige feiten. Mevrouw Wilson zal niet de eerste verdachte zijn die de waarheid zo veel mogelijk naar haar eigen hand zet en belangrijke details achterhoudt.'

'Mmmm... interessant. Op dit moment is Wilson inderdaad nog steeds onze belangrijkste verdachte. Wat is jouw beeld van haar? Is ze alleen doof of is er meer aan de hand?'

'Ik blijf een raar gevoel houden over Abigail Wilson, maar ik krijg er nog steeds de vinger niet achter. Ik heb tot nu toe geen keiharde bewijzen, alleen vooronderstellingen die voor de hand liggen. Het is heel aannemelijk dat ze iets met de dood van Liv Tremblay te maken heeft, maar sluitend bewijs heb ik tot nu toe niet kunnen vinden.'

'Dan heb je óf niet goed gezocht, óf er is geen keihard bewijs. Ik zal je wat dat eerste betreft voorlopig maar het voordeel van de twijfel geven.'

Dawn baalde. Altijd maar weer 'dat voordeel van de twijfel'

terwijl ze het beste meisje van de klas wilde zijn. In een 'mannelijk' beroep stond je als vrouw altijd 1-0 achter, hoe hard je ook werkte of je best deed. Ze probeerde de teleurstelling niet in haar stem te laten doorklinken. 'Dus wat doen we met Wilson?'

'We laten haar morgen gewoon voorgeleiden en eisen een borgsom die zo hoog is dat ze die niet kan betalen. Op die manier kunnen we haar hechtenis probleemloos verlengen.'

'Mits we de rechter kunnen overtuigen van de noodzaak ervan.'

'Daar maak ik me niet zo'n zorgen om. Rechter Cote staat morgen op de rol en daar leg ik nog weleens een kaartje mee. Hij is net opa geworden, dus kinderzaken liggen momenteel nogal gevoelig bij hem. Misschien dat ik hem vanavond nog maar eens even bel om te vragen hoe het met de nieuwbakken telg in zijn familie gaat.'

Dawns maag draaide zich om. In het verleden had ze zelf haar positie ook weleens misbruikt om dingen voor elkaar te krijgen. Dingen waar ze tot op de dag van vandaag geen spijt van had, maar die wel onbewust zachtjes bleven knagen. Als ooit uitkwam wat ze had gedaan, dan kon ze haar carrière voorgoed vaarwel zeggen. En over de verdere gevolgen wilde ze niet eens nadenken.

'Je vertrekt vanavond dus nog naar Renfrew?' bracht haar baas haar weer bij de les.

'Ja. Ik zal contact opnemen met Quinn Jones.'

'Mooi. Dan nemen wij mevrouw Wilson morgen voor onze rekening.'

'Een fijne avond nog,' zei Dawn, maar de verbinding was al verbroken.

Snel pakte ze wat kleren en toiletspullen bij elkaar en gooide die in een weekendtas. Onderweg zou ze Quinn wel bellen om hem te vragen een hotel voor haar te regelen. Kon ze meteen polsen of hij haar ter wille was of dat hij zich net als haar collega's in Ottawa gedroeg als een haantje. Ze hoopte vurig dat ze over een paar uur op een zachte hotelmatras lag. Als ze ergens aan toe was, dan was het wel aan een nacht goed slapen en dat kon ze in haar auto sowieso wel vergeten.

Ze ritste haar tas dicht, pakte haar papieren en haalde haar wapen uit de kluis. Het zat haar dwars dat ze haar gesprek met Hailey niet had kunnen afmaken, maar dat was even niet anders. Toen ze met haar spullen de woonkamer in liep, zat Hailey er nog precies hetzelfde bij als daarvoor.

'Wat ben jij van plan?' vroeg haar zus verbaasd toen ze de weekendtas zag.

'Ik moet vanavond nog naar Renfrew. Nieuwe ontwikkelingen in de zaak.'

'O? Wat dan?'

'Er is weer een kind gevonden en er zijn overeenkomsten met de zaak van Liv.'

'Ach nee, wat vreselijk. Vertel.'

'Je weet dat ik niet op details in kan gaan. Luister, ik weet niet precies wanneer ik terug ben. Kan morgen al zijn, maar ook over een paar dagen pas. Ik hou je op de hoogte. Dat geeft jou de tijd om een mooi verhaal te verzinnen over je afwezigheid.' Dawn had geprobeerd het luchtig te brengen, maar Haileys gezicht betrok meteen.

'Ik had gehoopt dat je me wat meer zou vertrouwen.'

'Heb ik daar reden voor dan?'

'Denk je dat er ooit een dag komt dat we normaal met elkaar om kunnen gaan? Dat we gewoon zussen zijn op een gelijkwaardig niveau? Dat ik gewoon Hailey kan zijn, een jonge vrouw, net als ieder ander?'

'Je weet dat dat niet kan, Hailey. Er is te veel gebeurd. Hoe graag ik het ook zou willen, ik kan het niet achter me laten. Dat moet je me vergeven.'

In Haileys ogen welden tranen op. 'Dan moet jij mij ook vergeven.'

Dawn zette haar tas op de grond en sloeg een arm om haar zus heen. De blik in haar ogen verzachtte. 'We maken er samen het beste van, zusje, zoals we altijd hebben gedaan. Oké?'

Hailey reageerde niet en staarde naar de grond. Dawn keek verdrietig naar haar zus. Toen pakte ze haar tas weer van de grond. 'Ik moet gaan. Pas goed op jezelf.' Ze zwaaide de tas over haar schouder en liep naar de deur.

'Wil je weten waar ik was?'

Dawn had de deurklink al in haar hand. Ze bleef staan, maar draaide zich niet om.

'Ik had vandaag een afspraak in een vruchtbaarheidskliniek. Ik wil moeder worden, Dawn. Ik ben de mogelijkheden aan het onderzoeken.'

'O Hailey, dat meen je niet! Je weet dat dat niet kan. Weet Jonas hiervan?'

'Nee en dat wil ik voorlopig nog even zo houden.'

'We hebben het hierover als ik terugkom.'

'Maar...'

Dawn liep naar de bar en pakte een zilverkleurig blikje, legde het naast Hailey op tafel en tikte op de deksel. 'Je begrijpt vast wel wat ik bedoel.'

'Ga je het tegen Jonas zeggen? Alsjeblieft Dawn, zeg niks tegen Jonas. Het kan me mijn relatie kosten en ik wil hem niet kwijt.'

'We lossen dit samen op, als ik terug ben. Als Jonas het te weten komt, dan is het niet door mij.' Dawn tikte nogmaals met haar vinger op het blikje en pakte haar tas. 'Tot snel.'

36

Het was kwart over tien 's avonds toen Dawn het ruime parkeerterrein van het Days Inn & Conference Centre opreed. Het terrein was slecht verlicht. Een lantaarn in de buurt van haar auto flikkerde en het licht gaf de geparkeerde auto's om haar heen een sinistere gloed. Godzijdank was het geasfalteerde terrein wel recent sneeuwvrij gemaakt.

Ze parkeerde haar auto tussen de gele strepen van een parkeervak, zo dicht mogelijk bij de ingang, en pakte haar tas van de achterbank. Het was muisstil om haar heen toen ze uitstapte. Het hotel dat Quinn Jones voor haar had geboekt, was een geliefde plek voor zakenmensen. Gelegen vlak bij Highway 60 was het goed bereikbaar. Rillend van de kou liep ze naar de ingang en ze verwelkomde de aangename warmte die in haar gezicht sloeg toen ze de deur naar de lobby opende. Het interieur was een mix van mahonie- en merbauhout. Op de vloer lag tapijt dat bestond uit bruintinten. Ook het ongemakkelijk uitziende leren bankstel was bruin. De enige kleur in de ruimte kwam van de lichtgeel geschilderde muren en een feloranje kunstbloemstuk. De spierwitte plafondplaten met ingebouwde halogeenspots staken fel af tegen het geheel.

Ze liep naar de receptie en checkte in. De vrouw achter de balie was duidelijk voorbereid op haar komst. 'Inspecteur Jones heeft me gevraagd hem te bellen als u arriveerde. Als u even plaatsneemt in de lobby, dan is hij binnen een kwartier bij u. Kan ik u in de tussentijd iets te drinken aanbieden?'

Dawn onderdrukte haar behoefte aan een stevige borrel en koos voor een verstandige kop thee. Ze borg haar kamersleutel zorgvuldig op in de binnenzak van haar jas en onderdrukte een geeuw terwijl ze het zakje rooibosthee een paar keer in het hete water doopte. Het liefste was ze meteen doorgegaan naar haar kamer en haar bed ingedoken. Ze hoopte maar dat haar collega er ook echt binnen een kwartier was. Quinn Jones had aardig geklonken over de telefoon. Zijn stem was warm en energiek en hij had het geen enkel probleem gevonden een hotel voor haar te regelen. Ook de cynische ondertoon die ze gewend was van haar collega's ontbrak.

Toen Dawn een minuut of tien zat te wachten, hoorde ze de toegangsdeur van het hotel opengaan. Verwachtingsvol draaide ze zich om. Een grote blonde man met vrolijke blauwe ogen kwam lachend op haar aflopen.

'Dawn Clark?'

'Quinn Jones?' beantwoordde ze zijn vraag.

'Aangenaam.'

Dawn pakte de hand die hij naar haar uitstak vast. Stevige handdruk, maar niet te. Een handdruk zei veel over het karakter van iemand – stevig was meestal van iemand met ruggengraat, iemand die je hand fijnkneep was autoritair. De hand van Quinn Jones beviel haar. In zijn linkerhand had hij een papieren zak waar een heerlijke geur uit opsteeg. Dawns maag knorde hoorbaar.

'Ik dacht dat je misschien wel zin zou hebben in een snackje na je autorit. Ik heb onderweg poutine gehaald. Ik hoop dat je daarvan houdt.'

'Ervan houdt? Ik ben er dol op. Sterker nog, ik had het vanavond thuis klaargemaakt voordat ik halsoverkop moest vertrekken.'

'Aan je maag te horen heb je niet veel kunnen eten,' zei Quinn lachend. 'Met mijn voorspellende gaven wist ik dat je dit nodig had.'

Hij pakte een stapeltje servetten, twee recyclebare maaltijddoosjes en twee blikjes cola uit de zak en zette ze op het tafeltje dat tussen de twee leren bankstellen in stond.

'Als je die voorspellende gaven van je nou eens aanwendt om me te vertellen wie de dader is, dan kan ik vanavond nog naar huis,' grapte ze.

De lach op Quinns gezicht verdween als sneeuw voor de zon. 'Wat een ellendige zaak, hè?'

'Ja, nogal.'

'Jullie hebben een verdachte vastzitten, toch?'

'Ja, maar het is de vraag hoe lang die hechtenis nog standhoudt. Morgen is de voorgeleiding en we hebben geen sluitend bewijs. Dat er nu weer een slachtoffer is gevonden, bemoeilijkt de zaak nogal. Als uit de autopsie blijkt dat ook dit kind sporen van metohexital in zijn bloed heeft, dan is de schuld van onze verdachte geen uitgemaakte zaak meer. Dan tasten we wederom in het duister.' Dawn stak een druipend frietje in haar mond en veegde haar lippen af met een servetje. 'Ik ben vandaag alle ziekenhuizen in Ottawa afgegaan om uit te vinden of bij een van hen gerommeld is met de voorraad Brietal Hikma.'

'En?'

'Ik wacht nog op de uitkomsten. Misschien is het slim om ook een rondje te maken langs de ziekenhuizen die hier in de buurt liggen?'

'Voor de zorgvuldigheid zullen we dat zeker doen, maar ik verwacht er eigenlijk niet al te veel van. Aangezien het slachtoffer net als bij jullie in Gatineau Park is gevonden, denk ik dat we eerder bij jullie in de buurt moeten zoeken. De vraag is dan alleen wel wat diegene helemaal in Renfrew moest. Het doet voor mij nogal willekeurig en impulsief aan en dat kan ik weer niet rijmen met de keuze voor een narcosemiddel. Daar is duidelijk wel over nagedacht en dat vergt ook enige planning.'

'Officieel gezien weten we toch nog niet of het slachtoffer van vandaag ook vermoord is of dat het, hoe onwaarschijnlijk dat ook is, om een natuurlijke dood gaat?'

'Nee, maar alles in mij zegt dat het niet om een natuurlijke dood gaat. Iemand heeft het kind meegenomen en in Gatineau Park gedumpt. Dit was een vooropgezet plan.'

'Mijn gevoel zegt hetzelfde, maar we moeten ons baseren op feiten. Stel dat we jouw gedachtegang even volgen, dan krijg ik geen grip op een mogelijk motief. Waarom ontvoert iemand een kind? Meestal ligt daar misbruik aan ten grondslag, maar deze kinderen zijn ongeschonden. Sterker nog, ze zijn "voorzichtig" behandeld. Een dader die de moeite neemt om het kind neer te leggen met zijn knuffel in zijn handen, dat heeft bijna iets... tja, ik weet het niet... iets liefs?'

'Er was ook geen financieel motief bij de ontvoeringen. Geen van de ouderparen heeft een dreigbrief met een verzoek om losgeld gehad. Ook hebben we nog geen connectie tussen de beide slachtoffers kunnen vaststellen.'

Dawn stak nog een paar frietjes in haar mond en knikte instemmend.

'Er zijn natuurlijk ook heel duidelijke verschillen tussen de twee slachtoffers,' ging Quinn verder.

'Ja, sowieso de leeftijd en de sekse. Maar ik zit ook nog aan iets anders te denken.' Dawn spoelde snel een hap weg met een slok thee. 'Stel dat het om dezelfde dader gaat, dan lijkt het er wel op dat hij ongeduldig wordt. Bij het tweede slachtoffer zit er tussen de ontvoering en de vondst van het lichaam nog geen halve dag, terwijl het in het eerste geval bijna vierentwintig uur duurde voordat we het slachtoffer vonden.'

'Misschien was het niet de bedoeling dat de jongen zo snel zou worden gevonden?'

'Ja, dat kan, maar totdat ik zeker weet dat dat zo is, hou ik rekening met het tegenovergestelde.'

'Weet je, deze zaak raakt me echt,' zei Quinn nadat ze een tijdje in stilte de poutine naar binnen hadden zitten werken. 'Wie er ook achter de dood van deze kinderen zit, we gaan hem pakken. Linksom of rechtsom.'

'Als inderdaad uit de autopsie blijkt dat het om dezelfde dader gaat,' corrigeerde Dawn hem. 'En op dit moment ben ik nog niet bereid om de verdachte die ik in hechtenis heb, helemaal los te laten.'

'Dat hoeft misschien ook niet. Het is niet gezegd dat er geen link is tussen jouw verdachte en de persoon die hier heeft huisgehouden.'

'Mijn verdachte is een dove vrouw die een extreem teruggetrokken leven leidt, voor zover we hebben kunnen nagaan.'

'Misschien leidt ze een dubbelleven? Mensen die dat doen weten dat heel goed te verbergen. We hebben hier ooit eens een kinderarts gehad. De meest aimabele man die je je maar voor kunt stellen. Leuke vrouw, leuke kinderen. Perfect gezinnetje. Wat bleek: zijn computer was vergeven van de kinderporno. Hij liep tegen de lamp toen hij zich in Thailand vergreep aan een minderjarige. Hij had zijn gezin wijsgemaakt dat hij op congres was. Het was nogal een schok voor de gemeenschap hier. Een arts aan wie je je kind toevertrouwt. Je kunt je soms lelijk in mensen vergissen en soms leer je hun ware aard nooit kennen.'

Je moest eens weten, dacht Dawn, terwijl ze stoïcijns doorkauwde.

Quinn at het laatste restje van zijn poutine op en dronk zijn blikje cola tot de laatste druppel leeg. Hij wees Dawn op haar nog onaangeroerde blikje.

'Ik hou het bij thee vanavond, van cola word ik veel te hyper voor de nacht.' Dawn geeuwde achter haar hand.

'Je hebt ook gelijk, het is morgen vroeg dag en je zult wel moe zijn. Ik ga je met rust laten.'

'Het was een lange dag inderdaad.'

Quinn stak haar joviaal zijn hand toe. 'Fijn om kennis met je te maken.'

'Dat is wederzijds,' zei Dawn, terwijl ze de warmte van zijn hand voelde nagloeien op haar huid. Ze keek Quinn na toen hij naar zijn auto liep, en toen ze een kwartier later onder de zalmroze sprei van het royale hotelbed kroop, voelde ze zijn handafdruk nog steeds.

37

Karin zette de mokken waar ze samen met Hailey koffie uit had gedronken in de vaatwasser. Ze had Sam net in bed gelegd. Angel lag opgerold aan zijn voeten. Vanaf het moment dat ze terug was uit Alans huis hadden zijn handen nauwelijks stilgestaan omdat ze steeds weer nieuwe enthousiaste gebaren vormden over het puzzelen met Hailey. Ze had hem meermalen moeten aansporen om af en toe ook wat eten in zijn mond te stoppen voordat het koud werd.

Jonas was nog steeds niet thuis. De pizza die ze onderweg voor hem had gehaald, lag koud te worden op het aanrecht. Uiteindelijk had ze hem maar gebeld, en gelukkig had hij opgenomen. Hij had heel afwezig geklonken en toen ze hem had gevraagd of alles goed was, had hij bevestigend geantwoord, maar zijn stem had niet overtuigend geklonken. Ze besloot het te laten rusten tot hij thuis was, wat volgens zijn eigen zeggen nog zeker een halfuur zou duren. Het had haar de kans gegeven om nog een stukje te lezen in het dagboek van haar moeder.

Nu Sam in bed lag, kon ze haar geforceerde vrolijkheid laten varen. Ze voelde zich lamgeslagen en had sterk de behoefte om datgene wat ze die middag had ontdekt met Jonas te bespreken. Ze moest hem de brief van Paulette aan Alan laten lezen. De brief die een nieuw familiegeheim onthulde waar hij net zo ontdaan van zou zijn als zij. Dat zijn vader ook in de laatste weken voor zijn dood niet eerlijk tegen hem was geweest, zou ontzettend pijnlijk zijn voor Jonas. Dat hij ook toen had verzaakt om hem de waarheid over zijn moeder te vertellen. Ze vervloekte haar vader – nu moest zij het doen. Geen seconde had ze overwogen om haar schokkende ontdekking niet met Jonas te delen. Er waren in de familie Powell meer dan genoeg leugens verteld en dat moest stoppen.

Ze verliet de keuken en pakte het dagboek uit haar tas. Al lopende naar de bank haalde ze de brief tevoorschijn die ze erin had gestopt. De brief die eigenlijk geen brief was. De datum stond links in de hoek gekrabbeld in het handschrift dat ze inmiddels herkende als dat van Paulette. Het was echter een stuk slordiger geschreven dan de tekst die ze tot nu toe had gelezen. Alsof Paulette haast had gehad om haar gedachten zo snel mogelijk aan het papier toe te vertrouwen.

8 maart 1982
Alan is met Jonas boodschappen doen. Ik heb normaal gedaan toen ze weggingen en mijn neiging ze nog één keer te knuffelen onderdrukt – Alan zou argwaan krijgen, hij heeft me al zo lang niet meer mogen aanraken. Kareena heeft net een voeding gehad en ligt in haar wieg. Het zit erop. Eindelijk zit het erop. Ik ben zo moe, dat ik voor altijd wil slapen. Dat is ook wat ik ga doen. Het kan me niet meer schelen wat mijn familie ervan vindt. Of ze me zondig vinden, of bezeten door de duivel. Of ik ze te schande maak bij hun hypocriete vrienden. Als er echt een God was, waarom heeft Hij dan deze vreselijke ziekte op aarde gebracht? Waarom heeft Hij mijn Elijah van me afgenomen? Jonas is nog te jong om verschijnselen te vertonen, maar ook hij loopt een groot risico. En Kareena, die zal de ziekte weer overdragen op haar kinderen. Op haar zoon, God verhoede. Al die ellende heb ik overgebracht op mijn kinderen. Ik kan er niet meer tegen. Ik wou dat ik nooit had bestaan, dat ik mezelf kon uitwissen. Dat ik niks meer voelde en alles zwart werd. Voorgoed.

De tranen stroomden over Karins gezicht. Van verdriet om – wat nu duidelijk was geworden – de zelfmoord van haar moeder, maar vooral ook van paniek. Was de hersenziekte waaraan Elijah was overleden erfelijk? Jonas had daar niets over gezegd. Was hij ervan op de hoogte? Liep Sam gevaar? Jonas? Zijzelf? Ze wist verdomme niet eens om welke ziekte het ging. En tot Jonas thuiskwam, zou ze niks wijzer worden. Of... of bevatte Paulettes dagboek wellicht meer concrete informatie?

Natuurlijk, waarom had ze daar niet eerder aan gedacht?! Ze bladerde als een razende door het schrift. Een pagina scheurde omdat ze hem te ruw omsloeg. *Rustig, Karin, hou je kop erbij!* Ze scande pagina voor pagina diagonaal, vrat de letters tot ze voor haar ogen dansten, en op een kwart vond ze waar ze zo naarstig naar op zoek was: de naam van de ziekte waar Elijah aan had geleden en die Jonas, haar en Sam misschien ook bedreigde. X-ALD – vier letters die een ziekte aanduidden waar ze nog nooit van had gehoord en die in één klap alles had veranderd. Ze pakte haar telefoon en typte de naam van de ziekte in de zoekbalk van Google. Vrijwel meteen wenste ze dat ze het niet had gedaan.

X-ALD was een stofwisselingsziekte die voornamelijk voorkwam bij jongens en drie verschillende verschijningsvormen had. De eerste was een jeugdvorm met ziekteverschijnselen tussen de vier en de tien jaar. Deze vorm had een ernstig verloop met de dood tot gevolg. Karin dacht aan de foto van haar oudste broer waarop hij met een helm en de weggedraaide ogen van een blinde in een rolstoel zat. Die helm was voor de epilepsie waar ze al eerder in het dagboek over had gelezen. De rolstoel voor de verlamming van zijn benen. Er kon geen twijfel over bestaan: Elijah had deze jeugdvorm gehad.

De tweede vorm openbaarde zich tussen het twintigste en vijftigste levensjaar en was minder ernstig dan de jeugdvorm. Deze vorm kon een normale levensverwachting geven, maar kon ook op een later tijdstip alsnog leiden tot de ernstige hersenbeschadiging die de jeugdvorm kenmerkte. De derde en mildste vorm was niet levensbedreigend en gaf grotendeels alleen een hormoontekort door bijnierproblemen. Die vorm was goed te behandelen met medicijnen. Binnen één familie konden alle varianten voorkomen.

Karins ogen snelden over de verschillende fysieke uitingsvormen van de ziekte. Praat- en slikproblemen, slecht zien en horen. *Horen!* Sam was doof. Had hij de ziekte ook en waren dit de eerste tekenen? Ze begon hevig te trillen en moest moeite doen om haar evenwicht niet te verliezen. Ze moest Sam zo snel mogelijk laten onderzoeken! Misschien was het hem bespaard gebleven. Niet ieder kind in hetzelfde gezin was per definitie de klos, Jonas had de ziekte immers ook niet. Misschien was Sam niet... Maar toen ze verder las over de verschijnselen van de tweede vorm schrok ze opnieuw toen ze 'problemen met lopen' en 'weinig of geen zaadproductie' zag staan. Jonas sleepte met zijn been en was volgens eigen zeggen onvruchtbaar. Hij had beweerd dat dat door een auto-ongeluk van jaren geleden kwam, maar was dat wel zo? Had hij daarover gelogen?

De voordeur sloeg dicht – Jonas was thuis. Snel droogde Karin haar tranen en stopte het dagboek onder een kussen op de bank.

'Hé, Karin.' Jonas klonk geforceerd enthousiast. Zijn gezicht zag asgrauw en hij leek amper op zijn benen te kunnen staan.

'Jonas, was is er?' zei Karin geschrokken. 'Gaat het wel goed met je?'

'Lage bloedsuiker, ik moet even wat eten.'

'Ga zitten, ik warm de pizza wel even voor je op, want die is inmiddels lauw.'

'Doe geen moeite. Lauwe pizza smaakt prima als je honger hebt.' Hij produceerde iets wat voor een lach door moest gaan.

'Zeker weten?'

Hij knikte zwakjes en liep toen naar het kabinet om zichzelf een glas rode wijn in te schenken. 'Jij ook eentje?'

'Ja, doe maar.'

Toen hij terug kwam lopen met twee volle wijnglazen keek hij haar onderzoekend aan. 'Gaat het wel goed met jou?'

'Nou, eigenlijk niet zo.'

Hij reikte haar het glas aan en ging naast haar zitten op de bank. 'Het was zeker pittig vandaag, in papa's huis?'

'Ja, dat kun je wel zeggen. En ik ben heel wat wijzer geworden, helaas.'

'Dat voorspelt niet veel goeds.'

'Nee, ik heb dingen ontdekt waar ik enorm van geschrokken ben. Op de kamer van Paulette,' voegde ze er nog aan toe. 'Jonas, ik vrees dat Alan in de laatste fase van zijn leven niet helemaal eerlijk tegen je is geweest.'

'Hoe bedoel je?'

'De dood van Paulette. Dat is anders gegaan dan hij je heeft verteld. Ik weet niet zo goed hoe ik je dit moet vertellen, maar ze is niet gestorven in het kraambed.' Snel nam Karin een slok wijn om zichzelf moed in te drinken. 'Twee dagen na mijn geboorte heeft ze zelfmoord gepleegd. Ik heb haar dagboek gevonden en een afscheidsbrief.'

Jonas werd lijkbleek en zijn handen begonnen te trillen. De wijn klotste over de rand van het glas en liet bloedrode druppels achter op de houten vloer. Karin nam het glas uit zijn handen en zette het op de bijzettafel neer. Jonas verborg zijn gezicht in zijn handen.

'Er is nog meer. Ik heb ook ontdekt welke ziekte Elijah had. Het is een erfelijke stofwisselingsziekte die schade toebrengt aan de hersenen. Elijah had de ergste vorm en ik heb het vermoeden dat jij de tweede vorm hebt. Klopt dat?'

Jonas haalde zijn handen weg voor zijn gezicht en keek haar met betraande ogen aan.

'Je moeizame loopje, je onvruchtbaarheid – dat komt niet door een ongeluk, hè?'

Jonas zweeg nog steeds. 'Weet Hailey dat je ziek bent? Ik denk namelijk van niet. En wanneer had je het mij willen vertellen? Sam loopt ook gevaar, hij moet getest worden. Vind je niet dat ik het recht had om dat te weten?' Ze kon haar tranen niet langer bedwingen. 'Zeg iets, verdomme!'

'Ja.'

Haar wereld stortte in. 'Ja?'

'Ja, ik heb de ziekte ook, de mildere vorm. Ja, Hailey weet het inderdaad niet. En ja, Sam loopt in theorie ook gevaar.' Hij liet een korte stilte vallen. 'Maar ik denk niet dat het bij hem om de ernstigste vorm gaat. Op zijn gehoor na, is hij een gezond ogend en normaal functionerend kind. Hij heeft geen gedragsproblemen, ziet prima, heeft geen epilepsie, hij draaft als een renpaard.'

'Het kan zich openbaren tussen het vierde en tiende levensjaar. Hij is nog geen tien.'

'Dat klopt. Er is ook geen garantie dat hij het niet alsnog krijgt. Hij moet getest worden om meer zekerheid te krijgen.' Het laatste fluisterde hij haast.

'Wanneer had je me dit willen vertellen?'

'Na de begrafenis van pa. Je had al zoveel te verwerken, ik wilde het voorzichtig brengen.'

'Je had het me meteen moeten zeggen, in plaats van de bezorgde broer uit te hangen. Ik ben prima in staat om voor mezelf te zorgen, dat doe ik al vijfendertig jaar.'

'Ik begrijp dat je boos bent, Karin, en daar heb je ook alle reden toe.'

'Boos komt niet eens in de buurt bij hoe ik me voel. Ik ben verbijsterd.'

'Ik ook. Dat van mama's zelfmoord wist ik niet.'

Karin deed er even het zwijgen toe. Toen ze weer sprak, was haar toon een stuk milder. 'Ze kon niet langer leven met de wetenschap dat ze die vreselijke ziekte aan haar kinderen had doorgegeven. De dood van Elijah – het was te veel voor haar.'

'Maar ze liet jou en mij in de steek. Hoe kon ze dat doen? Ze had nog twee kinderen die haar zorg nodig hadden.'

'Ze was volgens mij zwaar depressief. De zwartgalligheid druipt van de pagina's in haar dagboek.'

'Maar waarom heeft papa dat niet aan me verteld?'

'Alan is nog verdergegaan dan dat. Ik heb de overlijdensverklaring van Paulette gevonden en daar staat als doodsoorzaak

"Complicaties bij bevalling". De verklaring is ondertekend door ene dokter S. Johnson. Ken je die?'

'Stewart? Jazeker, dat was papa's beste vriend en hij kwam vroeger regelmatig bij ons over de vloer. Hij is gynaecoloog, inmiddels met pensioen.'

'Weet je waar hij woont?'

'Ja, ik denk het wel.'

'Hij is misschien wel de enige die ons de waarheid kan vertellen. De reden waarom Alan dit verhaal heeft opgehangen en zelfs de overlijdenspapieren heeft vervalst.'

'Het is toch niet te geloven, allemaal. Wat een puinhoop.'

'Waarom zou die Stewart Alan geholpen hebben? En daarmee zijn carrière op het spel hebben gezet? Zou jij dat doen voor een vriend?'

Jonas haalde zijn schouders op. 'Ethiek versus vriendschap, daar kan ik niet een-twee-drie op antwoorden. Dat heeft met context te maken. Ik denk dat ik geneigd ben om voor ethiek te kiezen, zonder ethiek ben je als arts nergens. Maar ik kan me voorstellen dat er omstandigheden zijn waarbij je in de verleiding komt om...'

Hij maakte zijn zin niet af en pakte zijn wijnglas weer van de tafel. Voor zich uit starend nam hij een slok.

'Ben jij weleens in die verleiding gekomen?' vroeg Karin voorzichtig.

'Iedereen maakt weleens keuzes waar hij later spijt van krijgt.'

Ze keek hem vragend aan.

'Ik wil er niet over praten, beroepsgeheim.'

'Maar...'

'Sorry, ik moet nu echt even ontspannen. Ik heb vandaag weer meer dan genoeg over me heen gehad. Als je het niet heel vervelend vindt, ga ik even met mijn pizza voor de buis hangen en dom voor me uit staren. Als ik heb gegeten, wil ik graag nog wat dingen met je doornemen voor pa's begrafenis.'

'Goed, dan zal ik proberen je vloer te redden.' Ze wees op de rode wijnvlekken die door alle commotie nog niet waren weggeveegd.

Terwijl Jonas zich voor de tv installeerde, verdween Karin naar de keuken om een doekje te halen. Een paar seconden later schalde een nieuwsbulletin door de kamer. Toen ze weer terug de kamer in liep, was op tv een verslaggever te zien die voor een rood-wit afzetlint stond. De foto van een schattig blond jochie dat lachte verscheen in beeld, met daaronder: VERMISTE PEUTER TED YOUNG DOOD AANGETROFFEN IN GATINEAU PARK. Haar maag kromp ineen.

Voor Jonas was het kennelijk ook te veel. Hij sprong op van de bank en rende met zijn hand voor zijn mond naar de keuken. Ze hoorde hem kokhalzen en hoopte dat hij op tijd de spoelbak had bereikt. Bezorgd liep ze naar de keuken.

'Gaat het?'

De blik in Jonas' ogen was leeg. Hij keek langs haar heen, terwijl hij zijn mond afveegde met een stukje keukenpapier, en zijn gelaatskleur was zo mogelijk nog grauwer dan toen hij thuiskwam. Het was alsof hij elk moment kon omvallen.

'Gaat het?' vroeg ze nogmaals, maar op dat moment duwde hij haar aan de kant en rende de gang in. Hij dook op zijn aktetas en begon wild door de papieren te zoeken die erin zaten.

'Waar is het? Waar is het?' mompelde hij.

'Jonas, kan ik je ergens mee helpen? Waar ben je naar op zoek?' vroeg Karin.

Jonas keek geschrokken op en leek compleet vergeten te zijn dat zijn zus er ook nog was. Hij stond op en gleed bijna uit over de paperassen die hij op de grond had gegooid. Ze kon hem nog net een helpende hand bieden. Hij greep haar vast en keek verwilderd om zich heen. Toen rukte hij zich los en griste zijn jas van de kapstok. In het voorbijgaan mompelde hij iets wat Karin niet verstond, en voordat ze hem kon tegenhouden, was hij al de deur uit. Ze rende achter hem aan naar buiten.

'Jonas, wat is er aan de hand?!'

Jonas zat echter al in zijn auto en reed met spinnende wielen achteruit de oprit af. Ze zwaaide wild met haar armen in een poging om contact met hem te krijgen, maar hij negeerde haar en reed vol gas de straat uit. Bij de bocht schampte hij bijna een tegemoetkomende auto op de andere weghelft.

Ze rende terug naar het huis en kon nog net voorkomen dat de deur dichtwaaide. Rillend van de kou en vol emotie probeerde ze Jonas te bellen. Vanuit de woonkamer klonk het geluid van zijn telefoon. *Shit!* Dan Hailey maar, misschien was Jonas op weg naar zijn vriendin. De dood van beide kinderen had hem duidelijk enorm aangegrepen, hoewel ze niet begreep waarom hij plotseling in zijn tas had lopen zoeken. Blijkbaar was het hem allemaal even te veel geworden.

Karin toetste Haileys nummer in en werd tot haar teleurstelling meteen doorgeschakeld naar de voicemail. Ze sprak een boodschap in en verzocht Hailey met klem om haar te bellen, mocht ze iets van Jonas vernemen. Toen liep ze terug naar de gang en ordende de papierchaos tot een nette stapel die ze weer in zijn tas stopte. In de keuken zette ze een sterke kop koffie en staand aan het aanrecht dronk ze die op terwijl de onrust in haar buik toenam. Ze hoopte maar dat Jonas oké was – zijn overhaaste vertrek beviel haar niks. Waar was hij zo naarstig naar op zoek geweest?

38

23 januari

Gebonk op de deur haalde Dawn uit haar beste slaap in tijden. Het was een enorme opluchting geweest dat er een klik was tussen haar en Quinn. Te weten dat ze met hem geen strijd hoefde aan te gaan, maar dat ze als een echt team gingen uitzoeken wie er verantwoordelijk was voor de dood van de twee kinderen. Dat gevoel van opluchting had haar als een blok in slaap doen vallen, maar nu verdreef het steeds harder wordende geklop het laatste restje slaap.

'Ogenblikje, ik kom eraan.'

Vlug trok ze de roomkleurige hotelbadjas aan. Geeuwend trok ze de deur open en ze keek recht in het lachende gezicht van Quinn. In zijn handen hield hij een dienblad met broodjes en koffie. Geschrokken keek ze hem aan. 'Heb ik me verslapen? Hoe laat is het?'

'Kwart over zeven, dus je hebt precies een halfuur om te douchen en ontbijten.'

'Shit. Ik dacht dat ik de wekker had gezet. Ik zal me haasten.'

'Vind je het goed als ik het dienblad even in je kamer zet?'

'Natuurlijk.' Ze stapte aan de kant en wees naar het bureautje. 'Zet het daar maar neer. Heb jij al ontbeten?'

'Het ontbijt dat ik bij me heb is eigenlijk voor twee,' zei hij met een grijns.

Dawn voelde dat ze bloosde en draaide zich vlug om. 'Ik spring snel onder de douche. Laat je koffie niet koud worden en maak het je gemakkelijk.'

Tien minuten later schoof ze met natte haren aan naast Quinn en zette haar tanden in een donut met jam. Dankbaar dronk ze van de sterke koffie die hij voor haar had ingeschonken. Hij bood haar een tweede donut aan.

'Nee, dank je. Autopsies zijn nooit zo goed voor mijn maag.'

'Nou, ik eet er geen broodje minder om.' Hij smakte genoeglijk.

'Ik zie het. Zeg, die patholoog-anatoom, wat is dat voor iemand? Is hij een beetje aardig?'

Quinn kauwde driftig door en had in no time de donut weggewerkt. 'Wie, Smith? Nou, "hij" is een vrouw en ze is absoluut heel aardig. En uiterst bekwaam. In deze zaak kunnen we het ons niet permitteren om fouten te maken. De druk van bovenaf is ook groot. De burgemeester hijgt mijn baas behoorlijk in zijn nek. Alleen de beste mensen worden erop gezet.'

'Dus jij bent de beste?' vroeg Dawn geamuseerd.

'Ik leid niet voor niets het onderzoek,' zei hij knipogend. Hij kauwde zijn laatste hap weg en stond op. 'Kom, het is tijd om te gaan.'

Dawn wees subtiel naar zijn mondhoek waar een wit kloddertje was blijven hangen en hij likte het snel weg met het puntje van zijn tong. Toen bond ze haar haren in een paardenstaart en pakte haar spullen. '*Let's go*.'

Ruim een uur later beende Dawn met grote passen naar de uitgang van het gebouw van de forensische dienst, terwijl ze met een zakdoek resten Vaporub onder haar neus wegpoetste. De patholoog-anatoom had zojuist het eerste deel van de sectie voltooid – het uitwendige onderzoek en het afnemen van een bloedmonster en monsters van nagels aan handen en voeten. Toen ze wilde beginnen aan de Y-incisie, had Dawn gevraagd of het noodzakelijk was dat zij en Quinn bij dit volgende gedeelte van de autopsie aanwezig waren. De patholoog had haar verbaasd aangekeken, maar geen bezwaar gehad.

'Dit gedeelte van ons vak zou ik toch maar wat graag overslaan,' zei Dawn nu tegen Quinn, 'maar we zijn wel een stuk wijzer geworden. We hebben nu officieel een overeenkomst tussen beide zaken. Als we nu ook nog resten methohexital vinden, dan kunnen we voorzichtig concluderen dat we met dezelfde dader te maken hebben.' Ze kon de opwinding in haar eigen stem horen.

'Dat piepkleine prikgaatje dat dokter Smith zojuist vond, betekent inderdaad dat de theorie van een seriemoordenaar ineens een stuk dichterbij komt,' concludeerde Quinn gespannen. 'Ik ben heel benieuwd wat het bloedonderzoek laat zien.'

Het bloed van Ted Young zou, net als bij Liv Tremblay was gebeurd, worden getest op eventuele restanten van methohexital en op de genetische afwijking pseudocholinesterase deficientie. Het bepalen van de erfelijke aandoening zou wat langer op zich laten wachten, maar de uitslag van het eerste onderzoek zouden ze aan het eind van de dag of de volgende dag horen. Hopelijk konden ze tegen die tijd ook van de patholoog-anatoom in Ottawa horen wat de uitslag van de erfelijkheidstest was die hij bij Liv Tremblay had uitgevoerd.

Ze waren bij hun auto aangekomen en terwijl Quinn de deuren ontgrendelde, controleerde Dawn haar voicemail. Er was een boodschap van Cindy Matthews, het hoofd Anesthesie van het General Hospital, met het verzoek haar terug te bellen. Vlug noteerde Dawn het nummer. Toen luisterde ze het volgende bericht af.

'Hi Dawn, je spreekt met Karin. Jonas is gisteravond overstuur vertrokken en hij is nog steeds niet terug. Ik maak me nogal zorgen. Hij heeft zijn telefoon niet bij zich en Hailey krijg ik ook niet te pakken. Weet jij misschien of er iets gebeurd is? Ik heb geen idee waar ik hem moet zoeken. Als je tijd hebt, wil je me dan bellen? Dank alvast.'

Ze belde Karin meteen terug. 'Karin, Dawn hier. Ik hoorde net je berichtje.'

'O, ik ben zo blij dat je belt. Ik weet niet wat ik moet doen. Ik ben zo bang dat Jonas een ongeluk heeft gehad.'

'Vertel me precies wat er gebeurd is.'

'Hij kwam gisteravond thuis na zijn werk. We keken even naar het journaal en zagen dat bericht over dat jongetje dat dood is gevonden in Gatineau Park. Dat greep hem enorm aan. Daarna dook hij ineens in zijn aktetas. Hij was op zoek naar iets wat hij niet kon vinden en toen nam hij plotseling de benen. En sindsdien heb ik niks meer van hem gehoord. Hij is vannacht niet thuisgekomen. Ik ben zo bang dat er iets gebeurd is.' Het klonk alsof Karin elk moment in tranen uit kon barsten.

'En Hailey neemt haar telefoon niet op, zei je?' Persoonlijk vond Dawn dat nog verontrustender dan het verhaal over Jonas.

'Nee, ik krijg haar ook niet te pakken. Ik hoop dat Jonas vannacht bij haar heeft geslapen, maar dat kan ik dus niet checken. Ik dacht: voordat ik een taxi pak om naar haar toe te gaan, bel ik jou eerst even. Een taxi nemen is wat ingewikkeld met Sam en een hond.'

'Ik heb vannacht niet thuis geslapen, dus ik zou niet weten of Jonas bij Hailey was.'

'O, oké. Maar misschien krijg jij haar wel te pakken of ben je in de gelegenheid om even langs te gaan?'

'Ik zal proberen haar te bellen, maar langsgaan lukt niet. Ik zit in Renfrew voor mijn werk, in elk geval nog tot eind van de middag en misschien nog wel een dag langer. Ik zal je het nummer van Haileys werk geven, misschien dat je daar gehoor krijgt.'

'En Jonas dan?'

'Heb je zijn werk al gebeld?'

'Hij heeft deze week vrij genomen in verband met het overlijden van zijn vader. Voor de zekerheid heb ik contact gezocht met zijn secretaresse, maar die had ook geen flauw idee. Weet je, we moeten nog een aantal dingen doorspreken voor de begrafenis. Dat zouden we eigenlijk gisteravond al doen.'

'Ik ben het met je eens dat het vreemd is dat hij halsoverkop is vertrokken en niet is thuisgekomen, maar ik zou er niet meteen het ergste van denken. Jonas is niet iemand die in zeven sloten tegelijk loopt en misschien werd het hem gewoon allemaal even te veel. Misschien had hij er gewoon behoefte aan om even alleen te zijn?'

'Ik weet het niet hoor, ik denk dat er meer aan de hand is. Er klopt iets niet. Hebben jullie niet een bestand waarin meldingen van ongelukken worden bijgehouden, waarin je kunt kijken? Gewoon voor de zekerheid?'

Dawn zuchtte. 'Oké, ik check het en dan app ik je. Maar ik moet nou echt door.' Zonder te groeten hing ze op.

'Problemen thuis?' vroeg Quinn.

'Mijn zwager is vannacht niet thuisgekomen en zijn zus maakt zich nogal zorgen. Sorry, ik moet nog even iets checken en dan ben ik weer helemaal gefocust.' Ze logde in op het netwerk van haar werk en zag in een oogwenk dat er zich in de voorafgaande avond en nacht geen ernstige ongelukken hadden voorgedaan in de omgeving van Ottawa. Snel typte ze een berichtje aan Karin om haar hiervan op de hoogte te stellen. Daarna probeerde ze Hailey te bereiken, maar net als Karin kreeg ze haar voicemail. Ze liet een bericht achter of Hailey wist waar Jonas was en of ze haar wilde bellen zodra ze dit hoorde. Daarna zocht ze contact met Cindy Matthews.

'Inspecteur Clark,' klonk de heldere stem van dokter Matthews in haar oor. 'Sorry dat ik u niet eerder kon bellen, maar zorgvuldigheid boven alles. Ik heb de voorraadlijsten doorgespit en iets vreemds ontdekt. Er is eenmalig een grote hoeveelheid Brietal Hikma uit de voorraadkamer gehaald waar zeker tien volwassen mensen lekker op kunnen slapen. Als we uitgaan van het gebruik bij kinderen dan is dat ongeveer het dubbele aantal.'

Dawn seinde opgewonden aan Quinn dat ze iets op het spoor was. 'En ik neem aan dat dit niet gewoon is?' vroeg ze aan de arts.

'Op zich is die grotere hoeveelheid nog niet eens zo vreemd, dat gebeurt wel vaker als er op een dag veel operaties gepland staan, maar wat ik niet begrijp is wat de persoon die het heeft meegenomen ermee moet. Hij is namelijk officieel niet bevoegd om dergelijke medicatie mee te nemen.'

'U hebt dus een naam van die persoon?' Dawn voelde een opgewonden kriebel in haar buik.

'Ja. Het duurde wat langer om die naam te achterhalen. Medicatie die uit de voorraad wordt gehaald dient nauwkeurig afgetekend te worden met een paraaf én een uitgeschreven naam. Beide ontbraken hier. De toegangsdeur naar de voorraadkamer is echter beveiligd met een kaartlezer – niemand komt erin zonder pasje – en dus heb ik de mannen van IT erbij gehaald. Zij wisten te achterhalen dat rond het tijdstip dat de Brietal Hikma verdween dokter Jonas Powell in de ruimte aanwezig was.'

'Wat zegt u?' Dawn dacht even dat ze het niet goed verstaan had.

'Dokter Jonas Powell. Hij is gynaecoloog in ons ziekenhuis en heeft niets te zoeken bij de narcosemiddelen. Hij is niet bevoegd om ze mee te nemen, dat mogen alleen onze anesthesisten.'

'Maar als hij niet bevoegd was, hoe kwam hij dan de kamer binnen?' Dawns stem haperde.

'In principe kan iedereen met een pas die kamer binnenkomen. Er liggen ook andere medicijnen opgeslagen.'

'Maar dan kan het toch zijn dat hij iets anders uit de voorraad heeft meegenomen en dat iemand anders de Brietal Hikma heeft gepakt?' Dawn voelde een sprankje hoop dat dokter Matthews zich vergist had.

'Dokter Powell was als enige aanwezig in de kamer rond dat tijdstip. Het medicijn is een maand geleden om halftwee 's nachts ontvreemd. Het systeem liegt niet.'

'En hebt u hem al om een verklaring gevraagd? Misschien had hij een plausibele reden?'

'Inspecteur Clark, dokter Powell had om halftwee 's nachts

niets in de voorraadkamer te zoeken, dat kunt u van me aannemen.’

‘Maar hebt u hem zelf al gesproken?’

‘Nee. Ik krijg hem niet te pakken. Ik heb vernomen dat hij deze week vrij heeft genomen wegens het overlijden van zijn vader. Geloof me, ik ben net zo benieuwd naar zijn uitleg als u.’

Dawn dacht even na. ‘Dokter Matthews, zijn er misschien camerabeelden waarop te zien is dat dokter Powell in die bewuste nacht het ziekenhuis binnenkwam en ook wanneer hij weer naar buiten kwam?’

‘Dat heb ik al nagevraagd bij de bewaking, maar die beelden zijn al overschreven. De bewakingsbeelden worden helaas maar een week bewaard. Als ik u was, zou ik dokter Powell opsporen en alle vragen die u hebt aan hem stellen. Hij heeft heel wat uit te leggen. Ik heb intussen melding gemaakt van dit incident bij de leiding van het ziekenhuis, en naar ik heb begrepen is hij met onmiddellijke ingang geschorst en is zijn toegangspas geblokkeerd. U begrijpt dat we het risico niet kunnen lopen dat hij opnieuw medicijnen ontvreemdt uit de voorraadkamer.’

‘Ik begrijp het. Maar mag ik u misschien de suggestie aan de hand doen om uw medicijnvoorraad beter te beveiligen?’

‘U moest eens weten hoe lang ik al bij de directie pleit voor een ander systeem. Maar alles wat geld kost, is de hoge heren te veel.’

‘Het wordt pas echt een dure grap als die twee kinderen door een medicijn uit uw ziekenhuis zijn overleden. Zeg dat maar tegen uw directie. Ik adviseer ze om de beveiliging zo snel mogelijk op orde te brengen, het liefst voordat dit zaakje in de publiciteit komt.’

‘Dat zal ik doen. Succes verder met uw onderzoek en ik hoop dat u dokter Powell snel vindt. Het lijkt me ook in zijn belang om de zaak zo snel mogelijk op te helderen.’ Dokter Matthews groette en hing op. Dawn liet haar hand met het telefoontoestel slap in haar schoot vallen.

‘Gaat het? Je ziet een beetje bleek,’ vroeg Quinn bezorgd.

‘Er is inderdaad een grote hoeveelheid Brietal Hikma verdwenen uit het General Hospital in Ottawa. Volgens het hoofd Anesthesie is het spul een maand geleden ’s nachts om halftwee ontvreemd door een arts uit het ziekenhuis die daartoe niet bevoegd was. Zijn naam is Jonas Powell en hij is de vriend van mijn zus.’

‘Dat meen je niet!’

‘Ik zou willen dat ik daar nee op kon zeggen, maar helaas.’

‘En het ziekenhuis heeft hem nog niet gesproken?’

‘Nee, dat is nou juist het probleem. Het telefoontje dat ik eerder voerde, was met Jonas’ zus. Hij is gisteravond overstuur het huis uit gerend nadat hij een item op het journaal zag over de dood van Ted Young. Sindsdien is hij spoorloos. Zijn zus is doodongerust en bang dat hem iets is overkomen.’

‘Zijn verdwijning in combinatie met de informatie die je net over hem hebt gekregen, doet het er niet goed voor hem uitzien.’

‘Nee, helemaal niet goed. Ik zal een opsporingsbevel moeten laten uitgaan. Het is zaak dat we hem zo snel mogelijk vinden, zodat hij kan uitleggen dat... dat... hij niks te maken heeft met de dood van Liv Tremblay en Ted Young.’

Quinn keek haar verbaasd aan. ‘Ik vrees dat de kans dat hij er wel wat mee te maken heeft een stuk groter is.’

Dawn zuchtte diep. ‘Ja, dat weet ik wel, maar ik kan het simpelweg niet geloven. Jonas heeft absoluut zijn streken, maar kinderen iets aandoen? Hij helpt ze nota bene dagelijks ter wereld. En dan heb ik het nog niet eens over wat het met mijn zus zou doen. Zij wil dolgraag een kind van Jonas. Als hij echt iets met de dood van die kinderen te maken heeft, dan zal ze daar kapot van zijn. Ik denk niet dat ze die schok te boven komt.’

‘Misschien is het beter als je je terugtrekt uit deze zaak,’ zei Quinn zachtjes.

‘Hoe bedoel je?’

'Dat lijkt me nogal voor de hand liggend. Je bent te veel betrokken. Je zwager, je zus... Het is de vraag of je je werk objectief kunt blijven doen.'

'Twijfel je aan mijn professionaliteit?'

'Niet in het algemeen, wel in deze zaak. Dat is toch niet zo vreemd?'

'Ik laat me niet van deze zaak halen. Juist omdat ik betrokken ben. Als Jonas er iets mee te maken heeft, zal ik hem persoonlijk tot achter de poorten van de hel achtervolgen, maar als hij onschuldig is, dan zal ik er alles aan doen om hem vrij te pleiten. Je kunt rekenen op mijn professionaliteit.'

'Oké, ik geloof je. Voor nu. Maar als ik merk dat je toch gekleurd handelt, dan heb ik geen keus. Dan moet ik hier melding van maken. Degene die hier verantwoordelijk voor is mag zijn straf niet ontlopen en of het nou jouw zwager is, of de premier, dat maakt me niet uit.'

Dawn knikte. 'Dat begrijp ik en ik zal je niet teleurstellen.'

Quinns telefoon ging en hij gaf hem aan Dawn. 'Wil jij even opnemen, ik heb mijn oortje niet in.'

'Het is Noelle Martin.'

'Dat is mijn baas.'

Dawn nam op. 'Toestel Jones, met Dawn Clark.'

Quinn probeerde mee te luisteren naar wat er gezegd werd, maar tevergeefs. Hij zag wel hoe Dawn steeds bezorgder ging kijken.

'We gaan er meteen naartoe. Wat is het adres?' Dawn maakte vlug een notitie in haar eigen telefoon en hield het adres aan Quinn voor. Toen praatte ze snel Noelle Martin bij over de verdwenen hoeveelheid medicijn. Nadat ze geregeld had dat er een opsporingsbevel zou uitgaan voor Jonas, verbrak ze de verbinding.

'Wat is er aan de hand?'

'Het tweejarige zoontje van de familie Kensington is twee uur geleden verdwenen uit een supermarkt. Zijn moeder had de buggy even zonder toezicht in een gangpad laten staan en toen ze terugkwam was de buggy weg. Ze hebben overal gezocht. Zijn naam is Darnell.'

'Camerabeelden?'

'Camera is al weken kapot en baas was te laks om hem te laten maken.'

'Getuigen?'

'Een oudere vrouw die dacht een man met een zwarte jas met een buggy te hebben gezien. Hij droeg een capuchon, dus geen haardracht of -kleur waar we iets mee kunnen. Ze heeft alleen zijn rug gezien. Ook geen huidskleur. Dus...'

'... niet echt betrouwbaar.'

'*Nope*, maar verder hebben zich nog geen andere getuigen gemeld.'

Het werd stil in de auto. Quinn keek Dawn even aan, maar zei niets. Ze wist wat haar te doen stond, maar ze kon zichzelf er niet toe zetten. De minuten verstreken. Dawn staarde strak voor zich uit.

'Dawn?'

'Ik weet het.'

'Je kunt niet anders. Het is je plicht.'

'Ja. Dat weet ik.' Ze pakte haar mobiel en toetste het telefoonnummer in. Hij ging over en in stilte hoopte ze dat er niet zou worden opgenomen.

'Met Karin.'

'Hoi Karin, met Dawn. Ik, eh, wil je wat vragen...'

'Ja?'

Het is je plicht. Je hebt het beloofd. Je weet dat er geen weg terug is.

'Dawn, ben je daar nog?'

'Wat voor kleur jas had Jonas aan toen hij gisteren vertrok?'

39

Lief klein mannetje. Je kijkt me aan met die grote bange ogen. Dat hoeft niet. Je bent veilig bij mij. Je bent nu nog te klein om dat te beseffen, maar later als je groter bent, zul je je hier niets meer van herinneren. Lig je lekker? Ik heb geprobeerd het je zo comfortabel mogelijk te maken. Sorry dat ik je moest vastbinden. Het is niet mijn bedoeling om je pijn te doen. Maar met jou neem ik geen enkel risico. Drie keer is scheepsrecht, dus nu komt het goed. Ik veeg nog een keer de tranen uit je ogen en het snot uit je neus en dan gaan we. Op naar een beter leven. Het leven dat je altijd al verdiende, maar tot nu toe nooit hebt gekregen. Je hoort bij mij, hoe klein je ook bent, dat voel jij toch ook? We moeten een uurtje rijden en dan begint je nieuwe leven. Óns nieuwe leven. Probeer maar een beetje te slapen, dan gaat de tijd sneller.

40

‘Jullie vinden hem toch, hè? Jullie gaan hem vinden, mijn... mijn lieve...’

Sarah Kensington zat in het midden van de eenvoudig ingerichte woonkamer op een speelkleed. In haar handen had ze een teddybeer en wat Duplo-autootjes. Dawn en Quinn zaten allebei met ongemakkelijke gezichten op de bank. Ze hadden een bakje slappe koffie te drinken gekregen.

‘We zullen er alles aan doen wat mogelijk is. Zoals u wellicht weet, is er momenteel een onderzoek gaande naar een ander geval van ontvoering en...’

‘Denken jullie dat het dezelfde dader is? Dat Darnell door dezelfde persoon is meegenomen?’ vroeg Robert Kensington. Zijn ogen waren gezwollen, maar hij was een stuk kalmer dan zijn vrouw.

‘We kunnen momenteel nog niets met zekerheid zeggen, maar het is wel een scenario waar we rekening mee houden.’

Sarah kermde hartverscheurend. Haar man hielp haar overeind en hielp haar naast Dawn op de bank. ‘De huisarts komt er zo aan, liefje. Hou nog even vol.’

‘Ik wil niet volhouden, ik wil mijn kind terug. Doe toch iets!’ krijste ze tegen haar man, die geschrokken een stap achteruit deed. Wanhopig keek hij de beide politiemensen aan.

‘Ik weet niet wat...’

‘Mevrouw Kensington, kunt u ons nog eens precies vertellen wat er is gebeurd?’ vroeg Quinn.

De vrouw begon te praten maar struikelde over haar eigen woorden. Haar man gaf haar een glas water en ze nam een paar grote slokken, waarna ze een paar keer diep ademhaalde om haar ademhaling weer onder controle te krijgen. Toen ze voldoende was gekalmeerd, deed ze een nieuwe poging om Quinns vraag te beantwoorden.

'Ik stond met Darnell in het pad van de koekjes en bedacht me dat ik ook nog tandpasta moest hebben. Die stond twee gangpaden terug. Darnell was de hele ochtend al aan het jengelen omdat er een kies op doorkomen staat. Toen ik met hem langs het snoepgoed liep, was hij eindelijk even stil. Al die gekleurde verpakkingen, weet u, hij houdt van die kleuren. Dus toen heb ik de buggy daar neergezet en ben ik snel even naar de tandpasta gerend. Echt, ik was maar heel even weg. Niet meer dan een paar seconden. En toen ik terugkwam, was hij weg.'

'Hebt u voor die tijd iets verdachts gezien?' vroeg Quinn. 'Misschien een man of een vrouw die veel belangstelling voor uw zoon had of steeds in uw buurt rondliep?'

Een man in een zwarte jas misschien, dacht Dawn. *Een zwarte jas zoals Jonas had aangehad de avond dat hij het huis was uit gestormd.*

'Nee, niemand.'

'Weet u dat zeker?'

'Nee, maar ik heb daar ook helemaal niet op gelet. Wie verwacht nou zoiets? Ik ren wel vaker heen en weer tussen de gangpaden en dat gaat altijd goed.'

'Tot nu toe,' zei haar man.

Dawn hoorde het verwijt in zijn stem. Zijn vrouw had het ook opgepikt.

'Ja, Robbie, wrijf het er maar in. Het is mijn schuld. Ik had Darnell niet alleen mogen laten, niet na wat er is gebeurd met...' Ze maakte haar zin niet af en staarde met een doodse blik in haar ogen voor zich uit. Toen droogde ze haar wangen met de zakdoek die haar man haar aanreikte. 'Hebt u enig idee wie onze zoon heeft meegenomen?' vroeg ze.

'We volgen op dit moment enkele sporen,' zei Quinn. Hij

aarzelde even. 'En we hebben een mogelijke verdachte in het vizier.'

'Wie?' Robert balde zijn vuisten.

'Daar kunnen we geen uitspraken over doen,' antwoordde Dawn snel.

'Hebt u de ouders van Ted ook gesproken?' vroeg Sarah.

'Ted Young? Ja, ik ben gisteren bij hen geweest,' zei Quinn. 'Hoezo?'

'Die arme mensen, wat een hel moet dit voor hen zijn. Zulke lieve mensen ook, altijd vriendelijk en geïnteresseerd in anderen.'

Dawn ging met een schok rechtop zitten. *De ouders kennen elkaar.*

'Bent u bevriend met de familie Young?' vroeg Quinn, die het ook meteen had opgepikt.

'Ja. Nou ja, bevriend is een groot woord. We kwamen niet bij elkaar over de vloer of zo, maar we hebben elkaar in het verleden regelmatig gesproken in de kliniek.'

Dawn keek Quinn vragend aan, maar die reageerde er niet op.

'En om welke kliniek gaat het, als ik zo vrij mag zijn om dat te vragen?'

'Het New Life Institute.'

'De vruchtbaarheidskliniek?'

'Ja.'

'Zijn Darnell en Ted beiden na behandeling in deze kliniek ter wereld gekomen?' vroeg Dawn, terwijl ze naar het puntje van de bank schoof.

'Ja, ze zijn allebei met donorzaad verwekt,' lichtte vader Kensington toe.

De twee politiemensen wisselden een blik uit.

'Kunt u ons vertellen waar het New Life Institute zich bevindt?' vroeg Quinn.

'In Ottawa. Het werkt daar samen met het General Hospital. Maar ik weet niet wat dat...'

Dawns nekharen waren overeind gaan staan. 'We moeten gaan. Dank voor uw tijd, u hebt ons zeer nuttige informatie gegeven waar we verder mee kunnen.'

'O, nou, dat is fijn...' zei de verbouwereerde Robert, maar Dawn was al opgestaan en op weg naar de deur. Quinn bedankte de Kensingtons ook en volgde Dawn naar buiten. Ze zwegen totdat ze in de auto zaten. Zodra de portieren dichtklapten begon Quinn opgewonden te praten.

'We hebben eindelijk een overeenkomst. In elk geval tussen de twee jongetjes. De vraag is hoe Liv Tremblay in dit plaatje past.'

'Zou zij ook uit de kliniek komen? Ik kan het me bijna niet voorstellen. Katy en Tom Tremblay hebben ook nog een zoontje dat zo op Tom lijkt dat ik mijn schoen opeet als hij niet de vader blijkt te zijn.'

'Toch moeten we de vraag voor de zekerheid stellen. En we moeten langs bij die kliniek. Kijken of we daar iets wijzer worden.'

'Het feit dat Ted en Darnell allebei met donorzaad uit die kliniek zijn verwekt, kan natuurlijk ook toeval zijn,' zei Dawn aarzelend.

'Waar is je stelligheid van net gebleven?' vroeg Quinn.

'Ik probeer een logica in het hele verhaal te vinden, maar dat lukt me niet.'

'Voor de dader zit er vast logica achter. Aan ons de kunst om in zijn hoofd te kruipen en hem uiteindelijk te slim af te zijn. Ik stel voor dat we beginnen met langs te gaan bij de familie Tremblay om uit te vinden of Liv ook een donorkind was. Als dat zo blijkt te zijn, dan hebben we in mijn ogen echt een spoor te pakken.'

'Ja, misschien wel.'

'Je klinkt niet helemaal zeker. Is er iets?'

Dawn aarzelde even. 'Ja. Ik weet niet of er een verband bestaat tussen Liv Tremblay en het New Life Institute, maar als de zwangerschappen van de drie moeders er iets mee te maken hebben, is er iets wat je moet weten.'

‘Vertel.’
‘Jonas Powell?’
Quinn keek haar vragend aan.
‘Hij is de gynaecoloog van Katy Tremblay.’

41

De ruim een uur durende autorit naar de familie Tremblay was voorbijgevlogen. Quinn was aangenaam gezelschap en Dawn kon zich voorstellen dat ze bevriend met hem zou kunnen zijn. Misschien nog wel meer dan vrienden, maar elke gedachte in die richting bande ze meteen uit haar hoofd. Hij was een collega. Ze moesten samen een zaak oplossen. Een zaak die al ingewikkeld genoeg was als ze haar hoofd er volledig bij hield.

Gedurende de hele rit had ze telkens weer haar telefoon gecheckt. Hailey reageerde nog steeds niet op haar berichten en over Jonas was nog geen nieuws. Ze stopte het toestel eindelijk in haar broekzak toen ze samen met Quinn naar de voordeur van de Tremblays liep. Het geluid had ze laten aanstaan, voor alle zekerheid.

Het vrolijke deuntje van de deurbel stond in schril contrast met het verdrietige, bleke gezicht van Katy Tremblay. Ze zuchtte diep toen ze Dawn en Quinn voor haar deur zag staan en keek hen teleurgesteld aan. 'Ik dacht dat het Tom was.'

'Dag Katy, dit is inspecteur Quinn Jones uit Renfrew, met wie ik samenwerk. Mogen we even binnenkomen? We willen je graag nog een paar vragen stellen.'

Katy keek haar even aan, haalde haar schouders op en stapte toen met tegenzin opzij om hen door te laten.

'Tom is niet thuis zei je?'

'Nee. Ik weet niet waar hij is. Het gaat niet zo lekker tussen ons.'

'Heeft dat misschien met Livs dood te maken? Je ziet wel vaker dat mannen en vrouwen de dood van een kind anders verwerken. Een psycholoog zou jullie misschien kunnen helpen om nader tot elkaar te komen.'

'Het heeft met andere dingen te maken, Dawn. Voor de dood van Liv hadden we ook al problemen.'

Dawns gedachten schoten naar de roddels die over Katy Tremblay en Jonas gingen. Zou er toch iets van waar zijn? De vraag lag op haar lippen, maar ze slikte hem in. Voor nu was het helemaal niet belangrijk om daar een antwoord op te krijgen, hoe graag ze dat eigenlijk ook wilde. *Focus Dawn*, sprak ze zichzelf in gedachten streng toe.

Katy ging hun voor naar de keuken en bood hun een stoel aan bij de rommelige tafel die nog vol stond met ontbijtspullen. 'Koffie?'

'Nee dank u, we zijn zo weer weg,' beantwoordde Quinn de vraag.

Katy ging zitten. 'Nou, brand maar los dan.'

'Hebt u gehoord over Ted Young, een tweejarig jongetje uit Renfrew dat is overleden?'

Katy knikte. 'Volgens de media zijn er overeenkomsten met de dood van Liv.'

'We moeten nog een paar uitslagen afwachten, maar het is niet ondenkbaar dat het om dezelfde dader gaat. Nu is er vanochtend in Renfrew opnieuw een jongetje verdwenen. Of het weer om dezelfde dader gaat weten we nog niet, maar we hebben wel een overeenkomst tussen beide jongens ontdekt. Beide kinderen zijn verwekt met donorzaad uit het New Life Institute.'

Quinn liet even een stilte vallen en Dawn hield Katy goed in de gaten. Haar ogen waren groter geworden toen de naam van de vruchtbaarheidskliniek viel en haar gezicht kreeg een gespannen uitdrukking.

'En nu willen jullie weten of Tom de vader is van Liv of dat zij ook verwekt is met donorzaad?'

Quinn knikte.

Katy begon te huilen. 'Ik heb zoveel fout gedaan.'

Dawn pakte een glas water voor haar en een stukje keukenpapier om haar neus te snuiten. Na een paar slokken water hervond Katy haar kalmte. 'Tom is niet de vader van Liv,' fluisterde ze.

Dawn en Quinn keken elkaar aan. 'Weet Tom dat, Katy?'

'Ja. Daarom hebben Tom en ik ook problemen. Ik zal jullie het hele verhaal vertellen. Het maakt nu toch niet meer uit.'

'Ik geloof dat ik toch wel wat koffie kan gebruiken,' zei Dawn.

Katy stond op en pakte de pot van het warmhoudplaatje. Ze schonk twee mokken vol en wees naar de suiker, die al op de tafel stond. '*Help yourself.*' Terwijl Dawn suiker door haar koffie roerde, begon Katy haar verhaal.

'Nadat Tom en ik Colin hadden gekregen, wilde ik heel graag nog een kind. Ik ben zelf enig kind en heb dat altijd vreselijk gevonden. Dat wilde ik Colin niet aandoen.'

'Sorry dat ik u onderbreek, maar is Tom wel de biologische vader van Colin?' vroeg Quinn.

'Honderd procent. Tom wilde net als ik een tweede kind, maar op de een of andere manier werd ik maar niet zwanger. Na een jaar hebben we hulp gezocht omdat ik niet wilde dat het leeftijdsverschil tussen Colin en zijn nieuwe broertje of zusje te groot werd. Ik was onder behandeling in het General Hospital – Jonas is mijn gynaecoloog – en hij heeft ons begeleid bij een aantal ivf-pogingen met Toms zaad. Steeds zonder resultaat.'

Bij het horen van Jonas' naam ging Quinn rechtop zitten, maar hij onderbrak Katy niet.

'Het was een raadsel waarom mijn eitjes en Toms zaad ineens geen match meer waren. Ik werd wanhopig. Zeg maar gerust geobsedeerd. Ik wilde geen kind meer, ik móést een kind, en Tom en ik zaten daarin niet op één lijn. Na vier mislukte pogingen vond hij het welletjes, maar ik wist hem over te halen om nog een laatste poging te doen. En toen...'

Katy stopte haar verhaal en pakte een tissue, waarmee ze haar ogen depte. Daarna haalde ze diep adem en ging verder.

'De vijfde keer moest het raak zijn. Ik wilde geen enkel risico meer lopen. En toen heb ik iets gedaan wat me op dat moment heel logisch leek, maar wat achteraf gezien misschien wel de grootste fout is geweest die ik kon maken.' Haar ogen werden weer vochtig. 'Maar toch heb ik er geen spijt van. Hoe kan ik nou spijt hebben van Liv?'

'Wat heb je gedaan?' vroeg Dawn zachtjes.

'Toen ik na de vierde mislukte poging op controle ging bij Jonas, gaf hij aan dat een vijfde keer hem niet zinvol leek. Hij maakte zich zorgen over mijn fysieke gesteldheid. Al die hormonen zijn niet bepaald goed voor je. Bovendien schatte hij de kans dat de vijfde poging wel raak zou zijn zeer laag in. Mentaal had ik ook zwaar geleden onder de voorgaande pogingen. De stress was bijna niet vol te houden en dan steeds weer die deceptie. Jonas wilde eigenlijk niet meer meewerken aan een vijfde poging. Toen hij dat tegen me zei, stortte ik in zijn spreekkamer volledig in. Ik was hysterisch en dreigde dat ik zelfmoord zou plegen als hij me niet hielp. Ik weet het, dat had ik niet mogen doen, maar hij was de professional en had beter moeten weten.'

'Wat had hij beter moeten weten?' vroeg Quinn.

'Jonas stelde me voor om een aller-allerlaatste poging te wagen, maar dan met donorzaad. De kans dat het daarmee wel zou lukken, was vele malen groter. Een oud-studiegenoot van hem had al jaren een commerciële vruchtbaarheidskliniek en als ik wilde, dan kon hij me daar introduceren. Ik beloofde Jonas dat ik het met Tom zou bespreken, maar dat heb ik nooit gedaan.' Katy boog schaamtevol haar hoofd. 'Ik wist dat Tom nooit akkoord zou gaan. Hij zou een kind dat niet van hemzelf was nooit accepteren. Daar is hij te trots voor.'

'Maar Liv is er wel gekomen...'

'Ja. Ik heb me buiten Toms medeweten om laten bevruchten met donorzaad uit de kliniek. Daar is Liv uit geboren.'

Dawn voelde zich ineens ontzettend moe. Ze sloot haar ogen en liet haar kin op haar borst rusten. *Altijd maar weer die leugens.*

'En is de naam van die kliniek toevallig het New Life Institute?' vroeg Quinn.

Katy Tremblay knikte.

'En wanneer heb je Tom verteld dat hij niet de vader was?'

'Pas een paar weken geleden.'

Dawn keek geschokt op. 'Dus Tom heeft altijd gedacht dat Liv zijn eigen kind was?'

Katy knikte weer. 'Ik weet dat wat ik heb gedaan niet eerlijk was naar Tom toe. Het was egoïstisch en onethisch.'

'We zitten hier niet om een oordeel over u te vellen,' zei Quinn. 'Wist Jonas Powell dat u Tom niets verteld had?'

'Ja.'

'Over onethisch gesproken,' flapte Dawn eruit.

'Ik heb hem net zo lang gesmeekt tot hij me wilde helpen. Jonas en ik kennen elkaar al ons hele leven. We hebben zelfs een korte periode verkering gehad – Jonas was smoorverliefd op me, maar toen kwam ik Tom tegen en ik wist meteen dat hij de ware voor me was. Dat het tussen Jonas en mij nooit echt zou gaan werken.'

'Dat zal een klap voor hem zijn geweest.' Quinn keek haar doordringend aan.

'Hij vond het moeilijk, maar hij begreep ook dat liefde zich niet laat dwingen. Hij heeft wel altijd een zwak voor me gehouden.'

'En daar hebt u misbruik van gemaakt?'

'Ik was wanhopig.'

'Was het niet raar dat uw ex uiteindelijk uw gynaecoloog werd?' Quinn klonk nu oprecht nieuwsgierig.

'Ik heb daar nooit moeite mee gehad. Het was allemaal al zo lang geleden. We waren nog pubers destijds.'

'Maar wat ik niet begrijp is...' zei Dawn. 'Waarom heb je Tom uiteindelijk toch de waarheid verteld? Je had hem ook in onwetendheid kunnen laten.'

'Om iets wat Jonas me vertelde. De donor die Livs biologische vader is, blijkt een erfelijke aandoening te hebben. De donor heeft dat op latere leeftijd ontdekt en zich gemeld bij de kliniek. Er worden binnenkort brieven verstuurd aan alle ouders bij wie zijn zaad is gebruikt, maar Jonas heeft mij alvast in vertrouwen persoonlijk op de hoogte gebracht.'

Dawn trok haar wenkbrauwen op. 'Wat aardig van hem.'

'Weet u wie de donor is? Heeft hij u dat ook verteld?' vroeg Quinn.

'Nee, die is anoniem.'

'Maar hoe kan het dat er zaad is gebruikt met erfelijke afwijkingen? Het wordt toch van tevoren uitvoerig getest?'

'Dat denk ik wel, maar in het geval van Liv is er iets misgegaan.'

'Wat is het voor aandoening? Was Liv ziek?' vroeg Dawn.

'Een stofwisselingsziekte en nee, Liv was niet ziek. De kans dat ze dat zou worden was ook klein. De ziekte slaat meestal toe bij jongetjes. Liv zou echter wel drager zijn van de aandoening en de ziekte kunnen overbrengen op haar kinderen.' Er klonk een snik door in Katy's stem.

'Die brief van de kliniek hebt u nog niet gehad, zei u?' vroeg Quinn.

'Nee, nog niet. Ze hadden Jonas, als mijn arts echter wel op de hoogte gesteld en hij vond het nodig me vast te informeren. Hij is ook degene geweest die me ervan heeft overtuigd om Tom de waarheid te vertellen. Jonas' vader bleek nogal wat geheimen op te biechten aan het einde van zijn leven en Jonas wilde niet worden zoals zijn vader. Hij wilde schoon schip maken en Tom weer recht in de ogen kunnen kijken. Achteraf gezien heeft hij veel moeite gehad met het feit dat hij onethisch had gehandeld door mij te helpen zonder dat Tom er iets van wist.'

'Ik denk niet dat we hoeven te vragen hoe Tom heeft gereageerd,' concludeerde Quinn.

'Hij was furieus en dat is hij nog steeds. Zijn vertrouwen in mij is zo geschaad dat ik me afvraag of we er samen uit gaan komen. De dood van Liv heeft ons nog verder uit elkaar gedreven.'

Daarom had Tom zijn vrouw niet getroost toen ze Livs vermissing kwamen melden, besefte Dawn nu. *Daarom wilde hij niet in het zoekteam van zijn vrouw toen ze Gatineau Park uitkamden met de bewoners van The Glebe.*

'Denkt u dat het mogelijk is dat Toms woede zich op Liv heeft gericht?' Quinn trok een ongemakkelijk gezicht.

'Absoluut niet!' Haar reactie was opmerkelijk fel. 'Tom heeft niks met Livs dood te maken. Ik liep samen met hem voorop toen we de kinderen mee hadden genomen naar Gatineau Park. Ze verdween terwijl Tom en ik ruzieden. Tom hield van Liv en dat veranderde niet toen hij wist dat hij niet haar biologische vader was. De enige op wie hij boos was en die hij iets aan had willen doen, was ik.'

'Heeft hij fysiek geweld tegen je gebruikt?' vroeg Dawn.

'Nooit. In al die jaren dat we samen zijn, heeft hij me nog nooit een haar gekrenkt. Zo is Tom niet. Hij straft me door me te negeren en te dreigen met een scheiding.'

'Hoe is het met Colin? Waar is hij eigenlijk?'

'Bij mijn ouders. Colin heeft nu een stabiele omgeving nodig om hem te begeleiden in zijn verdriet om zijn zusje. Tom en ik zijn niet echt stabiel op het moment. We hebben gezamenlijk besloten dat het beter is voor Colin als hij bij mijn ouders logeert. Tom en ik bezoeken hem elke dag, afzonderlijk van elkaar. Naar omstandigheden gaat het goed met hem.'

Dawn knikte. 'Het zal voor dat mannetje ook heel pittig zijn.'

Quinn nam het over. 'Ik denk dat we voor nu voldoende informatie hebben. Mochten we nog aanvullende vragen hebben, dan weten we u te vinden.'

Katy knikte gelaten. Quinn schoof zijn stoel naar achteren en stond op. Hij had geen slok van zijn koffie gedronken. Dawns kopje was nog halfvol. Katy stond ook op en deed hen uitgeleide. Voordat ze naar buiten liep, draaide Dawn zich naar haar om.

'Weet jij toevallig waar Jonas is?' Ze probeerde zo nonchalant mogelijk te klinken.

'Nee. Waarom zou ik dat weten? Jonas en ik gaan privé verder niet met elkaar om. Dat wil Tom niet.' Ze keek naar haar voeten. 'En geef hem eens ongelijk.'

'Oké, veel sterkte dan maar de komende tijd. Ook voor Tom, mocht je hem spreken.'

Zodra Quinn en Dawn buiten stonden, sloot Katy zachtjes de deur achter hen. Zwijgend liepen ze naar hun auto. Quinn startte de motor terwijl Dawn het adres van de kliniek opdreunde.

'Gaan we ze bellen om te zeggen dat we eraan komen?' vroeg Dawn.

'Nee. Ik ben erg van de verrassingsbezoekjes in dit soort gevallen. Die kliniek heeft wat uit te leggen en ik wil ze niet de kans geven om zich voor te bereiden en een smoes te verzinnen.'

Dawn glimlachte. 'Ik zal de Youngs en de Kensingtons bellen en vragen of ze onlangs een brief hebben gehad van de kliniek.'

'Heb het nog maar even niet over de inhoud, voor het geval dat de brieven nog niet zijn verstuurd. Dat is aan de kliniek.'

Dawn voegde de daad meteen bij het woord en binnen vijf minuten had ze de informatie die ze zochten. 'Beide ouderparen hebben recent geen brief van de kliniek gehad. Na de geboorte van hun zoontje is er zelfs helemaal geen contact meer geweest. De kliniek was slechts de leverancier van het zaad. Controles et cetera werden door de eigen gynaecoloog gedaan.'

'Interessant.'

'Die kliniek is de spil in deze zaken, dat kan niet anders.'

'Ik denk dat je gelijk hebt. We moeten erachter zien te komen wie de betreffende zaaddonoren zijn. Misschien schept dat meer helderheid. En wat Jonas ermee te maken heeft, daar ben ik ook heel benieuwd naar. Wat Katy vertelde over de rol die hij heeft gespeeld is op zijn zachtst gezegd opmerkelijk te noemen.'

'Ja, dat ook.'

Maar waar was Jonas?

42

De ramen van het kantoor konden wel een wasbeurt gebruiken, constateerde Dawn toen de directeur van het New Life Institute haar en Quinn een stoel aanbood. Het lukte de laatste flauwe zonnestralen van de dag amper om door het waas van vuiligheid heen te komen. Het bureau dat tussen hen en Bernie White in stond, was op een computer na volledig leeg – alsof het was schoongeveegd door een overijverige schoonmaakster. In de stellagekast aan de wand stonden dikke multomappen in de kleuren blauw en roze. Elke letter van het alfabet had zijn eigen map.

White was duidelijk niet voorbereid op hun komst. Op de gele spencer die hij over een witte blouse droeg, zat een grote koffievlek ter hoogte van zijn opgezwollen buik. Zijn vettige grijze haar was één kant op gekamd om beginnende kaalheid te verhullen. Het was niet overdreven warm in het kantoor, maar toch zweette de man als een otter en er hing een zurige lucht om hem heen. Whites uiterlijk stond in schril contrast met de voorstelling die Dawn zich van hem had gemaakt. Ze had een flitsende praatjesmaker verwacht in een strak maatpak.

'Heer en dame, waar kan ik u mee van dienst zijn?' White sliste en had een stem die te hoog was voor zijn plompe postuur.

'Hebt u het nieuws recent nog een beetje gevolgd, meneer White?' vroeg Dawn, die met Quinn had afgesproken dat deze keer zij het gesprek zou voeren.

'Zijdelings.'

'Toevallig iets meegekregen over twee kinderen die dood zijn aangetroffen in Gatineau Park?'

'Afschuwelijk.' White depte zijn voorhoofd met een zakdoek.

'Sinds vandaag wordt er een derde kind vermist.'

'Vreselijk. Ik hoop dat ze het jongetje snel vinden.'

'Voor iemand die het nieuws zijdelings heeft gevolgd, bent u goed op de hoogte. De vermissing van het jongetje is pas een halfuur geleden bekendgemaakt.'

White schoof nerveus heen en weer op zijn stoel. 'Ik gokte dat het een jongetje was, ik had net zo goed meisje kunnen zeggen.'

'Wist u dat we een link hebben gevonden tussen de drie kinderen? Een verbindende factor, zeg maar?'

Whites ogen schoten heen en weer. Alsof hij op zoek was naar een vluchtroute.

'Welke link?' vroeg hij met een klein stemmetje.

'Ik denk dat u het antwoord op die vraag al weet, nietwaar?'

Dawn zag nieuwe zweetdruppels verschijnen op het gezicht van de directeur. Hij slikte hoorbaar.

'Alle drie de kinderen zijn verwekt met donorzaad uit uw kliniek. Wat hebt u daarop te zeggen?'

'Niets. Geen commentaar.'

'Geen commentaar? Wat denkt u, dat we u om een citaat voor in de krant vragen? Wij zouden graag wat gegevens van u ontvangen. Zo zijn wij erg benieuwd of deze kinderen allemaal andere donoren hebben gehad of dat ze zijn geboren uit zaad van dezelfde donor.'

'Die gegevens mag ik u niet verstrekken. Privacygevoelige informatie gaat hier achter slot en grendel en daar blijft het ook.'

'De moeder van een van de dode kinderen is geïnsemineerd met zaad dat een erfelijke afwijking bevatte.'

'Dat is onmogelijk. Hoe komt u daarbij?'

'Dat hebben wij vernomen uit een zeer betrouwbare bron, meneer White, anders zou ik het niet hardop durven uitspreken. Zijn we het erover eens dat dat zaad nooit gebruikt had mogen worden? Dat het bij een fatsoenlijke screening, die uw instituut had moeten uitvoeren, niet door de kwaliteitscontrole had mogen komen?'

'En dan hebben we het nog niet gehad over de extra nalatigheid. U had op het moment dat u wist dat het zaad niet helemaal goed was, de vrouwen die ermee zijn geïnsemineerd moeten inlichten,' nam Quinn het over. 'Dat hebt u volgens onze informatie tot op heden niet gedaan, terwijl het nieuws toch al meer dan een maand bij u bekend is. Hebt u daar een verklaring voor, meneer White?'

'Wat wilt u toch van me?' Whites stem klonk schor.

'Dat heeft mijn collega u net gezegd. De naam van de donor en een lijst van alle kinderen die met dit foute zaad zijn verwekt. Het eerste slachtoffertje, Liv Tremblay, moet in elk geval op die lijst staan. Mijn collega en ik zijn heel benieuwd of Ted Young en Darnell Kensington ook van die donor zijn of dat ze een andere donor hebben.'

'Meneer White,' zei Dawn. 'U kunt nu met ons meewerken en dan zullen we overwegen geen grootschalig onderzoek in te stellen naar uw instituut, óf we komen terug met een huiszoekingsbevel en dan halen we de hele boel overhoop. Aan u de keuze.'

White stond op en ging met zijn armen op zijn rug voor het raam staan. Hij legde zijn voorhoofd tegen het koele glas en liet een vettige afdruk achter toen hij zich weer omdraaide. 'Ik heb geprobeerd om hem te beschermen, maar ik kan het niet langer. Ik laat hem niet alles kapotmaken wat ik in al die jaren zorgvuldig heb opgebouwd. Ik moet ook aan mezelf en aan de kliniek denken.'

'Dat is prachtig, deze monoloog waarmee u uzelf vrijpleit, maar over wie hebben we het hier? Wie is "hem"?'

White liep terug naar zijn bureau en trok een la open. Hij legde een blauwe map op zijn bureau die leek op de mappen in de stellingkast en haalde er een A4'tje uit.

'Hier staat alles op wat u moet weten.' Hij wapperde ermee in de lucht en legde het toen voor Dawns neus neer.

Ze pakte het vel op en haar ogen vlogen langs de namen. Haar hart ging als een bezetene tekeer terwijl de betekenis van de woorden tot haar doordrong. Toen overhandigde ze de lijst aan Quinn.

Quinn bekeek de lijst en keek Dawn veelbetekenend aan. 'Het net sluit zich.'

'Ja, dat vrees ik ook. Als we Jonas vinden, dan vinden we Darnell waarschijnlijk ook. Als we niet te laat zijn tenminste.' En toen tegen White: 'Dit is voor nu inderdaad even voldoende. Hartelijk dank voor uw medewerking.'

'Betekent dit dat u mij en de kliniek verder met rust laat?'

Alsof het zo afgesproken was, liepen Dawn en Quinn zonder antwoord te geven gelijktijdig het kantoor uit.

43

Het liep al tegen elf uur in de avond toen Jonas ter hoogte van Northbay op Highway 11 besloot om naar huis terug te keren. Hij kon niet eeuwig doorgaan met doelloos rondrijden. Karin zou waarschijnlijk doodongerust zijn en niets begrijpen van zijn vreemde aftocht. Hij was haar een uitleg verschuldigd, maar hij wist niet of hij kón uitleggen wat hem die avond daarvoor ineens had bezield. Als hij zijn verhaal deed, zou ze hem dan begrijpen en, belangrijker nog, in staat zijn om hem te vergeven? Hij was niet trots op wat hij had gedaan en als het kon, zou hij niets liever willen dan de tijd terugdraaien.

Karin maakte in zijn gedachten plaats voor Hailey en zijn maag kromp ineen. Hij wist bijna zeker dat zij de waarheid niet zou kunnen handelen. Dat ze niet in staat zou zijn hem te vergeven en dat ze hem nooit meer zou willen zien. Hij kon haar geen ongelijk geven. Het verleden had hem razendsnel ingehaald en gunde hem geen uitstel meer van het vertellen van de waarheid. Hij dacht aan de lijst met elf namen die hij inmiddels uit zijn hoofd kende. Een elftal waar al drie spelers van waren uitgeschakeld. Er waren er nog acht over. De timing kon niet beroerder. De begrafenis van zijn vader was morgen en hij moest Karin nog spreken over de invulling.

Ik weet niet of je nog ergens bent, pa, en of je me kunt horen. Het spijt me dat het allemaal niet wat gestroomlijnder verloopt, maar ik weet dat je het zou begrijpen. Dat je dezelfde keuzes zou hebben gemaakt als ik nu doe. We hadden nog zoveel te bespreken samen, maar de vraag die echt op mijn tong brandt, is waarom je niet eerlijk bent geweest over ma. Dat had je me toch gewoon kunnen vertellen? Schoon schip maken wilde je toch? Met een schoon geweten sterven. Ik begrijp het gewoon niet. De enige die me nog kan vertellen hoe het echt zit, is Stewart. De vraag is of hij dat zal doen. Hij heeft nota bene meegewerkt aan de valse overlijdensverklaring van ma. Het zal mij benieuwen of hij dat wil toegeven. Het zou een zwarte vlek zijn op zijn smetteloze reputatie.

Jonas zweeg en concentreerde zich weer op de weg. Het was vreemd om zo in gedachten tegen zijn vader te praten, maar hij merkte wel dat hij het prettig vond. Op de een of andere manier voelde zijn vader dichterbij als hij hem rechtstreeks aansprak. Hoewel het een eenzijdige conversatie was, vulde het toch de leegte een beetje op die hij voelde sinds Alan zijn laatste adem had uitgeblazen.

In de verte, een paar honderd meter bij hem vandaan, zag hij zwaailichten. Jonas vloekte hardop en ging langzamer rijden. Hij opende het raam aan de passagierskant volledig en gooide zes bierflesjes naar buiten in de berm. Drie waren er leeg, drie nog vol. Vijf flesjes belandden keurig in de beplanting, maar het laatste flesje kwam op de vluchtstrook terecht en viel in stukken uiteen. *Handig, Jonas.* Hoewel hij zijn laatste biertje ruim een uur geleden had gedronken, wist hij zeker dat hij de klos zou zijn bij een alcoholcontrole. En hoe dichter hij bij de zwaailichten kwam, hoe meer het op een alcoholfuik leek. Dat was echt het laatste waar hij op zat te wachten. Hij zou moeten terugrijden naar de afslag die hij al was gepasseerd en dan binnendoor een route naar huis moeten nemen.

Hij keek goed in zijn spiegels. Het was niet druk op de weg en een middenberm ontbrak. Slechts één auto doemde op in zijn dode hoek en toen die gepasseerd was, trok hij hard aan zijn stuur. De draaicirkel van de auto was precies klein genoeg en de vluchtstrook breed genoeg om de bocht in één keer te maken. Hij hoorde zijn banden een beetje slippen maar wist de auto onder controle te houden. Hij zuchtte opgelucht en gaf wat gas bij. De spanning in zijn schouders nam af, maar dat was van korte duur. In zijn binnenspiegel zag hij een politie-auto die zich had losgemaakt uit de fuik en nu met loeiende sirene achter hem aan kwam. Hadden ze gezien dat hij het bier naar buiten had gegooid of waren ze niet gecharmeerd geweest van zijn omkeeractie? Hij keek op zijn teller. Nog net binnen de toegestane snelheid, dus daar kon het niet voor zijn.

De politieauto naderde en reed hem in hoog tempo voorbij. Even leek het erop dat ze in volle vaart zouden doorrijden. Op het moment dat hij dacht dat hij spoken begon te zien, bleek dat toch niet zo te zijn. De politieauto minderde vaart en de woorden STOP POLITIE verschenen in de lichtbalk die op de hoedenplank was gemonteerd. Een tweede politieauto reed al achter hem – waar kwam die ineens vandaan? – en raakte nog net zijn bumper niet. De auto voor hem was nog langzamer gaan rijden en dwong hem om dat ook te doen. Hij zat klem. Even overwoog hij zijn stuur naar links te gooien om vol gas langs zijn voorganger te rijden, maar op het laatste moment bedacht hij zich. Wat had het voor zin? Het zou zijn positie alleen maar verslechteren. Als hij gewoon op een beschaafde manier uitlegde dat hij dokter was en net een spoedtelefoontje had gekregen van een patiënt, dan lieten ze hem vast wel gaan. Hij remde voorzichtig af en keek behoedzaam in zijn achteruit-kijkspiegel of de politieauto achter hem genoeg afstand hield. Dat was gelukkig het geval. Als een geoliede machine kwamen de drie auto's tot stilstand op de vluchtstrook. Jonas liet zijn motor draaien en opende zijn raam.

'Rijbewijs en papieren,' blafte een norse agent die uit de voorste wagen was gestapt.

Jonas pakte zijn portemonnee uit het dashboardkastje en overhandigde de agent de gevraagde documenten. De agent nam de papieren aan en liep ermee naar zijn auto om Jonas' gegevens in het systeem te zetten. Uit de voorste auto was nu ook een tweede agent gestapt en deze commandeerde Jonas om de motor van zijn auto uit te zetten en uit te stappen.

'Luister, ik ben arts en ik ben op weg naar een spoedgeval.

Ik ben graag bereid u op een later tijdstip te woord te staan of naar het bureau te komen, maar op dit moment heb ik grote haast. Noteert u mijn gegevens maar en laat me alstublieft naar mijn patiënt gaan.'

'Uitstappen,' zei de agent dwingend, 'anders helpen we u een handje.'

Jonas klikte zijn gordel los en opende de deur. Er trok een duizeling door zijn hoofd toen hij de auto uit stapte en hij greep zich vast aan het portier om niet te vallen. De agent pakte hem ruw bij zijn arm en trok hem weg bij de auto. Toen sloeg hij het portier dicht en duwde Jonas ruw tegen de auto aan. Jonas probeerde zich los te rukken, maar tevergeefs.

'U doet me pijn. Wilt u me alstublieft loslaten? Ik heb een spoedgeval, weet u nog? Ik sta hier kostbare tijd te verdoen.'

De agent was niet onder de indruk van zijn woorden. 'Leg uw handen op het dak van de auto en spreid uw benen.'

'Dit is belachelijk, ik...'

'Nu! Anders noteren we ook nog verzet bij arrestatie.'

'Arrestatie? Waarom? Ik heb nog niet eens geblazen. U kunt me niet zomaar oppakken.'

'Hij is het,' zei de agent die met Jonas' rijbewijs in zijn handen terugkeerde. Met kracht werd Jonas voorover op de motorkap geduwd en vliegensvlug werden zijn armen op zijn rug geboeid.

'Wat is dit?' Jonas' stem klonk schril.

'Jonas Powell, ik arresteer u op verdenking van betrokkenheid bij de moord op Liv Tremblay en Ted Young en de vermissing van Darnell Kensington. Alles wat u zegt kan en zal tegen u gebruikt worden. U hebt recht op een advocaat...'

De rest van de woorden hoorde Jonas niet meer, compleet in shock als hij was door de beschuldigingen die hem ten laste werden gelegd. Hij kwam weer bij zijn positieven toen hij werd meegetrokken naar de politieauto. Wankelend op zijn benen viel hij bijna – het was lastig om zijn evenwicht te bewaren nu hij zijn armen niet kon gebruiken. Hij werd in de auto geduwd en de deur werd met een klap dichtgeslagen. De agent stapte achter het stuur en meldde aan de andere eenheden dat Jonas Powell was gearresteerd en in bewaring zou worden gesteld in Ottawa. Powells auto kon worden opgehaald voor sporen-onderzoek – de agent gaf het kenteken en de locatie door en verbrak toen de verbinding. Zijn collega was inmiddels ook ingestapt en zette de radio aan. Het was duidelijk dat ze geen behoefte hadden om met Jonas te praten.

Dit is een groot misverstand. Hier gaan jullie spijt van krijgen. Mijn advocaat maakt gehakt van jullie. De zinnen spookten door Jonas' hoofd, maar hij deed er het zwijgen toe. Wat had het voor zin? Hij zat zwaar in de problemen. Maar hoe was dit mogelijk? Iemand moest hem erin geluisd hebben. Maar wie?

En toen drong de akelige waarheid tot hem door.

Bernie White.

Het kon niemand anders dan Bernie White zijn.

44

24 januari

'U kunt ons maar beter de waarheid vertellen, dokter Powell. Waar is Darnell Kensington? Wat hebt u met hem gedaan?'

Hoewel Jonas in eerste instantie opgelucht was geweest toen hij Dawn de verhoorkamer in zag stappen, samen met een grote blonde rechercheur, was de blik in haar ogen voldoende om de hoop op enige sympathie van haar kant te doen vervliegen. Het feit dat ze hem op formele wijze aansprak, sprak ook boekdelen. Ze had hem al veroordeeld en hij had er een hard hoofd in dat het hem zou lukken haar op andere gedachten te brengen. Hij wist niet wat voor bewijs ze had en op welke informatie ze zich baseerde, en pas als hij daarachter wist te komen, kon hij zijn strategie bepalen. Voor nu moest hij ervoor zorgen dat hij zich niet in een hoek liet duwen.

'Ik beroep me op mijn zwijgrecht totdat mijn advocaat er is.' Het kostte hem moeite om het niet uit te schreeuwen, maar hij hield zich in. Als hij iets had geleerd in zijn leven, dan was het wel het bewaren van zijn kalmte. Als hij zich nu liet meeslepen door primaire emoties, zou dat zijn zaak niet ten goede komen. Hij wilde voorkomen dat hij er iets uitflapte wat door de politie weer verkeerd uitgelegd zou worden, of tegen hem zou worden gebruikt. Zijn kalmte bewaren, nadenken, maar vooral zwijgen: dat was het enige wat hem te doen stond totdat zijn advocaat er was om hem bij te staan.

'De tijd tikt, dokter Powell,' zei de blonde politieman, die zich had voorgesteld als inspecteur Jones. 'Vertel ons waar Darnell

Kensington is. Leeft hij nog of hebt u hem net als Liv Tremblay en Ted Young gedood? We hebben bewijs dat u een grote hoeveelheid Brietal Hikma uit het General Hospital hebt gestolen.'

Jonas moest zijn tong bijna afbijten om niet te reageren.

Dawn haalde een vel papier uit een map en wapperde ermee voor zijn gezicht. 'Het bewijs van uw heimelijke actie. Ontkennen heeft geen zin.'

Hij wilde het papier haast uit haar hand trekken, maar weer lukte het hem om zich te beheersen. Het was een teken van zwakte als hij te gretig naar het papier greep. Bijna een schuldbekentenis. Stoïcijns keek hij langs Dawn heen toen ze zich naar hem toe boog. Vanuit zijn ooghoek ving hij nog net op dat er een spiertje bij haar oog trilde. Ze was dus lang niet zo zelfverzekerd als ze deed voorkomen. Op de een of andere manier deed hem dat goed. Het viel hem ontzettend tegen dat Dawn hem meteen had laten vallen en hem al veroordeeld had zonder eerst naar zijn kant van het verhaal te luisteren. Het kon hem niet schelen hoe hard haar bewijs was, ze hoorde eerst wederhoor toe te passen.

Wat hem het meeste zorgen baarde was de reactie van Hailey. Zou Dawn haar al gebeld hebben om te vertellen dat ze haar vriend had opgepakt? Zijn enige telefoontje had hij aan Karin besteed. Hoewel ze nog maar kort in zijn leven was, schatte hij haar steun op dit moment onvoorwaardelijker in dan die van Hailey. Het deed hem pijn dat te moeten constateren. Karin had vooral geschrokken gereageerd toen hij haar had verteld waar hij van werd beschuldigd. Hij had haar met klem op het hart gedrukt dat hij onschuldig was en hij had geen enkele aarzeling in haar stem gehoord toen ze 'Ja, natuurlijk heb je het niet gedaan' antwoordde. Karin had beloofd zijn advocaat te bellen en de begrafenis van hun vader uit te stellen. Ook zou ze Hailey bellen, maar hij had haar gevraagd dat pas in de ochtend te doen. Waarom, wist hij eigenlijk niet goed. Misschien hoopte hij wel dat Dawn haar zus op de hoogte zou stellen.

Er werd hard op de deur van de verhoorkamer geklopt en

tot Jonas' opluchting stapte zijn advocaat binnen. Rory Lamm was al zolang Jonas zich kon herinneren de advocaat van de familie. Ondanks zijn hoge leeftijd was hij nog helemaal bij de pinken. Hij liep naar Jonas toe, ging achter hem staan en legde beschermend een door jicht aangetaste hand op zijn schouder. 'Wat is hier aan de hand? Hoe haalt u het in uw hoofd om deze man van eer op te pakken en weg te zetten als een kindermoordenaar en kidnapper?'

'Het bewijs dat we hebben verzameld spreekt nogal tegen uw cliënt,' antwoordde Quinn.

'Ik weet zeker dat dit allemaal op een misverstand berust. Laat me de documenten maar zien, dan kan ik ze doornemen met mijn cliënt. Alleen, graag.'

'Ik begrijp dat u uw cliënt alleen wilt spreken, maar helaas kunnen we dat niet toestaan. We werken nogal onder tijdsdruk. De vermiste jongen, Darnell Kensington, is nog altijd niet gevonden en we vermoeden dat dokter Powell meer weet over zijn verblijfslocatie en de toestand waar hij zich in bevindt. Elke minuut die verloren gaat, neemt de kans dat we hem levend vinden af.'

'Ergo, dokter Powell gaat nu praten en u kunt hem ter plekke bijstaan,' bitste Dawn. 'Geen discussie mogelijk.'

'Inspecteur Clark, is het niet? Ik heb vernomen dat u mijn cliënt ook persoonlijk kent. Hij is bevriend met uw zus, toch? Ik verwacht van u dat u daar professioneel mee omgaat. Zo niet, dan laat ik u van het onderzoek afhalen.' Lamm bracht het als een mededeling, niet als een mogelijkheid. 'Ik zou dus maar wat aardiger doen.'

Jonas kon de stoom haast uit Dawns oren zien komen, maar ze besefte dat de advocaat elk woord dat hij had gezegd meende en dat hij niet zou aarzelen zijn dreigement ook uit te voeren.

'Ik sta volledig in voor de professionaliteit van inspecteur Clark,' stond Quinn haar bij.

'Dat is mooi. Vertelt u me dan maar eens waarom u mijn client hier vasthoudt en hem verhoort zonder dat zijn advocaat daarbij aanwezig is.'

Lamm ging op de stoel naast Jonas zitten en fluisterde: 'Je krijgt de groeten van Karin.' Jonas knikte en voelde zich warm worden vanbinnen.

'We hebben dokter Powell zojuist enkel op de hoogte gesteld van het bewijs dat we hebben gevonden voor het feit dat hij onlangs een grote hoeveelheid van het narcosemiddel Brietal Hikma heeft gestolen uit het General Hospital. Restanten van dit middel zijn in de lichamen aangetroffen van Liv Tremblay en – zo weten we sinds gistermiddag – Ted Young. Alles wijst erop dat beide kinderen door dezelfde dader om het leven zijn gebracht. We vermoeden dat het derde vermiste kind op dit moment in handen is van deze zelfde moordenaar...'

'Een moordenaar die volgens u hier aan tafel zit. U kunt me veel wijsmaken, inspecteur Clark, maar een mens is niet in staat om op twee plaatsen tegelijk te zijn. Ook mijn cliënt niet.'

'De mogelijkheid bestaat dat hij niet alleen handelt.'

'Hebt u daar enig bewijs voor?'

Dawn zweeg.

'Dat dacht ik al,' concludeerde Rory. 'Laat me dat bewijs maar eens zien waarop staat dat mijn cliënt dat narcosemiddel gestolen zou hebben.'

Dawn legde de uitdraai van de voorraadlijst en de afgetekende medicijnopnames daaruit voor de advocaat op tafel. 'Kijkt u naar de omcirkelingen,' lichtte ze toe.

Jonas boog zich naar Lamm toe zodat hij het papier ook kon zien. Zijn ogen volgden de tekst boven de kromme vinger van zijn advocaat. Hij zag dat er geen handtekening achter de meegenomen hoeveelheid was geplaatst, alleen een elektronische registratie van zijn toegangspasje.

'Dit heb ik niet gedaan,' fluisterde hij in Lamms oor. 'Ik weet niet hoe ze aan deze gegevens komen, maar ik was die nacht niet in het ziekenhuis. Bovendien heb ik niets te zoeken bij de narcosemiddelen. Alleen anesthesisten zijn bevoegd die te pakken. Kijk hier, mijn handtekening ontbreekt. Het enige bewijs dat ze hebben, is de registratie van mijn toegangspasje die nacht, maar ik verzeker je dat ik niet degene was die zich met dat pasje toegang heeft verschaft tot die voorraadkamer.'

Lamm knikte ten teken dat hij het begrepen had. 'Is dit het enige bewijs dat u hebt? De registratie van dokter Powells toegangspas die, neemt u me niet kwalijk, ook door iemand anders gebruikt kan zijn? Hebt u camerabeelden die aantonen dat mijn cliënt daadwerkelijk in die bewuste nacht in het ziekenhuis aanwezig was?'

Lamm liet zijn strenge ogen heen en weer gaan tussen Dawn en Quinn.

'Nee. Nee, die hebben we niet,' zei Dawn uitdagend. 'De bewakingsbeelden zijn al gewist.'

'Dan is dit flinterdun bewijs.' Er klonk iets van minachting door in de stem van de advocaat, alsof hij gehoopt had op een grotere uitdaging. 'U zult toch echt met beter bewijs moeten komen.'

'Bent u uw pasje kwijtgeraakt in de periode waarin de Brietal Hikma uit het ziekenhuis is ontvreemd, dokter Powell?' vroeg Quinn.

'Niet dat ik weet, maar ik heb er verder ook niet op gelet. Ik was me toen van geen kwaad bewust en nu nog steeds niet.'

'Geen concrete aanwijzingen dus dat iemand anders uw pas heeft gebruikt,' concludeerde Dawn, terwijl ze Jonas' advocaat een venijnige blik toewierp.

'Kent u het New Life Institute, dokter Powell?' vroeg Quinn. Er lag een onverstoorbare uitdrukking op zijn gezicht, alsof hij er totaal niet van onder de indruk was dat Lamm hun bewijs zo gemakkelijk aan de kant schoof. De zelfverzekerdheid die hij uitstraalde, gaf Jonas de kriebels. Hij fluisterde wat in Lamms oor en liet zijn advocaat antwoorden.

'Mijn cliënt is bekend met de kliniek.'

'Klopt het dat uw cliënt zaaddonor is geweest voor deze kliniek?'

Hoe wisten ze dat? Had Bernie gekletst en zijn privacy geschonden? Probeerde hij hem er soms in te luizen zodat de aandacht van hemzelf werd afgeleid?

'Ik weet uit betrouwbare bron dat u pretendeert onvruchtbaar te zijn door een ongeluk, maar de zaaddonaties hebben ook nog plaatsgevonden na het bewuste ongeluk.' Dawns zelfvertrouwen was zichtbaar weer gegroeid. 'Kunt u dat verklaren, dokter Powell?'

Jonas handen begonnen te zweten en hij onderdrukte de neiging om ze af te vegen aan zijn broek. 'Hoe komt u aan die informatie? Dit zijn privézaken.'

'Op dit moment is uw privacy van ondergeschikt belang,' zei Quinn. 'Geeft u alstublieft antwoord op de vraag van inspecteur Clark.'

Jonas wreef met zijn handen in zijn ogen. Het spel was uit – hij moest de waarheid vertellen. Hij boog zich naar Lamm toe en overlegde kort met hem.

'Mijn cliënt is bereid openheid van zaken te geven,' zei Lamm na enkele minuten. 'Maar ik grijp meteen in als ik dat nodig acht.'

'We zijn benieuwd.'

Jonas ademde diep in. 'Ik vertelde de waarheid toen ik zei dat ik onvruchtbaar was. Alleen ben ik dat nog niet zo lang en het is ook niet door een ongeluk gekomen. Dat was een leugen om mijn vriendin te beschermen.' Hij keek even naar Dawn om haar reactie te zien, maar die hield haar gezicht in de plooi. 'Ik ben onvruchtbaar geworden omdat ik aan een erfelijke stofwisselingsziekte lijd. Ik weet nog niet heel lang dat ik ziek ben. Mijn oudste broer Elijah is destijds op jonge leeftijd aan de ziekte overleden, maar ik was toen nog te klein om dat te beseffen. Mijn vader heeft me pas een jaar geleden geïnformeerd over deze vreselijke ziekte in onze familie, nadat ik symptomen begon te vertonen. Voor die tijd was ik me er niet van bewust dat er al mijn hele leven een zwaard van Damocles boven mijn hoofd hing.'

‘Was uw vader ook ziek?’

‘Nee. Mijn moeder heeft de ziekte aan mij en Elijah overgedragen. Mijn zus Karin zal hoogstwaarschijnlijk niet ziek worden, maar is mogelijk wel draagster van de ziekte. Dat zou betekenen dat haar zoontje Sam de ziekte misschien ook krijgt.’

Jonas gaf een korte uitleg van de ziekte en haar verschillende gradaties.

‘Dus dat gesleep met je been komt door die ziekte en niet door een ongeluk?’ Dawn had ongemerkt de formaliteiten weer laten vallen.

‘Ja.’ Hij keek Dawn in de ogen. ‘Voor de zekerheid heb ik me laten steriliseren, zodat ik zeker weet dat ik nooit meer kinderen zal verwekken. Eventuele zonen van me kunnen niet ziek worden, maar eventuele dochters zullen draagster van de ziekte zijn en die weer kunnen doorgeven aan hun zonen. Dat wil ik niet op mijn geweten hebben.’

Lamm legde een hand op Jonas’ arm om hem te troosten.

‘De enige twee mensen die weten van mijn ziekte zijn Bernie White en sinds kort mijn zus Karin. Ik neem aan dat jullie de informatie niet bij mijn zus vandaan hebben?’

‘Het doet er niet toe van wie we de informatie hebben, maar het is inderdaad niet van je zus.’

Jonas knikte Dawn opgelucht toe, maar de opluchting verdween toen ze een A4’tje met namen voor zijn neus legde. ‘Zegt deze lijst je iets, of de namen die erop staan?’

Een blik was genoeg om Jonas kreunend ineen te doen krimpen. Lamm griste de lijst van tafel om hem te bestuderen. Met een strak gezicht keek hij daarna op. ‘Ik wil nu vijf minuten alleen met mijn cliënt.’

Dawn keek naar Quinn en die knikte. ‘Vijf minuten en geen seconde langer.’ Hij wenkte Dawn dat ze mee moest lopen naar de gang. Achter haar deed hij de verhoorkamer op slot.

45

Karin zat beduusd op de bank. Het was halfnegen in de ochtend en ze was nog steeds niet helemaal bijgekomen van het telefoontje dat ze enkele uren eerder met Jonas had gevoerd. Ze kon nog steeds niet geloven dat hij was opgepakt op verdenking van moord en ontvoering. Haar broer was vast geen heilige en zou best eens dingen hebben gedaan die niet door de beugel konden, maar misdaden tegen kinderen? Nee, dat ging er bij haar niet in.

Meteen nadat het gesprek met Jonas was beëindigd, had ze zijn advocaat gebeld. Hoewel de zon nog niet eens op was, had de man haar toegezegd onmiddellijk naar het politiebureau te vertrekken om Jonas bij te staan. Ze had tot acht uur gewacht met het bellen van de begrafenisonderneming om Alans begrafenis uit te stellen. Toen dat was geregeld, had ze Hailey gebeld, maar ondanks meerdere pogingen was het haar nog niet gelukt haar te pakken te krijgen.

'Waarom ben je verdrietig, mama?' gebaarde Sam.

Ze trok hem naar zich toe en hij klom op haar schoot. Ze verborg haar gezicht in zijn frisgewassen haren en snoof zijn kindergeur op. Was de wereld maar zo onschuldig als haar kleine jongen. Ze knuffelde Sam stevig en liet hem toen weer gaan. Hij was weer opnieuw begonnen aan de puzzel die hij pas nog met Hailey had gemaakt. Karin stond op en ijsbeerde door de kamer. Geduld was nooit haar sterkste kant geweest. Ze wilde iets voor Jonas doen, maar wist niet wat. Ze kón niks doen. Het was afwachten tot er weer nieuws kwam. Ze had geprobeerd Dawn te bellen, maar die nam haar telefoon natuurlijk niet op.

Ongedurig liep ze naar de keuken en schonk een kop koffie voor zichzelf in. Ze moest iets omhanden hebben om de tijd door te komen.

Ineens schoot haar te binnen wat ze zou kunnen doen: ze zou met dokter Johnson gaan praten, de arts die de valse overlijdensverklaring van haar moeder had ondertekend. Hopelijk kon hij haar het echte verhaal vertellen en zou ze Jonas een verklaring kunnen geven voor het gelieg van hun vader. Het enige probleem was Sam. Natuurlijk zou ze hem mee kunnen nemen, maar dat had niet haar voorkeur. Zou ze Hailey nog eens kunnen vragen om op te passen? Ze had geen flauw idee of ze vandaag moest werken, maar het was het proberen waard. Eigenlijk verbaasde het haar dat Hailey nog geen contact met haar had gezocht over Jonas. Ze zou toch wel op de hoogte zijn van zijn arrestatie? Dawn zou haar toch wel gebeld hebben? Hoe dan ook, eerst maar eens die Johnson benaderen – als hij niet kon, dan hield het sowieso op voor vandaag. Ze zocht het nummer op dat Jonas haar had gegeven en drukte met een knoop in haar maag de toetsen in.

'Johnson.' De extreem hese stem was nauwelijks te verstaan.

'Dag meneer Johnson, u spreekt met Karin ter Duin. Ik ben de dochter van Alan Powell.'

Het viel stil aan de andere kant van de lijn.

'Hallo? Bent u daar?'

'Ja, ik ben er. Alleen... u verrast me nogal.'

'Weet u wie ik ben?'

'Ja.'

'U weet van mijn bestaan?'

'Ja, maar ik had niet verwacht u ooit te spreken te krijgen.'

'Ik ben op Alans verzoek naar Canada gekomen omdat hij me wilde zien voordat hij stierf.'

'En is dat gelukt?'

'Ja.'

'Mooi. Goed.'

'Ik zou graag een afspraak met u maken. Ik heb wat vragen

die ik aan u wil voorleggen. Vragen die ik eigenlijk aan Alan had willen stellen, maar dat gaat helaas niet meer. Maar ik verwacht dat u me ook kunt helpen.'

'O... nou, u maakt me nieuwsgierig.'

'Wanneer zou u tijd hebben?'

'Mevrouw, ik ben een oude man die niks te doen heeft. Als u wilt, kunnen we vandaag nog afspreken.'

'Dat wil ik zeker, ik moet alleen even proberen om een oppas te regelen voor mijn zoontje. Is het goed als ik u zo terugbel?'

'Prima.'

Karin hing op en probeerde meteen om Hailey te bellen. In tegenstelling tot eerder, nam ze nu wel op. Zwaar hijgend.

'Dag Hailey, met Karin. Is alles goed met je?'

'Ik zit midden in mijn hardlooprondje.'

'O, sorry dat ik stoor.'

'Geeft niet, ik stop wel even. Waarvoor bel je?'

'Nou, ik vroeg me af of je het al gehoord hebt van Jonas.'

'Eh, wat zou ik gehoord moeten hebben?'

'Dat hij is gearresteerd.'

'Wat?! Gearresteerd? Hoezo?'

'De politie denkt dat hij iets te maken heeft met de moord op die kinderen. Gisterochtend is er weer een jongetje verdwenen. Daar verdenken ze hem ook van.'

'O nee, wat erg! Maar dat is belachelijk, Jonas zou een kind nooit iets aandoen.'

'Mijn idee.'

'Maar... maar wat voor bewijs hebben ze tegen hem?'

'Dat moet je je zus vragen.' Het klonk cynischer dan Karin bedoelde. Hailey ging er niet op in.

'Wordt hij in Ottawa vastgehouden? Heeft hij een advocaat?'

'Ja en ja.'

'Shit! Dit is echt niet goed. Kan ik iets voor hem doen?'

'Nee, niet echt. Zijn advocaat is nu bij hem tijdens het verhoor en voor ons is het nu afwachten geblazen wat er gaat gebeuren.'

'Dus ik kan echt niks voor Jonas doen? Je weet het zeker?'

'Ja, ik weet het zeker, maar...' Ineens voelde Karin zich bezwaard dat ze een beroep wilde doen op Hailey. Die had nu echt wel iets anders aan haar hoofd.

'Ja?'

'Nou, er is wel iets waar je mij mee zou kunnen helpen.'

'Roept u maar.'

'Zou jij nog een uurtje of wat op Sam kunnen passen? Ik heb een afspraak met een oude vriend van Alan waar ik Sam liever niet mee naartoe neem.'

'Tuurlijk, geen probleem. Ik ben nu in Gatineau Park, maar ik kan over een halfuur bij mijn auto zijn en dan kom ik naar je toe. Geef me een uurtje.'

'Hailey, je bent een schat. Vind je het echt niet vervelend?'

'Nee joh, voor mij is het een goede afleiding en Sam is zo'n lieverd. Doe jij je ding maar.'

'Nogmaals ontzettend bedankt.' Karin wilde al ophangen toen Hailey met benepen stem haar naam zei.

'Karin?'

'Ja?'

'Waarom heeft Jonas me niet gebeld? Ik ben zijn vriendin. Ik hoor toch te weten van zijn arrestatie?'

'Dat had puur een praktische reden, omdat ik wat dingen voor hem moest regelen. Hij mocht maar één telefoontje plegen van een paar minuten. Als hij meer tijd had gehad, had hij jou vast en zeker ook gebeld. Hij heeft me gevraagd jou in te lichten, maar ik kreeg je niet eerder te pakken.'

'Tijdens het hardlopen neem ik mijn telefoon in principe nooit op. Toen ik van muziek wilde wisselen, zag ik dat ik een aantal oproepen van je had gemist.'

'Ik snap het. Maar goed, denk er niet te veel van dat Jonas mij dus belde. En ik zie je straks. Dag Hailey.'

Zodra ze had opgehangen belde Karin Johnson terug om te zeggen dat ze over ongeveer anderhalf uur bij hem zou zijn.

'Van harte welkom, meisje,' piepte hij.

Karin blies in een kop dampende thee terwijl ze de man die tegenover haar stond bestudeerde. Stewart Johnson was een lange, statige man. Hij was graatmager en had een enorme haakneus. De scherpe contouren van zijn knokige knieën waren duidelijk te zien in zijn beige corduroy broek toen hij plaatsnam in de bruine chesterfield. Puntige schouders probeerden door een bordeauxrode spencer heen te prikken. Zijn cognacje zette hij op het tafeltje naast zich. Daarna legde hij zijn slanke handen met dunne vingers op zijn bovenbenen. *Echte gynaecologenhanden*, kon Karin niet nalaten te denken. Ondanks zijn broze botstructuur was zijn handdruk heel stevig geweest, pijnlijk zelfs.

'De laatste keer dat ik je zag, was je een piepklein baby'tje van een paar dagen oud,' opende Stewart het gesprek. 'Je bent een prachtige vrouw geworden, mag ik dat zeggen?'

'Dank voor het compliment.'

'Je lijkt op Alan.'

'Lijk ik ook op mijn moeder?'

'Ach ja, Paulette. Je hebt haar lach. Maar ik zie ook Jonas en Elijah in je terug.'

'Naar wat ik begrepen heb, lachte mijn moeder niet zo vaak.' Karin was vastbesloten om het gesprek in haar moeders richting te sturen. Ze zou niet eerder weggaan voordat ze antwoorden had.

'Er zijn wat donkere periodes in haar leven geweest, maar in wezen was ze een vrolijke, goedlachse vrouw.'

'Donkere periodes die uiteindelijk tot haar zelfmoord hebben geleid?'

Zo, het spel is op de wagen. Nu jij weer, Stewart Johnson.

Johnsons gezicht trok even strak, maar hij herstelde zich snel weer. 'Zelfmoord? Je moeder is gestorven in het kraambed. Ik was haar gynaecoloog.'

'Ik zou het op prijs stellen als u me niet voor de gek houdt. Tijdens het opruimen van Alans huis heb ik bewijzen gevonden voor haar zelfmoord. Haar dagboek, een afscheidsbrief en foto's die gemaakt zijn van haar en mij samen, twee dagen na mijn geboorte. Een herinneringskruisje met de sterfdatum 8 maart. Ik ben jarig op 6 maart. Moet ik nog doorgaan?'

Ze keek Johnson strak aan. De man kromp voor haar ogen ineen, maar zweeg.

'Wat Jonas en ik ons afvragen,' begon Karin weer, 'is waarom Alan tot aan zijn dood heeft gelogen over de doodsoorzaak en waarom u een valse overlijdensverklaring hebt getekend.'

Johnson sloot zijn ogen en liet zijn kin op zijn borst zakken. Even was Karin bang dat hij erin bleef. Ze stond net op het punt om naar hem toe te lopen, toen hij zijn ogen opende en haar vervolgens recht aankeek. 'Ik had net als Alan gehoopt dit geheim mee te nemen in mijn graf.' Hij nam een grote slok cognac. 'Het is allemaal gedaan met de beste bedoelingen, dat moet je van me aannemen. Je vader heeft het op deze manier aangepakt om je moeder te beschermen en ik heb hem daar uit vriendschap bij geholpen. Volgens de wet was het verkeerd, dat geef ik meteen toe, maar we vonden het allebei het beste.'

'Dat zult u me toch moeten uitleggen.'

Johnson knikte. 'Ben je op de hoogte van de reden van haar zelfmoord?'

'De dood van Elijah. En ze leed zwaar onder de wetenschap dat zij degene was die Elijah die ziekte had gegeven. Haar vrees voor het leven van Jonas was de druppel die haar deed besluiten om eruit te stappen. Maar ik was er toch ook nog? De kans dat ik ziek word, is heel erg klein.'

'Dat klopt, maar je kunt de ziekte wel weer doorgeven aan eventuele zonen.'

Ze knipperde met haar ogen. 'Ik heb een zoontje. Hij moet nog getest worden.'

'Dat spijt me voor je. Mag ik vragen wat het met jou als moeder doet dat je zoon mogelijk ook ernstig ziek wordt en dat jij de genen die dat veroorzaken aan hem hebt doorgegeven?'

'Wat denkt u? Het maakt me bang, verdrietig, boos. Ik voel me machteloos en ook schuldig, ook al weet ik dat ik het niet met opzet heb gedaan. Als ik had geweten welke ziekte ik in me droeg, had ik er waarschijnlijk nooit voor gekozen om moeder te worden. Het had me verteld moeten worden. Alan had het me moeten vertellen.'

'Paulette was ook een moeder, met dezelfde gevoelens als jij.'

'Waarom heeft ze Jonas en mij überhaupt nog gekregen? Ze wist van die ziekte en dat ze die zou doorgeven.' Voor het eerst voelde Karin ook boosheid naar haar moeder toe.

'Ik denk dat je te hard over haar oordeelt. Jonas was al geboren toen bij Elijah de ziekte werd geconstateerd.'

'Maar ik dan? Toen ik werd geboren, wist ze er wel van af. Waarom heeft ze voor een derde kind gekozen?'

'Soms kiest de natuur voor je.'

'Ze had me kunnen laten weghalen.'

'Ik denk dat het belangrijk is dat ik je wat meer achtergrondinformatie over je moeder geef. Misschien kun je dan wat meer begrip voor haar opbrengen, want geloof me, dat verdient ze.' Karin sloeg haar armen over elkaar, maar Johnson liet zich door dit gebaar niet van de wijs brengen. 'Je moeder is opgegroeid in een strenggelovig gezin. Met streng bedoel ik ook écht streng. Zaken als het gebruik van voorbehoedsmiddelen, abortus en zelfdoding waren allemaal streng verboden en konden tot verstoting uit het gezin leiden. Je moeder is opgegroeid met de toorn Gods en dreigementen van hel en verdoemenis. Pas toen ze je vader leerde kennen, wist ze enigszins los te komen van de leer en bloeide ze langzaam op. Ze was een prachtige, intelligente vrouw die in het gezin waarin ze opgroeide niet tot haar recht kwam. In eerste instantie hadden haar ouders ook grote moeite met je vader omdat hij niet leefde naar de Bijbel, maar hij won hun respect met zijn aanzien als hematoloog en zijn harde werken. Alan mocht met je moeder trouwen als hij zich liet dopen en bekeren tot het geloof. Hij was smoorverliefd op je moeder en had alles voor haar over, ook dat.'

'Geloofde Alan eigenlijk in God?'

'Als ik hem die vraag stelde, zei hij altijd: "Ik aanbid maar één iemand en dat is Paulette."'

Voor het eerst verscheen er een glimlach op Karins gezicht.

'Je vader hield niet van regeltjes en opgedrongen gedachtegoed. Hij was een groot voorstander van zelfstandig nadenken. Dat stimuleerde hij ook heel erg bij je moeder. Hij heeft haar op het spoor gezet om een opleiding tot verpleegkundige te volgen en je mag me gerust geloven als ik zeg dat ze daar verdraaid goed in was. Het was haar op het lijf geschreven, zoals dat zo mooi heet.'

'Maar ging hij wel elke week naar de kerk, nadat hij zich "bekeerd" had?'

'In het begin van hun huwelijk ging hij mee voor je moeder, maar puur als formaliteit. Zijn opluchting was groot toen je moeder de dwangmatige kerkgang die haar ouders haar hadden opgelegd, begon los te laten. Ze nam niet meer alles klakkeloos aan wat er in de Bijbel stond, maar het gevolg was wel dat het contact met haar ouders er niet beter op werd. Ze werd steeds meer gezien als een afvallige, het zwarte schaap, en je moeder heeft daar heel veel verdriet van gehad. Maar afgezien daarvan bloeide ze helemaal op en werd ze de vrouw die je vader altijd in haar gezien had.'

'Het klinkt alsof ze gelukkig waren.'

'Ja, dolgelukkig, en helemaal toen hun eerste kindje werd geboren. Maar Paulettes ouders bleven hun gal spuwen omdat ze God de rug had toegekeerd. Op een dag zou hij met haar afrekenen. En toen Elijah ziek werd, zag ze dat als een straf van God omdat ze hem niet meer trouw was. Je vader heeft er alles aan gedaan om haar dat uit het hoofd te praten, maar is daar nooit helemaal in geslaagd.'

De oude man nam weer een slok van zijn cognac en leek te zijn uitgepraat.

'En toen...'

Hij schraapte zijn keel. 'Toen werd ze ongepland zwanger van jou. Je vader drong aan op een abortus.'

'Hij wilde me dus niet.'

'Hij wilde jóú wel, niets liever, maar hij wilde niet dat er een nieuwe draagster van die vreselijke ziekte geboren werd of dat hij weer een zoon zou krijgen die groot risico liep ziek te worden. Probeer dat alsjeblieft te begrijpen.'

Karin slikte hoorbaar. 'Mijn hoofd snapt het wel, maar mijn hart niet.'

Johnson knikte alsof hij begreep wat ze bedoelde, en even waren de twee in hun eigen gedachten verzonken.

'Mijn moeder heeft haar zin gekregen,' zei Karin uiteindelijk.

'Ja, maar gedurende haar hele zwangerschap werd ze heen en weer geslingerd tussen de wil van God en haar eigen wil als mens. Ze bleef twijfelen of ze de juiste beslissing had genomen en onder invloed van de zwangerschapshormonen werd ze steeds neerslachtiger. In de maand voordat jij werd geboren, raakte ze steeds meer in paniek en sprak ze steeds vaker een doodswens uit. Wat Alan ook deed, ze gleed steeds verder af en hij is zelfs bang geweest dat ze er een einde aan zou maken voordat jij geboren was.'

Eerst wilde mijn vader me niet en toen wilde mijn moeder me niet.

Johnson leek haar gedachten te hebben gelezen. 'Alan heeft er alles aan gedaan om je te beschermen. Hij liet Paulette die laatste maand geen seconde meer alleen,' probeerde hij de waarheid voor haar te verzachten. 'Je was gewenst, Karin, daar mag je nooit aan twijfelen. Dat abortusverhaal is maar heel even aan de orde geweest en daarna heeft je vader het losgelaten en zich voorbereid op je komst. Hij hield al van je voordat je geboren was. Je moeder ook, maar het lag ingewikkeld door de demonen in haar hoofd.'

'Ik weet hoe destructief demonen kunnen zijn, jarenlange indoctrinatie laat haar sporen na. Ik begrijp het ergens wel, alleen doet het zo ontzettend veel pijn.'

Johnson knikte begripvol.

'Maar waarom die valse overlijdensverklaring? Waarom al die leugens?'

'Door haar zelfmoord zou Paulette voorgoed verstoten worden door haar familie, alsof ze nooit had bestaan. Haar eer redden door haar een natuurlijke dood te geven, was het laatste wat je vader voor je moeder kon doen. Het was een laatste eerbetoon van hem aan haar.' Johnson reikte met zijn benige hand naar zijn cognacglas en nam een bedachtzame slok.

'En u? Waarom hebt u alles op het spel gezet en die valse overlijdensverklaring getekend?'

'Omdat ik de enige was die dat kon doen. Ik was je moeders gynaecoloog en zeer goed bevriend met je vader. Je vader handelde uit onvoorwaardelijke liefde, ik uit onvoorwaardelijke vriendschap. Liefde en vriendschap moet je koesteren in het leven, Karin, neem dat van deze oude man aan. Zonder die twee ben je helemaal niks.'

'U zult Alan wel heel erg missen.'

'Ja, dat doe ik,' zei Johnson met dikke stem. Hij sloeg in één keer het restant uit zijn cognacglas achterover.

'Dank u voor uw eerlijkheid.'

'Daar had je recht op. Ik hoop dat je op een dag begrip kunt opbrengen voor de keuzes die zijn gemaakt. Alan heeft je ter adoptie afgestaan uit liefde. Hij wilde dat je opgroeide zonder de ballast van het verleden die aan hem en Jonas kleefde. Hij wilde er volledig voor Jonas kunnen zijn, mocht hij ook ziek worden, en hij wilde jou al het leed besparen van een potentieel zieke broer en een vader die kapotging van liefdesverdriet en rouw. Hij heeft je altijd in zijn hart bij zich gedragen en er is geen dag geweest dat hij niet aan je heeft gedacht.'

'Maar waarom dan dat besluit om na vijfendertig jaar mijn leven alsnog overhoop te gooien?'

'Het was helemaal zijn bedoeling niet om als je biologische vader naar voren te treden. Hij wilde voordat hij stierf van je adoptieouders horen hoe het met je ging, dat was zijn laatste wens. Maar toen hij hoorde dat je een zoontje had, wist hij dat hij je moest vertellen wat Sam mogelijk te wachten staat. Je adoptieouders hebben nooit geweten van de ziekte die je met je meedraagt en Alan vond dat hij en hij alleen je daarvan op de hoogte moest stellen – dat was zijn plicht als vader. Daarom heeft hij je gevraagd naar Canada te komen, met alle gevolgen van dien.'

'Ik was te laat. Hij stierf voordat we echt over serieuze zaken hebben kunnen praten.'

'Dieptriest, zowel voor jou als voor hem.'

Karin kon het alleen maar beamen.

46

'Ik weet waar dit op lijkt, maar jullie hebben het mis. Bernie White is bezig om zijn eigen fouten en gesjoemel te verdoezelen. Jullie hebben deze lijst toch van hem gekregen?' Het lukte Jonas niet meer om rustig te blijven.

'Wij vinden het inderdaad heel toevallig dat Liv Tremblay, Ted Young en Darnell Kensington allemaal dezelfde donorvader hebben. Laat ik het wat exacter formuleren: dat ze ú als donorvader hebben, dokter Powell. En het blijft daar niet bij, hè?'

'Wat ons grote zorgen baart, is dat twee kinderen van de lijst vermoord zijn en dat een derde kind op het ogenblik wordt vermist. Wat staat de overige kinderen op de lijst nog te wachten?' vulde Dawn aan. 'Zijn zij ook in gevaar?'

'Ik heb er niks mee te maken!'

'Jij hebt niets van doen met die kinderen op die lijst?' Dawn prikte met haar vinger op het papier.

'Ja, dat wel. Dat klopt.'

'Wat klopt, dokter Powell?'

Jonas zuchtte. 'Het klopt dat ik de donorvader ben van de kinderen op die lijst. Maar ik heb ze geen van allen kwaad gedaan en ben ook geenszins van plan dat te doen!'

'Wat is het waar u mijn cliënt van beschuldigt?' vroeg Jonas' advocaat.

'Het lijkt er stellig op dat uw cliënt bezig is alle kinderen op deze lijst te elimineren,' antwoordde Quinn. 'Zijn eigen kinderen, als het ware.'

'Kom op, Dawn, je kent me beter dan dat. Hoe kun jij nou zoiets van me denken?'

'Weet je wat het punt is, Jonas, ik weet niet of ik je wel zo goed ken. Je hebt nogal wat dingen verzwegen en ik weet op dit moment niet wat ik nog moet geloven. Feit is dat er een duidelijke link is tussen die kinderen, en die link dat ben jij.'

'Maar dat maakt me toch nog geen moordenaar! Ik word erin geluisd door Bernie. Hij heeft nagelaten tests op erfelijke aandoeningen uit te voeren. Nu blijkt dat ik die ziekte heb, is het aan hem om dat uit te leggen. Ik heb hem gezegd dat we moreel verplicht zijn om de ouders te informeren, maar daar wilde hij niet aan. Hij is als de dood voor claims. We hebben daar enorme ruzies over gehad.'

'Wanneer was dat?' vroeg Quinn.

'Eergisteravond nog, maar dat was niet voor het eerst. Toen ik het bericht over de dood van Ted Young zag, ben ik meteen verhaal gaan halen bij Bernie. Ik had het gevoel dat hij iets met de dood van de kinderen te maken had. Dat hij schoon schip wilde maken en zijn fouten wilde wegpoetsen.'

'Hoe was zijn reactie op die beschuldigingen?'

'Hij ontkende natuurlijk alles en beweerde dat ik gek was geworden. Maar ik geloof hem niet. Echt, jullie moeten hem hebben en niet mij. Hij probeert koste wat het kost zijn bedrijf te beschermen. Er is veel geld mee gemoeid. Heel veel geld.'

'Dus u denkt dat Bernie White ons die lijst met uw donorkinderen heeft gegeven om de aandacht van zichzelf af te leiden?'

'Ik weet het wel zeker.'

'Hoe kent u Bernie White ook alweer?'

'We zijn oud-studiegenoten.'

'Vrienden?'

'Toen we nog studeerden wel, ja. Daarna ben ik hem uit het oog verloren, tot hij jaren later ineens opdook in mijn spreekkamer. Hij was net directeur geworden van het New Life Institute en wilde graag samenwerken met de gynaecologen uit de omgeving. Hij was bezig met een voorstelrondje en kwam zo ook bij mij terecht.'

'Had u weleens gehoord van dat New Life Institute?'

‘Nee, ze waren toen net nieuw in Canada. Bernie vertelde dat het een internationaal bedrijf was met vestigingen in verschillende landen en een hoofdkantoor in Cyprus.’

‘En toen dacht jij meteen: dat is een mooi initiatief, laat ik zelf ook maar eens een donatie doen.’ Dawn kon zich niet inhouden.

‘We kunnen uitstekend zonder uw cynisme, inspecteur,’ kwam Lamm tussenbeide.

‘Laat ik mijn collega’s vraag dan anders verwoorden, dokter Powell: hoe kwam u tot het besluit om zelf donor te worden?’

‘White vroeg het me. Hij kon wel wat intelligente donoren gebruiken, zei hij.’

‘En dat streelde uw ego natuurlijk.’

‘Ja, dat zal ik niet ontkennen, maar ik deed het echt vooral om een uitweg te bieden aan stellen met vruchtbaarheidsproblemen. Ik zie het leed dat deze mensen met zich meedragen bijna dagelijks.’

‘En u dacht niet dat er wellicht ethische bezwaren zouden kunnen zijn tegen een gynaecoloog die zelf donor wordt? Het is toch op zijn minst opmerkelijk te noemen, nietwaar?’

‘Er is geen enkel wettelijk, ethisch of medisch bezwaar tegen mijn donorschap. En om mogelijk vreemde situaties te voorkomen, sprak ik met Bernie af dat alleen cliënten van buiten Canada in aanmerking zouden komen.’

Dawn snoof. ‘Nou, die afspraak was niet veel waard, kunnen we wel concluderen – Liv Tremblay groeide zo’n beetje onder je neus op. Maar je wist natuurlijk niet dat jij haar vader was, hè? Althans, niet voordat Bernie je daarvan op de hoogte stelde.’

Jonas zweeg.

‘Dat wist u toch niet, dokter Powell?’ vroeg Quinn.

‘Dat is niet helemaal waar.’

Lamm legde een hand op Jonas’ arm en fluisterde hem iets in zijn oor.

‘Ja, ik weet het zeker,’ zei Jonas. ‘Ik heb dit geheim al veel te lang in mijn eentje gedragen. Ik aanvaard de consequenties van mijn daad.’

'Wat heb je gedaan, Jonas?' vroeg Dawn.

Jonas' ogen liepen vol tranen en hij keek haar recht aan. 'Dat is een lang verhaal.'

'Dan zou ik maar snel beginnen.'

Jonas slaakte een diepe zucht en begon toen te vertellen. 'Ik heb je al eens verteld dat Katy Tremblay en ik vroeger een relatie hebben gehad. Ik was idolaat van haar, geobsedeerd kun je wel zeggen. Maar haar gevoelens voor mij bleken een stuk minder sterk en mijn hart lag volledig aan gruzelementen toen ze mij in de steek liet voor Tom. Mijn hele toekomstplaatje van een huwelijk en kinderen met Katy kon in één klap de prullenbak in. Ik denk dat ik er nooit helemaal overheen ben gekomen. Althans niet voordat ik Hailey leerde kennen.'

Dawn veerde op bij het horen van de naam van haar zus, maar onderbrak Jonas niet.

'Toen Katy en Tom een jaar of zeven geleden bij me kwamen met vruchtbaarheidsproblemen had ik eigenlijk moeten weigeren om hun arts te worden, vanwege mijn relatie met Katy in het verleden. Ik had het moeten doen, maar ik kon het niet. Ik vond het prettig om Katy weer bij me in de buurt te hebben. Om haar vraagbaak te zijn, een schouder om op uit te huilen. Toen ze na de zoveelste mislukte ivf-poging in complete wanhoop bij me kwam en vroeg wat de opties nog waren, heb ik haar geadviseerd om met Tom de mogelijkheid van donorzaad te bespreken. De kans dat ze daar wel zwanger van zou worden, was aanzienlijk groter. Maar ze durfde het niet met Tom te bespreken omdat ze wist dat hij nooit akkoord zou gaan. Zo graag wilde hij dat tweede kindje niet.'

'Maar Katy wel?'

'Ja, en ik kon het niet aanzien – haar verdriet, haar wanhoop, het raakte me diep. Te diep. Toen ze me smeekte om haar buiten Tom om te helpen, heb ik haar doorgestuurd naar het New Life Institute. Eén belletje naar Bernie was genoeg om dezelfde dag nog een afspraak voor haar te regelen.'

'En toen gebruikte Bernie White heel toevallig jouw zaad

voor de inseminatie. Katy en Tom wonen bijna bij je om de hoek en gezien jouw verleden met Katy...'

Jonas legde zijn hoofd in zijn handen en schudde zijn hoofd. Hij probeerde wat te zeggen, maar de woorden bleven steken in zijn keel.

'Wiens idee was dat, Jonas?'

'Katy wist het niet. Bernie heeft het op mijn verzoek gedaan zonder dat Katy daarvan op de hoogte was.' Hij praatte zo zacht dat hij nauwelijks te verstaan was. 'Ik wilde dat ze een kind van mij zou krijgen.'

'Wat!' riep Dawn geschokt uit. 'En je hebt het Katy nooit verteld?'

'Nee.'

'Dokter Powell, weet Katy nu wel dat u Livs vader bent?' vroeg Quinn.

'Nee, nog steeds niet. Ik stond op het punt het haar te vertellen, toen Liv verdween. Na Livs dood vond ik het onmenselijk om haar met nog een trauma op te zadelen. Ik had haar al wel verteld over de fout die met het donorzaad was gemaakt en dat Liv mogelijk drager was van een erfelijke ziekte. Ze zou dat toch wel hebben gehoord, want Bernie had uiteindelijk toegezegd dat hij alle ouders met een brief op de hoogte zou stellen. Maar die brief kwam maar niet en toen begonnen er kinderen van de lijst te verdwijnen...'

'Waarom bent u niet eerder met deze informatie naar ons toe gekomen?'

'Ik was bang. Als dit naar buiten komt, is mijn carrière voorbij. Mijn leven. Ik heb alle regels aan mijn laars gelapt en misbruik gemaakt van de kwetsbaarheid van een patiënt. Dat is onvergeeflijk in mijn beroepsgroep.'

'Alleen Bernie White is van het hele verhaal op de hoogte?'

'Ja, voor zover ik weet wel. Ik heb het in elk geval met niemand anders gedeeld.'

'Ook niet met Hailey en Karin?' vroeg Dawn.

Jonas schudde zijn hoofd. 'Hailey weet niet eens dat ik donor ben geweest. Dat maakte het ook extra pijnlijk toen ze over kinderen begon en ik moest zeggen dat ik die haar niet kon geven, terwijl er dus andere vrouwen zijn die wel een kind van mij hebben.'

'Ze heeft jullie kinderloosheid ook nog helemaal niet geaccepteerd. Eergisteren is ze bij een vruchtbaarheidskliniek geweest om de mogelijkheden te onderzoeken.'

'O mijn god, dat meen je niet.'

'Helaas wel. Ik ben er nog niet aan toegekomen om het haar uit haar hoofd te praten. Hailey mag geen kinderen krijgen. Het risico is te groot.'

'Hoe bedoel je?' vroeg Jonas. 'Welk risico? Waar heb je het over?'

'Dat moeten jullie maar een keer privé bespreken,' greep Quinn in. 'Darnell Kensington is nog steeds zoek en de tijd tikt.'

'Maar ik weet niet waar de jongen is, hoe vaak moet ik dat nog zeggen? Waarom zou ik in vredesnaam mijn eigen nageslacht iets aandoen?'

'Wat is uw relatie tot Abigail Wilson, dokter Powell?'

Jonas was duidelijk verrast door de vraag. 'Abigail? Ik heb haar onlangs op Dawns verzoek onderzocht, maar dat is het dan ook. Ik ken de roddels en weet van haar bestaan, maar heb verder nooit enige vorm van contact met haar gehad.'

'Hoe verklaart u de vondst van Liv Tremblay in haar huis?'

'Het lijkt me dat het uw taak is om dat uit te vogelen,' antwoordde Lamm fijntjes namens Jonas. 'U zult het moeten doen met de informatie die mijn cliënt in alle openheid en eerlijkheid aan u heeft gegeven. Hij heeft u al te veel verteld naar mijn zin en u verspilt uw tijd door hem hier nog langer vast te houden.'

Dawn boog zich naar Quinn toe en fluisterde hem iets in zijn oor. Quinn knikte ten teken dat hij het begrepen had.

'We onderbreken dit verhoor enkele minuten voor een kort overleg.' Hij zette de opnameapparatuur uit en liep toen achter Dawn aan de verhoorkamer uit.

'Wat vind je ervan als we Jonas even in zijn sop laten gaarkoken en nog een bezoekje brengen aan Bernie White?' zei Dawn zodra ze op de gang stonden en de deur weer hadden gesloten. 'Die man heeft wel wat uit te leggen. Stel dat het waar is wat Jonas zegt en dat White hem erin probeert te luizen. White heeft er alle belang bij dat zijn gerommel onder de pet blijft. Door de claims die hem te wachten staan als de ouders van de kinderen op de hoogte zijn gebracht, moet hij de tent misschien wel sluiten. Jonas is degene die de ouders wél wil inlichten, dus hij loopt White ontzettend in de weg. Door Jonas verdacht te maken, kan hij hem voorlopig en misschien wel voorgoed van het toneel laten verdwijnen. Het levert hem in elk geval tijd op om een uitweg te verzinnen en zichzelf in te dekken. Ik denk dat dit een scenario is waar we serieus rekening mee moeten houden.'

'En dat zeg je niet omdat je de partner van je zus uit de wind wilt houden?'

'Nee, Quinn, daar heeft het niets mee te maken. Als Jonas schuldig is, dan zal hij boeten, maar je kunt niet ontkennen dat White hem wel op een presenteerblaadje aan ons heeft aangeboden door die lijst met donorkinderen te verstrekken. Zonder die lijst stond hij nu allang weer op straat. Het is ons enige echte aanknopingspunt in deze hele zaak.'

'White heeft inderdaad niet erg zijn best gedaan om Jonas te beschermen of zijn privacy te respecteren. Vooral dat laatste zit mij dwars. Privacy is in die branche een groot goed en White verschafte ons zomaar medische gegevens terwijl we niet eens een huiszoekingsbevel hadden.'

'Precies. En wie zegt dat het hier alleen Jonas betreft? Misschien zijn er wel meer misstanden die hij probeert te verdoezelen.'

'Oké, laten we maar een huiszoekingsbevel regelen voor het New Life Institute. Eens kijken wat een nader onderzoek van de administratie en de bedrijfsactiviteiten van meneer White ons opleveren.'

‘Gaat dat ons dichter bij het vinden van Darnell Kensington brengen?’

‘Ik weet het niet, maar we hebben nog geen enkele aanwijzing, dus we moeten blijven zoeken. En met Jonas zijn we in dat opzicht niet veel verder gekomen.’

‘Quinn, ik denk dat we met Jonas op het verkeerde spoor zitten. Hij heeft dingen gedaan die niet door de beugel kunnen, maar iets in me zegt dat hij niets te maken heeft met de dood of de ontvoering van die kinderen. Als ik hem zo hoor praten... Ik kan het niet goed onderbouwen, het is slechts een gevoel.’

‘Ik ben minder overtuigd van zijn onschuld dan jij.’

‘En dat betekent...’

‘Dat betekent dat we net zo lang doorgaan tot we de onderste steen boven hebben.’

47

Het parkeerterrein van het New Life Institute was uitgestorven toen Quinn de politieauto parkeerde. 'Gisteren was het hier een stuk drukker,' merkte hij op.

'Dit bevalt me helemaal niks.'

Dawn klikte haar gordel los en stapte uit. Het was geen probleem geweest om een huiszoekingsbevel te krijgen voor de commerciële vruchtbaarheidskliniek en ze waren meteen vertrokken toen ze het in hun bezit hadden. Om hen heen was het stil. Te stil. Dawn keek met een zorgelijk gezicht naar het gebouw van de kliniek.

'Ik zie geen lampen branden.'

Vastberaden liepen ze naar de ingang. Op de draaideur hing een briefje met de nauwelijks leesbare tekst: *Wegens omstandigheden gesloten*. Het was duidelijk dat het in alle haast was opgeschreven. Quinn duwde tegen de draaideur, maar zoals te verwachten viel kreeg hij er geen beweging in.

'Die is met de noorderzon vertrokken.'

'Ik probeer hem even te bellen.' Dawn toetste het nummer in en vloekte zachtjes toen een blikken stem haar liet weten dat het nummer niet langer in gebruik was.

'Ik laat een opsporingsbevel naar hem uitgaan.'

'Vergeet niet de luchthavens en douane in te lichten.'

Quinn knikte en pleegde wat belletjes. Dawn liep naar de auto en kwam terug met een koevoet. Haar partner lachte goedkeurend en pakte hem van haar aan.

'Laten we eens kijken wat we hier nog veilig kunnen stellen aan documenten.'

Met een enorme klap sloeg hij de ruit van de glazen zijdeur aan diggelen. Het geloei van het inbraakalarm deed pijn aan hun oren toen ze naar binnen kropen. Quinn liep naar het kastje van het alarm en belde het nummer van het beveiligingsbedrijf dat op een sticker ernaast stond om het alarm op afstand te laten uitschakelen. Daarna liepen ze rechtstreeks door naar het kantoor van Bernie White. Toen ze de deur openden, drong een vage brandlucht zich aan hen op.

'Nogal wat veranderd ten opzichte van gisteren,' zei Quinn droog.

De kamer van Bernie White was één grote chaos. Midden in de kamer stond een metalen prullenbak waarin zwartgeblakerde en verkoolde stukken papier lagen. Mappen uit de stellingkasten lagen her en der op de grond verspreid. Sommige lagen opengeslagen en het was onmiskenbaar dat er papieren uit waren gescheurd. De papierversnipperaar die in de kamer stond had duidelijk overuren gedraaid. De vloer eromheen lag bezaaid met stroken van vernietigde documenten.

'Nou, we hoeven er in elk geval niet meer aan te twijfelen of meneer White iets te verbergen heeft,' zei Dawn. 'Hij moet vrijwel meteen nadat we ons hadden omgedraaid aan de slag zijn gegaan.'

'Ja, hier gaan we niets bruikbaars meer vinden.'

'Ik denk dat we dat opsporingsbevel moeten omzetten in een arrestatiebevel,' stelde Dawn voor.

Quinn knikte en ging meteen aan de slag.

'Moet je hier eens kijken.'

Dawn zat gehurkt bij de computer die onder Whites bureau stond. Het apparaat lag op zijn kant en was opengeschroefd. 'De harde schijf is verwijderd.'

Quinns telefoon ging en hij nam meteen op. Dawn kon een opgewonden stem aan de andere kant van de lijn horen, maar de woorden waren onverstaanbaar.

'Welk gatenummer?' vroeg Quinn. 'Oké, we zijn er binnen een kwartier. Verlies hem niet uit het oog.'

‘Hebben ze hem?’ vroeg Dawn, toen hij de verbinding had verbroken.

‘We moeten gaan. White heeft een uur geleden ingecheckt voor een vlucht naar Curaçao via Toronto. We moeten hem te pakken krijgen voordat hij het land uit is, want ze staan er daar niet om bekend erg meegaand te zijn met uitleveringsverzoeken.’

‘Het wordt meneer kennelijk te heet onder de voeten.’

‘De beveiligingsmensen houden hem in de gaten totdat wij er zijn om hem in te rekenen.’

Ze renden het gebouw uit naar het parkeerterrein, en doken letterlijk de auto in.

‘Ik bel de forensische dienst om de kliniek veilig te stellen en alle resterende documenten te onderzoeken,’ hijgde Dawn. ‘Concentreer jij je maar op de weg.’

Ze was nog niet uitgesproken of Quinn scheurde al het parkeerterrein af. Haar telefoon viel bijna uit haar hand toen hij met piepende banden de bocht nam. Ze omklemde haar telefoon stevig en wist het toch voor elkaar te krijgen om de forensische afdeling te bellen en alles te regelen. Toen deed ze eindelijk haar gordel om en kon ze wat op adem komen, maar vijf minuten later verscheen de luchthaven al in beeld.

Quinn kwam slippend tot stilstand voor de ingang en liet de auto daar plompverloren staan. Het leverde hun een hoop gescheld op van geschrokken mensen.

‘Daarheen, gate 17!’ riep Quinn. Hij vergrendelde de auto en ze renden slalommend om de ene na de andere passagier met rolkoffer tot ze bij de wachtruimte van de gate kwamen waar Bernie White zat te wachten tot Air Canada-vlucht 449 hem naar de vrijheid zou brengen. De nietsvermoedende White zat met zijn rug naar hen toe en de haren in zijn nek plakten van het overmatige transpireren. Quinn liep op de securityguard af die aan het begin van de ruimte stond en liet hem onopvallend zijn legitimatie zien. De bewaker knikte nauwelijks zichtbaar en vertrok geen spier. Dawn legde haar hand op het pistool in de holster op haar heup – ze hoopte het niet nodig te hebben – en gezamenlijk benaderden ze White van achteren. Maar net toen Quinn de man op zijn schouder wilde tikken, stond deze op en liep met een leeg waterflesje naar de prullenbak tegenover hem.

Toen hij zich omdraaide, stond White oog in oog met Quinn en Dawn. Zijn ogen puilden uit en hij trok wit weg, toen vloekte hij en probeerde ervandoor te gaan. Quinn dook op hem af, maar de angst gaf White vleugels. Met een onwaarschijnlijke wendbaarheid voor iemand met zo'n log lichaam wist hij de politieman te ontwijken. Quinn smakte op de grond. Dawn rende langs hem heen en zette de achtervolging in. Ze liep snel in op White, die tijdens het rennen met zijn rechterhand in zijn broekzak zat te frummelen. Ze trok haar pistool en botste bijna tegen een prullenbak aan die White ook maar op een haar na had ontweken. Omstanders begonnen te gillen en doken angstig weg.

'Politie, blijf staan!' schreeuwde Dawn. 'White, ik ben gewapend!'

Quinn had zich razendsnel hersteld en rende langs haar heen. Samen sloten ze White in tot hij geen kant meer op kon. De dikke man keek paniekerig om zich heen. De beveiligers hadden zich verspreid en blokkeerden alle uitgangen.

'Ik ga niet naar de gevangenis, hoort u! Ik ga niet naar de gevangenis!'

'Handen in de lucht, White,' riep Quinn, die inmiddels ook zijn pistool had getrokken.

Het zweet gutste van Whites gezicht en hij huilde als een klein kind. Dawn zag dat hij niet naar Quinn luisterde. 'Ik wil dat u nu uw handen in de lucht steekt. We willen geen ongelukken, niemand hoeft gewond te raken. Handen in de lucht dus.'

Terwijl Dawn op White inpraatte, liep Quinn langzaam op hem af. White stootte een wanhopige kreet uit en greep naar zijn borst. Hij klapte voorover.

'Pas op!' schreeuwde Dawn, maar het was al te laat. Quinn

deed nog een poging White op te vangen, maar de man ging hard onderuit.

'Verdomme, wat is er met hem aan de hand?!' riep Quinn.

'Hartaanval!' riep Dawn. En toen tegen de beveiligers: 'We hebben nú medisch personeel nodig.'

Quinn liet zich naast White neervallen op het moment dat zijn ogen wegdraaiden. De zwoegende ademhaling van de corpulente, hevig zwetende man werd steeds moeizamer. Quinn sloeg hem een paar keer tegen zijn wang om hem bij de les te houden. 'Kijk me aan, meneer White, er is hulp onderweg.'

White reageerde echter niet en toen stokte zijn ademhaling volledig. Quinn startte direct met hartmassage. Hij telde hardop tot dertig terwijl hij in hoog tempo de borstkas van de man indrukte. Daarna kantelde hij Whites hoofd om de luchtweg vrij te maken, kneep zijn neus dicht en trok zijn kin naar beneden om zijn lippen te laten wijken. Vervolgens legde hij zijn eigen lippen erop en blies de man twee keer krachtig in zijn mond. Hij wachtte een paar seconden en begon weer met de hartmassage gevolgd door mond-op-mondbeademing, net zo lang tot er een beveiliger aankwam met een AED en een schaar. Ze knipten zijn bovenkleding kapot en sloten de elektroden aan op zijn ontblote borstkas. Op dat moment zag Dawn, die de nieuwsgierige omstanders op afstand hield, in de verte medisch personeel komen aanrennen met een brancard en zuurstof. Maar ze waren nog ver weg. Heel ver weg.

Quinn en Dawn stonden verslagen te kijken hoe het lichaam door de hulpverleners op een brancard werd weggevoerd. Het zag er niet goed uit en de beide politiemensen beseften dat ze er misschien wel nooit achter zouden komen of Bernie White iets af wist van de dood van Liv Tremblay en Ted Young, en de verdwijning van Darnell Kensington.

'Verdomme, daar gaat onze kans.'

'Hij had duidelijk iets op zijn kerfstok. Maar wat?' Op datzelfde moment voelde Dawn iemand op haar schouder tikken en ze draaide zich om.

Een blonde jongeman met een petje van de Senators op keek haar verlegen aan.

'Mevrouw? Die man die u net achtervolgde, heeft iets in die prullenbak gegooid.' Hij wees een prullenbak even verderop aan.

'Weet je dat zeker?'

'Ja.' Hij schoof zijn petje wat naar achteren. 'Het was iets kleins, een centimeter of vijf of tien, en het was donker van kleur.'

'Bedankt voor je hulp. Goed gezien.'

Dawn liep naar de prullenbak, boog zich eroverheen en begon er met haar blote handen afval uit te halen. Een bananenschil, het bruin geworden klokhuis van een appel, half opgegeten broodjes en talloze lege blikjes en flesjes, maar niks interessants. Bijna gaf ze de moed al op. Had de jongen haar voor de gek gehouden? En toen... shit, hij had gelijk gehad! Haar vingers omsloten het object en voorzichtig haalde ze het tevoorschijn. Quinn was haar achternagelopen en keek haar vol verwachting aan.

Ze opende haar hand. Het was een USB-stick van het merk datAshure.

48

De handen van de IT-specialist, die eruitzag alsof hij nog op high school zat, schoten razendsnel over het toetsenbord. Eindeloze reeksen van getallen vlogen over het scherm van zijn computer.

'Enig idee hoe lang dit gaat duren?'

'Altijd lastig te zeggen,' antwoordde de knul zonder zijn ogen van het scherm af te halen. 'Maar ik werk het snelst als ik niet word afgeleid.'

Quinn begreep de boodschap. 'Misschien moeten wij even een broodje gaan halen? Het is alweer een tijdje geleden dat we de inwendige mens hebben versterkt.'

'Ik wil dat je me onmiddellijk belt zodra je weet wat er op die stick staat. Elke seconde telt op dit moment.'

De IT'er pakte het blikje Monster dat naast hem stond en nam een slok, maar gunde hun nog steeds geen blik. Quinn wenkte Dawn en geruisloos verlieten ze de ruimte.

'Laten we *mister genius* daarbinnen maar met rust laten, dat werkt vast beter.'

Dawn geeuwde. 'Ik geloof dat ik wel een bakkie kan gebruiken. Hier vlakbij zit wel een leuk tentje waar ze blijven bijschenken én goede donuts hebben.'

'Dat klinkt helemaal als mijn plek.' Onderweg naar buiten ging Dawns telefoon. Ze wierp een blik op het scherm. 'Deze moet ik even opnemen. Privédingetje. Loop jij maar vast naar de auto, ik kom er zo aan.'

Ze nam op toen Quinn buiten gehoorsafstand was. 'Dokter Cameron, wat kan ik voor u doen?' vroeg ze met kramp in haar maag.

‘Dag Dawn, dat is een tijd geleden.’

‘Inderdaad. Wat kan ik voor u doen?’

‘Ik bel je omdat ik me zorgen maak om Hailey.’

De pijn in Dawns maag nam toe. ‘Wat is er aan de hand? Het gaat toch wel goed met haar?’

‘Dat wilde ik graag even bij jou checken. Ze heeft vandaag haar derde afspraak op rij gemist. De eerste twee keer belde ze nog keurig af, maar vandaag is ze gewoon niet komen opdagen. Ik heb haar al ruim twee maanden niet gesproken en ze heeft ook niet gebeld voor nieuwe recepten. Dat betekent dat ze volgens mijn berekening al zeker twee weken of langer zonder medicatie zit. Jij en ik weten allebei wat de gevolgen zijn als Hailey haar pillen niet inneemt.’

Dawn kreunde wanhopig. ‘Waarom hebt u dan niet eerder aan de bel getrokken?’

‘Hailey maakte de laatste paar consulten zo’n stabiele indruk dat we hadden afgesproken dat we de teugels iets zouden laten vieren. Ze was erg gelukkig in haar relatie en ik wilde haar de kans geven iets op te bouwen. Je weet hoe graag ze normaal wil zijn.’

‘Maar dat is ze niet! Dat zal ze ook nooit worden. Ze heeft die medicatie nodig om te kunnen functioneren, dat weet u en dat weet ik. Weet u echt zeker dat ze niet meer genoeg heeft? Ik controleer de hoeveelheden bijna dagelijks en de aantallen in haar blikje kloppen. De laatste keer zat er nog voldoende medicatie in voor de rest van de maand.’

‘Dat is echt onmogelijk, dan heeft ze niet consequent haar medicijnen geslikt. Ik denk dat ze ons allebei voor de gek heeft gehouden. Heb je iets aan haar gemerkt de laatste tijd?’

‘Ik heb haar niet heel veel gezien. Zij was druk met haar relatie en haar werk en ik met het mijne.’ Dawn klonk schuldbewust. ‘Twee dagen geleden begon ze ineens over een kinderwens. Midden in dat gesprek werd ik weggeroepen, dus ik heb er nog niet echt verder met haar over kunnen praten.’

‘We hebben het hierover gehad – het gaat hoe dan ook mis

met haar als ze zwanger raakt. Tijdens een zwangerschap mag ze haar medicatie niet slikken en in combinatie met die hormonen... Dat is ronduit levensgevaarlijk.'

Het was even stil. Beelden van een uitslaande brand verschenen op Dawns netvlies. Hailey in haar nachthemd in de tuin met die angstaanjagende blik in haar ogen. Hun ouders...

'Weet je waar Hailey op dit moment is? Ik moet haar onmiddellijk spreken om haar geestestoestand in te kunnen schatten.'

Dawn moest een dikke brok uit haar keel wegslikken voordat ze weer kon praten. 'Ik weet niet waar ze is, maar ik ga een rondje bellen. U hoort het als ik haar gevonden heb.'

'Ik wacht op je telefoontje.'

Paniek maakte zich van Dawn meester. Ze belde Hailey maar kreeg meteen de voicemail. Ze toetste ogenblikkelijk Haileys nummer in het ziekenhuis in. Een afdelingssecretaresse die ze niet kende, liet weten dat Hailey de week vrij had genomen om haar vriend te steunen bij het overlijden van zijn vader. Ze bedankte voor de info en scrolde meteen door naar het nummer van Karin.

'Dawn, eindelijk,' werd ze door Karin begroet. 'Heb je nieuws over Jonas? Is hij al vrijgelaten?'

'Nee, sorry, ik bel niet over Jonas. Ik ben dringend op zoek naar Hailey en ik vroeg me af of jij weet waar ze is.'

'Jazeker, die past op Sam. Ik had een ad-hocafspraak en ze wilde gelukkig even bijspringen, maar ik ben alweer bijna thuis.'

'Bij Jonas thuis? Dan kom ik daar nu ook naartoe. Hou Hailey daar totdat ik er ben. Laat haar onder geen beding eerder vertrekken.'

'Eh, goed, maar is alles wel oké? Je klinkt niet helemaal als jezelf.'

'Ja, ja, prima. Ik zie je zo.'

Ze hing op en rende het pand uit. Hijgend rukte ze de deur open van de auto waarin haar partner zat te wachten.

Quinn keek haar verschrikt aan. 'Wow. Je ziet eruit alsof je een spook hebt gezien.'

'Ik heb de auto even nodig. Dringende privékwestie. Die koffie en donut hou je van me tegoed.'

'Is alles oké?'

Nee, alles was verre van oké. Dat was al de tweede persoon binnen een minuut die haar dat vroeg.

'Ik heb geen tijd om het uit te leggen. Geef me alsjeblieft de auto.'

'Stap maar in, ik breng je wel. Het lijkt me niet goed als je in deze toestand achter het stuur gaat zitten.'

Dawn stapte in en gaf het adres door.

'Woont Jonas daar niet?' merkte Quinn op.

'Ja, maar het gaat niet om hem. Ik moet mijn zus hebben. Kom, rijden nu.' Dawn sloeg ongeduldig op het dashboard.

Quinn deed wat ze vroeg en stelde verder geen vragen. Dawn staarde met een verbeten blik voor zich uit en beet op haar nagels. Ook nu weer liet Quinn zien dat hij goed kon doorrijden. Binnen tien minuten stonden ze voor Jonas' huis.

'Ik wacht hier op je.'

Maar Dawn had het portier al opengegooid en spurtte naar de deur. Nog voordat ze de kans kreeg om aan te bellen, deed Karin open. 'Hailey is er niet en Sam is ook weg. Er ligt nergens een briefje en haar auto staat niet meer voor.'

'O mijn god,' mompelde Hailey.

'Wat is er aan de hand, Dawn? Moet ik me zorgen maken? Waar is Hailey met mijn kind naartoe?'

'Ik weet het niet, Karin, maar ik weet wel dat we haar zo snel mogelijk moeten vinden. Ik ben er net achter gekomen dat ze haar medicijnen waarschijnlijk al een tijdje niet slikt.'

'Wat? Wat voor medicijnen? Wat is er mis met haar?'

Nee, alles was verre van oké. 'Hailey is ernstig psychotisch, maar we hebben het onder controle.'

'Wat zeg je? Waarom heeft niemand me dat verteld? Als ik dat had geweten, had ik haar nooit alleen gelaten met Sam!'

'Ik was de enige die ervan wist, Karin, samen met haar therapeut. Zelfs Jonas wist van niets. Hailey en ik zijn hier ruim een jaar geleden naartoe gekomen om een nieuw leven op te bouwen. Ze was heel stabiel met haar medicatie en druk bezig een eigen leven op te bouwen met Jonas. Ze wilde niet meteen weer een stempel krijgen en buitengesloten worden op onze nieuwe plek. Ik ben daarin meegegaan in overleg met haar psychiater. Het leek verantwoord. Ik gunde het haar zo.'

'Waar is Sam, Dawn? Waar is mijn kind?'

'Ik weet het niet, maar ik ga hem nu voor je zoeken. Er is maar één plek waar Hailey misschien kan zijn. Als ik haar daar niet vind, laat ik een opsporingsbevel uitgaan. Dat beloof ik.'

'Ik ga met je mee.' Karin trok haar jas aan en liep langs Dawn heen naar de auto.

Quinn keek haar verbaasd aan toen ze instapte. 'Ben jij Hailey?'

'Nee, Karin, de zus van Jonas.'

Dawn stapte ook in.

'Wat is er aan de hand?'

'Mijn zus is ervandoor met het kind van Karin. Ze heeft geen briefje neergelegd.'

'En is dat een ernstig probleem waar we ons nu mee moeten bezighouden? Misschien is ze gewoon een stukje wandelen.'

'De kans is groot dat mijn zus in een psychose zit, Quinn. Ik moet haar nu gaan zoeken. Er is maar één plek waar ik denk dat ze zou kunnen zijn en dat is het vakantiehuis dat we van onze ouders hebben geërfd. Ik ben er zelf al jaren niet geweest, maar ik weet dat zij er nog weleens komt.'

Dawn toetste het adres in in het navigatiesysteem. Quinn keek ernaar.

'Gatineau Park,' zei hij met grimmige stem.

Ze reden met hoge snelheid tussen de bomen door. Quinn stuurde de auto op aanwijzing van Dawn een onverhard pad op en negeerde het verbodsbord.

‘Deze route is veel sneller dan de officiële, maar hou rekening met struiken en overhangende takken,’ zei Dawn met stemverheffing om boven het geluid van de loeiende motor uit te komen. ‘Mijn vader snoeide langs dit pad vroeger altijd, maar na zijn dood is dat niet meer gebeurd.’

De auto schudde en bonkte en takken sloegen tegen de ramen en het dak. Een afgebroken tak schampte het rechterportier met een piepend geluid.

‘Je baas heeft zijn wagenpark goed verzekerd, mag ik hopen,’ mompelde Quinn. Dawn bromde een onverstaanbaar antwoord.

Achter in de politiewagen zat Karin doodstil, ze had de hele weg nog geen woord gezegd. In haar ogen lag een mengeling van angst en bezorgdheid. Het ene na het andere rampscenario schoot door haar hoofd, afgewisseld door verwijten. Waarom had ze niet doorgehad dat Hailey geestelijk niet zo stabiel was als ze dacht? Ze was psycholoog, godbetert. Waarom had Dawn haar niet ingelicht? Ze wist dat Hailey af en toe op Sam paste. En Jonas, die arme Jonas die wist van niks. Hij had al een jaar een relatie met een psychiatrische patiënt en ook hij had niets doorgehad.

Karin probeerde haar gedachten wat te beteugelen. Het enige wat nu telde, was dat ze Sam ongedeerd terugkreeg. Ze had haar hoop op Quinn gevestigd. De rustige politieman was de stabiele factor in hun gezelschap, zonder emotionele band met Hailey, Sam, haar of Dawn. Quinn zou de leiding nemen. Aan de mogelijkheid dat Hailey helemaal niet in het vakantiehuis in Gatineau Park was, wilde ze niet denken. Als ze daar niet was, kon ze overal zijn en werd het een bijna onmogelijke zoektocht.

‘Nog een kilometer of twee,’ zei Dawn terwijl de auto met vaart door een diepe kuil reed en de onderkant met een klap neerkwam. Quinn knikte verbeten. ‘Ik zal haar nog eens proberen te bellen,’ zei Dawn. Voor de zoveelste keer toetste ze Haileys nummer in en net als de voorgaande keren werd ze meteen doorverbonden met de voicemail. Ze vloekte. De weg maakte een bocht en Quinn sneed hem schuin aan. Karin had moeite om achterin overeind te blijven. De banden slipten weg op een verijsd stukje sneeuw en de auto schoot schuin door op de rechte weg die volgde.

'De strooiwagen is hier zeker al een tijdje niet langsgekomen,' merkte Quinn droog op. 'Als het zo blijft, moet ik de sneeuwkettingen omleggen.'

'We zijn er echt bijna. Probeer iets rustiger te rijden.'

Quinn nam een beetje gas terug en de auto kwam weer wat stabieler op de weg te liggen.

'Nog veel bochten?'

'Nee, nog maar eentje, over een paar honderd meter. Achter die overhangende struik in de verte.'

Quinn reed rustig door en stuurde de auto deze keer een stuk voorzichtiger de bocht in.

'Het huis ligt achter die rij naaldbomen. Laat de auto maar voor de bomen staan, dan kunnen we te voet en onopgemerkt dichterbij komen. Als Hailey hier is, dan is het belangrijk dat we haar rustig benaderen. Ik ga wel als eerste naar binnen. Van mij zal ze niet schrikken en het lukt me vast om haar naar buiten te praten. Ik heb eerder met haar gedeald als ze in een dergelijke toestand verkeerde.'

'Heb je een sleutel van het huis?'

'Als het goed is, ligt er nog een reservesleutel onder de stoeptegel bij de achterdeur.'

'Als je maar niet denkt dat ik in de auto blijf zitten,' zei Karin.

'Dat hoeft ook niet,' stelde Quinn haar gerust. 'Dawn mag wat mij betreft als eerste het huis checken, maar ze laat de achterdeur op een kier staan. Jij en ik staan bij de deur te wachten. Mocht er iets gebeuren, dan blijf jij buiten staan en ga ik naar binnen.'

'Ik ga ook naar...'

'Als je me dat niet kunt beloven,' onderbrak Quinn haar, 'dan laten we je wél achter in de auto. Dawn en ik zijn gewapend, mocht het uit de hand lopen. Jij bent een burger en dient je afzijdig te houden. Het is ook onze taak om jou te beschermen en dat kunnen we niet als je ongetraind naar binnen vliegt. Afgesproken?'

Karin knikte van ja, maar wist nu al dat ze zich niet aan die afspraak zou houden als Sam inderdaad binnen bleek te zijn. Zij was de enige die met de jongen kon communiceren en hem zo nodig op zijn gemak kon stellen.

Quinn stuurde de auto naar de rij naaldbomen toe en liet hem voorzichtig uitrollen. Dawn sprong als eerste naar buiten en sloop om de bomen heen naar het huis. Quinn en Karin volgden. Op het pad voor het huis waren bandensporen te zien. De auto die ze veroorzaakt had, was nergens te bekennen. Quinn bukte zich en bestudeerde de sporen. 'Vers en zo te zien van een 4x4.'

'Waarschijnlijk heeft Hailey haar auto binnen gezet.' Dawn wist niet of ze opgelucht moest zijn dat haar intuïtie haar naar deze plek had geleid of dat ze moest vrezen voor wat ze binnen aantrof. Ze leidde Karin en Quinn ongezien naar de bijkeukenaanbouw die van binnenuit toegankelijk was via de garage en van buitenaf via de achterdeur.

'Help eens graven.' Dawn wees naar de dikke laag sneeuw naast de deur. 'Die sleutel moet hier ergens onder liggen.' Met zijn drieën groeven ze net zo lang totdat ze de stoeptegel gevonden hadden. Quinn wrikte het verweerde blok los en zuchtte opgelucht toen er inderdaad een sleutel onder vandaan kwam. Dawn pakte hem en sloot haar vingers eromheen. Ze moest de neiging onderdrukken om er een kus op te geven, zoals haar moeder vroeger altijd deed. Zo geruisloos mogelijk maakte ze de deur open. Het slot draaide soepel mee, alsof het pas nog was gesmeerd.

'Ik roep je als ik assistentie nodig heb,' fluisterde ze. 'Geef me alsjeblieft even de tijd.' Ze liet de sleutel aan de buitenkant in het slot zitten zodat Quinn de deur altijd kon openmaken, mocht hij onverhoopt dichtvallen, en stapte naar binnen. Meteen kwam het geluid van een huilend kind haar tegemoet. Ze huiverde.

'Nu moet je ophouden met huilen en naar mama luisteren.'

Haileys stem klonk schril, bijna wanhopig. Dawn twijfelde of ze Quinn er toch niet meteen bij moest roepen, maar de drang om haar zus te beschermen – zoals ze dat altijd had gedaan – was groot. Ze liep verder naar de woonkamer, waar de geluiden vandaan kwamen.

'Hailey?' riep ze met haar zoetste stem. 'Hailey, ik ben het, Dawn.'

Het werd stil in de kamer.

'Hailey? Is alles goed met je, schat?'

Ze liep door en opende de kamerdeur. Toen ze de woonkamer inkeek, bevroor het bloed in haar aderen.

Nee. Niet dit. Alsjeblieft niet dit.

49

Dawn stond in de deuropening van de woonkamer en keek met open mond naar binnen. Op een speelkleed op de grond zat Hailey met Sam en een jongetje dat ze onmiddellijk herkende als Darnell Kensington.

'Hailey? Wat doe je met die kinderen?' Haar stem sloeg over en ze voelde de tranen opkomen.

Hailey trok de beide jongens naar zich toe. 'Mama heeft een speelmaatje meegenomen voor Darnell.' Haar ogen hadden een vreemde glans en ze leek niet eens verbaasd te zijn dat haar zus voor haar neus stond.

Dawn deed een stap naar voren. En toen nog een.

'Blijf staan. Ik wil niet dat je de kinderen bang maakt.'

'Ik maak ze niet bang.'

'Jawel. Kinderen zijn altijd bang voor mensen in politie-uniform. Ik wil niet dat je met een wapen bij ze in de buurt komt. Je hoort zo vaak dat daar ongelukken mee gebeuren.'

Darnell had het duidelijk minder naar zijn zin dan Sam en probeerde naar Dawn toe te kruipen. Hailey pakte hem bij zijn enkels en trok hem terug. 'Bij mama blijven, lieverd.'

De jongen zette het weer op een krijsen en Dawn hoopte maar dat Quinn het niet hoorde, zodat ze nog even de tijd had om Hailey bij zinnen te krijgen.

'Lieverd, luister eens naar me. Ik denk dat Darnell en Sam hun moeder missen. Zal ik ze voor je terugbrengen?'

Haileys ogen schoten heen en weer en ze leek over het voorstel na te denken. Ze kwam overeind. 'Darnell moet eerst zijn fruithapje.'

'Oké, doe dat dan eerst en dan breng ik hem daarna terug naar zijn moeder, goed?'

Hailey liep naar de keuken en Dawn zette opnieuw een stap naar de kinderen toe.

'Nog niet, Dawn. Je moet wachten totdat ik terug ben met Darnells fruithapje. Als je doet wat ik zeg, mag je hem misschien ook een lepeltje geven zodat hij tante Dawn een beetje kan leren kennen.'

'Hailey, luister – jij bent Darnells moeder niet en ik niet zijn tante. De echte moeder van Darnell zit thuis in Renfrew en ze maakt zich heel erg zorgen.'

Hailey liep door naar de keuken en Dawn had geen idee of haar woorden tot haar zus doordrongen. Wat moest ze doen? Proberen de kinderen te pakken en het huis uit vluchten? Maar de kinderen leken niet in direct gevaar te zijn en Hailey vertoonde geen tekenen van agressie. Nu ingrijpen zou de situatie misschien alleen nog maar erger maken. Nee, ze moest rustig blijven, zodat alles gewoon weer goed kon komen. Zoals het altijd goed kwam. Ze moest gewoon beter op haar zusje letten en haar desnoods die pillen eigenhandig door de keel duwen.

Hailey kwam de keuken uit lopen en Dawn besefte meteen dat haar twijfelende houding weleens fataal kon zijn. Hailey had een groot vleesmes in haar hand en hield het dreigend voor zich uit. Sam begon geluidloos te huilen.

'Ík ben Darnells moeder en niet die trut. Al Jonas' kinderen zijn van mij en ik laat ze door niemand van me afnemen. Ook niet door jou, Dawn. Waarom moet je toch altijd alles verpesten? Ik had het allemaal zo goed voorbereid.'

'Geef me dat mes, Hailey, straks gebeuren er ongelukken.'

'Moet je weer alles beter weten? Moet je me weer behandelen als het kleine, onverantwoorde zusje? Ik ben heel goed in staat om voor mezelf en mijn kinderen te zorgen en ik weet heel goed waar ik mee bezig ben.'

'Rustig maar, alles komt goed.'

'Blijf van mijn kinderen af!' Ze spoog de woorden uit.

'Natuurlijk, ik zou ze nooit wat aandoen. Maar welke kinderen bedoel je, Hailey?'

'Die van Jonas en mij natuurlijk.' Ze klonk verbaasd. 'Ik breng ze allemaal thuis. Hier. Bij mij. En dan gaan we Jonas verrassen.'

Nee, alles is verre van oké, dacht Dawn. *En het zal ook nooit meer goed komen.*

'Heb je dat met Liv en Ted ook gedaan? Heb je die ook naar huis gebracht?'

Even was Hailey stil en een eenzame traan maakte zich los uit haar rechteroog. 'Ze zijn dood. Ik kon er niks aan doen.'

'Wat is er precies gebeurd?'

'Het ging per ongeluk. Ik wilde ze alleen maar even laten slapen tijdens de autorit, zodat ze niet wagenziek zouden worden. Weet je nog, dat ik vroeger altijd ziek werd als we met pap en mam gingen rijden?'

Dawn knikte.

'Maar toen ik hier aankwam, werden ze niet meer wakker. Het is niet mijn schuld, Dawn. Ik had de dosering goed uitgerekend.' Haar stem klonk schril.

'Natuurlijk heb je de dosering goed uitgerekend, lieverd.'

'Maar waarom zijn ze dan dood?'

'Omdat ze door Jonas' erfelijke aandoening de narcose niet goed verdroegen.'

'O,' zei Hailey met een triest gezicht. 'Dat wist ik niet.'

'Waar heb je Liv en Ted naartoe gebracht toen je ze niet meer wakker kreeg?'

'Het bos. Ik heb ze neergelegd op een bedje van sneeuw. Ik wist niet wat ik anders moest doen.'

'En hoe was je aan dat slaapmiddel gekomen?'

'Meegenomen van mijn werk. Niemand miste het.'

'Heb je dat alleen gedaan of heb je hulp gehad?'

'Alleen natuurlijk. Het moest toch een verrassing zijn?'

'Voor Jonas?'

'Ja, daarom kon ik hem toch niet om zijn pasje vragen? Dan

zou hij iets hebben doorgehad en dan was de verrassing eraf.'

'Dus je hebt zijn pasje gestolen.'

'Niet gestolen. Geleend, ik heb het teruggegeven. Het was niet erg hoor, Dawn, hij heeft er niks van gemerkt.'

Alle puzzelstukjes vielen op hun plek en het bezorgde Dawn een brok in haar keel. Haar eigen zus was verantwoordelijk voor alle ellende en met de beste wil van de wereld kon ze haar niet meer uit deze situatie redden. Maar Hailey was niet de enige die schuld had, Dawn zelf viel net zoveel te verwijten. Zij had beter moeten opletten. Zij had de signalen moeten oppikken. Maar ze had het niet gezien – ze was blind geweest en dat had twee kinderen het leven gekost – en het enige wat ze nu nog kon doen, was voorkomen dat er nog meer slachtoffers vielen.

'Hoe heten alle kinderen van jou en Jonas? Ik wil graag weten van wie ik allemaal tante ben.'

Haileys gezicht klaarde op en ze dreunde als een robot alle namen op die op de lijst stonden die Dawn en Quinn nog niet zo lang geleden van Bernie White hadden gekregen.

Dawn sloot kort haar ogen. 'Hoe wist je van de kinderen, Hailey? Hun namen staan alleen in een geheim document.'

'Je bedoelt die lijst die Jonas in zijn koffer had?'

'Heb je zijn spullen doorzocht? Waarom?'

'Omdat Katy Tremblay haar handen niet van Jonas kon afhouden. Ik was bang dat hij vreemdging en zocht naar bewijs. Het was nogal een verrassing, die lijst, zeker toen ik zag dat Liv Tremblay erop stond. Tegen mij zeggen dat hij onvruchtbaar is en dan elf kinderen bij andere vrouwen hebben rondlopen... Maar ik heb het hem vergeven. Het was allemaal voor mijn tijd, ook dat met Katy. Nu heeft hij mij en ik ben alles voor hem. We gaan samen met alle kinderen in een groot huis wonen en nemen er ook nog een van onszelf. Daarom ben ik ook met mijn medicatie gestopt, zodat dat geen belemmering kan zijn zodra Jonas er klaar voor is.'

Hailey keek haar zus met een stralende lach aan, maar Dawn

voelde zich met de minuut triester worden. Ze moest hier een einde aan maken. 'Luister, lieverd, zullen we even een stukje gaan wandelen met Sam en Darnell? Dan kunnen we verder praten in de frisse buitenlucht.'

De lach op Haileys gezicht verdween als sneeuw voor de zon. Ze greep Sam vast en zette hem het mes op de keel. 'Je wilt ze van me afpakken, hè? Ik heb het wel door. Ik wil dat je nu het huis verlaat, Dawn. Laat me met rust.'

De tranen stroomden over Sams gezicht toen de punt van het mes in zijn huid prikte. Een straaltje bloed liep langs zijn hals terwijl hij muisstil bleef zitten.

'Je houdt van je kinderen, Hailey, je zou ze nooit kwaad kunnen doen.'

'Dit kind wel. Dit kind interesseert me niets. Zijn moeder wil Jonas de hele tijd voor zichzelf hebben, maar Jonas is van mij. We worden gelukkig met al onze kinderen.'

Hailey knikte vastberaden en drukte de mespunt nog wat harder tegen Sams keel. Dawn trok het pistool uit de holster aan haar heup.

'Hailey, stop! Laat hem onmiddellijk los!'

Ze schreeuwde zo hard als ze kon in de hoop dat Quinn haar zou horen. Haar hand trilde toen ze haar wapen op haar zus richtte.

'Doet dat pistool weg, Dawn,' zei Hailey op dreigende toon.

Achter haar ging geruisloos een deur open.

Quinn.

'Nee, Hailey, er moet nu een einde aan komen. Ik tel tot drie en dan laat je Sam los. Eén... twee...'

Quinn dook boven op Hailey en Sam, en wist de hand met het mes bij Sams keel weg te slaan. Met een enorme klap belandden ze met z'n drieën op de vloer. Dawn sprong naar voren en trok Sam vliegensvlug bij haar zus vandaan. Tegelijkertijd wist Quinn, die onder Hailey was terechtgekomen, zich in één vloeiende beweging onder haar uit te worstelen. Hij had de arm met het mes in een stevige greep en stond op,

Hailey met zich meetrekkend. Maar net toen het ernaar uitzag dat hij haar kon ontwapenen, kwam Karin de kamer binnenstormen. De schreeuw die ze slaakte bij het terugzien van Sam ging door merg en been, en heel even was Quinn afgeleid. Hailey maakte van het ogenblik gebruik om haar arm los te wurmen en uit te halen met het mes. Het blad sneed met gemak door de kleding van de politieman heen en verdween in de onderliggende huid. Hij slaakte een kreet en greep naar zijn zij.

Dawn zag hoe Quinn door zijn knieën zakte en vlak naast de huilende Darnell Kensington terechtkwam. Het volgende moment hief Hailey haar mes.

'Schiet, Dawn!'

De woorden klonken dof, alsof ze uit een radio in een aangrenzende kamer kwamen.

'Schiet! Schiet!'

Vanuit haar ooghoek zag Dawn hoe Karin met Sam in haar armen naar de deuropening rende. Haar mond bewoog.

Toen stortte Hailey zich op Quinn.

'Quinn!' In één keer was Dawn weer bij de les. In één vloeiende beweging bracht ze haar wapen omhoog en richtte dat op haar zus. Maar ze was te laat.

Er klonk een schot.

De kracht waarmee de kogel Haileys schouder raakte, deed haar haar evenwicht verliezen. Ze tolde volledig om haar as en viel toen voorover, waar Quinn nog net op tijd wist weg te rollen met het rokende pistool in zijn hand. Een doffe dreun en toen was het stil.

Dawn liet haar wapen vallen en sprong op Hailey af, maar ze wist al voordat ze haar zus op haar rug had gedraaid dat het voorbij was. *Nee, het komt nooit meer goed.* De kogel van Quinn had Haileys schouder slechts geschampt, maar het mes dat ze in haar handen had gehad was tot aan het lemmet in haar buik verdwenen. Hailey keek ernaar met een verbaasde blik in haar ogen.

'Een ambulance! Bel een ambulance!' schreeuwde Dawn in paniek tegen niemand in het bijzonder.

'Het spijt me,' kreunde Quinn, 'ik had geen keus.'

'Hailey, blijf bij me,' huilde Dawn. 'Het komt wel goed, lieverd, we redden het wel samen.'

Hailey keek haar met een glazige blik aan en maakte een rochelend geluid. Een stroompje bloed liep langs haar mond naar beneden.

Quinn richtte zich tot de krijtwitte Karin. 'Neem de kinderen mee naar buiten en zorg dat ze zo min mogelijk te zien krijgen.' Met een van pijn verwrongen gezicht gooide hij haar de autosleutel toe. Karin ving hem op en duwde de kinderen de kamer uit.

Dawn probeerde uit alle macht om Haileys wond dicht te drukken, maar het bloed vloeide gewoon door. 'Wat heb je nou gedaan, meisje? Waarom nou?'

Het gorgelen werd harder.

'Lieverd, hou vol.'

Hailey legde haar hand op die van Dawn en kneep erin. Toen doofde het licht in haar ogen.

50

27 januari

'Hé partner.' Quinn stak met een brede grijns zijn hand op. Zijn bovenlichaam was ontbloot en om zijn buik zat een groot wit verband. Het mes had gelukkig geen vitale onderdelen geraakt en er was geen blijvende schade. Een litteken was het enige wat hem later nog zou herinneren aan de gebeurtenissen.

Dawn schuifelde zwijgend naar hem toe en ging onbeholpen op de stoel naast zijn ziekenhuisbed zitten. Haar haren hingen slap langs haar gezicht en haar ogen hadden alle glans verloren. 'Ik twijfelde of je me wel wilde zien na alles wat er gebeurd was. Ik heb je behoorlijk in de steek gelaten toen het erop aankwam. Ik had moeten schieten, maar ik kon het niet. Ik ben toch niet zo'n professional als ik dacht.'

'Allemaal geklets achteraf. Ik leef nog, de kinderen zijn gered...' Hij zweeg even en zijn gezicht werd ernstig. 'Het spijt me van je zus, echt waar.'

'Ze was ziek, Quinn. Erg ziek.'

'Ja, dat heb ik begrepen. Dat zal niet makkelijk voor je zijn geweest.'

'Ik heb haar altijd de hand boven het hoofd gehouden vanuit de naïeve veronderstelling dat ze er wel overheen zou groeien of zo. Dat het allemaal goed zou komen als ze haar leven op orde had en haar medicijnen slikte. Toen ze Jonas ontmoette was ze zo blij en gelukkig, dat ik echt ging geloven dat hij haar genezing zou zijn.'

Quinn knikte begripvol.

'Weet je wat ik mezelf nog het meeste verwijt? Dat het allemaal onder mijn neus is gebeurd en dat ik niets, maar dan ook niets doorhad. Ik heb altijd een blinde vlek gehad als het om Hailey ging. Ze was mijn kleine zusje, ik wilde haar beschermen. Ik ben daar veel te ver in gegaan.'

'Ik denk dat je te hard oordeelt over jezelf.'

'Ik had de veranderingen in haar gedrag moeten opmerken, maar ik heb alle signalen genegeerd. Op de dag dat Ted Young werd ontvoerd, was ze spoorloos. Toen ik haar vroeg waar ze was geweest, vertelde ze me dat ze een bezoek had gebracht aan een vruchtbaarheidskliniek. Dat was niet waar, maar ik geloofde haar zonder het te checken. Gezien haar verleden had ik haar nooit op haar woord mogen geloven.'

'Je had op dat moment toch geen enkele reden om aan haar te twijfelen?'

'Mensen zoals Hailey kun je nooit honderd procent vertrouwen, dat wist ik, maar ik heb mijn ogen ervoor gesloten. Ik was druk met mijn eigen sores, wilde deze klus tot een goed einde brengen, wilde dat mijn leven eindelijk eens normaal werd.'

'Na alle ellende die je al had meegemaakt in Quebec.'

'Wat... bedoel je?'

'Ik heb wat gegoogeld. Ik heb gelezen over de brand.'

Dawn sloeg haar ogen neer.

'Ik heb zo'n vermoeden, en corrigeer me als ik het mis heb, dat de brand in je ouderlijk huis geen ongeluk was. Ik heb het vermoeden dat je Hailey al heel lang de hand boven het hoofd hebt gehouden.'

Heel even dacht Dawn erover om de kamer uit te lopen en nooit meer terug te keren. Maar ze was moe, zo moe, en ze had gewoonweg geen energie meer om de leugens nog langer vol te houden. Ze begon te vertellen. 'Ze zat die nacht buiten op het bordes in haar pyjama toen ik aan kwam rijden na een avondje stappen. De glimlach op haar gezicht vergeet ik nooit meer, ik krijg er nog kippenvel van als ik eraan denk. "Papa heeft zijn laatste sigaret in bed gerookt," riep ze. Het ging al een tijd niet goed met haar en ze was thuis eigenlijk niet meer te handhaven. Mijn ouders waren eindelijk zover om haar te laten opnemen in een psychiatrische kliniek en Hailey had daar lucht van gekregen. Toen ik bij het huis kwam, was het al te laat – er was geen redden meer aan. En Hailey stond daar maar gebiologeerd naar de uitslaande vlammen te kijken. Ze had niet eens de brandweer gebeld.'

'Ik heb nergens een veroordeling van Hailey kunnen vinden.'

'Dat klopt. Niemand wist van Haileys toestand. Wij waren een gezin waarin problemen binnenshuis werden opgelost. We woonden in een vrijstaand huis met een groot stuk grond eromheen. We hadden met niemand wat te maken.'

'Maar jullie moesten toch naar school?'

'Ik ging ook naar school, maar Hailey kreeg thuisonderwijs.'

'Vond niemand dat raar?'

'Dat gebeurde wel meer in rijke gezinnen in de buurt. Hailey stond bekend als een extreem verlegen meisje, dus niemand stelde vragen toen ze steeds verder uit het sociale leven verdween. Waarschijnlijk had dat ook met desinteresse te maken. Iedereen was erg met zichzelf bezig.'

'Maar die brand is toch onderzocht? Daar had toch uit moeten komen dat het opzet was?'

'Ja, er is onderzoek gedaan, maar...'

'Maar?'

'Ik ga je niet zeggen hoe precies, maar misschien heb ik me daar wel wat mee bemoeid. Ik had wél een sociaal leven en wist meer dingen van sommige mensen dan goed voor ze was. Ook van mensen die een cruciale rol speelden bij het onderzoek. Laten we het erop houden dat het eindresultaat gunstig uitpakte voor Hailey.'

'Misschien moet je me inderdaad maar niet meer vertellen,' zei Quinn. 'Ik ben te veel van de oude stempel: alles volgens het boekje. De enige keer dat ik iets niet helemaal volgens de regels heb gedaan, was een paar dagen geleden toen ik jou alleen dat vakantiehuis in liet gaan terwijl ik wist dat je zus daar was met Sam.'

'Waarom heb je me eigenlijk alleen laten gaan?'

'Omdat ik net als jij hoopte dat je zus rustig zou blijven als ze jou zag. Dat je haar naar buiten kon praten zonder dat Sam iets zou overkomen. Dat was een foute inschatting. Ik was op dat moment even vergeten waarom ik zo van protocollen hou. Als je je houdt aan de regels kunnen er natuurlijk ook altijd dingen mislopen, maar de kans is een stuk kleiner.'

'Je hebt gelijk. Als je eenmaal begint met grenzen overschrijden dan is het einde zoek.'

Even was Quinn stil, alsof hij niet goed wist hoe hij verder moest. 'Heb je er spijt van?'

'Spijt? Ik weet het niet.' Dawn keek naar haar partner en dacht aan alles wat ze anders zou hebben willen doen. Toen switchte ze snel van onderwerp. 'Zeg, ik heb nog een nieuwtje. Wil je het horen?'

'Kom maar op.'

'Ik heb ontslag genomen.'

'Wat! Waarom?'

'Ik had het al langere tijd niet meer naar mijn zin op mijn werk. Ik heb van het begin af aan overhoop gelegen met mijn collega's in Ottawa en nu ik ook nog "de zus van een kindermoordenaar" ben, voorzie ik nog grotere problemen. Ik hou de eer graag aan mezelf en ik ga iets doen waar ik door de zorg voor Hailey nooit aan toe ben gekomen.'

'En dat is?'

'Aandacht aan mezelf besteden. Ontdekken wie ik zelf ben en wat míjn behoeftes zijn. Ik heb een behoorlijke erfenis op de bank staan waar ik nog geen cent van heb uitgegeven. Na Haileys crematie begin ik met een vakantie in Nepal, dat land heb ik altijd al eens willen zien. Beetje cultuur snuiven, en ik kan altijd nog zo'n yogacursus gaan doen of anders iets met mindfulness.'

'Ben jij echt het type voor,' zei Quinn cynisch.

'Je weet maar nooit. Misschien verras ik mezelf wel.'

'Ik hoop oprecht dat het je de rust geeft die je zoekt en je helpt om het verlies van je zus te verwerken.'

Dawn glimlachte naar Quinn. 'Dank je wel.'

'En na Nepal? Wat staat er dan op het programma?'

'Vanaf dat moment ligt alles nog open.'

'Denk je dat je ooit nog terugkeert naar Canada? Want in dat geval zou ik het leuk vinden als je me dat laat weten.' Quinn keek haar ineens verlegen aan en stak zijn hand naar haar uit. Ze pakte hem vast. Net als de eerste keer dat ze dat had gedaan bij hun kennismaking, trok er weer een stroom van warmte door haar lijf, die nog natintelde toen ze zijn hand al had losgelaten.

'Eerst Nepal en daarna zien we wel verder.' Ze liet de opmerking even in de lucht zweven en stond toen op.

'Dag Quinn.'

'Dag Dawn, pas goed op jezelf.'

51

De laatste klanken van het 'Ave Maria' galmden door de kerk en stierven weg.

'Mag ik u vragen op te staan en een laatste groet aan de overledene te brengen voordat Jonas, Karin en Sam hem naar zijn laatste rustplaats brengen?'

Er klonk geschuifel van stoelen en wat binnensmonds gekuch. Karin kneep in Jonas' hand en keek over haar schouder. De kerk was tot de nok toe gevuld met mensen die Alan de laatste eer kwamen bewijzen. Ze was er trots op dat hij tijdens zijn leven zoveel mensen om zich heen had verzameld die vol lof over hem spraken. Over zijn warmte, zijn geduld en zijn liefde voor zijn patiënten. Dingen die zij nooit van dichtbij had mogen meemaken, maar daardoor ook niet echt kon missen. Jonas daarentegen had tijdens de hele dienst gehuild. Hij was zijn vader en zijn vriendin kwijt. En zijn reputatie. Hoewel hij niets te maken had met de moorden op Liv en Ted, noch met de ontvoering van Darnell, was zijn arrestatie niet onopgemerkt gebleven in The Glebe. Het kleefde aan hem. Dat de dader uiteindelijk onder zijn ogen had geleefd en hij niks door had gehad, werd hem verweten. Niet hardop, maar onderhuids. Karin kreeg af en toe de kriebels van de zwijgende gezichten met veelzeggende blikken.

De arrestatie en de paar dagen in de cel waren Jonas niet in de koude kleren gaan zitten, maar het feit dat Hailey de dader was, leek hem de genadeslag te hebben gegeven. Hij was erg in zichzelf gekeerd en nauwelijks aanspreekbaar. Hoe onterecht ook, Jonas voelde zich verantwoordelijk. Zijn acties in het verleden hadden geleid tot de escalatie van Haileys psychische problemen, met fatale gevolgen. Dat Liv en Ted daardoor de dood hadden gevonden, kon hij nauwelijks verkroppen. 'Kon ik de tijd maar terugdraaien,' had hij de afgelopen dagen meermaals verzucht.

Met Sam ging het naar omstandigheden redelijk. Hij sliep wel bij Karin in bed omdat hij nachtmerries had en hij was wat minder uitgelaten dan normaal. Maar de wond in zijn hals was al vrijwel genezen. Abigail Wilson, die net als Jonas na Haileys dood niet meer onder verdenking stond, was na haar vrijlating samen met haar advocaat meteen naar Jonas' huis gereden om haar husky op te halen. De hond was uitzinnig geweest om zijn baasje weer te zien, maar Sam was ontroostbaar toen hij Angel weer moest afstaan. Misschien moest Karin toch eens serieus nadenken over een hond als ze weer in Nederland was. Ze gunde Sam een vriendje of vriendinnetje bij wie hij helemaal zichzelf kon zijn.

Sam kneep in haar hand toen de mensen uit de kerk voetje voor voetje langs kwamen schuifelen. Ze had hem zo goed mogelijk proberen uit te leggen dat Alan dood was en dat hij nu voor eeuwig zou slapen. Sam had willen weten waarom hij in een kist sliep en niet in een bed.

'Omdat de kist hem warm houdt en beschermt tegen de koude winternacht,' had ze geantwoord. Dat leek hij te accepteren.

'Als ik het nou heel koud heb, mag ik dan ook in een kist?' gebaarde hij met een serieus gezicht.

'Jij hebt mama, schatje. Mama is er altijd om je warm te houden, hoe koud het ook is. Dat mag je nooit vergeten.' Ze had hem vastgehouden en over zijn hoofd gestreken, net zo lang totdat hij in haar armen in slaap was gevallen.

Karin keek naar de onophoudelijke stroom mensen die ieder op hun eigen manier voor de laatste keer afscheid namen van Alan. De een tikte met zijn vuist op de kist, de ander salueerde en weer een ander drukte er een kus op. Het leek een eeuwigheid te duren voordat zij, Jonas en Sam eindelijk als laatsten aan de beurt waren. Ze liepen hand in hand naar de kist en gingen ervoor staan. Op Karins teken maakten ze een buiging. Sam deed keurig mee. Daarna liet Jonas Karins hand los en omhelsde hij de kist, terwijl hij zijn gezicht op het koude ongelakte hout legde.

'Dag papa,' zei hij zachtjes. 'Ik hoop dat je nu bij mama bent.' Hij kwam overeind, gaf een laatste klapje op de kist en maakte plaats voor Karin en Sam.

Dit was het dan. Karin had lang nagedacht over wat ze wilde zeggen, over dat ze haar biologische vader graag beter had willen leren kennen, maar nu ontschoten de woorden haar.

'Het spijt me, Alan, dat er geen tijd meer was.'

Ze legde haar hand op de kist en Sam deed hetzelfde. Toen tilde ze Sam op en ging bij Jonas staan. De jongen leunde zwaar in haar armen. Nog even en dan was hij echt te groot om gedragen te worden. Zes dragers stonden al klaar om Alan naar de naastgelegen begraafplaats te brengen. Ze tilden de kist van de baar en gingen hun voor de kerk uit. Jonas hinkte leunend op zijn stok naast haar. Het gesleep met zijn been was de afgelopen dagen weer erger geworden. De stress van de laatste tijd leek een fysieke terugval in gang te hebben gezet en het was onduidelijk of het weer zou bijtrekken. Het herinnerde Karin er nog maar eens aan wat haar nog te wachten stond, want zodra ze in Nederland waren zou Sam getest moeten worden.

Opeens verlangde ze enorm naar huis. Ze miste haar ouders, want dat was wat Frans en Lilly waren. Ze miste haar leven, huis en werk. Het ongedwongen theeleuten en tearjerkers kijken met Hinke, een rondje zwoegen op de sportschool, Sam van school halen en zijn enthousiaste gebarengekwebbel aanzien.

Ja, het was tijd om dit alles achter zich te laten.

Jonas had zich teruggetrokken in een hoek met een kop koffie en Karin liep naar hem toe. Haar hand deed pijn van de ontelbare steunbetuigingen. 'Gaat het een beetje?' vroeg ze.

'Ik zou het liefst naar huis gaan en in mijn bed kruipen.'

Karin keek op haar horloge. 'Nog een kwartiertje en dan mag je doen wat je wilt.' Achter haar kuchte iemand en ze draaide zich om. Het was Dawn.

'Wat lief dat je bent gekomen,' zei Karin. 'Ik had je in de kerk niet gezien.'

'Ik stond helemaal achterin. Veel sterkte met jullie grote verlies.' Ze keek even met een ongemakkelijke blik naar Jonas. 'Hailey wordt morgen gecremeerd.'

Jonas wist zich duidelijk geen houding te geven en het duurde even voordat hij reageerde. 'Ik denk niet dat ik het op kan brengen om daarbij aanwezig te zijn,' sprak hij met haperende stem.

Dawn knikte begripvol. 'Ik kom afscheid van jullie nemen. Ik heb mijn baan opgezegd en meteen na de crematie pak ik het vliegtuig naar Nepal. Ik heb besloten dat ik Haileys as ergens op een berg wil uitstrooien.'

'Wat een mooie gedachte.'

'Ja, ik denk dat ze dat fijn zou vinden. Hoe dan ook, ik heb geen idee wanneer ik terugkom. Of ik überhaupt terugkom. Misschien bevalt het me buiten Canada wel beter.'

Een trieste glimlach verscheen op haar gezicht en Karin omhelsde haar.

'Kan ik jou ook nog even spreken, Jonas?' vroeg Dawn toen.

'Ik laat jullie even alleen.' Karin pakte Sam bij de hand en liep naar de tafel verderop waar koffie werd geschonken.

'Het spijt me dat het allemaal zo gelopen is,' begon Dawn.

'Mij ook.'

'Je begrijpt toch dat we niet anders konden dan je arresteren?'

'Ja, maar de gebeurtenissen zijn niet bepaald goed geweest voor mijn imago.'

'Het komt vast wel weer goed. Je bent altijd populair geweest. Als de boel weer wat bezonken is, dan draaien ze wel bij in The Glebe. Je bent toch een van hen. En we hebben de echte reden van jouw arrestatie ook nooit bekendgemaakt, alleen dat we je gehoord hebben omdat de moeder van een van de slachtoffers jouw patiënte was.'

'En Hailey? Ik heb verder niet gevolgd wat jullie over haar naar buiten hebben gebracht.'

'De details hebben we niet bekendgemaakt. We hebben het gegooid op haar psychose – dat ze de stem van God hoorde die zei dat ze kinderen om zich heen moest verzamelen omdat zij de mama was die ze verdienden. We hebben het erop gehouden dat ze de kinderen willekeurig heeft uitgezocht. Op deze wijze kunnen we de privacy van alle betrokken ouders garanderen. En ook die van jou.'

'En wordt die uitleg geaccepteerd?'

'Tot nu toe wel. Het laatste ontvoerde kind is weer terecht en de dader is dood, dus de pers stort zich alweer op de volgende ramp. Er valt altijd wel een nieuwe misdaad te vinden die de gemoederen bezighoudt. En omdat Hailey dood is, komt er dus ook geen proces. Ze gaat de boeken in als een gestoorde geest, iemand die niet normaal kon functioneren in de samenleving.'

'Een tweede Abigail Wilson.'

'Zoiets ja.' Dawn moest even slikken. 'Ik had Hailey dat imago graag bespaard, maar ik kan haar niet langer beschermen.'

Jonas knikte begripvol. 'En Abigail?'

'Die zit weer thuis met haar hond, volledig in haar eigen wereldje. We geloven haar verhaal dat ze Livs lichaam heeft gevonden, mede omdat Hailey heeft bekend dat ze het meisje in het bos heeft achtergelaten na haar dood. Het was niet zo handig van Abigail om een dood meisje mee naar haar huis te nemen, maar laten we het er maar op houden dat Abigail door haar geïsoleerde bestaan wat anders is dan anderen. Ze besefte dus ook niet dat het meenemen van Liv haar automatisch tot een verdachte maakte. Dat snapt ze trouwens nog steeds niet. Ze vindt dat ze niks verkeerd heeft gedaan.'

'Gelukkig voor haar is de waarheid boven water gekomen.'

'Ja, gelukkig voor haar wel. Nu heb ik alleen dat vage verhaal over de verdwijning van haar vader nog dat moet worden uitgezocht, maar ik ben klaar met politieagentje spelen.'

'Wat voor verhaal was dat dan?'

'Doet er niet echt toe, het is iets wat jaren geleden heeft plaatsgevonden. Haar vader is op nogal mysterieuze wijze van de aardbodem verdwenen en het is niet ondenkbaar dat Abigail hem daar een handje bij heeft geholpen. Maar zonder lichaam is er geen zaak en eerlijk gezegd heb ik ook niet meer de puf om me er druk om te maken.'

'Dus dat was het.'

'Yep, mijn politiecarrière zit erop.'

'Dan hoop ik voor jou dat je dit alles achter je kunt laten en een nieuw leven kunt opbouwen. Waar dan ook.'

'Dank je. En ik hoop voor jou dat The Glebe weer snel als vanouds gaat voelen.'

'Misschien hoeft dat niet.'

Dawn keek hem vragend aan.

'Karin heeft me gevraagd of ik met haar mee wil gaan naar Nederland. Het schijnt dat ze daar nog wel wat gynaecologen kunnen gebruiken. Ik heb het haar nog niet verteld, maar ik denk dat ik een poging ga wagen. Ze is de enige familie die ik nog heb en ik wil in haar buurt zijn. Bovendien heeft ze aangeboden om voor me te zorgen als ik zieker word.'

'Familie moet je koesteren,' zei Dawn. 'Voor je het weet ben je ze kwijt.'

'Ja, inderdaad.'

'Dag, Jonas. Ik hoop dat je gelukkig wordt.'

'Het ga je goed.'

Dawn draaide zich om en liep de begraafplaats af naar haar auto. Ze dacht aan Hailey. En toen aan Karin en Sam.

Ja, wie weet, misschien zou het toch ooit nog goed komen.